U0018015

那時候，
我們還不是
孤兒

Before We Were Yours

Lisa
Wingate

麗莎・溫格特——著
沈曉鈺——譯

《那時候，我們還不是孤兒》是一本歷史小說。所有情節與對話皆源於作者想像，不應被視為真實事件。故事角色所遭遇的情境與對話皆為虛構，若與現實世界人物有任何相似雷同則純屬巧合。

謹以本書獻給數百位已然消失的人，
以及數千位存活下來的人。
願你們的故事
沒有遭到遺忘。

謹以本書獻給
幫助今日的孤兒找到他們永遠的家的各位。
願你們永遠明白
自己的工作與付出的愛的價值。

「你可知道，在這片自由的土地上，這個勇士們的家園裡，竟存在一個龐大的嬰兒交易市場？轉手交易的不是保證股息、紅利的證券紙張，而是活生生、手舞足蹈、有血有肉的嬰兒。」

——摘自一九三〇年二月一日〈嬰兒市場〉一文，刊載在《星期六晚郵報》

「〈喬琪亞·譚恩〉不停說他們是空白的石板。嬰孩生下來就是無瑕無垢，假如你在他們還小的時候就領養，將美學與文化填入他們的生活，那麼你希望他們成為什麼樣的人，他們就會成為那樣的人。」

——芭芭拉·畢森茲·雷蒙（Barbara Bisantz Raymond），
《偷嬰賊》（*The Baby Thief*）

序曲

馬里蘭州，巴爾的摩市
一九三九年八月三日

我的故事得從一個悶熱的八月夜晚、永遠不想再看一眼的地方說起。那個房間只活在我的想像裡——大多時候，它很大，牆壁白淨，床單漿得硬挺，所有最高級的東西在這私人套房裡應有盡有。外頭空氣悶窒，知了棲息在高高樹上，窗框下方就是牠們翠綠的藏身處。風扇在閣樓天花板上嘎吱吹著，紗窗朝屋裡搖晃，使勁地將凝滯不動的悶溼空氣往屋裡送。

飄來了松樹的味道。女人尖叫出聲，護士很快將她壓制在床。她汗流涔涔，急急往下淌至臉龐、手臂和小腿上。如果知道自己成了這副模樣，她肯定會嚇壞。

她很漂亮，有副溫和脆弱的靈魂，不是故意造成此時此刻災難性破壞的那類人。活了這麼多年，我學到大多數人只是盡其所能地活下去，無意傷害他人，若是造成了傷害，那不過是依附著活存而生的產物罷了。

傷害就這麼發生了，這不是她的錯，卻伴隨著最後一道殘忍用力的使勁而來。結果絕非她所望，產下了一團靜悄悄的血肉——一個長著滿頭細髮、跟洋娃娃一樣漂亮的小女嬰，卻全身發青，一動也不動。

女人對自己孩子的命運一無所悉，就算知道，藥效也會讓這段記憶到了天明就變得一片模糊，什麼都不記得。止痛的嗎啡與鎮靜劑讓她平靜了下來，不再亂踢亂動，她在午夜時分沉沉睡去。

開藥是為了讓她放鬆，而且的確有效。

醫師進行縫合，護士清理剩餘，兩人語帶同情地談著。

「發生這樣的事真令人難過。怎麼會這樣，這生命一來到人世就沒了氣。」

「有時你不禁會想……為什麼……一個這麼受到期待的小生命……」

放下一張面罩。小小的眼睛被遮蓋起來。永遠沒法睜開。

女人的耳朵聽見聲音，無法理解聽到了什麼。話語一耳進一耳出。彷彿試圖抓住浪頭，海水卻從緊握的拳頭流失，最後只能隨著海水載浮載沉。

有個男人在附近等待，或許等在門外的走廊上。他一向高貴又有威嚴，不習慣如此無助——他原本今天要當外公。

滿懷期待化為揪心之痛。

「先生，我很遺憾，」醫師悄悄從房間走出，說道：「請放心，我們已盡了一切人道的努力，減輕令千金分娩時的不適以及搶救嬰兒。我了解這很艱難，但您聯絡上人在海外的孩子父親時，懇請轉達我們的致意。先前失望了那麼多次，我知道，您們全家一定懷抱很大的期望。」

「她還能再生育嗎？」

「建議不要。」

「這對她會是個嚴重打擊。她的母親一旦知道，也會深受打擊。你知道的，克莉絲汀是我們的獨生女……就盼小腳丫啪噠啪噠地走……新的一代延續下去……」

「先生，我明白。」

「假如她想要生育的話，會有什麼風險……」

「會賠上她的性命。而且，令千金很可能無法再次承受整個孕期。如果她想嘗試，後果可能……」

「我了解了。」

醫師安慰地拍了拍這個心碎的男人（或許在我的想像是這樣），兩人目光交會。

醫師回頭望了一眼，確保沒有任何護士聽得見自己說話。「先生，我能向您提個建議嗎？」他輕聲正色道：「我知道有個在曼非斯的女人……」

1

艾芙芮．史塔弗

現在／南卡羅來納州，艾肯市

當禮車在發燙的柏油路上停下，我深吸一口氣，快速挪動到座椅前沿，整了整身上的短外套。路邊停了不只一輛新聞轉播車，為今早這場看似無害的行程增添了幾分重要性。

但是這一天，沒有任何一刻純屬意外。待在南卡羅來納州這兩個月以來，我每天都在確認所有的細微差異能夠到位——為了僅只於此的「暗示」，沙盤推演著一切。

不會做出確切聲明。

反正還不到時候。

不會拖太久的，如果照我的方式去做。

我真希望忘了自己回家鄉的原因（儘管父親沒在讀他的筆記，似乎也沒在查看效率驚人的新聞祕書萊絲麗為他製作的簡報，已是那麼明顯且不容否認的提醒）——實在很難不注意到敵人正默默坐在車裡，與我們同行。敵人此時就在後座，藏匿在身穿灰色手工西裝的父親那顯得鬆垮的寬闊肩膀底下。

爸爸凝視窗外，頭倚向一側。稍早他吩咐了其他助理和萊絲麗去搭另一輛車。

「你還好嗎？」我伸手將自己的一根金色長髮從對面的座椅上掃開，這樣待會下車時，他的褲子才不會沾到。如果母親人在車上，她會拿出一把迷你小麻刷，但她現在在家中準備我們今天的第二場活動——提前幾個月拍攝家族聖誕合照，以防爸爸的預後惡化。

他稍稍坐挺了些，抬起頭來。端坐的坐姿使他的一叢灰髮直翹出頭。我想為他撫平，但我沒有。我若動手就會壞了規矩。

如果說母親與我們生活中的各種小事密不可分（像是為了毛球和棉絮而煩惱，以及張羅著在七月份拍攝家族聖誕合照），那麼父親則是對這一切敬而遠之。他是疏離的，在一幢滿是女人的屋裡，他像座堅毅的男性孤島般存在。我知道他很在乎母親、兩個姊姊和我，只是很少大聲表達自己的情感。我知道自己是最受他疼愛的孩子，同時也是最令他摸不透的一個。在他那個年代，女人去上大學，只為了拿個能覓得好丈夫的新娘學位，而他這個三十歲大的女兒，卻以名列前茅的優秀成績從哥倫比亞大學法學院畢業，還待在檢察官這麼艱辛的崗位上忙得不亦樂乎，他真不知該拿她怎麼辦。

不管基於什麼原因（或許只是因為在我們家，已有人扮演樣樣完美的女兒和甜美貼心的女兒這兩個角色），我一直都是資質聰穎的女兒。我熱愛上學，眾人心照不宣的是，我將會成為家族的接班人，扮演兒子的角色接續父親的事業。不知為何，我總想像當那一刻來臨時，我的年紀會更長些，也已經做好了準備。

現在我看著爸爸，心想：「艾芙芮，你怎能不想要這份事業呢？這是他奮鬥了一輩子的事業。天哪，打從獨立戰爭以來，史塔弗家族已經有多少代人投入了。」一直以來，我們家族總是緊緊抓著公職之路往上爬。爸爸也不例外。他畢業於西點軍校，我出生之前他擔任陸軍航空兵，一路走來始終以尊嚴和決心維護著家族聲名。

「你當然想要這一切，」我告訴自己，「一直都想要。你只是沒想到會那麼快，而且是在這種情況下來到。說穿了就是這樣。」

我暗自十指緊扣，祈禱最好的情況能發生——政治上和醫學上的兩個敵人都在戰場上被擊垮。祈禱讓他從國會夏天會期提早離開的那場手術、外加每三個星期必須穿戴在腿上的攜帶式化療幫浦能治癒他。那麼，我搬回艾肯老家就只會是暫時的事。

癌症再也不會是我們生活的一部分。

癌症可以擊敗。其他人也曾擊敗過。如果要說有誰做得到，參議員威爾斯．史塔弗就做得到。

再沒有哪個男人比我父親更強壯、更棒。

「準備好了嗎？」他一邊問，一邊拉整自己的西裝。當他壓平頭上那叢公雞尾巴時，真令人鬆了口氣。要我跨越從女兒變成照顧者的那條界線，我還沒準備好。

「我會跟在你後面。」我會為他做任何事，只希望被迫交換父母和孩子的角色將會是許多年後的事。看到父親掙扎著替他母親做出了決定，我明白這件事有多麼難。

過去曾那麼機智靈敏、詼諧風趣的茱蒂奶奶，現在卻成了一縷自己原本模樣的遊魂。儘管痛苦萬分，爸爸還是沒法跟任何人談這件事。如果媒體得知我們將奶奶送到安養院，尤其還是個離這裡不到十哩、有著美麗園區的高級所在——以政治語言來說，這會是個雙輸的局面。有鑑於近來一連串意外死亡和虐待案的醜聞越演越烈（其中包括我們這個州境內私人經營的老人安養照護機構），爸爸的政敵會指出，只有有錢人才負擔得起頂級照護，或指控他是個冷血的惡人，根本不在乎老人家，才會將自己的母親安置在安養院。他們會說，只要能讓他的朋友和資助他競選政治獻金的人從中獲利，他很樂意無視那些需要幫助的人。

實情是，他為茱蒂奶奶做的決定與政治全然無關。我們跟其他家庭沒什麼兩樣。每條可行之道上頭都鋪滿了罪惡感，一路上淨是痛苦，羞愧讓路面變得坑坑窪窪。她讓我們困窘，也讓我們擔心，讓我們為這折騰人的退化失智終將導致的結果悲痛不已。送她去安養院之前，她曾經從看護和幫傭的眼皮底下跑掉，叫了輛計程車，失蹤一整天，最後被人發現在商場裡遊蕩，那是她以前最喜歡的一間購物商場。她不記得我們的名字，卻有辦法做到這件事，真是個不解之謎。

今早這個場合，我佩戴了一件她很喜歡的珠寶飾品，昂然步出禮車時，隱隱感覺得到它就在我手腕上。我假意是為了向她致意而選戴這條蜻蜓手鍊，但說真的，這手鍊毋寧更像個靜默的存在，提醒著史塔弗家的女人，再怎麼不情願也得去做該做的事。今天早上的活動地點讓我不舒服。我向來不喜歡安養院。

我告訴自己，這只是一場簡單的見面會，媒體是來報導活動，不會問問題的。我們會握手、參觀安養院，和院友一同為一名百歲女士慶生。她丈夫今年九十九歲。真是不容易。

安養院走廊的氣味，活像有人鬆開我姊姊的三胞胎任他們拿芳香噴霧大玩特玩似地。人工茉莉花香充斥空氣中。萊絲麗聞了聞，點點頭示意，然後她自己、攝影師、幾位見習生與助理圍住了我們。這場活動我們沒帶隨扈同行，他們想必正在為今天下午的市政廳論壇做準備。多年來，我父親收到許多來自邊緣團體、民兵，以及自稱狙擊手、生化恐怖分子、綁匪等瘋子的死亡威脅。他很少認真以待，但他的維安人員可不敢掉以輕心。

走到轉角處，迎接我們的是安養院院長和兩組出動了攝影機的新聞團隊。我們參觀，他們拍照錄影。我父親施展無比魅力。他握手、擺好姿勢拍照、花時間與人說話，彎下身子湊近輪椅，並感謝護士每天為困難又吃重的工作付出心力。

我跟在他身後照做。一名頭戴硬挺花呢圓頂禮帽的溫雅老紳士說了些恭維的話。他操持一口悅耳的英國口音，說我有對美麗的藍眼睛，還開玩笑道：「如果在五十年前，我會迷倒你，讓你願意跟我約會。」

「我想你已經迷住我了。」我回答。我們一起哈哈大笑。

有位護士要我小心麥墨利斯先生，說他是銀髮大情聖唐璜。他朝護士眨了眨眼，證明她所言不假。

在走廊走走停停前往百歲生日派對會場的同時，我發現自己確實樂在其中。這裡的院友似乎感到滿意，儘管不像茱蒂奶奶住的安養院那麼豪華，卻也不是最近遭點名捲入了一連串訴訟的那種不人道照護機構。然而，無論法院判賠多少損害補償金，那些官司裡沒有一個原告看得到一毛錢。那些私人連鎖安養院背後的金主以控股公司和空殼公司手法玩弄著權術，很輕易就能藉由宣告破產規避支付賠償。這也正是為何揭開其中某個機構的運作，極可能對我父親的某個政治獻金大戶老友造成重傷害，而以父親的高知名度來看，他也勢將成為憤怒輿情與政治浪頭千夫所指的對象。

憤怒和責難是強而有力的武器。政敵清楚得很。

交誼廳裡已搭好一座小舞臺。我跟其他人一塊站在一旁，那裡有道玻璃門可眺望外頭蔭涼的花園。儘管時值溽暑，園子裡仍盛放著各式各樣繽紛燦爛的花朵。

有個女人獨自站在一條覆有遮棚的花園小徑上。她面朝另一個方向，凝視著遠方，似乎全然不知正在進行派對。雙手擱在一根拐杖上。儘管天候如此暖和，她仍在一身素樸的奶白色棉質洋裝，外頭套了件白色毛衣。滿頭白髮編成髮辮盤了上去，在蒼白無華的洋裝襯托下，儼如一縷早被人遺忘的過往殘魂。一陣微風吹來，吹得紫藤花棚上的花朵直搖，她卻絲毫不為所動，給人一種她其實並不真的在那兒的錯覺。

我將注意力轉移到安養院院長身上。她歡迎在場的每個人，褒揚相聚此刻的原因，畢竟，活了百年的成就可不是天天見得到。尤其和深愛的另一半共結連理大半輩子且長相廝守至今，更是難能可貴。這樣的活動確實值得參議員到此一訪。

更別說這對夫妻一直都支持我父親，打從他還在南卡羅來納州政府工作時，便開始擁護他。嚴格說來，他們認識他的時間比我還久，而且近乎死忠。當父親的名字被唸出來時，我們的壽星和她丈夫都高高舉起瘦骨嶙峋的手，熱烈地鼓掌。

院長說了個有關這對就坐在會場正中央餐桌的恩愛夫妻故事。露西出生於法國，那是個還見得到馬車在街道奔馳的年代（光要想像就很難）。二次世界大戰期間，她加入了反納粹德國占領的法國抵抗運動，丈夫法蘭克則是戰鬥機駕駛，在一場戰役中被擊落。他倆的故事有如電影情節，浪漫得夠徹底——露西是協助他逃亡的一員，幫他假扮偽裝，將受傷的他偷偷送出境外。戰後，他回去找她。她仍和家人住在同一座農場，躲藏在那房子僅存唯一能住人的地方——地窖。

這對夫妻經歷過的事著實叫人驚嘆，唯有愛情情真意堅、矢志不改，不惜犧牲一切只為了在一起才可能發生。這也是我想要的，卻又不禁要想，對我們現在這一代來說，這種事可能嗎？我們那麼三心二意，又那麼地……忙碌。

低頭瞥了眼自己的訂婚戒指，心想：「我和艾略特沒道理不能幸福。我們那麼了解彼此，而且一直相互扶持……」

我們的俏女郎壽星挽著情人的手臂，慢慢從椅子上起身。兩個彎著腰駝著背的老人一塊往前走，畫面是這麼動人且揪心。我希望自己的父母能活到如此高壽——直到某天……幾年後，等到父親決定享清福時，希望他們能擁有既長且足的退休時光。這個病不可以在五十七歲時就將他帶走，他還太年輕，大家都很需要他，不管是家裡還是這個世界。他還有事要做，在那之後，他和我母親理當平平靜靜地一塊安養天年。

胸臆充盈著一片柔情，可是我隨即推開了這些念頭。「不可以在大庭廣眾下流露情感——」萊絲麗經常如此提醒道，「在政壇，女人沒本錢這麼做，這會被視為軟弱無能的表現。」

這一點我清楚明白。法庭上也差不了多少。就許多方面而言，做女律師的其實一直在受審，我們得按不同的遊戲規則行事。

當老夫婦走近舞臺時，父親向法蘭克送上致意。法蘭克停下腳步，挺直身子，有模有樣地回以軍事敬禮。他倆目光交會，多麼無瑕的一刻。這一刻或許在鏡頭前看起來很完美，卻絕非為了上鏡而做。父親緊抿嘴脣。他在試著不掉淚。

如此近乎真情流露，很不像他的作風。

一股飽漲的情緒又湧了上來，我趕緊瞄下，脣間稍顫。挺直肩膀，移開目光，我將注意力放在窗上，研究起花園的女人。她仍舊站在那兒，凝視著遠方。她是誰？她在尋找什麼？喧囂非常的《生日快樂》歌穿透玻璃，引得她慢慢轉身看向屋子。儘管受到歌聲的牽引，也知道攝影機可能會拍到我，我看起來卻那麼心不在焉，沒法不讓自己盯著外面的花園小徑看。至少我想看看那女人的面孔。那張臉會跟夏日天空一樣白嗎？她是因為糊塗了而遊晃，還是故意避開慶祝活動不參加？

萊絲麗猛地從後頭拉了一下我的外套，我立刻回神，像個被抓到在列隊隊伍中交談的學生妹。

「生日快——專心一點。」她附在我耳邊唱道，我點點頭；她隨即離開，去找個比較好的角度用手機拍張快照，再上傳到父親的 Instagram。這位參議員會在所有最新的社群媒體現身，即便他根本不知道該怎麼使用。只要負責管理他社群媒體的人深諳此道就行。

儀式持續著。相機的閃光燈閃個不停。當父親致贈裝裱上框的祝賀信時，老夫婦的家人抹了抹歡欣的淚水，錄影記下這一刻。

蛋糕推了出來，上頭插了一百根蠟燭，火光閃閃。

萊絲麗很開心。歡樂與感動充滿全場，像極了一顆不斷漲大的氫氣球——歡樂不嫌多，大夥全都飄飄然。

忽然間，有人觸碰到我的手，攫住我的手腕。我始料未及，把手抽走，力求鎮定以免引起騷動。沒想到這冰冷、乾癟、顫巍巍地一握，竟意外強勁有力。轉過身一看，是花園裡那個女人。她挺起佝僂的背，睜著一雙生了淺白眼翳、卻依舊溫柔澄澈的淡藍眼眸注視著我（讓人想起德雷登丘家中繡球花的顏色），而她滿布唇紋的嘴唇則發著抖。

還來不及弄清狀況，有個護士過來握住了她的手，準備將她帶離。「梅伊，」護士一邊說，一邊對我露出抱歉的神情，「走吧。你不該打擾我們的客人。」

老婦人不想鬆開我的手腕，反倒緊緊抓住。她看起來很絕望，好像需要些什麼，可是我一點頭緒也沒有。

她伸長了脖子，揚起頭，直盯著我的臉瞧。

她喃喃地說著：「芬恩？」

2

梅伊．克蘭朵
現在／南卡羅來納州，艾肯市

有時候，我這副心思的門閂好像生鏽磨損了，門老按它自己意思開開闔闔的。往裡頭偷看一眼，空蕩蕩的。我可不敢細瞧那黑漆漆的地方。

誰知道會發現什麼。

圍欄什麼時候打開，又為什麼打開，這事沒個準。

一波又一波的觸動。電視節目上的心理醫師給了這個說法。觸動一波又一波……好比彈藥被觸發引燃，子彈咚咚咚地從來福槍槍管擊發出去。這是個很恰當的比喻。

她的臉觸動了某件事。

打開一扇通往遙遠過去的門。起初，我笨手笨腳、毫無心理準備地走進去，好奇這個上鎖的房間裡究竟藏了些什麼。可是當我一開口喊她「芬恩」，就知道她並不是我所想的那個芬恩，甚至回到了更久遠的過去——我看到的是昆妮。

昆妮是我們堅毅的媽媽，我們所有人都遺傳了她美麗的金色捲髮，可憐的卡蜜拉除外。

我的心輕飄飄穿過樹頂，沿谷底前行，風塵僕僕地去到密西西比河一處低矮岸邊，那是我最後一次看見昆妮。曼非斯夏夜暖和的空氣在我身邊流動，可那卻是個叫人上當的夏夜。沒有溫潤柔軟可言。一點同理心也沒有。

打從這個夜晚，一切都變了樣。

我十二歲，瘦巴巴的，連骨頭都突了出來，活像根前廊柱子。這會我正坐在我家船屋的欄杆底下，搖晃著雙腿，就著提燈發出的昏黃閃光，留意短吻鱷的眼睛。短吻鱷怎能遠遠地走偏，來到這密西西比河的上游處？但最近一直傳言這附近有短吻鱷。於是找尋短吻鱷變成一種遊戲，船屋的孩子們以找到鱷魚為樂。

尤其是現在，我們比平常更需要分散注意力。

我身旁的芬恩爬上欄杆，往木材堆裡找尋螢火蟲。她快四歲了，正學著數螢火蟲。她身體往前傾，伸出一截短胖手指，根本沒留意鱷魚。「瑞兒，我看到一隻了！我看見了！」她大喊。

我抓住她的洋裝，拉她回來。「你快掉下去了，這次我可不會跳進水裡救你。」

說實話，如果她真掉下去，可能也沒事，倒是會受點教訓。我們的船停靠在泥島對面一個很棒的小小回水處，「阿卡迪亞號」船尾的水深只到我的屁股，芬恩可能也摸得到自己的腳趾。不過，我們五個人跟蝌蚪一樣，全都會游泳，就連一個完整句子都還不會說的小蓋比翁也會。當你出生在河上，游泳就跟呼吸一樣，再自然不過。你很清楚河流的聲響、河流的脾性，以及河流裡都住了些什麼樣的傢伙。對我們這種河上賤民來說，水就是家，一個安全的棲地。

可是眼下的空氣瀰漫著一種……不對勁。我兩條手臂起了一陣雞皮疙瘩，刺痛了臉頰。我的預感向來很準，這種事我絕不會告訴任何人，但它一直都在。在悶窒無風的夏夜裡，我竟渾身感到一陣涼意。頭頂上的天空很厚重，雲層像顆爛熟得快要裂開的西瓜。暴風雨快來了，然而我感覺到的不只是這樣。

「好了，佛斯太太，不能再用力了，你得停下來。這孩子出來的方向搞錯邊，就算來到這世上也活不了多久，連你都會挺不住。就是這樣。你現在安靜下來。放輕鬆。」顧不得口音濃重的產婆一片苦心，船屋裡的昆妮開始急促低吟起來。

昆妮發出痛苦呻吟，活像陷在河口淤泥急於抽出的靴子。過去她生下我們五個不過就在吹呼一口氣間，這次卻生了那麼久。我揩去手臂上的冷汗，總覺得有什麼東西藏在樹林裡。某種邪惡的東西正盯著我們看。它為什麼在那裡？它是為了昆妮而來嗎？

我想從梯板跑下船去，沿著河岸一邊跑一邊喊：「馬上離開！快點走！你不能帶走我媽媽！」

我真的會這麼做，才不怕那裡是不是有鱷魚。不過我沒去，只是呆若木雞地靜靜坐著，仔細聽產婆都說了些什麼。她的嗓門有夠大，就像待在船屋裡聽一樣。

「噢，老天，我的老天爺呀！她肚子裡還有一個。她還有一個！」

爸爸在喃喃自語，我聽不見他說什麼。只聽得到他遲疑地腳踩靴子走到地板那一頭，又走回這一頭。

產婆說：「佛斯先生，這我沒辦法了。你如果不快點把這女人送到大夫那裡，不只兩個嬰兒見不到這世界，就連他們的媽媽今天也會死。」

布萊尼沒有馬上回話，只是雙拳重重捶打牆壁，震得昆妮裱了框的那些畫咯咯作響。某個東西鬆脫滑落，發出金屬敲擊木頭的聲音，從它掉落的位置和聲響聽來，我知道那是什麼。我心想，是上方站了個表情悲傷男子的那只錫製十字架；我想跑進屋裡，拿起十字架，跪在床邊，低聲唸著那些神祕的波蘭字眼，就像布萊尼人不在，雨下得淹過船頂、河浪反覆敲打船身的那些暴風雨夜晚，昆妮會做的那樣。

不過，跟布萊尼私奔住到河上之前，我並不懂昆妮在家學會的這種音調偏高的怪異語言，只聽得出幾個波蘭字，如果把它們串起來唸，也只是滿嘴胡言亂語罷了。就算是這樣，如果現在能拿到昆妮的十字架，我還是會對上頭的錫人唸出這些波蘭字眼；對了，每次暴風雨來的時候，昆妮都會親吻那個錫人。

為了幫助昆妮生產順利，好能再次看見她的微笑，要我做任何事都願意。

布萊尼腳上的靴子仍然在門的那一頭刮著地板，我聽見十字架哐噹掉到地上的聲音。布萊尼從灰撲撲的窗戶往外看；那扇窗來自他的農舍。早在我出生之前，他為了蓋這艘船屋，拆了自家農舍。當時，布萊尼的媽媽快死了，那年農作物又再次歉收，而房子終究要歸銀行所有。布萊尼盤算著可以住到河上去。這件事也被他說對了。經濟大恐慌那個時期，他跟昆妮住在水上的日子還算過得去。他每次講古的時候都會說：「就算是經濟大恐慌也餓不著河流，河流自有魔法。她總是照顧自己人，一向如此。」

但是今晚，魔法不靈了。

「先生！你有沒有聽見我在跟你說話？」產婆的態度變得很凶。「我的手不要沾染他們的血。你得把你的女人送到醫院去。現在就送。」

玻璃窗後的布萊尼臉繃得很緊，兩隻眼睛緊緊閉上。他握緊拳頭捶打自己的前額，最後又打了牆壁。「這暴風雨……」

「佛斯先生，不管是不是有惡魔在旁邊跳舞，我對這女人無能為力，一點辦法也沒有。我的雙手才不要沾血。」

「她生其他孩子時……從來沒有……出過問題。她……」

昆妮尖叫，叫得好大聲，聲音像野貓嚎叫那樣在深夜裡迴盪。

「聽著，你沒跟我說她從來沒有同時生兩個寶寶。」

我勉強移動腳步，帶開芬恩，讓她跟兩歲的蓋比翁、六歲的小雀，一塊待在船屋前廊。卡蜜拉坐在瞧得見窗戶的地方，朝我這兒看來。我關上梯板另一頭的大門，準備把他們留在門廊上，還交代卡蜜拉別讓小傢伙爬過來。卡蜜拉以皺眉代替回答。十歲大的她遺傳了布萊尼的倔騾子脾氣，還有他深色的頭髮和眼珠。她不喜歡被人使喚，固執得要命。如果小傢伙們開始吵鬧作怪可就麻煩了，而現在處境已經夠糟的了。

「一切都會沒事的。」我一邊保證，一邊像安撫小狗那樣拍拍他們柔軟的金髮。「昆妮現在很不舒服，不可以去吵她。你們全都乖乖待著。老獸人今晚跑出來活動了，幾分鐘前我聽見他的呼吸聲。現在出去不安全。」十二歲的我可不相信什麼獸人、惡靈和河上強盜「瘋船長傑克」——反正不是很怕了。我懷疑卡蜜拉有沒有相信過布萊尼說的那些荒唐故事。

她伸手去開門閂。

「不可以，」我斷了她一聲，「我來。」

布萊尼交代我們不可以進去，他是認真的，因為平常不會這麼說。可是他現在的口氣聽起來像是不知道該怎麼辦，再加上我擔心昆妮，還有我的男寶寶弟弟或女寶寶妹妹。我們大家一直在期待到底是男生還是女生。可是寶寶不該現在出來，太早了，甚至比蓋比翁更早。蓋比翁出生時好小，在布萊尼還來不及把船靠岸、找女人來幫忙接生前，他就已經滑進這個世界了。

這個新寶寶好像很難纏。也許寶寶出生後會長得跟卡蜜拉一個樣，而且一樣固執。是寶寶們才對，我提醒自己。我現在知道了，就跟生小狗狗一樣，昆妮的寶寶不只一個，這個情況不正常。在昆妮用金心牌漂亮麵粉袋縫製的睡簾裡頭，有三條性命生死未定地躺在那兒。三副身體試著拉扯、分開彼此，卻怎麼也做不到。

我開了門，在決定要不要進去之前，產婆已經高高站在我面前。她抓住我的手臂，抓得好緊。我低下頭，看見黑皮膚環扣著蒼白皮膚。如果她想，她絕對可以把我整個人折成兩半。她怎麼會救不了我的男寶寶弟弟或女寶寶妹妹呢？她怎麼會沒辦法把寶寶從媽媽的身體裡拉出來，帶他們到這個世上呢？

昆妮緊抓睡簾，又尖叫又拉扯的，連身子都用力過頭地拱離了床面。固定睡簾的鉤子有一半都被扯掉。我看見了媽媽的臉，玉米鬚一樣的纖細金色長髮黏在她臉上，一雙藍眼睛瞪得好大（我們所有人都遺傳了她那雙美麗溫柔的藍眼睛，除了卡蜜拉），臉頰皮膚繃得好緊，布滿像蜻蜓翅膀那樣細細的血管。

「爸爸？」在昆妮的尖叫聲之後，我輕輕喊著，卻似乎讓房間氣氛變得更糟。只在出了嚴重事情的時候，我才會喊布萊尼「爸爸」或叫昆妮「媽媽」。他們生我的時候年紀都還很輕，我想他們甚至從沒想過要教我「媽媽」和「爸爸」這兩個詞。我們一直都像同年齡的朋友那樣相處。可是我偶爾會需要他們當爸爸或媽媽——上一回是在兩個星期前，我們看到一個男的吊在樹上死掉了，全身都發脹。

昆妮要是死了，也會是那副模樣嗎？她先死，接著是寶寶們？還是寶寶們先死，她隨後跟上？

我的胃絞得好緊，甚至感覺不到抓住自己手臂的那隻大手。也許我該感謝有那隻手撐住我，讓我像船錨一樣能定定站著。我不敢靠近昆妮。

「你跟他說！」產婆當我是布娃娃那樣用力搖晃，好痛。她一口雪白的牙齒，在提燈的光線下，顯得那麼咬牙切齒。

不遠處打雷了，一陣強風甩上右舷牆，產婆一個重心不穩帶著我往前傾。昆妮的眼睛對到我的眼睛。她像個小孩一樣看著我，向我求救，覺得我可以幫她。

我艱難地吞了口口水，試著喊出聲來：「爸——爸爸？」之後又結結巴巴喊了一次，他仍只是瞪著眼看向前方，活像隻感覺到附近有危險而顯得全身僵硬的兔子。

我從窗戶看見卡蜜拉的臉壓在窗玻璃上，小傢伙們爬上長椅往裡頭看。小雀的胖臉落下了斗大淚珠，她討厭看到任何活物受到傷害。如果能僥倖不受處罰，她會把所有餌魚扔回河裡。只要布萊尼開槍射殺了負鼠、鴨子、松鼠或鹿，她就會表現出一副眼睜睜看著最要好朋友在自己面前被殺死的樣子。

她看著我，要我救昆妮。他們全都在看我。

遠處在閃電。閃電讓黃色的煤油燈閃遲了一下，然後變暗。我試著計算幾秒鐘後會聽見雷聲，這樣就能知道暴風雨離我們還有多遠，可是我好慌亂，算不出來。

如果布萊尼不快點送昆妮去看醫師，一切就太遲了。暴風雨來的時候，我們總在野外的岸邊紮營，而曼非斯就在那又寬又沉的密西西比河另一邊。

我喉嚨發緊，說不出話來，只好直起脖子說：「布萊尼，你得帶她過河。」

他慢慢轉向我，神情仍然呆滯，看起來卻像是一直在等待這一刻——他在等待產婆以外的人告訴他該怎麼做。

「布萊尼，你一定要在暴風雨來臨前，用小船帶她走。」因為我知道移動船屋得花很久時間。如果布萊尼頭腦夠清楚，也會想到這一點。

「你得告訴他！」產婆繼續鼓動著我，接下來朝布萊尼走去，把我推到她自己面前，對布萊尼說：「你如果不把那女人弄下船，這孩子的媽會活不過今晚。」

3

艾芙芮・史塔弗

現在／南卡羅來納州，艾肯市

「艾芙芮，快下樓來喔！」

就像打網球時以正拍削球回擊，沒有什麼比得上你母親喊人下樓、叫喊聲在樓梯間彈開又彈回那樣，能迅速讓你從三十歲變回十三歲。「來了，馬上下來！」

電話那頭，艾略特笑出聲來。那聲音既熟悉又撫慰，孩提時代的點點滴滴跟著被喚醒。在艾略特媽媽和我媽銳利的鷹眼監控下，我們從沒機會調皮搗蛋，更別說讓其他青少年心懷罪惡感的各種使壞。某種程度來說，我倆注定是要當乖寶寶的，而且是一起當。「甜心，聽起來你已經就位了。」

「只是要拍家族聖誕合照啦。」我身體湊向鏡子，把那些捲捲的金髮從臉上梳開，結果還是掉了下來。誰叫我從安養院活動回來後火速去了趟馬廄，結果頭髮就變得跟茱蒂奶奶一樣捲了。我知道後果會是這樣，只不過昨晚有匹母馬生了小馬，我實在沒辦法忍住不去看小寶寶。現在我付出代價了，夾帶著愛迪斯托河水氣吹來的微風，市面上沒有任何一款直髮器對付得了。

「在七月拍聖誕合照？」艾略特故意咳了咳。七月，這提醒了我有多想他。我倆分隔兩地各忙各的，離得這麼遠實在很辛苦，而這樣的生活竟已過了兩個月。

「我媽擔心化療的事。他們跟她說這種化療不會讓爸爸掉頭髮，她還是擔心。」關於爸爸的大腸癌病情，這世上沒有任何一個醫師安慰得了我母親。我們家所有事一直都由我媽打理，所以她是絕不會放手的。如果她說爸爸的頭髮會變得稀疏，那大概真的會吧。

「聽起來像你媽的作風。」艾略特再次大笑。他應該很清楚，他媽媽貝琦和我媽是同一個模子刻出來的。

「她只是非常害怕失去我爸。」說到最後，我哽咽了。過去兩個月以來，我們每個人從裡到外都被傷透了，表皮底下的傷口都在默默流著血。

「那是當然的。」艾略特停頓下來，時間過了好久好久。敲打鍵盤的聲音傳來──我提醒自己，他有間剛成立的證券經紀公司要經營，對他來說把公司經營得好才是最重要的，他可不需要未婚妻在平日的大白天無緣無故打電話給他。「小芮，你能在那裡很好。」

「我希望幫得上忙。可是有時我覺得，自己反倒給大家添了不少壓力。」

「他們需要你在那兒。這一年你得住在南卡羅來納，好確保你符合參選資格……我是說萬一需要的話。」每次我們聊到最後，艾略特都會提醒我同一件事，但我每次都想抗拒這份強加給我的要求，想搭機回馬里蘭州，回到我檢察官辦公室的窩待著。在那裡，我不用擔心癌症的治療、聖誕照這麼早拍、選民，還有在安養院一臉絕望地抓住我手臂的女人。

「嘿，小芮，你等我一下。抱歉，今早這裡真是一團亂。」艾略特要我等一下，他去接聽另一通電話。我的心思飄回了今早看見的那個女人梅伊，她身穿白色毛衣，佇立在花園裡；然後她站到我身邊，身高還搆不到我肩膀，一雙乾癟癟的手緊抓著我的手腕不放，前臂掛著的拐杖晃個不停。即使現在回想起來，仍能感覺到她的眼神被什麼給困住了；看得出來她認得些什麼，她很確定知道我是誰。

「芬恩？」

「抱歉，你說什麼？」

「芬恩，是我。」她雙眼泛著淚，「噢，親愛的，我好想你。他們跟我說你不見了。我就知道，你永遠不會毀棄我們的約定。」

有那麼一瞬間，我希望自己是芬恩，好讓她高興——讓獨自盯著紫藤花瞧的她，暫時從痛苦中抽離，她在那裡看起來非常落寞。她似乎迷失了。

有人解救了我，這樣就不用由我來告訴她我不是她在找的那個人。照護人員來了，滿臉通紅，窘迫得很，輕聲對我說：「真抱歉，克蘭朵太太才剛來這裡不久。」她緊緊攬著克蘭朵太太的肩膀，將這位老太太的手從我手腕上扳開。老婦人的力道意外強勁，她一點一點鬆開了手，接著護士平靜地說：「梅伊，走吧，我帶你回房去。」

看著她的離去，我覺得自己好像該幫點忙，卻又不知道能做什麼。

艾略特回到線上，我的思緒被打斷，猛地又回到現在。「總之，撐下去，你可以的。我看過你怎麼對付大都市的辯護律師，艾肯這地方對你不成問題。」

「我知道，」我嘆了口氣，「很抱歉打擾你。我只是……我想，我需要聽到你的聲音。」我說得脖子根都紅了。我平常不是這麼依賴的人，也許是爸爸的健康危機和茱蒂奶奶的事，讓我道德良心過意不去吧。愧疚感像河面上的霧那麼厚重，久久無法散去，我只能從中憑感覺找路出去，像瞎了一樣渾然不覺四周可能潛伏了些什麼。

或許我現在才明白，一直以來過得有多幸福。

「你別太苛求自己了。」艾略特變得溫柔，「本來就有很多事要處理，慢慢來吧。想太多也解決不了。」

「你說得對。我知道你是對的。」

「那你就白紙黑字寫下來吧！」

艾略特逗笑了我。「不可能。」我從梳妝臺拿出包包，想找個東西把頭髮綁起來。我把裡頭所有東西倒在床上，找到兩根銀色小夾子——這樣就沒問題了。把前面的頭髮往後夾，再弄一個波浪捲髮造型，就能比較像樣地拍照了。茱蒂奶奶看到照片一定會喜歡的，畢竟我替自己弄了個她的髮型——她總是留捲髮。

「小芮，就是要這樣，這才像你。」

艾略特跟一個剛進他辦公室的人打招呼，我一邊很快道別一邊弄頭髮，照了最後一眼鏡子，還摸摸身子，順一順為拍照而穿上的綠色緊身洋裝。希望我母親的造型師不會檢查服裝品牌（洋裝是跟商場裡的店家買的），幸好髮型看起來算是優雅得體，如果造型師在這兒（她大概會來吧），我想她也會這麼覺得。她跟萊絲麗有個共識，用她們的話來說，就是我的造型需要下點工夫。

小小的敲門聲傳來。「別進來。衣櫃裡關了一隻章魚！」我警告著。

十歲大的外甥女寇特妮站在門口，把頭伸進來，一頭金色捲髮的她也像極了茱蒂奶奶。

「你上次說那裡面有隻灰熊。」她一邊抱怨一邊翻了個白眼，這舉動讓我知道，這樣的小笑話在她九歲時講或許還算可愛，但對年紀已經正式邁入二位數的她來說，這個玩笑就整個弱掉了。

「謝謝你的提醒，不過那是隻會變身的基因突變灰熊。」我會這麼說，是為了笑她過度沉迷於一款電玩遊戲。家中意外多了三胞胎，寇特妮這個大姊姊便多出了很多泡在電玩上的時間。她似乎不排斥這份剛到手的自由，只是我擔心她。

她一隻手扠在腰上，一臉正經地說：「如果你現在不下樓，那你就會需要那隻灰熊了，因為小蜜蜂要叫狗狗來咬你啦。」小蜜蜂是我爸對我媽的暱稱。

「噢噢噢，我好怕喔。」想想我們德雷登丘家中的蘇格蘭㹴犬向來過得養尊處優，牠們只會期待入侵者從狗食烘焙坊買了什麼名牌好料來孝敬吧。

我弄亂寇特妮的頭髮，還從她身旁溜掉，一邊跑一邊朝樓下大喊：「艾莉森，是你女兒在拖延我們拍照。」

寇特妮尖叫了起來，我們比賽誰最先跑到樓梯間。她贏了，不過是因為這小妮子敏捷得很，而我腳上穿著高跟鞋的關係。我其實不需要讓自己看起來再高一點，但要是我穿平底鞋拍家族照，母親會不高興。

在那間正式的接待廳裡，工作人員和攝影師正在忙拍照——大家都那麼投入在拍聖誕照。好不容易拍完照，我大姊那幾個青少年孩兒已經擺出臭臉，我則感到昏昏欲睡。結果我沒睡，反倒撈了一個小小孩在沙發上玩起搔癢大戰，其他孩子也很快加入戰局。

「艾芙芮，拜託！」我媽出聲了，「看你把自己弄得亂七八糟的，而且你應該要在二十分鐘內準備跟你爸爸一起出門。」

萊絲麗一隻眼睛斜掃了過來，展現她鬣蜥般能同時注意兩個方向的能耐。她對我身上的綠洋裝搖搖手指：「穿這樣去市政廳論壇太正式了，你早上的穿著反而不夠正式。穿那套底下滾邊的藍色褲裝，很有參議員的樣子，又不至於太誇張。你知道我說的那一套嗎？」

「我知道那一套。」但我寧可和三胞胎玩摔角，或跟蜜西的孩子聊聊他們去兒童夏令營擔任小輔導員的計畫，可是我連選擇的自由也沒有。

我吻了吻外甥和外甥女，跟他們道別後，接著匆匆上樓換了衣服，隨即和爸爸一起搭禮車出門。

他拿出手機，滑動查看有關今天下午活動的簡報。在萊絲麗、眾多助理及實習生、本地與華府兩邊工作人員，還有報章的情報分享下，眼前這個男人總是消息靈通，這對他而言是必須的。就當前政治局勢來說，要是他真的因為癌症而不得不辭職，將導致參議員之間角力失衡，這樣的變化真的很危險。但就爸爸的身體情況來看，恐怕還來不及演變成這局面，他就會先一步離開我們了。這些日子以來，他忽視自己的症狀、在國會會期間仍然續留華府，就是證明。而我被找回家接受培訓、在選區住下以確保參選資格，就像艾略特之前所說「萬一需要的話」，更是不爭的事實。

在南卡羅來納州，史塔弗這個姓氏一向是個跨越黨派的存在，可是安養院醜聞引起的注意著實讓每個人憂心得直冒汗。而且根本是每週一爆——安養院院友因褥瘡未接受治療而死亡、照護機構雇用了沒有執照的工作人員，還有本地私人照護機構根本沒遵守聯邦規範，不但沒做到每天至少在每位病人身上付出一點三小時的照護標準，還向聯邦醫療險和醫療補助計畫拿錢。親屬們無不感到痛心，畢竟一直那麼相信自己的親愛家人受到了合法合格的照護，但真相居然令人如此悲痛，真的很糟糕。這件與我父親幾乎八竿子打不著的事，卻成了他一個個政敵手上的把柄，而且是可以操弄情緒的那種。他們要每個人相信，只要口袋夠深，我父親就會動用他的影響力，幫助這些朋友把自己的財富建立在別人身體的病痛上，還可以逃過法律制裁。

只要是認識父親的人都知道，他沒有立場要求資助他政治獻金的人及支持者提出資產負債表；就算他有立場這麼做，真相也會隱藏在以公司之名行事的層層遮羞布下，這些企業乍看之下都沒問題。

「最好記熟一點。」爸爸一邊說，一邊在語音備忘錄檔案按下播放。他手舉電話擱在我倆之間，湊向我。突然間，我又變回了那個七歲大的小女孩。小時候那股讓我心底暖得不得了的感覺又回來了。媽媽帶我穿過國會大廈神聖莊嚴的大廳，在父親的辦公室門前停下，讓我自己進去。我安靜肅然地走向了祕書，說明自己和參議員有約。

「噢，這樣啊，我確認一下。」丹尼森太太每次都這麼說，接著便揚起一邊眉毛、忍住笑意撥打內線。「參議員，這裡有一位……史塔弗小姐要見您。要請她進去嗎？」

順利得到允許後，父親會握握手、皺皺眉，以示慎重地迎接我，並說：「早安，史塔弗小姐。你能過來一趟真好，今天準備好出去面對群眾了嗎？」

「是的，先生，我準備好了！」

當為了特殊場合打扮的我，在他面前翩翩轉上一圈秀給他看時，他眼裡總是閃現驕傲的神色。做父親的能為女兒做的其中一件最棒的事，就是讓她明白自己達到了他的期望。我父親做到了，而這份父母恩情我永遠回報不了——我願為他、為我母親做任何事。

這會我們並肩而坐，仔細聽取這一天接下來的活動細節、將會涵蓋的主題，以及一定得避開的議題。我們拿到了精心構思的答案，用以回應有關安養照護機構的虐待事件、吃癟的官司，以及空殼公司竟然在給付補償金之前就神奇破了產等提問。父親打算怎麼面對這一切？他是不是一直在欺凌弱勢，護航那些資助他政治獻金的人及老朋友不受法律制裁？現在他會不會運用自己職位上的影響力，幫助上千個苦於尋覓優質照護的老人家？那麼，那些仍住在自己家裡、蒙受前陣子淹大水損失的人呢？他們被迫在花錢修整家園、三餐溫飽、付電費帳單以及持續接受醫療照護之間做出選擇。對於該怎麼幫助這些人，父親有什麼想法？

提問還可以一直往下延伸。每道提問至少會有一個精心構思的答案；許多提問甚至提供好幾種回答選項，好讓我們根據不同的情況再將可能的反駁考慮進去，加以靈活運用。今天下午的市政廳論壇媒體管制會很仔細，政敵的人馬溜進來搶麥克風發言的可能性微乎其微，但也不能掉以輕心——難保場面會變得白熱化也不一定。

就連要是有人挖出茱蒂奶奶的事，我們也拿到了推演過的答案。我們為什麼要送她去每天所需照護費用高出醫療補貼低收入老人七倍的機構？

為什麼？是因為茱蒂奶奶的醫師推薦，說像木蘭莊園那樣讓她有熟悉感的地方，對她來說是最好的。莊園改建成安養院之前，她有個兒時玩伴就住在那兒，去那裡對她來說就像回家一樣熟悉。我們希望她過得舒服，也在意她的人身安全。就像許多家庭一樣，當我們面對這既複雜又困難的問題時，沒有什麼答案是容易的。

既複雜又困難的問題……沒有什麼答案是容易的……

我把這些答案逐字背起來，以防有人問我。當這種非常私人的議題被扯入時，我最好別即興作答。

我們在距離會場幾條街外短暫小歇片刻，萊絲麗滑進車裡，說：「威爾斯，今天早上在安養院的媒體活動很成功。」她比平常更緊繃了，「我們得先下手為強，卡爾·福特納跟他的團隊肯定會好好利用老人照護這個議題。不過，他們這是在搬石頭砸自己的腳。」

「我相信他們有很多石頭。」爸爸的笑話也太難笑了。敵對陣營的攻擊計畫是經過深思熟慮的，策略也很有組織，他們把父親描繪成一個不知民間疾苦的菁英分子，屬於華府幫，在華盛頓特區打滾了幾十年，對家鄉百姓的需要視而不見。

「越多越好，放馬過來。」萊絲麗回答得很有自信。「對了，是這樣的，計畫有點改變。我們要從後方進入大樓，前方入口的對街有人在抗議。」

然後，她轉而對我說：「艾芙芮，今天的活動我們會帶你上場。進行論壇時，為了營造輕鬆感，我們會讓參議員跟主持人面對面坐。你跟你父親一起坐在沙發上，坐在他右手邊。

你呢，是個因為擔心爸爸健康情況、以及為了幫忙打理家族事業而搬回家的女兒。你單身、沒有兒女要養，還計畫在艾肯這裡舉辦婚禮等等。你會知道該怎麼應對的。不用給人太政治的感覺，也不要吝於展現你對議題和相關法律的了解。我們希望你語調輕鬆、別照本宣科，這樣才有機會帶出更有你自己風格的提問。現場只有本地新聞媒體，這是個能讓你爭取一點露面時間、又不至於太有壓力的絕佳機會。」

「那是當然。」過去五年來，我每天都在過陪審團放大檢視我每一步、辯護律師對我緊迫盯人的日子，這些來參加市政廳論壇、用放大鏡監督時政的人，可嚇不了我。

至少我是這麼對自己喊話的。但不知為何，心跳卻加速了起來，我口乾舌燥。

「孩子，換上你的作戰面孔。」爸爸對我眨了眨眼，有時我們會稱這樣的眨眼叫「你沒問題的」，就像讓人難以抗拒的溫熱醇濃蜂蜜那樣，信心就這麼注入了進來。

如果我有父親一半魅力就好了。

萊絲麗繼續為我們簡報這場活動，直到抵達市政府仍說個不停。跟今早在安養院的露面不一樣，這次有安全檢查，連本地政府層級的維安警力也出動。我可以聽見前方入口處的騷動，有輛警車在巷尾待命。

我們從禮車匆匆下車時，萊絲麗看起來一副準備好要護駕揍人的樣子，一襲樣式保守、深藍色套裝底下的我，卻緊張得冷汗直流。

「要孝敬父母！」有位抗議人士的吼聲蓋過了喧鬧。

我想來個右轉彎，大步走到街邊，好好罵這些人一頓——你們憑什麼教訓人！

「老年人不能住集中營！」這話跟著我們穿門而入。

「這都是些什麼人啊，瘋子嗎？」我喃喃地說，萊絲麗用眼神提醒我，然後朝警員們悄悄聳了聳肩。除非說話內容經過核可，否則他們不讓我在大庭廣眾下表達自己的意見。可是我現在超生氣的……不過這樣好像也不壞，轉移了我注意力，我的心跳明顯慢了下來，感覺自己已經換上作戰臉孔，準備就緒。

門關上，一切安靜下來。我們見到了安德魯．摩爾，他是今天這場「年長者公民權利政治行動委員會」論壇的活動統籌，負責協調大小事。就這個職位而言，安德魯看起來意外年輕──他頂多二十五歲。一襲灰色西裝熨燙得極為平整，領結有點歪斜沒打正，襯衫領子不太服貼沒翻好，看起來像個一早讓人張羅穿哪件衣服、再由他自己胡亂套上去的男孩。他告訴我們，他是祖父母帶大的，為了撫養他，他們犧牲了許多；而這份工作是他報答他們的方式。後來有人提到我是聯邦檢察官，他看看我，打趣地說「政治行動委員會」需要一名編制內的好律師。

「我會牢記在心的。」我開玩笑說。

在等待時，我跟安德魯隨意聊了一下。他不僅看起來討人喜歡、誠實正派，而且很有活力、充滿了使命感。我有信心這場針對眾多爭議不斷話題的討論，將能很公允地進行。

我們很快就認識了其他人，像是見到一位本地記者，他即將擔任論壇主持人。我們輕手輕腳地把麥克風收進西裝外套、別在自己的翻領上，發射器盒子則掛在腰間的皮帶上。

主持人走上舞臺時，我們在一旁等候。他感謝了各主辦與協辦單位，提醒大家今天的活動採論壇方式進行，最後介紹我們出場。大家鼓掌歡迎，上臺後我們很開心地朝臺下觀眾揮手致意。每個人都表現得規規矩矩，儘管遠望臺下仍看見不少似乎帶著擔心、懷疑，以及沒那麼友善的臉孔；除此之外的其他人，打量參議員的神情簡直像在看英雄似地。

父親恰如其分地回答了一些簡單問題，還巧妙轉移了沒法立即給出答案的詢問方向。對於退休生活津貼給付的年限能不能比過去再延長些，或是破碎家庭的議題，以及有關安頓病痛老人方面，如今更傾向於仰賴專業照護而不是讓年長者待在家中，因此該如何面對照護文化的轉變等問題，這些全都沒有簡單的解決之道。

儘管是經過深思熟慮的回答，但我看得出父親今天有點失準。有個年輕人問：「先生，我想聽聽您如何回應卡爾．福特納的指控。他說，私人企業所經營的年長者照護連鎖機構，目標是盡可能收越多年長者越好，再以最低廉的支出成本運作，這樣才能增進獲利。您一直接受L. R.洛頓及其投資夥伴的政治獻金，那就代表您支持這種利益大過人民的運作模式。您可曾注意到，住在這些機構裡的年長者，是由一群領最低工資，僅僅受過一點專業訓練、或甚至根本沒受過訓的人員所照料——倘若他們真受到了照顧的話？您的對手呼籲聯邦立法，要那些從經營安養照護機構或其背後控股公司獲利的人士，為他們所提供的照護負起全責，同時也要為官司提出的損害告訴負起賠償責任。福特納還呼籲，要向像您這樣的有錢人課稅，以利籌募資金、補貼我國境內又老又窮的公民。有鑑於近來的事件，您在參議院會不會支持這樣的做法？無論贊成與否，您的理由是？」

我幾乎可以聽見萊絲麗在布簾後方發出咬牙切齒的聲音。那些問題不在演練過的劇本裡，相信也絕不在那人手中握著的提問卡上。

父親猶豫了一下，片刻間顯然有點不知所措。「快回答呀！」我心想。汗珠從我背上流了下來。我全身肌肉緊繃，只好抓住座椅扶手以免坐立難安。

這份靜默真叫人痛苦煎熬，似乎好幾分鐘過去了——但我知道沒那麼久。

父親終於開始就現有的聯邦規範，針對安養院、稅務，以及用來支付醫療補助計畫的信託基金，進入冗長的解釋。他看起來那麼能幹、那麼沉穩——他再次掌控了局面。他明白表示，自己孤掌難鳴，沒有能力改變醫療補助計畫的撥款支助、稅法，以及有關年長者照護的現況，但這些都會是他在下一個參議院會期最關切的議題。

接著，論壇回到比較可以接受的劇本進行下去。

終於有個問題朝我而來，主持人十分寬厚地看著我。對於我是不是被培養成接班人接替父親在參議院的席位，我都回以事先準備好的答案——我沒回答「會」，也沒說「永遠不會」，反倒說：「無論如何，光有這種想法都算是言之過早……除非我想參選，跟他本人打對臺，可是有哪個人會如此瘋狂去做這樣的事？」

臺下觀眾咯咯笑了，接著我做出從爸爸那兒承襲來的招牌眨眼動作。爸爸高興極了，我心中的偉岸巨人接著又回答了好幾個簡單的問題，然後討論結束。

就在我們步下舞臺、我等著被萊絲麗稱讚的時候，她反倒一臉擔憂地看著我。我們走出門外時，她湊近了我。「安養院打電話來，你好像在那裡弄丟了手鍊？」

「什麼？手鍊？」突然間，我想起今早佩戴了一條手鍊，可是眼下手腕沒有任何東西在晃動——沒錯，那條手鍊不見了。

「他們發現一名院友拿著手鍊。院長看了她手機裡的活動照片，確定那是你的手鍊。」

「安養院裡，那個抓住我的手不放的女人……」

這下我想起來了。梅伊．克蘭朵被拉走時，三隻小蜻蜓的迷你金腳掠過了我的手腕，最後一定是她拿走了我的珠寶。「噢噢噢，我知道怎麼回事了。」

「院長一直道歉，說病人才剛到安養院不久，還在調適。兩個星期前，她在河邊的一間房子，和她過世妹妹的屍體以及十幾隻貓，一同被發現。」

「噢，這太慘了。」我不敢往下想，可是再怎麼不去想，腦海裡還是會浮現毛骨悚然的可怕場面。「我想這純屬意外——我是指手鍊的事。她抓住我的手不放時，我們正在聽爸爸講話，護士還用了點力氣才把她的手扳開。」

「這種事不該發生的。」

「萊絲麗，沒關係，不要緊的。」

「我會派人去拿。」

我記得梅伊．克蘭朵的藍眼睛，還有她打量我時露出的絕望神情。我想像著這樣的場面——她拿走了我的手鍊，一個人在房裡細細瞧著，把它掛在自己手腕上開心地欣賞。

如果手鍊不是傳家之寶，我會就這麼讓她留著。「我想親自過去取回，因為那是我奶奶的手鍊。有人可以載我嗎？還是我自己開車過去？」我跟父親今天的表定行程到此為止，傍晚他會在辦公室跟一位選民談話，母親則要在我們德雷登丘的家中舉辦「美國革命之女」的聚會。

萊絲麗的眼睛在冒火，我擔心場面就要一觸即發，於是又加了個強而有力的藉口：「反正我還有一點時間，該順道去跟茱蒂奶奶喝杯茶，她會很高興看見那條手鍊的。」市政廳論壇的老人照護議題讓我有罪惡感。我已經快一個星期沒去看奶奶了。

萊絲麗下巴抽動，算是默許了我，可是從她的肢體語言來看，我知道她覺得我隨興所至的舉動很蠢又不專業，很叫人頭疼。

我就是忍不住。我一直在想梅伊・克蘭朵，有關安養院虐待事件的大量新聞報導依然歷歷在目。或許，我內心深處只是想確認她之所以來找我，是不是因為陷入了什麼困境。

也或許是發生在她身上的可怕不幸傳聞挑起了我的好奇心。「兩個星期前，她在河邊的一間房子，和她過世妹妹的屍體以及十幾隻貓，一同被發現……」

芬恩是她妹妹的名字嗎？

4

瑞兒・佛斯

一九三九年／田納西州・曼非斯

布萊尼先把昆妮放在船屋的前廊邊，才去找他綁在河下游成堆漂流物那兒的小艇。昆妮整個人蒼白得跟脫脂牛奶沒兩樣，身體緊繃且僵硬。她又哭又叫、腦筋錯亂，一張臉因哭喊而扭曲，不斷朝旁邊平滑溼潤的木頭擠去。

小雀退到船屋牆邊的陰影處待著，芬恩和蓋比翁這兩個小傢伙手腳並用地悄悄爬了過去。他們從沒看過大人這樣慌亂。

蓋比翁彎下身子看，好像不太確定眼前身穿昆妮粉紅色花洋裝的人就是昆妮。昆妮代表光、代表笑聲，也代表所有的老歌（不管船開到哪個城鎮，一路上她總是跟著我們一起唱），所以這個咬牙咒罵、呻吟哭泣的女人不可能是她，但又確實是她。

「瑞、瑞！」蓋比翁喊我。他才兩歲大，還不會唸我的名字「瑞兒」。當我跪下去扶昆妮的頭時，他抓住了我的裙襬。「金妮？」

芬恩伸手去摸昆妮的金色長捲髮時，卡蜜拉拍打兩個小小孩的手，說：「安靜！」當初就是這頭秀髮引起布萊尼的注意，讓他想追求她。他有時會問我：「你不覺得你媽看起來就像故事書裡的公主嗎？你媽是阿卡迪亞王國的皇后，那你當然就是公主了，不是嗎？」

可是我媽媽現在不漂亮，她臉上全是汗水，嘴巴因痛苦而扭曲。洋裝底下的肚子繃得好緊、好凸，寶寶們快把她的肚皮撐破了。她緊抓著我不放。產婆在船艙裡擦手，把接生工具放進草籃裡。

「你得幫她才行！」我大叫，「她快死了！」

「這已經不關我的事了，」產婆說。她笨重的身體搖晃著我們這艘小船，甩得提燈劈啪作響。「跟我一點關係也沒有。笨蛋，你們這些河上敗類。」

她快氣死了，態度凶得像條賽狗，因為布萊尼不願付她錢。布萊尼說她自己保證會接生娃娃，可是她根本沒動手，所以讓她帶走白天早些時候從曳釣繩拉上來的兩條肥鯰魚，外加一些提燈用的煤油，應該已經夠好的了。如果她有能耐，絕對會回來報復我們，只不過她的膚色比柏油更黑，而我們是白人，她明白如果找我們麻煩，自己會有什麼後果。

鯰魚原本是我們的晚餐，結果現在只剩一小塊玉米麵包讓我們五個人分著吃。煩心事又多了一件。

我是不是該替昆妮拿些衣服？梳子？鞋子？

布萊尼的錢夠不夠付給真格的醫師呢？如果他錢不夠，會發生什麼事？

萬一他被抓走呢？以前，我們到處去河岸城鎮找球技沒那麼好的人較量撞球時，他曾經吃過癟。布萊尼是個撞球高手，打八號球比賽沒人能贏得了他，而且他還可以在撞球間彈鋼琴，琴技好到人家會付錢請他來彈，可是眼下遇上經濟大蕭條，錢很難賺。他現在主要是在撞球間找人較量，靠打球換取我們的生活所需。

哪裡還有藏錢？布萊尼回來的時候，我是不是該問問他？提醒他可能會需要錢？暴風雨已經來了，河面浪濤滾滾，眼下他要怎麼在黑暗中渡河？

產婆轉身走出門，手上提著籃子啪嗒作響。籃子上頭掛了件紅色的東西，就算這會光線昏暗，我也知道那是什麼——昆妮那美麗的天鵝絨帽子，上面還有羽毛，是布萊尼有次在名叫「沼澤地」的下流爛地方打球贏來的。

「把那個東西放回去！」我說，「那是我媽媽的！」

產婆一雙深色眼睛往下瞧，還朝我動了動下巴。「我在這裡待了一整天，才不要拿什麼兩條魚。我的魚夠多了。我要這頂帽子。」她四處張望了一下，想看看布萊尼在哪裡，接著朝前廊旁的梯板走去。

我想阻止卻移動不了——昆妮靠在我的大腿上，又尖叫又亂踢亂動的。她的頭撞上了甲板，發出西瓜撞木板那種空洞的聲響，我得用雙手撐住她。

卡蜜拉趕緊超前產婆，擋在前門，站成大字形，兩條細手臂伸得長長的，搆到了兩邊欄杆。「你休想拿走我媽媽的帽子。」

產婆邁出一步——她要是了解卡蜜拉這個人，就不會這麼做。我妹妹或許只有十歲大，她可不只遺傳了布萊尼的一頭粗黑髮，連脾氣也一個樣。布萊尼生起氣來，套一句老齊德的話，那叫做——胡亂發飆。以前，我們兩艘船常常停靠得很近，齊德不只一次警告過我爸爸：「你這種胡亂發飆的脾氣，會讓你怎麼死在河上都不知道。」打從布萊尼到河上展開生活，他倆就成了朋友，齊德教會布萊尼很多事情的道理。

「你這個小賤貨，嘴巴放乾淨點。」產婆的一隻大黑手抓住卡蜜拉的手臂想甩開她，卡蜜拉卻緊抓欄杆不放。我想，她的肩膀肯定快脫臼了。

再下一秒鐘，卡蜜拉猛一轉身，用力咬了下去。產婆痛得一邊大叫、一邊重心不穩地往後傾，船身被她搖晃得很嚴重。

昆妮尖叫。

遠處雷聲大作。

一直在閃電，夜晚頓時變成白天，隨後又再覆蓋上它的黑面紗。

布萊尼在哪裡？他為什麼去了那麼久？

我的內心浮現不祥的念頭。要是小艇鬆脫漂走了，讓布萊尼找不到呢？要是他去了船屋營地想跟人家借一艘，能順利借到嗎？就這麼一次，我希望他可以別那麼排斥與人為伍——他從來不停靠在河岸營地，認識我們船的人很清楚，除非收到邀請，否則不能過來。布萊尼說河上有好人，也有你不能信任的人，最好先遠遠摸清楚對方底細再說。

昆妮的腳亂踢，蓋比翁被踢到，撞慘了手臂，痛得他直尖叫。產婆已經離開房間，所以小雀衝進去躲了起來。昆妮在我懷裡快死了——她一定會死掉。

人在梯板前的卡蜜拉完全不肯讓步，臉上露出冷笑，看產婆還敢不敢挑戰她。卡蜜拉可不是好惹的，她會徒手抓蛇，跟河邊城鎮的男生打架，而且一點也不猶豫。

「你給我留下我媽的帽子！」她的喊聲壓過蓋比翁的尖叫聲。「還有魚，你也不需要。

你給我下船，否則我們就去叫警察，說有個黑女人想殺我們的媽媽，還沒良心地想偷我們的東西。他們會把你吊在樹上，吊死你。」她做出頭下垂、舌頭伸出來的模樣，我都快吐了。就在上上個星期三，我們看見一個男人吊死在下游的樹上，是個身穿工作服的大個子黑人。那附近方圓好幾哩都沒人住，我想禿鷹很快就會找上他。

只有卡蜜拉才會想到用這種方式得到她要的。光想起那個吊死在樹上的人，就已經讓我不舒服了。

我的腦海中有個聲音在低語：「也許那就是昆妮現在情況很糟的原因，也許都是因為布萊尼不肯停下來幫那個男的割斷繩子，放他下來，找到他的家人，好讓他們可以安葬他——也許，現在從樹林裡張望的人就是他。」

當時，昆妮求布萊尼上岸去處理屍體，但布萊尼不肯。「昆妮，我們還有孩子要養。而且看不出是誰下的手，也不知道有誰看到事發經過。我們最好沿著河繼續往下走。」

產婆從籃子裡一把抓出昆妮的帽子，扔在地上踩了過去，然後搖搖晃晃地走向梯板（她的噸位讓船搖晃不已），再抓起放在岸上的提燈。最後，她拿起那兩條串著的鯰魚慢慢走遠，還邊走邊咒罵我們。

「魔鬼也會去找你！」仍然撐在前廊欄杆上的卡蜜拉，也拿產婆說過的話咒罵回去。重複夠了產婆那些低俗下流話之後，她改罵：「這就是你偷人家東西的下場！」卡蜜拉三兩下就清理了那些髒話，畢竟她活了十年的人生裡，吞下肚的肥皂多到可以把一頭鯨魚從頭到尾洗得乾乾淨淨。她根本是靠肥皂養大的，耳朵沒跑出泡泡來還真是奇蹟。「有人來了。蓋比翁，噓，別出聲。」她抓住蓋比，一隻手摀住他的嘴巴，仔細聽著深夜裡的動靜。我也聽見了馬達聲。

我跟芬恩說：「你去看看是不是布萊尼。」她整個人跳起來準備要一探究竟，卡蜜拉卻把蓋比塞給了她，說：「讓他安靜點。」

卡蜜拉獨自越過前廊，身體靠在水邊那一側的欄杆上，說：「聽起來像是他把齊德找來了。」我頭一次聽見她的聲音裡鬆了口氣。

就像讓被子溫暖地裹著那樣，沒有什麼比聽到這句話更叫人安慰的了。任何情況下，只要有老齊德在，一切都沒問題。我根本不知道他就在泥島附近，但布萊尼大概曉得，他倆總是有辦法在河上找到彼此。我最近一次聽到齊德的消息，是他上陸去照顧染了肺病得搬到療養院住的妹妹。

「齊德來了。」我湊向昆妮輕聲說。她似乎聽見了我說的話，可能感到安心了些。齊德會知道該怎麼做。齊德能安撫布萊尼，不讓他那麼胡來，讓他恢復理智、能夠思考。「昆妮，齊德來了，一切都會沒事的。一切都會沒事的……」我重複了一遍又一遍，直到他們把船繩丟向卡蜜拉，爬梯板上來。

布萊尼很快穿過走廊來到昆妮身邊，跪下來一把抱起她，頭低下來倚著她的頭。我感覺到她的重量離開了我，她的溫熱從我皮膚上消失。夜深了露水重，我突然覺得好冷。我起身把提燈弄得更亮些，緊緊環住自己雙臂。

齊德蹲下來，湊近昆妮，注視她的雙眼，稍稍打開床單，看見到處都是血。他一手放在她的肚子上（洋裝的那一塊有團溼溼的紅色汙漬），一邊沉穩清晰地問道：「佛斯太太？佛斯太太？你聽得見我說話嗎？」

她發出可能是「是」的回答，聲音消失在緊咬的牙根後，接著把臉埋進布萊尼的胸口。

齊德灰白鬍子底下的嘴形變得凝重。一雙眼睛布滿血絲，鬆鬆地掛在眼窩裡。他以鼻毛叢生的鼻子吸氣，從緊緊抿著的嘴脣吐氣。威士忌味和菸草味好濃，卻很撫慰。這個夜晚的這一刻會永遠都在。

和布萊尼四目相交後，齊德微微搖了搖頭，然後對昆妮說：「昆妮丫頭，我們要把你弄下船去，你聽見了嗎？得用『珍妮號』帶你去醫院。路程辛苦，要渡河。為我當個勇敢的女孩，撐過去，聽見了嗎？」

他幫布萊尼從地板抬起昆妮，她的尖叫聲劃破了夜晚，相信能傳到遙遠的紐奧良。她整個人癱在布萊尼懷裡，他們好不容易才把她弄上船去。

「你抱著她。」齊德先交代布萊尼，接著又朝我看了過來，以他那根在西班牙戰爭中弄斷的彎曲手指指著我。「小姊姊，你帶小傢伙們去船屋，帶他們睡覺去，待在裡面。如果暴風雨停了，我會在早上以前回來；如果暴風雨沒停，那麼『莉茲梅號』就繫在往下游方向、你們的小艇那裡。莉茲梅號上有個男孩跟我一道，這傢伙有點狼狽，先前在火車上流浪，後來被鐵路警察逮到。不過他不會對你們怎麼樣。我已經告訴他，假如沒有我的消息，明天一早就划船過來這裡。」

在他的啟動下，「水女巫牌」馬達轟隆隆地動了起來，就著提燈的光線，我一直盯著它正在翻攪的爛泥巴瞧——我不想看見昆妮眼睛闔上、嘴巴鬆垂的模樣。

卡蜜拉拋出了船繩，正好落在小艇船頭。

齊德指了指卡蜜拉，說：「小壞蛋，聽你姊姊的話。做任何事之前都要先問過瑞兒，聽見沒有？」

卡蜜拉很倔地皺起鼻子，臉頰的雀斑全擠在一起。

「聽見沒有？」齊德又問了一遍。他知道我們之中誰最可能亂跑、惹麻煩。

「蜜拉！」布萊尼的理智恢復了些。

「是，遵命。」她同意道，可是一點都不樂意。

然後布萊尼轉向我，說：「瑞兒，你照顧小小孩們，好好照顧大家，等我們回來——等我跟昆妮回來。」口吻像在求我，而不是交代我。

「我們會乖乖聽話。我保證。我會照顧大家。我們哪兒也不去。」

齊德轉動舵桿握柄，開啟油門，水女巫載走我媽媽，開進了黑夜。我們五個人趕緊跑到欄杆旁站成一排，看著珍妮號被一片漆黑吞噬。我們聽見船身衝擊水花，隨水流浮浮沉沉，小馬達嘶吼，安靜下來，然後又再度嘶吼。每一次，聲音都離得更遠些。遠處，一艘艘拖船鳴起了霧角，有個水手長吹起了哨音，還有隻狗不停地吠叫。

這個夜晚靜了下來。

芬恩像隻猴子一樣環抱我的腿，蓋比和他最喜歡的小雀走進了船艙。最後，沒其他事好做，我們走進船屋，思考該怎麼解決晚餐。我們只有一塊玉米麵包和幾顆梨，梨子是布萊尼從阿肯色州的威爾遜換來的，我們之前在威爾遜這個城市待了三個月，去上學，等到放暑假才離開（布萊尼那時腳又癢了，已準備好回到河上生活）。

平常他從不帶著我們停靠在曼非斯這類河岸大城附近，可是昆妮從前天就開始喊肚子痛，雖然時間比她自己估得短，痛一下就過了，她畢竟生過五個寶寶，知道我們最好找個地方停靠，留在原處不動。

眼下，阿卡迪亞號上的大家都在抱怨，都在擔心，都覺得熱，也都有點煩躁。卡蜜拉抱怨就算窗戶已經全都打開，也還是又黏又熱，怪我怎麼不關紗門就好，而要把門全都關上。

「別說了。」我斷她一聲，準備晚餐。我們五個人圍成一圈坐在地板上——桌子兩端那兩個座位現在是空著的，我們坐在那兒似乎不太對。

「我餓餓。」蓋比翁吃完他的份之後噘起了嘴脣。他吃飯的速度比野貓還快。

我撕下自己的一塊玉米麵包，湊近他的嘴，繞著圈。「你把你那一份吞太快了。」每湊近一次，他就像隻小鳥一樣張開嘴，最後我把那一小塊丟進了他嘴裡。

「嗯嗯嗯。」他摸著自己肚子表示「還要」。

換芬恩跟他玩食物遊戲，小雀也跟著一起。遊戲結束時，蓋比吃到的分量是最多的。卡蜜拉沒加入，她吃光了自己那一份。

「我早上會去弄曳釣繩。」她說，好像這樣就能彌補她的自私行為。

「齊德要我們乖乖待著。」我說。

「等齊德回來，或是那個男生來了，我就去。」

她很清楚光靠自己沒辦法弄曳釣繩，所以我說：「小艇不在這兒。布萊尼划它去齊德的船那邊了。」

「那就等明天。」

「明天布萊尼就回來了，還有昆妮跟寶寶們。」

然後，我跟卡蜜拉看向彼此。我感覺得到小雀和芬恩在看我們，可是只有卡蜜拉跟我知道得夠多，才能一起分攤那份擔心。卡蜜拉的目光轉向門，我也是，我倆知道今晚不會有人走進這道門。以前我們從沒自己待在黑暗中過，就算布萊尼去打獵、到撞球間打球賺錢，或是抓青蛙，總有昆妮陪在我們身邊。

蓋比翁躺倒在昆妮編織的地毯上，他閉上眼睛，淺棕色的長睫毛觸到了臉頰。我還是得替他穿上過夜尿布，不過會像昆妮那樣，等他熟睡再弄。蓋比現在白天用便盆，如果要替他包尿布，他會生氣。

外頭雷聲隆隆、閃電大作，天空開始吐露霧氣。我想知道：「齊德和布萊尼有沒有順利帶著我們的媽媽渡河？她人是不是已經在醫師能治好她的地方，就像卡蜜拉闌尾發炎的時候那樣？」

「把對著河流的那些窗都關起來。沒必要讓雨水流進來。」我這麼告訴卡蜜拉，她居然沒唱反調。這是她生平頭一次這麼沒主張，她不確定怎麼做才是最好的——問題是，我也不知道。

蓋比翁嘴巴張開，打起呼來。至少小小孩中的這一個，今晚不會鬧。小雀和芬恩就不一樣了。小雀的一雙藍色大眼睛泛著淚，輕輕地說：「我想要昆妮。我怕怕。」

我也想要昆妮，可是不能夠說出來。「好了，安靜點。你已經六歲，不是小寶寶了。趁還沒颱風趕快把窗戶關一關，再換上睡衣。我們會換掉大床的床單，然後所有人都睡在上面，就像以前布萊尼不在時那樣。」

我沒力氣了，而且好累，可是心還在胡思亂想。思緒好混亂，水女巫在淺灘發動、樹葉、小樹枝、蟲餌、淤泥全都被攪動——怎麼拼拼湊湊出的全是些瑣碎的字眼。

思緒這樣持續著，所以什麼呻吟抱怨、哭聲、吸鼻子的聲音通通聽不見，甚至連卡蜜拉一直喊芬恩是笨蛋、小雀是小寶寶的故意胡鬧，以及她不該說的那些髒話也沒聽進去。

他們都躺上大床之後，我關掉提燈，但最後還做了一件事——撿起地板上的錫人十字架，掛回牆上原本的位置。這對布萊尼來說沒用處，但對昆妮有。今晚，他是唯一一個在這裡看顧我們的人。

我跪在地上，輕輕唸著我所知道的每個波蘭字，然後才爬上床睡覺。

5

艾芙芮

「我只要一下子就好。」萊絲麗的實習生伊恩把車開到安養院門口時，我這麼跟他說。他原本已經打開車門，作勢要起身。「噢……好，那我就坐在車子裡處理幾封電子郵件好了。」從下車到走進大廳，我感覺得到他訝異的目光一直跟隨著我。對於不需要陪我進去，他似乎有點失望。

院長正在辦公室等我，茱蒂奶奶的手鍊就躺在她桌上。我將失而復得的首飾戴回手腕時，只見蜻蜓的寶石眼睛閃閃發亮。

院長談及了當天稍早的活動，然後為造成我麻煩而道歉。她坦言：「我們還在磨合跟克蘭朵女士的相處。真是個可憐的婦人，她一向不太跟人說話，都只在……走廊和庭院裡遊蕩，直到晚上關門，然後就待在自己房裡。不過當志工來彈鋼琴時，她會出來聽。她似乎很喜歡音樂，可是就連一塊唱唱歌，我們也說服不了她加入其他院友一起唱。哀傷和搬遷所帶來的負荷，常常遠超過一個人身心所能承受。」

我立刻想到，如果有人這麼說茱蒂奶奶的話──我為這個可憐的女人梅伊感到心痛，於是說：「我想她不是故意拿走這條手鍊的，希望她別為這件事過意不去。要不是手鍊已經在家族傳承許久，我可以讓她留著的。」

「噢，老天，絕對不行，能歸還是最好的。有時候，我們的院友很難接受自己的個人物品沒一塊跟著來。他們看到這裡的人身上的東西，就認為是自己的被拿走了，我們一天到晚都在歸還那些被橫奪來的東西。克蘭朵女士才剛離開自己的房子不久，目前還在調適中，她這麼混亂不安是很正常的。」

「我明白這是一段很難捱的過渡時期。」奶奶那間位在小禮街上的房子依然上鎖沒人使用，裡頭所有東西仍留在原處。對於一個人一生中所有的紀念品，以及多到無法勝數的傳家寶物，我們還沒決定該怎麼安排比較好。一如既往地，那房子終將傳承給下一代，但願我其中一個姊姊會搬進去住，並把大多數古董都留下來。「克蘭朵女士的家人有沒有來探望她？」我刻意不提她已經過世的妹妹，畢竟光帶著某種「個案研究」的心態來談論她，就夠讓人有罪惡感的了。她畢竟是個人，是個像茱蒂奶奶一樣的老婦人。

院長搖搖頭，皺著眉說：「她沒有任何家人住在本地。她兒子幾年前過世了。儘管有幾個孫兒，但那是個離婚後又再婚所組成的家庭，而且沒有任何一個住在這附近，所以情況很複雜。他們已經盡了最大努力，而且老實說，克蘭朵女士還滿讓人頭痛的。一開始，她被送去離她家比較近的機構，可是她想要逃跑；接著家人就把她送來這兒，認為離家遠一點可能會有幫助。她在我們這裡，兩個星期內已經企圖逃跑三次。不過，新住進來的院友難免會發生感到迷失、適應困難等情況，總之等她更適應些，就會有所進步的。我實在很不想看她被改送到失智病人區，可是……」這句話還沒說完，院長就停了口，顯然意識到不應該跟我說這些。

我不禁覺得，自己是不是把整件事弄得更雪上加霜？「真的很抱歉。請問我可以見見她嗎？……我只是想親口謝謝她還我手鍊。」

「事實上，她並沒有主動歸還，是護士發現她手上拿著手鍊的。」

「我只是想讓她知道，能拿回手鍊，我很感激。」最主要的是，我在意院長對這整件事的態度好像太……冷冰冰制式了些。如果是我害梅伊惹上了麻煩該怎麼辦？「我奶奶非常喜愛這條手鍊。」我一邊說，一邊低頭看著這幾隻眼睛鑲有紅寶石、腹部繽紛多彩的華麗純金製蜻蜓。

「我們這裡不限制訪客，可是別見她比較好，反正克蘭朵女士也不太可能跟你說話。我們會告訴她手鍊已經物歸原主，一切都沒事了。」

最後，我們愉快地聊了一下稍早的生日派對，然後她送我到辦公室門口便停下腳步。走向大門時，我在走廊上經過一塊牌子，上頭井然有序地掛著寫了所有院友名字和房間號碼的金屬片。

梅伊・克蘭朵，一〇七。我在轉角轉了個彎。

一〇七號房位在走廊盡頭。房門是開著的，靠近門邊那張床空無一人，房間中央有道布簾拉了開來。我走進去，小聲地說：「哈囉，克蘭朵女士？」房間有股腐味，燈也沒開。我聽見了粗粗的呼吸聲。「克蘭朵女士？」我又往前一步，看見另一張床的床毯底下伸出一雙腳，是雙萎縮蜷曲的腳，好像已經很久沒使力起來行走。那肯定不是她。

我開始掉轉過頭，查看那無庸置疑是克蘭朵女士被分配到的區域。空間很小，乏善可陳，毫無活力可言。茱蒂奶奶的新迷你套房有沙發、椅子、遊戲桌，還妝點了我們挑選出的許多鍾愛的照片。相較之下，眼前這間房像個房客無意久待的地方。床邊桌僅擺了件私人物品——一只背朝外的相框，只見一支褪色又蒙塵的絨布腳架。

我知道自己不該多管閒事，可是怎麼樣都會在眼前看見，當時梅伊拿她一雙土耳其藍的眼睛，抬頭望著我、似乎有所懇求的樣子，眼神透露出絕望。萬一是因為有人欺負她，所以她才想從這裡逃跑呢？身為一名聯邦檢察官，就是會對老人家受虐的可怕情事特別敏感。舉凡電話詐騙、身分盜用、退休金盜領等，這類聯邦犯罪都歸我們管。年輕一輩只是等著把老人的錢占為己有，這樣的例子所在多有。如果克蘭朵女士的孫子真那麼為她著想，就不會把她丟在這裡，而不送她去家人監督得到照護品質的地方。

我告訴自己，只是想確認一下而已。我身上流竄著史塔弗家族與生俱來的責任感，即使是陌生人（尤其那些被邊緣化又求助無門的人），我也有責任讓他們過得好——做慈善，那可是我母親另一份非正式的全天候工作。

只可惜那只華麗相框以背示人，面朝牆壁。象牙色一體成型的塑膠框泛著珍珠光澤，理應與一九三〇、四〇年代女士用的粉罐、化妝刷、梳子和鈕釦相襯。但即使把身體湊過去，依舊看不見照片。

最後我還是動了手，把相框轉過來。照片邊緣褪了色，環繞一圈黑棕色調，這是一對站在湖邊或池塘邊的年輕夫妻快照。男人頭戴一頂破舊的紳士帽，手拿一根釣竿，認不出來是誰（生著黑眼珠、黑頭髮）。長相英俊，從他一隻腳踩踏地面的樹幹、瘦削的肩膀撐得直挺的站姿看來，這個人自信非常，甚至到了輕蔑一切的地步，彷彿是在挑釁攝影師似地。

女人懷有身孕。花洋裝在風的吹拂下露出孕肚曲線，一雙纖細長腿似乎招架不住已然撐得過大的肚皮。一頭厚厚金髮紮成快要及腰的長髮辮，髮辮收尾處束了一只小女孩用的那種蝴蝶結，不過已經破破爛爛的了。首先，這個女人讓我覺得，她看起來像是個裝扮成要去參加學校戲劇表演的少女，演出的劇碼或許是《憤怒的葡萄》。

其次是她讓我想起自己的奶奶。我瞇起眼睛湊近些，想起不久前我們在茱蒂奶奶房裡嚴嚴實實掛上去的那些照片，尤其是她高中畢業旅行拍的那張，坐在科尼島碼頭上，面朝鏡頭微笑。

我可能是在想像其中有沒有什麼相似之處吧！從衣著來看，這張照片年代久遠，不可能是茱蒂奶奶。我的奶奶一向時髦，絕不可能打扮成這樣，不過這會盯著相框的玻璃猛瞧，滿腦子卻一直想著——這可能是她。此外，我還發現照片中的女人和外甥女寇特妮、和我自己本身，都有相似之處。

我掏出手機，試圖就著昏暗燈光對焦拍照。

照相鏡頭的對焦符號來來回回移動著。我拍了照，結果模糊一片；往床鋪移動，又再拍了一次。不知為何，如果我打開檯燈，會有種踩線越了界的感覺；如果我使用手機閃光燈，又會讓相框玻璃反光。但是我想拍到這張照片，也許父親可以告訴我，他認不認得這些人……又或者等我回家後再看一次，就會發現所謂的相似之處純屬我自己想太多，畢竟照片拍攝年代已久，畫面並不怎麼清晰。

「不請自來，隨便踏進別人的地方，很沒禮貌。」

正當我再一次拍照時，有句話冒了出來，猛地嚇了我一跳——手機滑落，掉到地上翻了好幾翻，我像個卡通人物那樣慌亂間做起了慢動作，漫天亂抓卻只抓到空氣。

梅伊．克蘭朵從門口走來時，正在床底下撿手機的我說：「非常抱歉。我只是……」這種行為沒什麼好解釋的，怎麼辯解都沒用。

「你究竟想做什麼？」在她說話的同時，我轉過身來。看到我之後，她的態度整個改變，下巴驚訝地後縮，又再慢慢地伸出。「你回來啦。」她的目光掃掠過相框，意味她知道相框被動過了，接著問：「你跟他們是一夥的嗎？」

「他們？」

「這些人。」她一隻手在空中揮了揮，意指安養院的員工，接著伸長脖子湊向我。「他們把我關在這裡。」

我想起萊絲麗告訴過我的：房子、死去妹妹的屍體。或許事情不只是哀傷和感到迷失那麼簡單。我對這個女人的情況一無所知。

「我看到你拿了我的手鍊。」她指著我的手腕說。

我腦海裡浮現院長說的話——她一向不太跟人說話，都只在……走廊和庭院裡遊蕩……

可是，她現在正在跟我說話。

我發現自己死命拽著蜻蜓手鍊，把它握在手裡，然後用力往自己胸口壓。「抱歉，這是我的手鍊。手鍊一定是在今天……生日派對上，你握住我手腕那時候掉下來的？」

她凝視著我，看起來渾然不知我在說些什麼。或許她已經不記得有過派對？

「你有過一條像這樣的？」我問。

「我有過派對？沒有，沒可能的事。」她話中帶著恨，恨意又濃又酸。

或許安養院院長低估了這女人的問題？我聽說老人痴呆和阿茲海默症會造成偏執和焦慮，可是我自己從沒經歷過這樣的行為。茱蒂奶奶是很困惑沒錯，有時甚至會顯露沮喪，可是她仍然跟以前一樣親切慈祥。我再次問她：「我的意思是，你以前是不是有過像這樣的一條手鍊？」

「為什麼……對，我以前有……然後他們給了你。」

「不是這樣的。早上來這裡時，我就戴著這條手鍊了，是我奶奶送給我的禮物。這是她很喜歡的一件首飾，要不是這樣，我一定會……」我沒把「要不是這樣，我一定會讓你留著」這幾個字說出來，聽起來不夠尊重，當人家是小孩似地。

她盯著我看了很久。突然間，她腦袋變得清楚，甚且還太過清晰。「也許我能跟你的奶奶見上一面，這樣就能解決這事了。她住在附近嗎？」

房裡的空氣為之一變，我感覺得到（這跟頭頂的通風口開始送風無關）她想從我身上獲得什麼。「我想這是不可能的。我希望能做到，可是無能為力。」事實是，我怎麼可能讓親切慈祥的奶奶跟這個滿懷痛苦酸楚的怪女人見面。她說得越多，越讓人容易想像她就是那種會跟自己死去妹妹的屍體一起住的人。

「那麼，她已經不在了？」她突然變得喪氣又脆弱。

「她還健在。不過她之前搬離開家，住進安養中心。」

「是最近的事？」

「大概一個月前。」

「噢……噢，真可惜。那麼，至少她在那裡快樂吧？」說完這句話，她露出一臉哀求又絕望的神情。我為梅伊感到一股深深的哀傷。她一直過著什麼樣的生活呢？她的朋友、鄰居、同事等等，這些該來看望她的人呢？就算只是出於禮貌，也應該要來吧？我的茱蒂奶奶每天至少有一個人去看她，有時甚至會有兩、三個人。

「我想她很快樂。老實說，她住在自己家的時候很寂寞。現在在安養院，有人可以談天，有她可以參加的遊戲日和派對。他們還會動手做一些勞作。那裡也有圖書室，收藏了很多書。」當然，我相信這裡也提供了一些類似的活動選項。或許我跟梅伊・克蘭朵之間的互動，可以帶來些許幫助，像是鼓勵她好好給自己的新生活一個機會，別再和安養院的員工作對。我們談話上的轉變，讓我懷疑她的腦袋並不像她所假裝的那麼糊塗。

她巧妙地忽略我的暗示，轉移了話題。「你的奶奶，我相信我認識她。我想，我們曾一起參加過橋牌俱樂部。」接著又以瘦骨嶙峋的蜷曲手指指著我，「你長得跟她很像。」

「很多人都這麼說。對，我遺傳了她的頭髮，我的姊姊們沒有，只有我有。」

「還有她的眼睛。」場面變得親密起來。她把我看穿到骨子裡去了。

現在是什麼情況？

「我——我下次去看她的時候，會跟她問問你的事。但她很可能不記得了，她的情況時好時壞。」

「我們誰不是呢？」梅伊的嘴脣往上抽動了一下，我發現自己下意識緊張得咯咯笑。我挪動了一下身子，手肘不小心撞到床邊檯燈，接住檯燈的同時，又不小心弄倒了相框。然後在相框掉下去前一把抓住，握在手上，還要壓抑自己的好奇心不湊眼去看。

「這裡的女孩每次都會撞倒它。」

「我可以把它放在梳妝臺上。」

「我想擱得離我近一點。」

「噢……好的。」真希望能再偷拍一次相框裡的照片。從這個角度拍不會反光，照片中那個女人的臉看起來更像我奶奶了。難道真的是她……這身打扮是要演戲嗎？升大學前的中學時期，她曾經是戲劇社社長。此時，我跟梅伊的互動已然融洽許多，開口問點事似乎行得通。「事實上，就在您剛進房裡時，我正對這張照片感到納悶。照片裡的女人有那麼一點點讓我想起我奶奶。」

手機嗡嗡響起。先前在市政廳論壇時，我把手機切換成無聲震動模式。我霎時想到伊恩還在車上等我。不過這則簡訊是我母親傳來的，她要我打電話給她。

「她們的頭髮確實一樣，」梅伊．克蘭朵一派平靜地同意我說的話，「但這算不上不尋常。」

「確實沒什麼特別的。」就在我這麼說之後，她沒再多講什麼，我只好不情願地把相框擺回床頭櫃。

就在手機發出第二次嗡鳴、傳來母親要我回電的訊息時，梅伊正看著我的手機。我很清楚不能再置之不理。

「很高興見到您。」我試著告退。

「你要走了嗎？」

「很抱歉。但我會問問奶奶認不認得您的名字。」

她舔了舔嘴脣，當再度開口時，發出了小小的咯咯聲。「下回你來的時候，我再跟你說說這張照片的故事——」接著她輕快轉了個身，拐杖也沒拿便朝房門走去，還不忘補充一句：「大概吧。」

還沒來得及回答，她已不見蹤影。

我為相框裡那張照片重拍了一張比較好的，然後速速離去。

大廳裡，伊恩正用手機瀏覽著電子郵件。顯然他已經放棄在車子裡等我。

「抱歉，讓你等那麼久。」我說。

「噢，沒問題的，正好有機會整理一下收件匣。」

安養院院長皺著眉頭從我們旁邊走過去，大概很納悶為什麼我還在這。如果我不是史塔弗家的人，她肯定會停下來問東問西。她果然刻意別過頭去，繼續走她的路。即使回到南卡羅來納州已經兩個月，對於史塔弗姓氏所享有的搖滾巨星等級待遇，我還是覺得很怪。在馬里蘭州時，別人往往要認識我過了好幾個月，才知道我父親是參議員。能有機會向別人證明我是我自己，那種感覺真好。

我跟伊恩走向車子，然後我們很快就被塞在道路施工的車陣中動彈不得。我正好利用時間打電話給母親。打家裡的電話她不會接，因為美國革命之女組織正在家裡聚會。活動結束後，她會忙著確保每只瓷盤和水果酒酒杯是否都物歸原位。這就是小蜜蜂本色，無人能出其右的「活動咖」。

而且她記性極佳，名字過目不忘。

「我們認識一個叫梅伊．克蘭朵的人嗎？」我問她。在我提出這個問題之前，她已吩咐我要「路過」美國革命之女聚會，到那兒露露臉、握握手，贏得這些太太們的好感，替自己加點分（父親總說：「擄獲女性就等於拿下選票，只有呆瓜才會低估女性的力量。」）。

「應該不認識。」母親沉思著說，「克蘭朵……克蘭朵……」

「梅伊．克蘭朵。她跟茱蒂奶奶差不多年紀，也許她們以前一起打過橋牌？」

「噢，老天，這不可能。露易絲．哈特史坦、妲特．葛來里、蜜妮．克拉克森……這些跟你茱蒂奶奶一起打橋牌的女人你都認識，她們全是朋友。」母親口中的朋友，指的是家族舊識，多半是世代故交，是我們社交圈裡的人。

「好吧。」或許梅伊．克蘭朵真的只是個糊塗的老婦人，腦子裡有一大堆亂七八糟的回憶，其中貌似為真的只有一小部分。不過，床頭櫃上的那張照片又該做何解釋？

「問這個做什麼？」

「沒什麼。是一個我今天早上在安養院碰到的婦人。」

「啊，這舉動真是貼心。你真好，能和她聊聊，住在那裡的人是很寂寞的。艾芙芮，我想她大概是因為聽過我們的名字吧，這樣的人很多。」

我縮起身子，希望伊恩沒聽到母親最後說的那句話。那很令人尷尬。

我還是很在意那相框裡的照片，便問：「今晚誰會去看茱蒂奶奶？」

「我會去。美國革命之女聚會結束後就去，希望不會太晚。」媽嘆了口氣，「你爸沒辦法去。」當爸爸因為工作忙得抽不開身、沒辦法盡家庭責任時，小蜜蜂總會毅然地扛下。

「或是我去好了。」我提議，「聚會結束後您就留在家休息？」

「可是你會先過來吧？」媽逼問著，「貝琦才剛從太浩湖玩回來，她很想看看你。」

突然間，我能體會野生動物進到籠子裡、眼看門被關上，內心生出的那種害怕與絕望。難怪母親要我參加她的美國革命之女聚會，原來是貝琦回來了；再考量到那些來參加聚會的人，我完全可以想像這火力全開的拷打盤問場面會有多盛大——我跟艾略特訂好婚期了嗎、選好瓷器和銀器樣式了嗎、有沒有討論過要在什麼樣的場地和季節辦，像是室內或戶外、冬天或春天啦等等。

「我們真的不急，我倆現在真的都很忙，想等天時地利感覺都對了再說。」這些話都不是貝琦想聽的。一旦她和美國革命之女那些太太們將我團團圍住逼到了角落，在她們傾盡每一分火力、得到想要的答案之前，是不可能放我走的。

感覺很不妙，今晚我可能去不了木蘭莊園，向茱蒂奶奶打聽那張照片的事了。

6

瑞兒

夢裡的我們，在河上自由自在。布萊尼在船尾裝了福特T型馬達，讓船輕輕鬆鬆就往上游開，好像我們一點重量也沒有似地。昆妮像騎著大象那樣，坐上了船艙艙頂，她往後仰，滿頭金髮在天鵝絨羽毛紅帽下飛舞；她在歌唱，那是她以前向船屋營地裡一個愛爾蘭老人學來的。

「她難道不像個美麗的皇后嗎？」布萊尼問。

陽光很溫暖，麻雀吱吱唱著，肥美鱸魚從水裡躍出。一群白色鵜鶘一如往常排列成大箭頭隊形朝北方飛去，這表示我們還有一整個夏天要度過。眼前不管是槳輪船、平底船、拖船或載貨船，什麼船都沒有——這條河全歸我們所有。

只屬於我們。

「所以你是？」布萊尼在我的夢裡問我。

「阿卡迪亞王國的瑞兒公主！」我大喊。

布萊尼為我戴上一頂金銀花王冠，並且像故事書裡的國王那樣，宣布我是阿卡迪亞王國的瑞兒公主。

早上醒來時，嘴裡還有甜甜的味道，直到睜開眼睛，心想為什麼我們五個人活像五條又滑又溼的漁獲，躺在昆妮和布萊尼的床上。

*昆妮不在這裡。*直到從夢裡被吵醒，才發現這是真的。

有人在敲門。

我嚇了一跳，整個人也跟著跳起來。我往船屋另一頭走去，還隨手扯了條昆妮的披肩罩在自己的連身睡裙上。門外的人是齊德，從窗戶就能看見他那張花白大鬍子臉神情哀傷還拉得老長，這讓我腸子都糾在一起了。

屋外，暴風雨已停，這將是晴朗的一天。早晨的空氣變得溫暖潮溼，可是打開門往外一站，只覺得有陣冷風從我身上這件舊棉質睡裙的抓縐褶邊（那是昆妮加縫上去的，因為我長高了，她說我這個年紀的女孩不該穿得太短太暴露）鑽了進去。

我朝自己胸前拉了拉披肩，這麼做不是因為齊德，或想遮住什麼女性特徵（昆妮說時候到了就會有，但現在還不到時候），而是因為有個男孩在齊德的小艇上。他是個皮包骨，不過長得很高；棕皮膚，感覺像南方這邊白人和印地安人或黑人的混血；我敢說還沒成年，年紀應該比我大，十五歲左右吧。河流老爹齊德隨時隨地都在庇護著誰。

那個男生把臉藏在一頂破破爛爛的報童帽底下，盯著船底看，沒看我——齊德省去了介紹詞。

我知道那是什麼意思，卻很希望自己不懂。

齊德把手搭在我肩上，我卻覺得沉重。這舉動代表安慰，可是我只想遠遠逃開、拔腿狂奔，不在溼溼的沙地上留下一點痕跡，跑到河岸的哪裡都好。

淚水讓我哽咽得說不出話來。芬恩的臉正貼在我背後的窗戶上，我知道她會醒來，然後跟著我——她從不讓我離她太遠。

「昆妮的寶寶沒能活下來。」齊德說話不拐彎抹角。

我心裡有個什麼死去了。小弟弟還是小妹妹死了，我原本打算像對待全新瓷娃娃那樣，對他愛不釋手的。「一個都沒活下來？」

「醫師說沒有，兩個都救不活。還說就算布萊尼早一點送你媽媽去醫院也一樣。寶寶不該來到這世上，就這麼回事。」

我使勁搖晃著頭，就像游完泳試著把水從耳朵排出去那樣，我想把這些話也排出腦袋去——那不可能是真的，不可能發生在阿卡迪亞王國。這條河流是有魔法的，布萊尼承諾過這條河流會照顧我們。「布萊尼怎麼說？」

「他快撐不下去了。我留他在那兒陪你媽媽。醫院有些文件需要他們簽啊填啊什麼的。他們還沒告訴她寶寶的事。醫師說她會沒事的，等她醒來後好一點，我想布萊尼會跟她說的。」

可是我懂昆妮，她不可能沒事的。沒有什麼比摟著剛出生的可愛寶寶更能讓她開心。

齊德說布萊尼今早情況不太好，所以他還是回醫院去比較妥當。「我本來想去河岸營地那邊，看看有沒有什麼女人家可以來照顧你們這些小傢伙，可惜沒什麼人好找。那裡的人跟警察發生了點問題，大多都沿河流離開了。我把賽拉斯帶來，在我帶你爸爸回來以前，由他照顧你們。」他朝船上的男孩示意，男孩抬起頭，一臉驚訝。我想，他原本不知道齊德要他留下來。

「我們完全可以自己照顧自己。」我最想要的是昆妮和布萊尼回家來，帶著我們繼續在河上航行。真的好想好想，想得我肚裡深處的腸子都痛得糾在一塊。

「我們可沒東西餵他。」卡蜜拉掏出她的兩分錢，站在門口。

「唉呀，我的閃亮陽光小姐，早安呀。」齊德老是用這樣的反話挖苦她。

「我要去替我們大家找些青蛙來。」卡蜜拉宣布這件事的口氣，好像她已經當上了阿卡迪亞號的船長似地。

「不可以，你不能去，」我告訴她，「我們不能離開這艘船，誰都不可以。」

齊德舉起食指，指向我妹妹。「你們幾個小孩乖乖待在這兒。」他面朝河流，瞇起一隻眼，似乎對卡蜜拉弱小的體型不以為然。「泥島營地的人不知被什麼事給嚇跑了。反正你們全都待在回水處這裡比較好。保持安靜，別引人注意之類的。」

又有一個新的情況發生了，這事重重壓著我的胸口。擔憂之情在我心裡鑿了個洞，而且越擴越大。我不希望齊德離開。

芬恩從旁邊走過來，緊抓著我的腿不放。我抱起她，用下巴磨蹭她一頭亂蓬蓬的捲髮。她是個撫慰人的小東西。

蓋比翁從屋裡走了出來，同樣地，我也抱起了他，他倆的重量讓我雙腳穩穩撐在地板上，昆妮的披肩圍得我肩膀好緊，快要綳進我皮膚裡了。

齊德再度吩咐我照看大家，然後把那個名叫賽拉斯的男生帶上阿卡迪亞號來。賽拉斯來到跟前，他比我所想的還要高；瘦得簡直跟鐵軌一樣，如果不是嘴唇裂了而且眼圈烏青，他算是長得帥的。假如他真的如同齊德所說之前在火車上流浪，那麼鐵路警察沒把他整得更慘，算他好運。

他雙手一撐，讓自己坐到前廊欄杆上，一副打算就待在那裡的樣子。

「你好好顧著他們。」齊德交代他。

賽拉斯點了點頭，可是看得出他對這個安排不怎麼高興。有隻庫柏鷹邊飛邊找尋獵物，他看著牠飛走，之後又繼續朝曼非斯的方向望去。

齊德留下一袋玉米粉、一大包紅蘿蔔、十顆雞蛋和幾條鹹魚這好些食物。

賽拉斯看著齊德登上自己的船，然後離去。

我問他：「你餓了嗎？」

他轉過身來看我，我這才想起自己身上還穿著睡衣。兩個寶寶撐在腰間，領口被他們扯得低低的，難怪皮膚感覺得到空氣中的一片黏膩。

賽拉斯一副注意到了的樣子，別過頭去，說：「我是餓了。」他的眼珠跟午夜的河水一樣黑，映照出他眼前所有東西——有隻鷺在旁邊抓魚，有棵半倒的樹枝條正垂掛著，早晨的天空布滿白色泡泡雲朵……還有我。「你會做飯？」聽他的口氣好像認定我不會。

我抬起下巴，挺起肩膀。「會呀，我會做。」昆妮的披肩把我繃得更緊了。我想我不怎麼喜歡賽拉斯。

「呸！」卡蜜拉吐了口口水。

「噓，沒你的事。」我把兩個小小孩從身上放下來，往她那兒推。「你好好看著他們。小雀呢？」

「還在床上。」

「你也要看著她。」小雀最會輕手輕腳地開溜。有一次，她躺在小溪邊的一塊小空地上睡著，我們找了她一整天，直到半夜才找到；昆妮簡直快嚇壞了。

「我想，我最好確定你不會把這裡燒掉才行。」賽拉斯咕噥著。

我當下就決定了——我一點都不喜歡這個男生。

可是當我們往門口走去時，他看了看我，他那裂開的嘴唇往上揚，笑了，我心想也許他沒那麼壞。

我們在爐子裡生火，賽拉斯跟我不怎麼熟練地烹煮食物。爐子一向是昆妮的地盤，我從沒操心過。我寧願在外頭看河流、看動物，聽布萊尼說那些他編的騎士、城堡、西部印地安人和很遠很遠地方的故事。我總覺得布萊尼見識過全世界。

賽拉斯也見識過一些。我們做飯還有一起坐下來吃的時候，他說了搭火車、舉起拇指搭便車穿越五個州、在流浪漢營地東撿西湊食物來吃，並且像個真正的印地安人那樣大自然給什麼就吃什麼的生活。

「你為什麼沒有媽媽？」卡蜜拉吃完最後一口邊緣烤得有點焦的玉米餅時問道。

小雀點了點頭，她也想知道，只是太害羞不敢開口問。

賽拉斯揮舞著一支精緻的銀叉子（是布萊尼從一艘槳輪船老殘骸旁的沙堆挖出來的），說：「我以前有過。直到九歲大，我都還很喜歡她。然後我就走了，再也沒見過她。」

「為什麼？」我盯著賽拉斯看，想看看他是不是在說笑。光是現在我就已經好想念昆妮了，沒法想像有人會故意離開自己的媽媽。

「她嫁給一個喜歡喝威士忌，而且會抽人鞭子的傢伙。過了一年挨鞭子的生活後，我想我最好另覓出路。」他眼神裡的光芒消失了一下，那一刻什麼都沒有，只有黑暗。不過黑暗來得快去得也快，他聳聳肩，面帶笑容，臉頰上的酒窩又回來了。「我認識了一批從南方來的採收工人，一路去了加拿大，摘蘋果、採收小麥。結束之後又一路做工回到南方來。」

「才十歲大的時候你就做了這些事？我打賭你才沒有。」卡蜜拉發出了嘖嘖聲，表示賽拉斯說的話她一個字都不信。

他像貓一樣靈巧地從椅子上轉過身去，撩起褪色的襯衫下襬，讓我們看他背上的一道道疤痕。我們五個人立刻從桌邊彈開，就連卡蜜拉也不再冒出失禮的反應。

「你該高興有好媽媽和好爸爸。」賽拉斯一臉認真地看著她。「如果他們對你好，就別想著要離開他們。有些父母可沒那麼好。」

我們大家好一會都說不出話來，小雀的眼睛已經滿滿都是淚水。賽拉斯一口吸掉他剩下的雞蛋，喝了口水，就著錫杯杯口看向我們，還皺起眉頭像是不懂我們究竟在難過什麼。

「我說呀，小不點，」他伸出手來，捏捏小雀的鼻子，捏得她一對長睫毛像蝴蝶翅膀那樣拍呀拍的。「我說過遇到班鳩琴比爾和他的跳舞狗亨利那一晚的事了嗎？」

就這樣，他講了一個又一個故事。時間，就這麼在我們把剩下的食物吃完、把一切都整理乾淨後飛快地過去。

「你菜做得還行。」先前我們在前廊就著一桶水洗好碗盤後，賽拉斯舔了舔嘴脣這麼說道。那時芬恩早已自己脫掉睡衣、穿上了洋裝（可是前後穿反）；蓋比翁則半身光溜溜地跑來跑去，要找人幫他清理乾淨，因為他偷跑去上船屋後面的室外廁所（幸好沒直接掉進河裡——船屋的室外廁所沒有底座，只有河水）。

我要卡蜜拉帶他到前廊，把他的屁股浸到水裡，然後擦乾——這是最容易清理的方法。卡蜜拉氣得鼻孔快要冒煙，因為全世界她唯一害怕的東西就是大便，這也是我要她替蓋比弄乾淨的原因——活該，誰叫她一整個早上都沒幫到任何忙。

「蜜拉、蜜拉，我髒髒！」我們的寶貝弟弟一邊歡呼，一邊光著屁股、抬著他一雙小胖腿，搖搖晃晃走向門口。

卡蜜拉先是朝我一陣冷笑，接著猛地打開紗門，扯著蓋比翁的一條手臂，好讓他自己踮著腳走路。

「我來好了。」小雀輕輕地說，希望別再吵了。

「讓卡蜜拉自己去，你還太小。」

在屋裡的我跟賽拉斯看了看彼此，他輕輕笑了，說：「你都不需要去換衣服嗎？」

我低頭一看，發現自己還真的沒換下睡衣，也壓根忘了這件事，誰叫我完全沉浸在賽拉斯的故事裡。「我想我最好去換一下，」我一邊說一邊笑自己，然後把掛鉤上的洋裝拿下來，定定站在那兒。「不過你得到外面去，而且不可以偷看。」

賽拉斯跟我一起做飯、照顧小娃娃們時，有個好笑的念頭從我腦中閃過——我一直假裝自己是媽媽、賽拉斯是爸爸，而這是我倆的家。這麼做能讓我不去想昆妮和布萊尼怎麼還沒回來。

可是再怎麼假扮，我也絕不可能在他或任何人面前脫衣服。過去這一年來，我長大了很多，我總是像昆妮一樣在船屋布簾後面換衣服。比起讓人看到因為挨鞭子而留下疤痕的背脊，我更不可能站在那裡讓別人把我全身看光光。

「哼，」賽拉斯一邊說，一邊翻白眼，「我幹嘛要看？你不過是個小鬼。」

我從頭紅到了腳趾，而且臉頰發燙。

紗門外，卡蜜拉正在哈哈大笑。

這讓我臉更紅了。如果可以的話，我會馬上把她跟賽拉斯一起推進水裡。「也把小小孩一起帶出去，」我凶她，「女人需要隱私。」

「你懂什麼了？你又不是女人，什麼都不是，不過是個捲髮小娃娃罷了。」賽拉斯取笑我，我可不認為好笑，尤其還是在卡蜜拉聽得見的情況下。這下子，她跟芬恩、小雀在前廊站成一排看好戲。

我渾身每塊肌肉都變得僵硬。我不是個容易生氣的人，然而一旦生氣，就會有把怒火在身體裡面燒。「好，那你也什麼都不是，只不過是一根……一根棍子！一個火柴人。光是一陣很輕的風就可以把你吹得東倒西歪，你就是這麼瘦巴巴的一個傢伙。」我雙手扠腰、一雙怒眼盯著他瞧，盡可能表現出恨死他的樣子。

「至少我沒長著一頭會被拿去當拖把擦地板的頭髮。」賽拉斯抓起掛鉤上的帽子，重踩地板走出門去，然後在外頭靠近梯板的某處大喊：「你應該去加入馬戲團的，你該去，你可以去當小丑！」

我照了照牆上的鏡子，看見自己一頭金色捲髮亂蓬蓬的，臉跟啄木鳥的頭一樣紅。我哪管得了那麼多，立刻衝到門口大喊：「好啊，你就繼續走你的好了，賽拉斯……賽拉斯……我管你姓什麼。總之我們不需要你了，而且……」

很突然地，人在河岸上的他蹲了下來，朝我揮了一下手。我看不見他帽子底下的表情，但很顯然有麻煩了——他在林子裡看到了什麼東西。

我立刻降下火氣，整個人冷靜下來。

「對，你就繼續走你的好了！」卡蜜拉吼著加入戰局，「離我們的船遠一點，你這個火柴男！」

賽拉斯往這裡看了一眼，又朝我們揮了揮手。他一鑽進草叢，四周的草莖立刻淹沒他。

「你沒躲好，我看到你在那裡了！」

「噓，卡蜜拉！」我很快打開紗門，把芬恩和小雀趕了進去。

卡蜜拉眉頭皺得厲害。她從欄杆彎下腰去，盪著蓋比翁的兩條手臂，讓他的屁股在水裡轉來轉去，腳一邊踢一邊咯咯笑。卡蜜拉假裝要丟他下去，又接住了他的手臂，蓋比翁興奮地一直發出尖叫。然後，我來到了他們跟前。

「快進屋裡去。」我彎下腰，想伸手拉蓋比翁的手臂，卻被卡蜜拉一把拍掉，她改讓蓋比玩單手盪來盪去的遊戲。

「他在玩，而且屋裡很熱。」她那又濃又黑的頭髮往前甩，髮尾碰到了水，活像一汪墨水灑濺了開來。「你想游泳嗎？」她詢問蓋比。有那麼一會兒，我還以為她要跟他一塊跳進水裡。

賽拉斯在河岸上，從草叢探出頭來，手指放在嘴唇上，試圖要我們安靜下來。

「事情不大對勁。」我抓住蓋比翁的手，像抓住一隻小鳥那樣把他整個人往上帶，還把卡蜜拉一起拉走。

「噢噢噢！」她的手肘撞到了欄杆，怒火就要爆發。

「快點進去！」河岸上有樹葉在抖動，被撥了開去，我看見黑色的——也許是一頂男人的帽子。「那裡有人。」

卡蜜拉哼了一聲。「你只是想要那個男生回來而已。」她看不見賽拉斯，可是他大概離那個樹枝斷掉、讓烏鴉邊呱啼抱怨邊飛走的地方，不到十呎遠。

「在那裡，看見了嗎？」

卡蜜拉看見了黑色的東西。可以確定有人來了，卡蜜拉卻不想進門，反而想溜到船的另一頭。「我溜去後面看一下是什麼人。」

「不行。」我嘶她，事實上我也不確定該怎麼做才好。我想把繩子拋出去，把阿卡迪亞號推離沙地，讓她在河上航行。今早的河水很平靜，把船推出去應該很簡單，只不過我不敢試。這裡只有我跟卡蜜拉（或許還有賽拉斯），可以讓阿卡迪亞號不撞上沙洲，或是不被載貨船、槳輪船等船隻拖行輾過，誰也說不準我們在河上還會遇到什麼事。

「我們進屋裡去，」我說，「也許那人會以為船上沒人，就做自己的事去。」這個小小的回水處什麼都沒有，誰會有事要來這裡？

「也許人家是來藏食物的。」卡蜜拉滿懷希望地說，「如果我們表現得好，他也許會給我們一份當晚餐。」只要她想，她完全知道該怎麼表現得乖巧聽話（像是在營火旁，有人要分享糖果或炸蛋糕時）。

「齊德要我們保持安靜。假如被布萊尼發現我們不乖，他會好好抽我們一頓鞭子的。」布萊尼從沒打過我們，可是他有時會這麼威脅。光這一點就夠讓卡蜜拉擔心的了，她趕緊跟我一起穿過前廊，進到屋裡。

我們用大木棍把門拴住，爬到床上，把窗簾拉起來，等待著，細細聽著。我想我能聽見一個男人走在河岸上，心想他走著走著就會離開，那人或許只是獵人或流浪漢之類……

「哈囉，船上的人！」

「噓——噓。」我的聲音在發抖，好幾雙睜得大大的眼睛擔心地看向我。在河上長大，你會知道要提防陌生人。有的時候，某些人在別的地方做了什麼壞事想要逃跑，就會跑到河上來。

卡蜜拉湊近我。「那不是齊德。」她的低語搔弄著我脖子上的汗毛。

船身晃了一下——有人在試探這艘船。

小雀奔了過來，芬恩也爬到我的大腿上，頭擠在我胸口。阿卡迪亞號往岸邊搖，因為那人的噸位而斜向一邊。他的塊頭很大。不管他是誰，賽拉斯都不是他的對手。

我一隻手指放在嘴唇上。我們五個人全像小鹿幼崽僵住不動，就像母鹿離開牠們出去覓食的時候那樣。

男人來到了前廊。

「哈囉，船上的人！」他又說了一次。

走開……這裡沒人。

他試著開門，門把慢慢轉動。「哈囉，船上有人嗎？」門撞上了木頭門，沒法繼續推。有道影子從窗戶透了進來，映照在船屋地板上。那是個男人的頭，還有帽子的輪廓。他手上還拿著棍棒之類的東西，不斷輕敲窗玻璃。

是警察嗎？恐怕沒錯。只要他們想這麼做，就會去追捕船屋的人。他們突襲營地，粗暴地對待河上賤民，拿走他們想要的東西，打發我們走。這就是為什麼我們總是獨自停船靠岸，不跟別人為伍的原因，只在布萊尼需要其他人時例外。

「警官，有什麼事嗎？」是賽拉斯的聲音，讓陌生人停下了從另一扇窗往裡頭張望的動作。兩人的影子沿著地板拉長，一方還比另一方高出了一顆頭。

「小子，你住這兒？」

「不是，我只是出來打獵。我爸在那邊。」

「那，有小孩住在這？」聲音並不討厭，聽起來不過是例行公事的詢問。萬一賽拉斯因為說謊被抓呢？

「我不清楚。我才剛知道這個地方。」

「是這樣嗎？你這個河上小賤民，在說謊騙我嗎？我明明聽見你跟這艘船的人說話。」

「先生，我沒有。」賽拉斯的口氣肯定得像在發誓。「噢……大概兩個鐘頭前，我看到這裡的人搭了小艇離開……你一定是聽見有人在河邊營地說話。在河流上，聲音可以傳得很遠的。」

男人快步走向賽拉斯。「小子，別跟我談這條河。這條河是我的，我找這群小鬼找了大半個早上。你叫他們出來，這樣我就能帶他們去城裡見他們的媽媽和爸爸。」賽拉斯沒回話，警官彎身湊向他，他們的影子在臉的地方重疊了。「小子，我可不想看到你惹上什麼違法的事。你臉上的烏青眼圈是怎麼回事？該不會是捲入什麼不該碰的事吧？你有家人照顧，還是只是個流浪兒？」

「我叔叔齊德。他照顧我。」

「我以為你剛才是說跟爸爸來這兒打獵。」

「還有他。」

「你這個河上賤民，對警察說謊可是要坐牢的。」

「我沒說謊。」

我聽見附近傳來其他聲音。有別的男人在林子裡喊著，還有一條狗在吠。

「叫那些小孩出來。他們的媽媽和爸爸派我們來找他們。」

「那麼，他們的爸爸叫什麼名字？」

卡蜜拉和我互看彼此。她的眼睛瞪得像胡桃那麼大，她搖搖頭，心裡跟我想著同一件事。布萊尼不會叫警察來這裡，如果他真叫了警察來，他們就會知道要上哪找這艘船。

這個男人為什麼要找我們？

我們從窗簾縫隙看見大影子揪著小影子的衣領，把人給舉了起來。賽拉斯一直咳嗽，快要喘不過氣來。「小子，你別跟我來這套。我不是為了你來的，但你要是再給我惹麻煩，我們就連你一起帶走。讓你這隻瘦皮猴嘗嘗，什麼叫像個沒人要的垃圾被丟在街頭不管的下場。」

我趁卡蜜拉還來不及抓住我、阻止我之前，跳下床去。「不，瑞兒，不！」她抓住我的睡衣，不過睡衣還是從她的指縫滑了開去。

我把門打開，先看見賽拉斯一雙腳在離甲板六吋高的地方晃盪。他臉色發紫，一直想揮拳，卻只是讓那警官哈哈大笑。「小子，你想揍我？不如我們先把你壓進水裡待個一、兩分鐘，讓你冷靜一下。」

「住手！不要！」我還聽見其他人靠近的聲音。有些人在河岸上，靠近右舷的地方有艘汽艇正發出隆隆聲響。除了身為河上吉普賽人，我不知道我們做錯了什麼，可是我們確實被逮了。害賽拉斯沒命、或是跟著我們一起被帶走，都於事無補。

警官立刻鬆開賽拉斯，他整個人撞上船屋牆壁，結結實實磕碰了頭。「賽拉斯，你走吧，」我的聲音抖得厲害，只能結結巴巴地說：「現在就回家，你不該來這裡的。我們想去看媽媽和爸爸。」我想我們還是乖乖配合比較好。如果只有我一個人，或許可以跳下前廊，在這些男人捉住我之前逃到林子裡去，可是我還有三個妹妹和一個弟弟，這個方法絕對行不通。有件事我絕對懂布萊尼——不管發生什麼事，他一定想要我們都待在一起。

我直起背脊，看著警官，盡可能表現得像個大人。

「我爸還好嗎？」

他露出了微笑。「這才是乖女孩。」

「他好得很。」

「我媽呢？」

「真的很好。她要你們過去看望她。」

我不用看他的眼睛就知道他在說謊。昆妮現在絕不可能「很好」，不管人在哪裡，她一定正為了失去寶寶而難過。

我艱難地吞了吞口水，感覺口水像塊邊角缺了口的冰塊，一路銳利地往下滑。「我去帶其他小孩來。」

警官走上前來，抓住我的手臂，一副要阻止我的樣子。「這可不是個漂亮的河上小賤民嗎？」他拿舌頭舔了舔牙齒，離我之近，近到我能看清他發亮帽簷底下的那張臉。他的眼珠是灰色的，看起來很壞，卻不如我想的那麼冷酷。這雙眼睛似乎充滿了我有所不知的興致。他的眼神往下移，從我的臉看向脖子，再到我那掛著睡衣的肩膀。「有人該餵你多吃點。」

賽拉斯從警官背後搖搖晃晃地直起身子，他朝我眨了眨眼，正猶豫著——他的手擱在木頭堆的一把斧頭上。

*不要啊。*我試著用心電感應無聲對他說。他難道沒聽見河岸上的人及汽艇離我們越來越近的聲音嗎？

船屋裡傳來一道很輕的嘎吱聲響，音量剛好能讓我聽見。那是室外廁所門打開的聲音，卡蜜拉想從後面溜走。

我得趕快做點什麼。「我——我的小弟剛剛用了尿壺。我們出發前，我得先替他清理乾淨，免得大便弄得到處都是。除非——你想來弄。」這是我唯一想得到的辦法。男人都不喜歡髒兮兮的寶寶，像布萊尼，根本碰都不碰，如果昆妮、卡蜜拉和我都不在，他的作法就是把寶寶的屁股浸在河裡。

警察翹起嘴唇，放開了我，轉過身去聽他背後的動靜。賽拉斯趕緊推開斧頭，兩條瘦巴巴的手臂緊緊握拳。

「動作最好快一點。」警察的嘴唇拉長成微笑，笑容裡卻沒有一絲善意。「你媽媽在等著。」

我在門口停下腳步，注視著他，心想：「賽拉斯，你走吧，走就是了。*走，快跑！*」

警察看著我，又看向賽拉斯。他伸手去摸皮帶，往身上的槍、棍子、黑色的金屬手銬摸索著。他要做什麼？

「去啊，快走！」我大喊，推了賽拉斯一把，「布萊尼和齊德不會想要你留在這的！」

我們互看彼此。他微微搖頭，我點了點頭。他慢慢闔上睫毛，然後睜開眼睛，轉身往梯板跑去。

「水裡有一個！」另一個警察從河岸上大喊。汽艇上的幾個男人也吼叫了起來，他們的馬達也是。

卡蜜拉！我轉過身去，趕緊進屋，警察拖著沉重的步伐跟在後面。他一把推開我，害我撞上了爐邊，接著大噸位的他走到船尾，看見那裡的門開著——芬恩、小雀和蓋比翁全縮在欄杆邊。男人把他們用力扔了進來，害他們重重摔成一堆，尖叫大哭。

「蜜拉、蜜拉！」蓋比翁一邊哭，一邊指著室外廁所。卡蜜拉爬到廁所的洞口底下，進到河裡，眼下溼透了的睡衣正貼著她一雙小麥色長腿，她腳步艱難地往河岸跑。岸上有個警察在追她，汽艇上的其他男人也從水上追逐著。

她爬上了一堆漂流物，動作像鹿一樣快速敏捷。

蓋比翁發出尖銳叫聲。

在後門門廊的那個大塊頭警察，從槍套掏出了手槍。

「不！」我想往前撲，可是芬恩抓住了我的腿，我們一起摔倒在地，小雀也連帶一起摔，害她發出了尖銳哭聲，最後我被一只木箱擋住了視線。在那之前，我看到的最後一幕是——河岸上的男人跳過樹枝，伸出一隻手，抓住了卡蜜拉的黑色長髮。

等我爬起來時，只見她發瘋似地又踢又叫又吼，拚命反抗。她雙手亂揮、雙腿亂踢，逼得那個警察一邊抓著她，一邊離她遠一點。

他們動用了三個人才把卡蜜拉拖到汽艇上，兩個人壓著她不讓她亂動。汽艇停靠在阿卡迪亞號旁時，他們已經把卡蜜拉壓在船地板上。他們全身都是泥巴，而且非常火大，因為她弄得每個人渾身都是屎味。

在阿卡迪亞號上的那個警察站在門口，手臂抱在胸前，一副很舒服的樣子。「你們現在就乖乖去我看得到的地方換衣服，我們是不可能讓任何人逃走的。」

我不要在他面前換衣服，所以先幫蓋比翁、小雀和芬恩打點了一下。最後，儘管這麼穿太熱，我還是把洋裝直接套在睡衣外面。

那個警察大笑。「好吧，你要這樣也行。現在，你們乖乖聽話，安安靜靜地出來，我們要帶你們去見媽媽和爸爸。」

我照他說的話去做，跟著他從船屋出來，把我們身後的門關上——我沒辦法吞口水、沒辦法呼吸，也沒辦法思考。

「還好另外這四個沒那麼難搞。」其中一個警察說。就是他把卡蜜拉雙手交叉架在背後，將她壓在汽艇地板上。「這隻根本是野貓。」

「聞起來比較像野豬。」汽艇上另一個警察開玩笑地說。他安排我們一一上了船，先是抱起蓋比翁，接著是芬恩，然後是小雀，要他們坐在地板上。當我也跟著上船、坐在地板上時，卡蜜拉惡狠狠地看了我一眼。

她認為這是我的錯，她認為我應該反抗到底，阻止這一切。

也許我是該這麼做。

「她會喜歡這一批的。好了，要走了。」其中一個大喊，同一時間，汽艇開動，我們被推離了阿卡迪亞號。他把一隻大手放在小雀頭上，她躲開，爬到我身上來，芬恩也是。只有蓋比翁搞不清楚狀況，不知道要害怕。

「她喜歡金髮的，對吧？」之前那個在阿卡迪亞號的警察說，「不知道她會怎麼處理這群臭小鬼。」他朝卡蜜拉動了動下巴，她正好積了一坨口水朝他吐過去。他舉起手作勢要打她，卻只是哈哈大笑，用褲子把口水擦掉。

「還是去道森倉庫那裡嗎？」開汽艇的人問。

「之前聽到的是這樣沒錯。」

我不知道我們在水上待了多久。我們橫渡了河流，從沃爾夫河進入密西西比河水道。繞到泥島頂端時，整個曼非斯都在我們眼前。巨大的建築朝天空延伸，好像一群怪物等著把我們所有人吞下去。我想跳進水裡，我想逃，我想反抗。沿途有拖船、槳輪船、漁船和載貨船從旁邊經過，就算是船屋也好，我想揮動雙手大喊大叫，大聲求救。

可是有誰會幫我們呢？

這些人是警察。

他們要把我們送去坐牢嗎？

有隻手壓在我肩上，好像在讀我的心思。那隻手就這麼一直放在我肩上，直到靠岸為止。山丘上蓋了更多房子。

「你現在乖乖聽話，不要讓你弟弟妹妹惹麻煩。」阿卡迪亞號上的那個警察在我耳邊輕輕說著，又吩咐其他人先抓住那隻野貓不要動，讓她先看過我們四個再說。

我們排成一排走在木棧板上，我把蓋比翁背在身上走。耳邊傳來機器轟隆聲，鼻子聞到柏油滾燙的味道，河流的氣味不見了。我們穿過街道，有個女人在唱歌，有個男人在大吼，還有榔頭敲打金屬的聲音。有些棉絮從一捆捆棉花中散了出來，飄在空中，看起來好像雪。

停車場旁的雜草叢裡，有隻紅雀正用尖銳的嗓子，嗚咿、嗚咿、嗚咿地鳴唱悲傷的歌。

一旁有輛車子，一輛很大的車。有個穿著制服的男人下車，繞到後面開車門，讓一個女人下了車。她站在那兒看著我們，陽光很強，她瞇著眼看。她看起來不年輕也不老，一頭短髮交雜著白髮與棕髮；她很粗壯肥重，花洋裝底下的身子擠著一圈圈的肉。

警察要我們列隊站好時，她帶著鷺一般的臉孔和神情看著這一切。她的灰色眼珠掃得很快，帶點急促不安，監控確保所有事。「應該要有五個。」

「另一個馬上來，譚恩小姐，」有個警察說，「那傢伙麻煩得很，居然想從河上逃走。」

她舌頭彈牙，發出嘖嘖嘖的聲音。「你不會這麼做吧？」她拿手指抬起芬恩的下巴，彎下身子湊了過去，幾乎快跟芬恩鼻子碰鼻子，「你不會當個不聽話的壞小孩吧？」

芬恩一雙藍眼睛睜得好大，搖了搖頭。

「真是一群可愛的小傢伙。」這個叫譚恩小姐的女人說，「五個金色捲髮寶貝，真是完美啊。」她拍了拍手，然後雙手愉快地在下巴合十。她瞇著眼睛，嘴巴緊閉，雖然在微笑，卻看不見一點點嘴唇。

「只有四個是金髮。」警察一邊說，一邊朝卡蜜拉的方向示意點頭。有個警察抓著她的脖子，把她從河邊拎了過來。我不知道他們跟她說了什麼，但她已不再繼續反抗。

譚恩小姐皺起眉頭。「嗯……這個沒遺傳到金髮，是吧？她很普通，不過呢，我想我們還是能找個人家給她，我們幾乎沒什麼辦不到的。」她往後退，一隻手遮住了鼻子，問道：「我的老天，那是什麼味道？」

當譚恩小姐湊近看一團糟的卡蜜拉時，她很不高興，要警察讓我們其他人坐在座位上，卡蜜拉則坐在車子的地板上。車地板已經坐了兩個小孩，一個是金髮女孩，跟小雀差不多大，另一個男生才比蓋比翁大一點，他們一臉害怕地睜著大大的棕色眼睛看著我，一句話也沒說，一動也不動。

上車前，譚恩小姐想從我懷裡抱走蓋比翁，但我不肯，她皺起了眉頭說「聽話」，我只好放開手。

我們全都坐上車之後，她把蓋比翁放在自己大腿上，好讓他站著看窗外的風景。他蹦來蹦去、比手畫腳、咿咿呀呀地說話，非常興奮。他從來沒有坐過車。

「哎唷，我的老天啊，瞧瞧這頭捲髮。」她用手指梳著我小弟弟的頭髮，把他的一頭細髮全往上抓，高高地隆起，讓蓋比翁像個在市集上等著賣出去的人偶娃娃。

蓋比翁指著窗外，興高采烈地說：「看看！看看！」他看見一匹黑白斑點相間的小馬背上坐著一個小女孩，她正在一間大房子前拍照。

「只需要把你身上的河水臭味洗掉就行了，對不對？你就會是個很完美的小男孩了。」

譚恩小姐一邊皺著鼻子一邊說。

她為什麼要這麼說——誰要幫我們洗乾淨，而且為什麼？

「也許是因為醫院不讓我們這樣進去。」我告訴自己，「也許我們得先洗好澡弄乾淨……才能去見昆妮？」

「他叫蓋比翁，」我對她說，這樣她才會知道怎麼喊他，「小名蓋比。」

她像貓看到食物儲藏櫃裡有老鼠那樣，很快地轉過頭來，一副根本忘了我也在車上的樣子，說：「你把你自己管好就行了，有人問才輪得到你說話。」

接著，她使力拖出一條又肥又白的手臂，環住了小雀，把她拉走。

我低頭看著那兩個坐在車子地板上，因為嚇壞而緊緊抱在一起的小孩，然後再看向卡蜜拉。她的眼睛告訴我，她也明白了我已弄懂的事（雖然我一點也不想懂）——我們並不是要去醫院看我們的媽媽和爸爸。

7

艾芙芮

安養院沐浴在柔和的晨光中。即便在曾經青草蔓生的前院草坪上增蓋了停車場，木蘭莊園依舊述說著一個消逝的世代。優雅高貴的下午茶、光彩奪目的社交舞會，還有在桃花心木大長桌上的正式晚餐，這張桌子迄今仍放置在餐廳內。很容易就可以想像出青苔覆蓋的橡樹，為有白色圓柱的陽臺提供樹蔭，而郝思嘉[1]在底下搧著扇子。

我記得這地方的前世，不過記得的不多。在我大約九、十歲的時候，媽媽帶我來這裡參加一場新生兒慶祝派對，開車過來的路上她告訴我，她以前為了一位要競選南卡羅來納州州長一職的表親，前來這裡參加一場重要的雞尾酒會，我的母親當時是個大學生，政治和她腦中所想的事根本沾不上邊。她到了木蘭莊園還不到半個鐘頭，就注意到屋內另一頭的我爸，之後就把查出他的身分視為大事，當得知他是史塔弗家的人，她便開始想辦法吸引他注意。

剩下的就跟家族歷史有關了。兩人的婚姻是政治世家的聯姻，母親的祖父在退休前一直是北卡羅來納州的議員，在婚禮舉行之際，她的父親是那一屆的議員。

1 美國小說《飄》的女主角。

當我走上莊園的大理石石階，在前門旁老氣過時的鍵盤上輸入密碼時，這故事在我臉上掛著微笑。這些大人物依然住在此地，不是任何人隨隨便便都可以進去。感傷的是，也不是任何人隨隨便便就能離開。在莊園後面，偌大的腹地四周以裝飾性的鐵欄杆仔細環繞，高到居民無法翻越，大門也上了鎖。庭院湖和倒影池可以觀看卻無法接近……或是掉進去。

許多住在這裡的人需要受到保護，避免他們傷害自己，這個事實實在令人傷心。當他們日漸衰弱，從大宅的一側搬到另一側，需要細膩照護的層級逐漸升高。木蘭莊園的確是比梅伊．克蘭朵之前入住的安養院更高級，但兩家機構都受到同樣潛在的挑戰——生命遇到困難變化之際，要如何提供尊嚴、照顧和適居。

我繞到「記憶缺失照護單位」——沒有人會愚蠢地把這裡稱作「阿茲海默單位」。我打開另一道原本上鎖的門，進到一間沙龍，電視正在重播影集《鐵腕明鎗》，音量開得很大。

我經過一名站在窗邊的女人身旁，她盯著我看，眼神空洞。在玻璃之後，爬藤蔓生的玫瑰沾滿露水，非常新鮮，顏色粉嫩鮮豔，充滿生氣。

茱蒂奶奶窗戶外頭的玫瑰花則是鮮黃色。當我走進房內時，她正坐在一張有靠背的扶手椅上賞花。在我引起她注意、讓她的目光從植物轉向我之前，我停下剛踏入房內的一步，讓自己靜止不動。

我做好心理準備，因為她可能會像剛才在沙龍裡的那個女人，以相同方式看我——一點都不認得我。

我希望她不會認不出我，但這永遠都說不準。

「嗨，茱蒂奶奶！」我的聲音抖擻嘹亮，愉悅快活，但儘管如此，我還是過了一會才得到反應。

她慢慢轉過身來，翻了翻心裡四散的篇章，然後以她一貫親暱的口吻說：「哈囉，親愛的。你今天下午過得好不好呀？」

當然，現在是早上。正如我所預料，「美國革命之女」聚會昨天弄得很晚，雖然我盡力了，還是逃不掉關於婚禮大小細節的連番拷問。我的腦袋裡現在裝滿各種建議，例如因為某位重要人物那天不在、所以我不該挑的那些日期，還有各種出借瓷器、銀器、水晶製品、家用織品的提議。

「好極了，謝謝。」我告訴茱蒂奶奶，然後走到房間另一頭去抱她，希望片刻的親近會喚起她的記憶。

霎時間，那似乎真的有效。她深深地注視我的雙眼，最後嘆口氣，說道：「你真的好漂亮。你的頭髮真美。」她撫摸我的頭髮，面帶微笑。

我的胸口充滿悲傷。我來這裡是希望能找到有關梅伊．克蘭朵以及在她床頭櫃上擺放的老照片的線索。現在看起來似乎不太可能了。

「從前有個小女孩，留著一小撮捲髮，就在額頭中央。」我的奶奶抬頭看著我微笑，她的肌膚薄如紙張，冰冷手指摸著我的臉頰。

「她乖的時候，是真的非常乖。」我說。我小時候去茱蒂奶奶在小禮街上的房子看她時，她總是用這首童謠跟我打招呼。

「她搗蛋的時候，是真的壞透了。」她講完最後一句，張嘴大笑、眨眨眼，我們一起哈哈笑著，就像以前一樣。

我坐在小圓桌對面的椅子上。「我很喜歡你用那首童謠逗我。」在小蜜蜂家裡，對小女孩的期望是做什麼都行，就是不可以調皮搗蛋，不過茱蒂奶奶個性頑強，遊走在行為是否得體的界線上可是出了名的。在普遍認同女性可以自由發表意見之前，她早就針對女性的公民權和教育等議題倡言發聲。

她問我有沒有看到威力小子——這是她替我父親威爾斯取的小名。

我把昨天的媒體活動、市政廳論壇，還有德雷登丘冗長的「美國革命之女」聚會的經過告訴她，當然，我跳過了婚禮的閒談。

我在說話時，茱蒂奶奶點頭表示贊同，關於市政廳會議，她瞇起眼睛，下了幾句精明的評語。「威爾斯不能讓那些人在他頭頂上撒野，如果逮到史塔弗家的小辮子，他們會高興得很，但他們抓不到的。」

「當然沒有。他處理得很漂亮，如同他一貫的作風。」我沒提到他在接受質詢時看起來有多累，或是心不在焉。

「真是我的好兒子，他是個很好的孩子。真不知道他怎麼會生出個壞丫頭。」

「奶奶！哎呀！」我拍打她的雙手，並且捏了捏。她是在開玩笑，拉近我們之間的距離。多麼美好的一天啊。「我想這是隔代遺傳。」

我原本期待聽到充滿機智的反駁，結果她卻溫和地說：「噢，很多事都是這樣。」她又坐回椅子上，把她的手從我手裡抽回。我感到當下這美好的一刻正在消失。

「茱蒂奶奶，我有事想問你。」

「喔？」

「我昨天遇到一個女人，她說她認識你，她叫梅伊．克蘭朵。你認得這個名字嗎？」老朋友和舊識的名字她通常能輕鬆想起，彷彿她的回憶之書一直是打開的，只是一陣持續不停的風先撕去了最近的幾頁。回憶越久遠，越能維持不動。

「梅伊．克蘭朵……」當她複述這個名字，我立刻就發現她認得。我已經準備要去拿我的手機來給她看照片時，她卻說：「不……這名字我沒有印象。」我從包包抬起頭來看她，她直直看著我，如海水湛藍的眼珠上，細白的睫毛稀稀落落，眼神突然變得激動。我擔心就要出現她話講到一半、沒有任何預警便重頭開始打招呼的場面，比方她會說：「我不知道你今天要過來。你最近怎麼樣？」結果她卻這麼問：「你問這個是有什麼原因嗎？」

「我昨天遇到她……在安養院裡。」

「對，你說過了，但親愛的，許多人都認識史塔弗家的人。我們一定得小心點。人人都在挖醜聞。」

「醜聞？」這句話嚇了我一跳。

「當然。」

我突然感覺到手指間的手機變得冰冷。「我不知道我們家有不可告人的祕密。」

「老天啊，我們當然沒有啊。」

我滑著手機找到那張照片，凝視照片中那位年輕女子的面孔，讓我想起了茱蒂奶奶，而我現在就隔著一張桌子，看著坐在對面的她。「她有這張照片，你認得照片裡的人嗎？」也許是可疑的親戚？或者是我奶奶不想承認存在於家族中的人？每個家族一定都有幾個這樣的人，或許有個堂姊和錯誤的男人私奔，然後懷孕？

我把螢幕轉過去給她看，看她的反應。

「昆……」她喃喃自語，伸出手將手機拿近一點。「噢……」她的眼睛溼了。淚水流出，自她的臉頰汩汩流下。

「茱蒂奶奶？」

她的意識退回百萬哩之外。

不是百萬哩，而是數百萬年。非常多年以前，她絕對想起了什麼，也知道照片裡的人是誰。「昆……」那是什麼意思？

「茱蒂奶奶？」

「昆妮。」她以指尖描著影像，然後轉向面對我，神情強烈，命令我在椅子上坐好。「我們絕對不能讓別人發現……」她說，聲音放低，瞄了門口一眼後往我靠近，然後低聲補充：「不能讓人發現『阿卡迪亞』的事。」

這一刻，我無法接話，思緒快速飛轉，我以前有沒有聽她說過這個詞？「什麼？茱蒂奶奶……什麼是阿卡迪亞？」

「噓！」這個聲音非常尖銳，她的口水噴到桌子對面。「假如他們發現的話……」

「他們？他們是誰？」

門把轉動，她坐回椅子上，恭敬地交疊雙手，一眼安靜地示意我要依樣畫葫蘆。

我假裝放鬆，但我的腦袋裡塞滿了各種可能性，從祖父可能牽扯其中的、類似水門案的隱情，到政治夫妻在冷戰時期擔任間諜的祕密社團。我的奶奶涉入什麼樣的事情？

一位親切的照護員端著咖啡和餅乾進來。在木蘭莊園，住戶不只有正餐，一天之中還有點心和飲料可以享用。

奶奶朝我的手機反手做了個神祕手勢，接著她轉向面對照護員。「你要做什麼？」照護員對她不尋常的粗魯招呼不以為意。「史塔弗夫人，這是早上的咖啡。」

「對，當然了。」茱蒂奶奶再次偷偷指示我應該要把手機收起來。「當然，我們會好好喝一杯。」

我瞄了一下時間，比我以為的還晚，我該出發去跟父親一起參加辦在州府哥倫比亞的午餐會和剪綵儀式。萊絲麗說：「能在自己老家進行剪綵，這是個大好曝光機會。」由於輿論最近對華府幫和職業政客怨聲載道，這些當地活動顯得格外重要。雖然可以理解，但當下我真正想做的事，是要陪伴茱蒂奶奶，好好陪她久一點，看看我是否能為梅伊．克蘭朵的事理出頭緒，並且查出阿卡迪亞和這件事的關係。

也許她指的是地名？加州阿卡迪亞？佛羅里達州阿卡迪亞？

「奶奶，我真的得走了。我已經排好行程要陪爸爸去參加剪綵。」

「老天，那我真不該讓你留太久。」

照護員進來，還是倒了兩杯咖啡。「以免你也想喝。」她說。

「你可以帶走在路上喝。」奶奶開玩笑。咖啡是盛在瓷杯裡。

「我今天早上大概不用再喝咖啡了，要不然我會精力過剩。我只是順路過來，問你有關梅伊——」

「嘖！」她出聲制止，並舉起一隻手指阻止我把名字說完，很凶地看了我一眼，彷彿我是在教堂裡出言詛咒一樣。

照護員很機伶地收了推車，離開房間。

茱蒂奶奶輕聲說：「瑞兒，小心點。」

「什——什麼？」奶奶語氣之強烈，再次令我吃驚。她的腦袋裡到底想起了什麼？瑞兒。那是人名嗎？

「小心耳目——」茱蒂奶奶指了指自己的耳朵——「到處都是。」

她的心情很快就變了。她嘆口氣，拿起小瓷罐，稍微傾斜，在她自己的咖啡裡倒了點東西。「要加鮮奶油嗎？」

「我得走了。」

「噢，真抱歉。我總希望你有時間可以過來看看，你能過來真是太好了。」

此時，我們已經聊了至少三十分鐘，但是她已經忘了。不管阿卡迪亞是什麼，早已消失在霧中。

她對我微笑，笑容與剛擦過的黑板一樣空白，完全真誠，她不知道我是誰，但她試著客氣有禮。「等你不必匆匆忙忙急著走的時候再來吧。」

「我會的。」我吻了她臉頰一下，走出房間，沒找到答案，反而萌生了更多問題。

我不可能現在就放下這件事不管。我得查出我現在要對付的是哪些人、哪些事，我得挖出其他資料來源，我知道我想從哪裡開始挖起。

8

瑞兒

白色大房子的陰影蓋過車子，將它整個吞沒。又高又粗的木蘭樹排列在路邊，形成一堵綠意盎然的牆壁，令我想起睡美人的城堡。這堵牆將房子和那條有小孩在院子裡嬉戲、母親推著娃娃車沿人行道走的大街分隔開來。這棟房子的前廊有輛嬰兒車，很舊了，而且少了一個輪子，已經傾斜不穩，假如把一個嬰兒放進去，很可能會把他給摔出來。

有個小男生像隻猴子蹲在木蘭樹上，體型大致跟小雀一樣，年紀約莫五、六歲。他看著我們的車開進去，但沒有微笑或是揮手，一動也不動。等車子停下來，他就消失在樹葉間。一秒鐘後，我看見他從樹上爬下來，鑽到環繞在這棟房子及四周的高聳鐵欄杆底下。隔壁的小房子看起來曾經是學校或教堂，有些小孩在玩蹺蹺板和盪鞦韆，但是門和窗都被釘上板子緊閉，木頭幾乎沒有上漆。荊棘在前廊長得到處都是，再次讓我想起睡美人。

卡蜜拉坐在車地板上，伸直身體往上看。「這裡是醫院嗎？」她看了譚恩小姐一眼，讓她知道自己一刻也不相信這就是醫院。我妹妹在整趟車程養精蓄銳，準備好做另一場抗爭。

譚恩小姐轉身移動蓋比，他躺在她大腿上熟睡。他的小手臂垂下來，胖呼呼的小手指握了又放，嘴唇動了動，像在夢裡送出一個飛吻。「你們這副模樣哪能去醫院呢？對吧？全身都是河水臭味，而且還被蟲子給感染？墨菲太太會照顧你們，假如你們夠乖夠聽話，我們再來安排去醫院的事。」

我的心裡燃起希望的火苗，但我找不到火種，當譚恩小姐朝我看來，火苗就熄滅了。

芬恩爬到我的胸口上，膝蓋戳著我的肚子。「我要布萊尼。」她輕輕呻吟著。

「動作快。趕快進去了。你們在這裡也會過得很好，」譚恩小姐告訴我們，「如果你們肯乖乖聽話。有聽懂我的意思嗎？」

「是的，夫人。」我試著替我們所有人回答，但卡蜜拉就是不肯輕易放棄。

「布萊尼在哪裡？」她對這整件事很不高興，正在醞釀要為此大吵大鬧一番。我可以感覺到暴風雨即將來襲。

「噓，卡蜜拉！」我凶她。「照她說的去做。」

譚恩小姐露出淺笑。「很好。你看，一切都可以簡簡單單。墨菲太太會照顧你們。」她等司機走過來打開車門，然後她先下車，一手抱著我的小弟、一手拉小雀。小雀睜著大大的眼睛看著我，但一如往常，她不會反抗。她就跟在稻草堆裡的小貓一樣安靜。

「接下來是你。」這個女人要我下車，我趕緊挪動位置，膝蓋撞到坐在車內地板上的棕眼男生和女生。芬恩的雙臂緊緊扣住我，我幾乎要無法呼吸了。

「現在輪到你們兩個。」

在我們之前待在車上的兩個小孩，下車站到車道上。

「現在換你。」譚恩小姐看著卡蜜拉，聲音降低。她把蓋比和小雀交給我，站在車門邊，雙腿分開用身體擋住去路。她不是個嬌小女人，當下矗立在我面前，看起來很強壯。

「卡蜜拉，快下來。」我求她乖乖聽話，她也明白我的要求。但是到目前為止，她動都沒動一下。她雙手背在身後，我擔心她正計畫試著打開另一邊的車門。但那又有什麼用？我們不知道自己身在何方，也不知道要怎麼回去河上，更不知道要去找哪間醫院。唯一的希望是，假如照譚恩小姐所說的乖乖聽話，我們或許真的能再見到布萊尼和昆妮。或是賽拉斯會告訴他們事情經過，我們的朋友就會來找我們。

卡蜜拉的肩膀動了一下，我聽見門把轉動的聲音。但是車門動也不動，卡蜜拉的鼻孔張大。她轉過身去用推的，譚恩小姐嘆口氣，彎身進到車裡。

當她緩緩退出時，正揪著卡蜜拉的衣服，拖著她下車。「真是夠了！你給我立刻站好，守點規矩。」

「卡蜜拉，住手！」我大喊。

「蜜拉，不、不要！」芬恩的聲音有如回音。

蓋比頭往後仰，放聲尖叫，聲音自房子反彈，飄進林木間。

譚恩小姐扭了一下手，以便能好好抓住卡蜜拉。「你聽懂了嗎？」她圓潤的雙頰泛紅，布滿汗水。在眼鏡後面的灰色眼珠快要蹦出來。

當卡蜜拉緊閉雙唇不回答，我還以為譚恩小姐可能會甩她一個耳光，但她沒這麼做。她反而在卡蜜拉耳邊輕聲說話，然後站在她的面前。「我們現在沒事了，是吧？」

卡蜜拉的嘴仍舊看起來像是吃了一顆檸檬似地。

此刻就像擺在阿卡迪亞號甲板邊的瓶子抓不住平衡，等著要往下掉，一瞬間落入河裡。

「不是嗎？」譚恩小姐又說了一遍。

卡蜜拉的深色雙眼滿是怒火，但她點點頭。

「很好。」

譚恩小姐要我們排成一列，卡蜜拉和我們其他人一起踩著階梯前進。在鐵欄杆後面，各種體型大小的男生女生全都看著我們，但沒有任何一個人微笑。

大房子裡很臭。所有窗簾全都拉下來，室內很陰暗。前廳裡有一道很寬大的樓梯，兩個男生坐在最上面的階梯，其中一人令我想到賽拉斯，可是他比較壯，而且頭髮跟狐狸毛一樣紅。這兩個男生跟院子裡或樹上的小孩看起來都不像。他們不可能全是兄弟姊妹。

他們是什麼人？這裡有多少人？他們住在這裡嗎？他們全都是來這裡梳洗一番，才能去見在醫院的爸媽？

這裡是什麼地方？

我們被帶進一間房間，裡面有個女人坐在書桌前等著。與譚恩小姐相比，她顯得嬌小，手臂非常纖細，可以看得見骨頭和血管。她的鼻子從眼鏡伸出，彎彎的像貓頭鷹鳥喙，看著我們的時候，皺起鼻子。然後她露出微笑，站起來歡迎譚恩小姐。「喬琪亞，你今天過得如何？」

「我很好，墨菲太太，謝謝你。我敢說今天早上是大豐收。」

「我看得出來。」

墨菲太太在桌邊敲著手指，當她朝我們走來，手指在桌上的灰塵畫出一條線。她揚起一邊嘴角，上排的一顆牙齒閃了一下。「老天啊！你是在哪裡挖出這些流浪兒的？」

小孩們往我身邊靠攏，就連那兩個我不認識的也聚了過來。我一邊緊緊抱著芬恩，另一邊抱著蓋比，雙臂開始覺得麻了，但我不放手。

「你不覺得這批孩子很可憐嗎？」譚恩小姐說。「我真心相信是我們及時把他們帶走。你有沒有地方能收容他們所有人？這樣會最簡單。我預計很快就能送走幾個。」

「看看那頭髮……」墨菲太太走近，譚恩小姐跟在後面。譚恩小姐的龐大身軀在走路時晃來晃去。我第一次注意到她有條瘸腿。

「沒錯，真是漂亮極了，對吧？四個金色捲髮孩子全來自同一家，還有……那一個。」她哼了一聲，瞅了卡蜜拉一眼。

「噢，她應該不是這一批的吧。」墨菲太太看著我。「這是你妹妹？」

「是……夫人，」我說。

「卡——卡蜜拉。」

「她叫什麼名字？」

「這種平凡的小傢伙居然取了這麼一個華麗的名字，還有那堆醜雀斑。看起來像是鸛鳥把你丟錯了巢。」

「就是她不配合。」譚恩小姐警告。「我們有她已經夠麻煩了。像是混進來的小黑羊，而且還不只一頭。」

墨菲太太瞇起眼睛。「噢，老天。哎，我當然希望這屋裡的孩子有良好的行為舉止。那些達不到我期望的人，不准和樓上的其他小孩做朋友。」她的舌頭在牙齒上滑過。

我的皮膚變得冰冷。芬恩和蓋比把我的脖子抱得更緊了。墨菲太太說的意思很清楚，假如卡蜜拉惹她生氣，她們就會把她帶走，放到……別的地方。

卡蜜拉點頭，但我看得出她一點也沒想學乖。

「其他兩個土黃色頭髮……是在路上找到的。」譚恩小姐把那兩個跟卡蜜拉一起坐在車內地板上的男生和女生聚攏起來。兩人都有一頭又長又直的稻草棕髮和大大的棕眼。從小男生緊抱住那個女生的樣子看來，我確定她是他的姊姊。「當然還有更多河上賤民，不過那裡的營地幾乎已經人去樓空。他們不知怎地，一定已經聽到了風聲。」

「真是可愛的小臉蛋。」

「是，真是可愛。這些有捲髮的幾乎像是天使一般。我推測他們應該會很搶手。」

墨菲太太退開。「老天啊！他們全身河水臭味。我絕對不允許在我屋裡有這種味道。他們得先待在外面，等到洗澡時間再進來。」

「除非你確定他們完全了解這裡的規定，否則別讓他們出去。」譚恩小姐一手放在卡蜜拉的肩上，卡蜜拉的頭在抽動，所以我看得出那女人的手指用力戳在她的肩膀上。「這傢伙很會跑。真沒想到，她居然打算從車上逃走。那些河畔的母牛知道怎麼生，卻不知道怎麼教規矩。這一批得好好管一管。」

「當然。可不是嗎？」墨菲太太點點頭。她再度把注意力放在我身上。「你叫什麼名字？」

「瑞兒。瑞兒．佛斯。」我試著不要再多說話，但想說的仍忍不住從嘴裡溢出來。我一點也不懂她們在說什麼，我的心跳得飛快，因為我小弟和小妹的重量，讓我的膝蓋顫抖，但那不是唯一的原因。我嚇壞了。譚恩小姐打算要把我們留在這裡？要留多久？「我們什麼時候可以去看我們的媽媽和爸爸？他們現在在醫院裡。媽媽剛生了寶寶，而且——」

「別說話，」墨菲太太說。「事情一件一件來。你等會帶這些孩子去走廊上，讓他們沿樓梯的牆邊在地上坐好，按年齡順序由小排到大。在那裡等著，我希望你們不會吵鬧、不可以亂搞。了解嗎？」

「可是……」

譚恩小姐這次把手搭在我肩上。她用力捏了我的骨頭。「我希望你不會給我惹麻煩，你應該比你妹妹聰明多了。」

我的手臂一陣疼痛，感覺蓋比快要滑下去了。「是——是。是，夫人。」她放開我。我又把蓋比往上抱。我想按摩我的肩膀，但我沒有。

「還有……瑞兒。這是哪門子的名字？」

「這個名字取自河流，我爸爸為我取的，他說聽起來像首歌一樣美。」

「我們要用一個比較像樣的名字叫你，一個真正的女孩會有的真正的名字。梅伊就不錯。梅伊．韋瑟斯。」

「可是我……」

「梅伊。」她把我趕出門外，其他小孩拖拖拉拉跟著我出去。卡蜜拉再次被警告，說她只能安靜地坐在走廊，不能做其他事。

小傢伙們像小狗一樣呻吟啜泣，我試著讓他們排排坐好，安頓下來。樓上那兩個男生不見了。外面不知哪裡，有小孩在玩雷德洛夫遊戲，我在念過的好幾所學校裡學會那種遊戲。在上學期間，昆妮和布萊尼通常會把船屋停靠在有河流經過的城鎮，好讓卡蜜拉跟我可以去上學，現在還加上小雀。其他時候我們自己看書，布萊尼教我們算數。幾乎所有東西他都能拿來編密碼。卡蜜拉對數字非常有天分。就連芬恩都已經認得字母，而且她還不到要上學的年紀。明年秋天，小雀就會開始上一年級……

小雀現在抬起頭看我，一雙大眼睛骨碌碌轉著，我心生作嘔感，如同黑水漩渦無處可去，只能不停繞圈打轉。

「她們要把我們關進監獄嗎？」小女孩輕聲說。我連她叫什麼名字都不知道。

「不，當然不會，」我說，「她們不會把小孩關進監獄。」她們會嗎？

卡蜜拉的眼睛斜看前門。她在想著自己能否溜出去，然後逃之夭夭。

「不行。」我輕聲說出口。墨菲太太要我們不可以發出聲響。我想，我們越是乖乖聽話，她們帶我們去想去的地方的機率就更高。「我們得留在一起。布萊尼一知道我們不在阿卡迪亞號上，就會立刻來接我們，賽拉斯很快就會告訴他事情經過。等他來的時候，我們所有人得在一起。聽見了嗎？」我的口氣聽起來像昆妮，當時河上有碎冰，她不希望我們在欄杆旁邊晃蕩，以免浮冰可能會撞到船，把我們摔進河裡去。在那種時候她會讓我們知道，她說不行的時候就是不行。但她很少會那樣。

除了卡蜜拉以外，大家都點頭。就連另外那兩個小女生和小男生也都一起點頭。

「蜜拉？」

「嗯哼。」她退讓，蹲坐著並且雙手抱腿，把臉埋在中間，用力撞自己的頭，讓我們大家知道她對這個決定感到不高興。

我問另外兩個小孩叫什麼名字，他們都不說話。大顆的淚珠自小男生的臉頰上滾落，他的姊姊緊緊摟著他。

一隻鳥撞上前門，發出了聲響，我們所有人都嚇了一跳。我伸直身體去看小鳥有沒有爬起來，沒事地飛走。那是一隻美麗的小紅雀。也許我們在河邊聽到的鳥叫聲，就是牠發出的啼叫，而牠跟著我們一路飛到此地。牠現在搖搖晃晃的，在慵懶漫長的午後陽光照射下，羽毛閃閃發亮。我真希望在野貓抓到牠之前，能去把牠抱起來——我們在進屋前，至少看到三隻貓躲在草叢裡——但我不敢隨便亂動。譚恩小姐會認為我想要逃跑。

小雀跪著要站起來看，她的嘴唇顫抖。

「牠會沒事的。」我輕聲說。「坐下來。乖乖聽話。」

她聽話照做。

小鳥搖搖晃晃往階梯走來，我得稍微離開牆邊才能看到牠。「飛啊。」我心想。「快一點。趕快在別人抓到你之前飛走吧。」

但牠就留在那裡，鳥喙張開，全身顫抖。

「飛走吧。回家去吧。」

我一直看著。假如有貓過來，或許我可以從窗戶那裡嚇跑牠。

我聽見說話聲從門底下傳出，穿過門廳。我非常小心翼翼地站起來，踮著腳靠近。

我聽見譚恩小姐和墨菲太太所說的話，但沒有一句說得通。「……五姊弟的監護權移轉文件在醫院裡。簡單又直接了當。這是斷絕關係最簡單的方法。其實啊，最困難的是找到他們船屋的確切位置，警察告訴我就停在泥島對面。那個雀斑臉小鬼還想從廁所游泳溜走，那條河的味道可不好聞啊。」

一陣咯咯笑聲傳來，聽來卻像烏鴉啼叫般尖銳。

「另外兩個呢？」

「在靠近一窩船屋害蟲的地方發現他們在摘花，我們很快就發出他們的文件，果然沒有任何麻煩事發生。他們個性似乎很溫和，嗯……就叫雪麗和史蒂維好了，取這種名字不錯，最好立刻開始重新訓練他們。真是可愛的小東西，對吧？而且年紀又小。他們可能待不久，已經安排好下個月的鑑賞會，希望到時可以看到他們都準備好了。」

「喔，他們會準備好的。」

「我想，另外那五個就叫梅伊、愛瑞絲、邦妮……貝絲……和羅比。他們的姓氏就用韋瑟斯吧。梅伊・韋瑟斯、愛瑞絲・韋瑟斯、邦妮・韋瑟斯……唸起來很順。」又是一陣笑聲。聲音又尖銳又大聲，把我從門邊逼退。

我最後聽到的是墨菲太太說的話。「我會打點好的。到時他們都會充分準備好，你大可放心。」

等到她們出來時，我已經回到我的位子上坐好，檢查每個人是否沿著牆邊整齊坐著。就連卡蜜拉也抬起頭來，盤腿而坐，我們在學校就這樣坐。

我們等待著，如雕像般靜止不動，墨菲太太陪著譚恩小姐走到門邊。當下只有我們的眼睛轉換方向，看著她們站在前廊上說話。

小紅雀跳到樓梯上，無助地坐在那裡。她們兩人都沒注意到。

快飛走吧。

我想到昆妮的紅帽子。一路飛到昆妮那裡去吧，告訴她要去哪裡找我們。

飛吧。

譚恩小姐踉蹌幾步，差一點就要撞到小鳥。我停止呼吸，小雀倒抽口氣。然後譚恩小姐又停下來繼續說話。

當她再次前行，紅雀終於飛走。

牠會告訴布萊尼我們在哪裡。

墨菲太太回到屋裡，但她臉上沒有笑容。她走進走廊對門的房間裡，把門關上。

我們坐著等待。卡蜜拉又把臉埋起來。

芬恩靠在我的肩上。小女生——那個譚恩小姐叫她雪麗的小女生——緊緊握著她弟弟的手。「我餓了。」他輕聲說。

「餓餓。」蓋比跟著說，聲音非常大。

「噓。」我摸著他的頭，手下摸到的頭髮很柔軟。「我們得安靜一點。像在玩捉迷藏，在玩一場遊戲。」

他蓋住嘴巴，盡力而為。他才兩歲，我們在阿卡迪亞號上玩「我們來假裝」的遊戲時，常常沒算他一份，所以他很高興能加入這個遊戲。

我真希望這是個很棒的遊戲，真希望我知道規則，知道如果我們贏了會得到什麼獎品。此刻我們所能做的，就是坐著等待接下來要發生的事。

我們坐著，一直坐著。

在墨菲太太出來之前，感覺像永遠不會結束一樣。我也很餓，但我從她臉上表情看得出來，我們最好別多問問題。

她高高站在我們面前，雙手握拳扠在腰間，她的臀骨從她的印花黑洋裝突出來。「多了七個……」她說，皺眉並往上看著樓梯，然後吐出一口氣，那口氣像霧一樣往下沉，有股臭味緊接著傳來。「唉，也沒得選，因為你們的父母沒辦法好好照顧你們。」

「布萊尼在哪裡？昆妮在哪裡？」卡蜜拉脫口而出。

「你給我安靜！」墨菲太太沿著我們這排行走，搖搖晃晃地。我現在知道她從那扇門走出來時，我聞到的是什麼味道。是威士忌。我去過很多撞球間，所以認得出那個味道。

墨菲太太伸出一隻手指指向卡蜜拉。「就是因為你，大家才得要坐在這裡，而不是到外面去玩。」她氣呼呼地走進大廳，腳步越走越歪。

我們坐著。小傢伙們終於睡著了，蓋比在地上攤平。幾個小孩經過——有年紀比我們大，也有年紀比我們小的男生和女生。大多數人穿的衣服不是太大就是太小。沒有一個往我們的方向看，他們彷彿沒注意到我們在這裡似地走過。穿著白色連衣裙的女人圍著白色圍裙，匆忙在走廊間來來回回。她們也沒看我們一眼。

我的手指握住雙腳腳踝，用力捏緊，確定自己還在這裡。我幾乎覺得自己要變成H．G．威爾斯先生筆下所寫的「隱形人」。布萊尼很愛這個故事，他常常唸這個故事給我們聽，卡蜜拉和我以及在河邊營地的小孩也會玩這個遊戲。沒有人看得見「隱形人」。

我閉上眼睛，假裝了一下。

芬恩想要尿尿，在我來得及想出對策前，她就尿褲子了。一個穿白色制服的黑髮女人走過，發現那灘尿流到地板上，於是馬上抓住芬恩的手臂。「我們這裡不允許這種事發生。你要好好學會使用廁所。」她從圍裙裡抽出一條抹布，扔到那灘尿上。「擦乾淨，」她告訴我，「要不然墨菲太太會氣炸。」

她把芬恩帶走，我照她說的做。當芬恩回來時，她的內褲和洋裝已經清洗過，而且她就穿著還溼答答的內褲和洋裝。那位小姐告訴我們，其他人也可以去上廁所，但動作要快，然後再回到樓梯旁坐著。

我們才坐回去不久，就有人在外面吹口哨。我聽見小孩跑來跑去的聲音。有很多小孩。他們沒說話，但他們的腳步聲迴盪在大廳底端的門後。他們在裡面好一會了，一行人吵吵鬧鬧，很快就上樓去，但不是走我們旁邊的這道樓梯。

頭頂上，木板發出嘎吱聲響，就像阿卡迪亞號的舷緣和鋪板。那是家裡的聲音，我閉上眼睛聆聽，假裝我們回到自己安全的小船上。

我的願望很快就被澆熄。一個穿白色連衣裙的女人停下來說：「往這邊走。」我們七手八腳趕快站起來跟著她走。卡蜜拉先，我們之間夾著小傢伙們，連雪麗和史蒂維也一起。

這位小姐帶我們到大廳盡頭的門後，那裡的一切很不一樣，看起來普通又老舊，一條條紙張和粗棉布掛在牆上，一側有廚房，裡面有兩個黑人女性正忙著弄爐子上的水壺。我希望我們能趕快吃東西，我的胃感覺已經萎縮到像花生那麼小了。

光是這樣想，都讓我餓到想吃花生。

廚房另一邊有一道大樓梯通往樓上。油漆大多已經剝落，像是常常有人走來走去，欄杆上有半數的杆子已經不見，還有幾根鬆脫的掛在那裡，就像老齊德笑起來時，露出剩下的牙齒那樣。

身穿白色制服的女人帶我們上樓，要我們沿著走廊牆邊一字排開。附近有其他小孩在排隊，我聽到有水流進浴缸的聲音。「不准說話。」女人說。「你們在這裡安靜等著，等輪到你們洗澡。現在把衣服脫掉，摺好放在你們腳邊。全部衣服都要脫掉。」

我體內的血液刺痛著我，又燙又黏。我環顧四周，看到全部的小孩，不論年紀大小，已經照著命令開始動作了。

9

艾芙芮

「梅伊・克蘭朵。你確定你對這個名字沒印象？」我跟爸媽一起搭禮車，正在往參加哥倫比亞剪綵儀式的路上。「就是她昨天在安養院裡找到我的手鍊。」我說「找到」，是因為聽起來比「直接從我的手腕拿走」好聽一點。「葛瑞爾的設計加上裝飾蜻蜓，是茱蒂奶奶送我的。我想那位女士認出來了。」

「你奶奶常戴那條手鍊，任何看過她戴那條手鍊的人大概都記得，非常別緻。」媽媽搜尋著她的記憶庫，有著完美形狀的嘴唇緊閉。「不過我沒有印象，真的不記得那個名字。也許她是阿士維・克蘭朵他們家的人？我年輕時曾和那家的男孩約會過——當然，是在認識你爸爸之前的事了。你有沒有問她是哪個家族的人？」對小蜜蜂來說，還有她那一整個世代、教養良好的南方女性而言，這是見面時很自然的問題。「認識你真開心，今天天氣真好，可不是嗎？好啦，告訴我，你是哪個家族的？」

「我沒想到要問。」

「艾芙芮！說真的，我們要拿你怎麼辦才好？」

「把我送去柴房？」

我爸笑了，從他正在閱讀放滿文件的檔案夾裡抬起頭來。「好了，小蜜蜂，我一直沒讓她閒下來。而且像你那樣歸檔整理細節般的個性，沒人能出其右。」

媽媽撒嬌似地打了他一下。「好了，別說了。」

他抓住她的手，吻了一下，而我就夾坐在中間。當下覺得自己好像是個十三歲小孩。

「好嗯，你們倆公然放閃。」自從回家後，我又重新開始說「你們倆」這個詞。我在北方時，把它從我的語彙裡完全拿掉。我現在已經認定，這個詞很好，就像不起眼的煮花生，能完美應用在許多場合。

「威爾斯，你記得梅伊・克蘭朵嗎？是你媽的朋友？」小蜜蜂回溯我們的談話。

「不記得。」爸爸伸手去搔頭，才想起他剛剛噴了大量頭髮造型液。戶外場合需要特別準備，沒有什麼比得上最後出現在報紙上、看起來像電視喜劇《一窩小屁蛋》裡那個翹起一撮頭髮的角色那麼慘了。萊絲麗會確保我有把頭髮往後梳攏，小蜜蜂和我的造型很搭，她今天是法式盤髮。

「阿卡迪亞。」我脫口而出，只是要看看這個詞能否引起反應。「那是不是茱蒂奶奶的俱樂部……還是橋牌圈……還是她認識以前住在阿卡迪亞的人？」

不管是我媽還是我爸，對這個詞似乎都沒有不尋常的反應。「佛羅里達的阿卡迪亞？」媽想知道。

「我不確定，是談到她的牌搭子時提到的。」我沒告訴她茱蒂奶奶說到這事的模樣讓我不安。我到底該怎麼查這件事？

「你真的很關心這件事。」

我差點就要把手機拿出來給她看照片，真的差一點。我的手在伸向皮包的半路停住，改成撫平裙子。我在我媽臉上看到新添煩惱的痕跡，她實在不需要再多一件事去操心。假如我拿照片給她看，她一定會確信有邪惡計謀正在進行，梅伊．克蘭朵想從我們家得到好處。我媽是專業的杞人憂天者。

「媽，我不是真的很在意，只是好奇罷了。不過那位女士似乎很寂寞。」

「你真是貼心，但就算她們認識好了，茱蒂奶奶也沒辦法陪她。我才剛請『週一女孩團』別再去拜訪木蘭莊園了。太多老朋友去探望，只會讓你奶奶更難過而已。她會因為名字和臉孔對不起來而感到羞愧，對象不是家人的時候，這種狀況更辛苦，她擔心別人會對她說三道四。」

「我曉得。」也許我該放手別管這件事，可是這個問題困擾著我，不斷發出細語，讓我煩心，還作弄我，一整個下午讓我耳根不清靜。在我爸剪綵時，我們閒聊、寒暄、拍手，在鄉村俱樂部的貴賓休息室裡和州長交際應酬、和企業高層交談時。我甚至能就頁岩氣水力裂解以及讓相鄰的北卡羅來納州能合法進行這項技術的相關立法，給出免費的法律建議。經濟對上環境的議題，常常最後是重量級人物在大眾意見的擂臺上一決勝負，當然，還有即將到來的立法程序。

即便是在討論成本效益問題，而我也真的非常關心這個議題，但是在我內心深處，我想的是包包裡的手機，以及茱蒂奶奶對照片的反應。

我知道她認出了那位女士。昆恩……或者昆妮。

這不是巧合，不可能是巧合。

阿卡迪亞。阿卡迪亞……什麼？

我們搭車返回我父親在艾肯的辦公室，我在車上提了幾個聽起來無傷大雅的藉口，以便能暫時從我父母身邊溜開——說是去辦一些瑣事之類的。事實上，我要再去見一次梅伊·克蘭朵，假如真的有什麼祕密情事，我最好知道，然後我就能決定需要做些什麼因應。

爸爸對於我們不能待在一起看起來真的有些失望。在他能回家吃晚餐前，還要跟底下的人開策略會議，他希望我能旁聽。

「噢，威爾斯，拜託你。艾芙芮可以有她自己的生活。」媽媽插話。「她有個英俊的年輕未婚夫要保持聯繫，你還記得嗎？」她弓起纖瘦的肩膀，對我露出狡猾的笑容。「還有婚禮要安排。假如他們永遠不討論，就沒辦法計畫了。」話說到最後聲音變高，高唱著期待。她拍拍我的膝蓋，湊過身來，往我這裡意味深長地看了一眼，這眼神的意思是「我們開始行動吧」。她忙著弄她的皮包，填補空檔，然後故作若無其事地改變話題。「園丁前幾天拿來一種新的護根產品……給杜鵑花用的……這是貝琦的庭園景觀設計師的建議。他們去年秋天鋪在上頭，結果她家的杜鵑花比我們家的大上兩倍。明年春天，德雷登丘的花園會成為大家……豔羨……的對象。大概在三月底。應該會是……非常完美。」

「用在婚禮會很完美」這句話懸在空中。我們宣布訂婚時，艾略特要貝琦和小蜜蜂保證她們不會介入、也不會挾持決定過程，這真的是要她們的命。如果我們不阻撓她們，她們可以確保整件事成功舉行，但我們下定決心，要用自己的時間來規畫，用我們認為最好的方式去安排。此刻，我的父親和小蜜蜂應該把百分之百的注意力都放在他的健康上，而不是擔心婚禮準備。

不過，你不能把這件事告訴小蜜蜂。

我假裝沒聽懂。「我認為就算是在沙漠，傑森都可以種出玫瑰花。」早在我離家上大學前，傑森就掌管了德雷登丘的花園，他要是有機會能好好炫耀成果，一定會欣喜若狂。但媽媽們對婚禮的想法，艾略特絕不買單。艾略特愛他的母親，不過身為獨生子，對她經常把注意力放在安排他的生活而感到疲倦。

一次一件事，我告訴自己。爸爸、癌症、政治。現在是這三件大事。

我們在辦公室前面停住，司機替我們打開車門，我溜下車去，很高興我自由了。最後一個幾乎不加掩飾的提醒，跟著我一起出了車門。「告訴艾略特，請他去謝謝他媽媽提供的杜鵑花建議。」

「我會的。」我保證，接著趕快跑到我車上。我的確有打電話給艾略特，但他沒接，很可能在開會，儘管現在時間已經超過五點了，但他的財務客戶遍及世界各地，隨時都有人要找他。

我為杜鵑花的事留了一段簡短留言。他聽了會哈哈大笑，尤其在做了一整天高壓工作後，他常常需要大笑來化解壓力。

過了一個街角，我接到二姊艾莉森來電。

「嗨，艾莉森，怎麼了？」我說。

艾莉森大笑，但聽起來疲憊不堪，三胞胎在後面鬧得不可開交。「你能不能去舞蹈教室接寇特妮下課？小男生全都生病了，我們今天已經換了三套衣服，而且……是啊，我們又都光著身子了，四個人都是。寇特妮大概站在舞蹈教室外面，心想我到底在哪裡。」

我立刻迴轉開往漢娜小姐的教室。我以前是芭蕾舞和選美課上的不成材學生。幸好寇特妮真的有天分，她在春季發表會上的表現精湛。「沒問題，我去接她。正好離那裡不遠，我可以在十分鐘內接到她。」

艾莉森鬆了好長一口氣。「謝謝，真是救我一命，你今天是我最愛的姊妹。」這是從小到大不變的老笑話，就是誰是艾莉森最愛的姊妹。身為老二，她可有得挑。蜜西比較年長，也比較有趣，但我比較年幼，可以輕鬆使喚。

我輕輕笑了。「嗯，就你這句話，真的很值得從東多跑到西一趟。」

「拜託你別告訴媽男孩們都生病了，這樣她就會跑過來，我可不希望冒險讓爸曝露在任何病毒裡。把寇特妮放在薛麗家就好，我會傳訊息告訴你地址。我已經打電話給薛麗的媽媽了，寇特妮可以在他們家住一晚。」

「好，我會的。」在我們三人之中，艾莉森最像小蜜蜂。她做事有如四星上將，但自從三個小男孩出生，一支進攻的軍隊已經壓制了她。「我快到教室了。等接到你女兒，我就傳訊息給你。」

我們掛斷電話。幾分鐘後，我在漢娜小姐的教室前停車。寇特妮就站在前面，當她看到自己沒被拋棄，臉上亮了起來。

「嗨，艾芙芮阿姨！」她坐進車裡時說。

「你好啊。」

「媽媽又忘了我嗎？」她轉了轉眼珠，頭重重歪向一邊，這動作令她看起來似乎遠超過十歲的年紀。

「沒有……我只是很寂寞，想你而已。我想我們可以一起去晃晃，到公園玩溜滑梯、遊戲器材之類的。」

「好啦，小芮阿姨，認真一點……」

她這麼快就拒絕提議，讓我有點難過。太早熟了，這對她不好。她拉著我的褲子，求我跟她一起在德雷登丘爬樹，那不是才昨天的事嗎？「好吧，你媽剛才打給我，要我來接你，那是因為弟弟們全都生病了。現在我要載你去薛麗家。」

她的臉亮了起來，在乘客座上坐正。「噢，太棒了！」我臭臉看她，她補充道：「我的意思是，弟弟生病不好。」

我提議可以停在冰淇淋店，我們都喜歡吃冰，但她告訴我她不餓，她滿腦子只想到薛麗家，於是我打開GPS導航，直接朝那裡駛去。

她拿出自己的手機傳訊息給薛麗，我的思緒轉換跑道。阿卡迪亞和梅伊·克蘭朵，遮蔽了看著我的外甥女朝青春期筆直挺進的痛苦。等我問梅伊「阿卡迪亞」這個詞的時候，她會怎麼回答？

看來我今天是不太可能知道了。等到我放寇特妮下車，已經是安養院的晚餐時間。這時工作人員會很忙，梅伊也是。

我在大馬路上轉彎，這裡的街道樹林成蔭，兩旁矗立一棟棟富麗堂皇、建於世紀之交的房子，盡是由完美修剪的草坪和庭院所圍繞，我在這幾條街上蜿蜒通過。我們開了好幾條街之後，才發現我怎麼會覺得到薛麗家的這段路很眼熟，因為茱蒂奶奶位於小禮街的房子其實離這裡不遠。

「嘿，寇特妮，讓你在薛麗家下車之前，想不想跟我一起繞去茱蒂奶奶家看看？」我不想自己一個人去，但我剛才想到，或許可以在茱蒂奶奶留下的東西裡找到部分答案。

寇特妮放下手機，困惑地看著我。「小芮阿姨，那裡有點恐怖吧。雖然沒人居住，但是茱蒂奶奶的東西全都還留在那裡。」她的下唇往外翹，一雙藍色大眼睛認真地看著我。要孩子們接受茱蒂奶奶的快速變化並不容易，這是他們第一次真正接觸到生離死別。「不過如果你真的想要我去的話，我可以跟你去。」

「不，不要緊。」我繼續開過岔路。沒理由把寇特妮扯進來。等我把寇特妮載到她朋友家之後，我再開去小禮街。

她很明顯覺得放心了些。「好。小芮阿姨，謝謝你今天來接我。」

「小鬼，任何時候都沒問題。」

幾分鐘後，她在車道上小跑步到薛麗家，我則往小禮街開去。

當我開進車道、下了車，一陣悲傷之情突然襲上心頭。視線所及之處都有回憶。我幫奶奶照顧的玫瑰花、我和住在這條街上的女生在柳樹下扮家家酒、樓上灰姑娘城堡的八角窗、用來當作高中舞會照片背景的開闊走廊，水庭園裡五顏六色、張嘴要吃餅乾屑的錦鯉。

沿著屋旁的查爾斯頓風格走廊，我幾乎能感覺到奶奶的存在。走上樓梯，我有點期待她會在那裡。當意識到她人已經搬離時，很令我難過。日後來到這裡，就再也不是奶奶招呼歡迎我了。

在後院，溫室變得陳舊，有灰塵的味道。潮溼的泥土味已經消失。架子和盆子也都已經撤掉。我媽絕對是送給了需要的人。

鑰匙一直藏在同一地點。當我從地基旁抽掉鬆脫的磚塊，一小束傍晚的光線照射著。從那裡很容易溜進去把警報器關掉。之後，我站在客廳裡，思考著*接下來該怎麼辦？*

地板在我腳下嘎吱作響。房子空蕩蕩的而且很陰森，這裡再也不是那個曾經是我第二個家的地方了。自從十三歲以來，只要我爸媽去華盛頓特區，學期期間我都是住在這裡，這樣我才能跟朋友一起在艾肯上課。

現在我覺得自己像是個鬼鬼祟祟的小偷。

反正這也很蠢。你連要找什麼東西都不知道。

也許是照片？在梅伊・克蘭朵床頭櫃上的女人會出現在老相簿裡？茱蒂奶奶是家族裡的歷史專家，保存史塔弗家的傳承，不眠不休用她的老式打字機打出一張張標籤，貼在所有東西上。這間屋子裡沒有一件家具、一幅畫、一件藝術品或是一張老照片，上頭是沒有仔細標示來源和前任擁有者的資訊。她的私人物品——任何一件重要的東西——都以相似的方式收藏。送蜻蜓手鍊給我的時候，是裝在一只破舊的盒子裡，底下黏了一張泛黃的字條。

一九六六年七月。禮物。月光石代表首批由美國探險太空船「測量員號」從月球所傳送回來的照片。石榴石代表愛情。蜻蜓代表水。藍寶石與縞瑪瑙代表紀念。由葛瑞爾設計、客製訂作。設計師戴蒙・葛瑞爾。

底下她補充：

致艾芙芮，

因為你是個懷抱新夢想、勇於創新的人。願蜻蜓帶領你前往超乎想像的境地。

茱蒂奶奶

我現在才發現，她沒說這份禮物之前是誰送的，很奇怪。不曉得我能不能在她的行事曆找到蛛絲馬跡。她仔細整理每一天生活裡所遭遇的大小事，記錄所有她見過的人、自己穿了什麼衣服、吃飯的菜色。假如她和梅伊・克蘭朵是朋友，或是曾有共同的橋牌圈，我應該會在行事曆上看到梅伊的名字。

我曾經問她，為何要如此鉅細靡遺地把一切事情寫下來，她對我說：「將來你會讀到這些事，而且知道所有祕密。」

這句話現在看起來似乎成了一種許可，但我走進漆黑的屋子時，罪惡感令我煩惱。並非彷彿我的奶奶已經過世；她依然健在。只是我現在所做的事等於偷窺，但那種她想要我了解某件事的感覺還是揮之不去，不知為何，這件事對我倆都很重要。

在她圖書室外的小辦公室裡，最後一本行事曆還擺在桌上。打開的那一頁是她消失八個鐘頭、最後出現在購物商場、迷了路不知所措的那天。是某個星期四。

文字幾乎難以辨識。字跡顫抖，越寫越糟，看起來不像是我奶奶秀麗的草寫字。「川特．透納」、「愛迪斯托」是那天唯一的紀錄。

愛迪斯托？那就是她消失時發生的事嗎？不知為何，她認為自己是要去愛迪斯托島的小屋……去見某人？也許她半夜作夢，醒來時相信真有其事？或許她在重演過去發生的事？

誰是川特．透納？

我又翻了更多頁。

過去幾個月來，在茱蒂奶奶的應酬約會紀錄裡，沒提到梅伊．克蘭朵的名字。但不知為何，梅伊給我的印象是她們最近曾見過面。

我越往前翻，字跡就越清晰。我覺得自己陷入我曾跟蹤過奶奶的例行活動——那些「聯邦女性俱樂部」、「圖書館委員會」、「美國革命之女」、「花園俱樂部」在春天舉行的活動。七個月前，就在她急速退化前，她的一切行動仍舊相當良好，還能跟得上她的行程，雖然有一、兩個朋友曾向我父母提起「茱蒂有失憶的情形」，發現這件事實在令人難過。

我又翻了更多頁，猜想、回憶、思考這個分水嶺的一年。生命可以在轉瞬間說變就變。

行事曆加強了我對這件事的新想法。我們可以計畫自己的日子，但卻控制不了。

奶奶的一月筆記始於一行空白處，就在新年一月一日之前，以潦草筆跡寫的幾個字。「愛迪斯托」和「川特．透納」；她又寫了一遍。底下有一組電話號碼。

也許她是在跟人談小屋要做的修繕？很難想像。自從我爺爺在七年前過世後，我爸的私人祕書一直在協助處理茱蒂奶奶的事務。假如有任何事情需要安排，會由她負責。

我猜，有一個方法可以查。

我拿起手機，按下電話號碼。

電話響了一聲、兩聲。

我開始在想，假如有人接起來的話，我該說些什麼才好。呃……我不確定我為什麼要打這通電話。我在我奶奶家的舊筆記本裡找到您的電話號碼，然後……

然後……什麼？

答錄機接聽了我的來電。「透納房地產。我是川特。現在無人能答覆您的來電，但若您能留言……」

房地產？我大吃一驚。茱蒂奶奶想要賣掉愛迪斯托的房子嗎？實在難以想像。在她嫁給我爺爺之前，小屋就一直為她家族所有。她很喜歡那裡。

假如我們要賣掉那裡，我爸媽絕對會告訴我。一定有別的解釋，但因為我沒有方法知道，只好又回去找線索。

我在衣櫃裡找到她剩下的記事本，全都存放在一直放在那裡的破舊律師書櫃裡，記事本從她嫁給我爺爺那一年到現在，整齊排列著。我拿出最舊的一本，米色的皮製封面乾透了，滿布棕色龜裂紋路，看起來像古董瓷器。裡面的字跡圓圓的，充滿少女風，寫滿了女生聯誼、大學考試、新娘結婚慶祝會、瓷器樣式，以及和我爺爺約會的夜晚。

在其中一塊空白處，她練習用她即將冠上的夫家姓氏簽名，字母的花邊裝飾見證初戀時期的神魂顛倒。

「拜訪哈洛德住在德雷登丘的父母。」有一段這麼寫著。「騎馬。跨了幾次欄。哈洛德說不可以告訴他的母親。她希望我們在婚禮時仍保持完整無傷。我找到我的王子。沒有一絲猶豫。」

各種情緒一時哽在喉間。苦樂參半。

「沒有一絲猶豫。」

她真的這樣覺得？她難道真的……當她遇見我的爺爺，她就認定是這個男人了？艾略特跟我是不是應該經歷某種閃電雷擊時刻，而不是悠閒地從童年冒險過渡到成人情誼，進而展開約會再到訂婚，只因為交往六年之後，似乎是時候到了？因為我們沒有莽莽撞撞陷入熱戀，因為我們沒有匆匆墜入情網，我們是不是不太正常？

手機響起，我接了起來，希望是艾略特打來的。

電話另一頭的聲音是個男性，而且態度友善，但不是艾略特的聲音。

「喂，我是川特．透納。剛才有一通從這個號碼撥給我的電話，抱歉我沒接到。有什麼能為您效勞的嗎？」

噢……喔……我的腦中閃過各種可能的開場白，脫口而出的卻是：「我在我祖母的記事本裡發現你的名字。」

電話另一頭傳來翻動紙張的聲音。「我們是不是約在愛迪斯托這裡，要看一間小屋之類的？還是這是要租的？」

「我不知道祖母留下電話是為了什麼，事實上，我還希望能從你那裡得到解答。我的祖母最近有些健康問題，我正試著想釐清她行事曆裡的筆記。」

「約在哪一天？」

「我不確定她是不是有約時間。我想她可能是打給你要賣房子。梅爾斯小屋。」幾十年前，這裡的房產以屋主的名字來命名並不罕見。我奶奶的爸媽蓋了那間愛迪斯托房子是用來躲避內陸熾熱黏膩的夏天。「姓史塔弗。茱蒂．史塔弗。」聽到這個名字時，對方多半會改變口氣，我已經為此做好心理準備。在這個州裡，人們不是喜愛就是討厭我們，但他們通常知道我們是誰。

「史塔……史塔弗……」他喃喃自語。也許他不是這裡人？仔細想想，他的口音根本沒有半點查爾斯頓的腔，也不是來自低地區，說話母音有點拉長。也許是德州？我童年時期和許多來自其他地方的小孩玩在一起，對分辨口音很在行，不論是外國或國內。

有個奇怪的空檔，他的語氣在那之後變得比較保守些。「我來這裡大概有九個月了，但我可以向你保證，從來沒有人打來說要賣或租梅爾斯小屋。抱歉，我幫不上忙。」突然間，他想在電話上擺脫我。*為什麼？*「假如是今年年初之前，跟她談過的人大概是我祖父老川特。但他在六個月前過世了。」

「噢。請節哀順變。」我立刻覺得和老川特在某個地方有種連結。「你知不知道我祖母是為了什麼事跟他聯絡？」

又是一陣侷促不安的空檔，彷彿他在仔細衡量所說的話。「是，其實我知道。他有文件要交給她。我能說的真的就這麼多了。」

我體內的律師魂浮出，嗅到了不情願的證人在藏匿訊息時的氣味。「什麼文件？」

「很抱歉，我答應過我祖父。」

「答應什麼？」

「假如她能親自來這裡一趟，我就能把他留給她的信封袋交給她本人。」

我腦中警鈴大作。「到底發生了什麼事？她無法遠行。」

「那麼我幫不上忙。很抱歉。」

就這樣，他掛斷電話。

10

瑞兒

房裡寂靜無聲，有一股潮溼的氣味。我睜開雙眼，再用力閉上，然後又慢慢睜開。我睡意依舊很濃，所以還是看不太清楚，一切就像是河上的霧，在夜裡慢慢穿透船屋的窗戶。

東西都不在該在的地方。沒有阿卡迪亞號的門窗，而是石砌的厚牆。空氣裡有種我們擺放一箱箱儲藏物和燃料的那種密閉空間的氣味。發霉和溼軟泥巴的臭味攀上我的鼻子，消散不去。

我聽見睡夢中的小雀在呻吟。在小雀和芬恩睡覺的地方，有鉸鏈發出的咿呀聲，而不是伸縮式床架的溫柔摩擦聲。

我眨眨眼，抬起頭來，看見靠近天花板的地方，有一扇很高的小窗。晨光照射進來，但室內仍是陰暗朦朧。

樹叢掠過玻璃。枝枒發出輕柔的嘎吱聲。有朵粉紅色玫瑰花低垂，看起來無精打采，花瓣破了一半。

所有事情一下子迅速重現。我記得爬上那張有生鏽味的行軍床睡覺，隨著那天結束，我一直凝視著窗外的玫瑰，在我身旁的弟弟妹妹們，呼吸變得更長更慢。

我記得那位身穿白色連衣裙的工人領著我們走下通往地下室的樓梯，帶我們走過火爐和煤炭堆，來到這間狹小的房間。

「在我們搞清楚你們是不是要永遠留下來之前，先睡在這裡。不准發出噪音、胡鬧。保持安靜。不可以隨便離開床鋪。」她指派我們睡在五張摺疊式行軍床上，就是士兵有時會在河岸邊的實彈演練營用的那種。

接著她便離開，在身後把門關上。

我們全都安安靜靜地縮在床上，就連卡蜜拉也是。大多時候，我很高興我們又能獨處，就我們五個人，沒有工人，也沒有其他小孩以好奇、憂慮、惡毒、空洞、死氣沉沉又冷酷的目光打量我們。

所有昨天發生的事，有如電影在我腦海裡重演。我看見阿卡迪亞號、警察、賽拉斯、譚恩小姐的車子、樓上的洗澡隊伍。我全身湧現一股噁心感，這感覺有如一灘死水回流、將我吞噬，那灘水因為夏日陽光而發燙，因為每一樣掉進去的東西而受到毒害。

我從裡到外都覺得骯髒。和那桶因為在我之前洗澡的所有小孩，包含我妹妹和蓋比在內，大家身上的沙子、肥皂而變成咖啡色的濁水無關。

相反地，當我踩進澡盆、扭著肩膀來遮住自己身體，我看見那個工人站在我面前。「洗澡。」她指著肥皂和破布說。「我們可沒時間在這裡耗。你們這些河上賤民本來就不太正經，不是嗎？」

我不懂她的意思，也不知道要怎麼回答。也許我不該說話。

「我說，洗澡！」她大吼。「你以為我很閒嗎？」我當然知道她很忙，已經聽過她對其他小孩吼了同樣的話，也聽到當那些小孩的頭被壓在水裡沖洗時，所發出的各種呻吟、嗚咽、口水飛濺聲。幸好佛斯家的小孩不介意被浸到水裡。小孩們順利通過洗澡考驗，就連卡蜜拉都沒惹什麼麻煩。我想要照做，也許是因為我年紀最大，那個女人似乎對我很有意見。

我半蹲在水面上，因為水又髒又冷。

她走過來，好好看了我一眼，她盯著我的樣子讓我全身起滿雞皮疙瘩。「我看你年紀還不夠大，不能跟其他小女生一起。不過也要不了多久，我們就得把你移到別的地方去。」

我肩膀扭動的程度更大了，盡量快速刷洗。

今天早上，因為有人那樣上下打量我，讓我覺得自己還是很髒。希望在下次洗澡前，我們就已經離開這裡了。

我想要外面那朵粉紅色小玫瑰花消失不見。我想要窗戶改變，牆壁變成木頭，水泥地板移動，接著融化，然後消失不見。我想要舊木板被我們踩壞，河流在我們的床底下搖晃，聽著布萊尼在屋外前廊吹奏口琴的溫柔樂聲。

我一整晚至少醒來十次。凌晨時分，芬恩擠在我身旁，行軍床下垂的帆布把我們緊緊拉在一起，她還能呼吸真是奇蹟，更別說睡覺了。

每次我讓自己漸漸睡去，就會回到阿卡迪亞號，但是每次醒來，我卻是在這裡，在這個地方，我試著想要搞懂現在的狀況。

「在我們搞清楚你們是不是要永遠留下來之前，先睡在這裡……」

「永遠留下來」……那是什麼意思？既然現在我們留在這裡過夜，也都弄乾淨了，他們不是該帶我們去醫院看布萊尼和昆妮嗎？是我們全部人一起去，還是只有幾個人去？我不能把小孩們留在這裡。萬一有人傷害他們怎麼辦？

我必須保護我的弟弟妹妹，但我連自己都保護不了。

我的嘴因為淚水而變得黏膩。我告訴自己不哭，我哭的話只會嚇到小孩們。我向他們保證過一切都會沒事，到目前為止，他們都相信了，就連卡蜜拉也相信我。

我閉上雙眼，蜷縮在芬恩旁邊，任憑眼淚汨汨流出，滲入芬恩的頭髮。啜泣聲在我的胃裡起伏，往上到達我的胸口，我把它吞回去，像在打嗝一樣。芬恩一直熟睡著，或許她在作夢，讓她以為只是河流在搖晃著她的行軍床吧。

別睡著了，我告訴自己。在有人來之前，我得把芬恩放回她自己的床上，我不能讓大家惹上麻煩。那位小姐告訴我們不可以離開自己的床。

再一、兩分鐘就好。再過一、兩分鐘，我就會起床，確保大家都在自己該在的地方。

我斷斷續續睡了又醒、醒了又睡。當我聽見有人在附近呼吸的聲音，我的心重重地在肋骨上跳動著——那不是我們之間的任何一個人，而是個體型更大的人。是個男人。也許是布萊尼。

我才剛有那個想法，很快就有股混雜了陳年油脂、青草、煤灰和汗水的味道飄入房裡。這個人不是布萊尼，他身上有河水和天空的味道，是夏季的晨霧和冬季的森林與林煙。

我的思緒變得清晰。我仔細聆聽。那雙腳在門口動了幾下，然後止步。布萊尼走路不是那樣。

我把被子蓋在芬恩頭上，希望她不會醒來亂動。現在天色還相當暗，依舊昏暗的光線從窗戶照射進來。也許他不會注意到芬恩不在她自己的床上。

當我轉頭時，眼角餘光幾乎看不見他，只感覺到他很壯碩，比布萊尼更高更胖。他像是個影子，就站在那裡一動也不動，也沒說半句話。他就只是站著，看著我們。

我的鼻子因為哭泣而流鼻涕，但我沒擦也沒擤。我不想讓他知道我還醒著。但他為什麼在這裡？

卡蜜拉在她床上翻身。

不行，我心想。噓！她在看他嗎？不管她的眼睛是不是張開的，他看得見她嗎？

他走進房裡。移動，然後停下，然後再移動，再度停下。他在小雀的行軍床旁彎下腰去，撫摸她的枕頭，然後踉蹌幾步，撞上了木框。

我瞇著眼睛，從隙縫間仔細瞧。接下來，他來到我的床邊，低頭看了一下。枕頭在我的頭旁邊發出聲響。他非常輕柔地摸了我的枕頭兩次。

然後，他停下來站在另一張床的旁邊，最後終於離開，把門關上。

我吐出一直憋住的氣，吸了另一口氣。我聞到薄荷的味道。我掀開被子叫醒芬恩時，枕頭上有兩顆白色小糖果，這立刻讓我想到布萊尼。當布萊尼在撞球間賭錢，或是在停靠岸邊的遊藝船上工作，下班回到阿卡迪亞號的時候，他的口袋裡總是裝著一條畢奇納特閃亮薄荷糖，那是最好吃的糖果。布萊尼會跟我們一起玩一個猜謎小遊戲，假如我們立刻答對，就能拿到糖果。如果樹上有兩隻紅鳥，地上有一隻，草叢裡有三隻青鳥，地上有四隻，圍牆上有一隻又老又大的烏鴉，欄舍裡有一隻貓頭鷹，請問地上總共有幾隻鳥？

你長越大，問題就會越難；問題越難，畢奇納特糖就越好吃。

薄荷糖的味道讓我想跑到門邊往外瞧，看看布萊尼是不是來了。但這些薄荷糖是另一種牌子。當我帶著芬恩回她床上，我把這些糖收起來，糖果放在掌心的感覺不對。

在門邊，卡蜜拉把她的糖果扔進嘴裡咬。

我想著要把薄荷糖留在小孩們的枕頭上，但轉念一想，我決定最好撿拾起來。假如工人們出現，我擔心我們可能會因為有糖果而惹上麻煩。

「小偷！」自從昨晚洗過澡後，這是卡蜜拉第一次開口說話。她坐在她的床上，身上穿的睡衣太大件，領口滑到她手臂一半的地方。洗過澡後，其中一個工人從一堆衣服裡撈了幾件給我們穿。「他給我們每個人一顆糖。你不能通通拿走。那樣不公平。」

「噓！」她聲音太大，我還以為門會打開，然後我們全都會陷入麻煩。「我是先替大家留起來晚點吃。」

「你在偷東西。」

「我才沒有。」卡蜜拉今天恢復了以往的性情，但就像在平時的早上，她有起床氣。就算有薄荷糖，她也不容易被叫醒，大多時候我都會準備好跟她大吵一架，但現在我累到不想吵。「我說過了，先留下來晚點吃。我不想讓大家惹上麻煩。」

我妹妹瘦巴巴的肩膀往下沉。「我們已經有麻煩了。」她的一頭黑髮往前落在墊子上，有如馬的尾巴。「瑞兒，我們該怎麼辦？」

「我們要乖乖聽話，這樣才會有人帶我們去找布萊尼。卡蜜拉，你別再想要逃跑了。你不能跟她們吵，好嗎？假如我們惹她們生氣，她們就不會帶我們去了。」

她用力盯著我看，棕色的雙眸瞇成一條細縫，這副模樣看起來像在河岸邊用煮得滾燙的大鍋清洗河岸城鎮人家衣服的中國人。「你覺得她們一定會帶我們去？今天就去嗎？」

「假如我們乖乖聽話的話。」我希望這不是謊話，但也許這就是個謊話。

「為什麼要帶我們來這裡？」這個問題令她哽咽。「為什麼不能放過我們？」

我心亂如麻，試圖理出頭緒。我需要向自己解釋清楚，像我對卡蜜拉那樣好好解釋。

「我想他們弄錯了。他們一定是認為布萊尼不回來照顧我們。一旦布萊尼發現我們不見，就會告訴他們有人犯了嚴重錯誤，然後帶我們回家。」

「不過，是今天嗎？」她的下巴顫抖，她用力把下唇翹起來，跟她每次準備要跟男生打架時一樣翹高下唇。

「我猜是今天。我猜一定就是今天。」

她擤了擤鼻子，用手臂把鼻涕擦掉。「瑞兒，我不會讓那些女人再次把我壓進浴缸。我不會。」

「卡蜜拉，她們對你做了什麼事？」

「沒事。」她抬起下巴。「她們不能再把我弄進去，就這樣。」她朝我伸長一隻手，然後打開。「假如你不把糖果給大家吃，那就給我吃。我餓死了。」

「我們把剩下的糖果留著晚點吃……假如我們去到昨天那些小孩在的外面，我就會拿出來。」

「你剛才說布萊尼晚點會來。」

「我不知道什麼時候。我只知道他會來。」

她閉緊嘴巴，歪向一邊，一副一點都不相信我的樣子，然後轉身面朝門的方向。「也許那個男人能幫助我們逃走。那個拿薄荷糖來給我們的人。他是我們的朋友。」

我有想過這一點。但那個男人是誰？他為什麼會來這裡？他想當我們的朋友嗎？在墨菲太太這裡，他是第一個對我們好的人。

「我們會等布萊尼來。」我說。「在他來之前，我們就是要乖乖聽話，就是——」

門把轉動。卡蜜拉跟我同時倒在自己的床上，假裝睡覺。在讓人發癢的毯子底下，我的心跳加速。我透過毯子一角看著她，這個女人和伐木工一樣矮胖，腰部渾圓，不是我們昨天看過的那個女人。

她站在門邊，皺起眉頭，然後往前看著我們的床，再看著她手中的鑰匙。「你們全部起船。」她說話的口音像是來自挪威，去年夏天有一個月的時間，有一家挪威人停靠在我們附近。她說的「床」聽起來像在說「船」，但我知道她的意思。她沒有在生氣，只是很累。「下床了，把毯子摺好。」

我們手忙腳亂，趕緊起床，除了蓋比以外。我得把他從行軍床上叫醒，他腳步不穩，一屁股坐在地上，而我忙著整理毯子。

「房間裡有人昨天喝酒，是嗎？」她拿著一把鑰匙在手指間捏緊。該不該告訴她那個有薄荷糖的男人？也許他不該來我們房間？也許她們發現沒如實回報，我們就會有麻煩。

「沒有，女士，沒有人。這裡只有我們而已。」在我來得及開口前，卡蜜拉已經回答。

「她們跟我說，你就是那個愛搗蛋的小麻煩。」她狠狠瞪了卡蜜拉，我妹妹稍微縮了一點身子。

「沒有，女士。」

「沒有人。」我也得跟著說謊。現在既然卡蜜拉說了謊，我又能怎麼辦？「除非是我們睡覺時有人進來。」

這個女人拉了頭頂上燈泡的鍊子。燈泡閃了閃，我們眨眨眼，瞇起眼睛。「門應該有上鎖。門有上鎖，對嗎？」

「我們不知道，」卡蜜拉直言，「我們一整個晚上都待在自己床上。」

女人看著我，我點點頭，然後忙著整理房間。我想要處理掉薄荷糖，但我怕得要命，所以把手心裡的糖果捏緊，這樣就變得很難摺毯子，但這位小姐沒注意到。她現在只想要趕快把我們弄出房間。

我們離開房間時，我看見那個高大的男人站在地下室，靠在一支掃把柄上，就在一個又胖又大的黑色鍋爐旁，鍋爐上有幾條木板，看起來像萬聖節南瓜的嘴巴。男人看著我們走過。卡蜜拉對他微笑，他也回以微笑。他的牙齒又老又醜，稀疏的棕髮垂掛在臉上，全都沾滿了汗水，儘管如此，能看到微笑還是好的。

也許我們在這裡還是有朋友的。

「里格斯先生，假如你沒有其他該做的事，請處理一下晚上掉在院子裡的樹枝。」女人說：「在其他孩子去外面之前。」

「遵命，波尼克太太。」他的嘴脣在嘴角往上彎，當波尼克太太爬上樓梯時，他假裝動了動他的掃帚，但其實什麼都沒掃。

卡蜜拉回頭看，他對她眨眨眼。這個眨眼的動作讓我想到布萊尼，也許我的確有稍微喜歡里格斯先生。

在樓上，波尼克太太帶我們到洗衣房，從一堆衣服中挑出幾件給我們穿，她稱這些是「玩耍服」，但其實跟破布沒兩樣。她要我們穿上，然後去上廁所，我們也都照做。早餐看起來跟她們昨天在洗澡之後給我們吃的晚餐很像——一小瓢玉米粥。我們很晚才上到餐桌。其他小孩都已經出去玩了。在我們把飯吃得乾乾淨淨之後，也被吩咐去外面，而且被警告不要離開後院。

「你們不可以靠近圍牆。」在我們走經過大門之前，波尼克太太抓住卡蜜拉和小雀的手臂。她靠近我們，紅潤的圓臉流汗發亮。「昨天有個男生在底下挖地道，墨菲太太罰他關衣櫃。被罰關衣櫃可是非常非常慘，衣櫃裡烏漆抹黑的，你們懂了嗎？」

「懂了，女士。」我聲音沙啞，抱起蓋比、伸手去牽小雀帶她走。她像是腳下生了根那樣站著不動，雖然不動，可是大顆淚珠從臉頰流下。「我確定他們會守規矩，直到我們可以去見我們的爸媽。」

波尼克太太的大嘴閉緊微彎。「很好，」她說。「聰明的選擇。對你們所有人都是。」

「是的，女士。」

我們盡快走出去。太陽感覺就像天堂，天空在白楊木與楓樹之間大大伸展著，階梯臺階底部裸露的泥土涼爽柔軟。這裡很安全。我閉上眼睛，聽著葉子交談、鳥兒唱晨歌。我一個個挑出牠們各自的聲音，有卡羅來納鷦鷯、紅雀還有家朱雀。昨天早上當我在我們小小的船屋上醒來時，也是同樣的鳥。

妹妹們抓住我的洋裝，在我懷裡的蓋比把自己往上抬高，想要下去。卡蜜拉抱怨著我們一直站在這裡不動，我張大雙眼瞧，她則看著環繞在院子周圍的高大黑色鐵欄杆。金銀花、多刺的冬青、杜鵑花長得非常茂盛，比我們的頭還高，幾乎蓋住整道圍欄。我只看得見一扇門，通往隔壁破敗的教堂房子後面遊戲場的門。那裡四周也有同樣的欄杆。

卡蜜拉的身材太高大，鑽不過去，但她看起來一副在找位置好鑽過去的模樣。

「我們至少過去盪一下鞦韆吧，」她唉聲嘆氣，「我們可以在那裡看著馬路……等布萊尼來接我們。」

我們穿過院子，蓋比在我懷裡，兩個小妹妹緊跟在我後面，連卡蜜拉也是，她通常在每一所我們去念的學校挑起打架鬧事的速度，比你吐口水還快。其他小孩因為我們是新來的而打量著我們，我們假裝沒看到。我們對這種遊戲通常很在行——不要表現得太友善，替彼此留意，讓他們曉得假如敢動我們之中任何一個人，最好就要有把握可以對付我們全部。但這次不一樣，我們不知道這裡的規矩，附近也沒有老師在看，視線所及之處都沒有大人在，只有小孩，他們全都停下跳繩子、玩雷德洛夫遊戲而盯著我們看。

我沒看到昨天跟我們從河邊一起來的小女孩。她的小弟弟——那個譚恩小姐取名為史蒂維的男生——坐在土裡，拿著一輛錫製卡車，上面的漆全掉光了，還少了一個輪子。

「你姊姊在哪裡？」我在他旁邊蹲下，蓋比的重量讓我失去平衡，因此我一隻手撐在地上，以免摔倒。

史蒂維的肩膀抬起又落下，他棕色的雙眸變得溼潤。

「你可以跟我們一起行動。」我告訴他。

卡蜜拉抱怨道：「他可不是歸我們管。」

我叫她安靜。

史蒂維噘起嘴脣，點點頭，抬起雙臂，其中一條手臂上有個很大的咬痕，不知道是誰弄的。我一把抱起他，慢慢站起來。他的年紀比蓋比大，但體重卻跟蓋比差不多，是個瘦巴巴的小子。

兩個在玩缺了一腳的錫盤的女生朝我們看來。她們掃起枯老的樹葉，在水井棚的影子底下弄了一個假據點，像我有時會在森林裡跟卡蜜拉一起玩的遊戲。「你們想要玩嗎？」有個女生問。

「閃開。」卡蜜拉凶她。「我們沒空理你們。我們要去院子裡看我們的爸爸來了沒。」

「你不該過去的。」兩個女生回去繼續玩遊戲，我們繼續走。

在院子大門邊，一個大男生從冬青樹叢後面跳出來。我看出他們在樹叢裡挖出了一塊角落。後面那裡有四、五個人，拿著一堆牌卡，還有人拿小刀在雕刻一把矛。他斜眼看了我一下，並且用手指測試鋒不鋒利。

紅髮大男孩站在大門前，雙手在胸前交叉。「你過來我這裡，」他說，口氣就像他是老大，「他們就可以過去玩。」他說的話意思很清楚。他想要我跟他們四個人一起在樹叢底下往上爬，否則我的弟弟妹妹就不能去院子。

我的臉變得很燙，感覺血液大量湧入。*他在想什麼？*

卡蜜拉說出我腦中的想法。「我們哪裡都不跟你去。」她分開兩腳用力站著，抬高下巴，差不多到他胸口的高度。「你又不是老大。」

「臭小鬼，我不是在跟你講話。你這個醜八怪。有沒有人這樣叫過你？我是在跟你的漂亮姊姊說話。」

卡蜜拉的眼睛凸出。她就要發脾氣了。「紅蘿蔔頭，我才沒有你醜。你出生的時候你媽有沒有哭？我敢打賭她有哭！」

我把蓋比交給芬恩。小史蒂維不想放手，他的手臂緊緊勾住我的脖子。假如我們要打架，我可不要一個小孩掛在我身上。紅髮男生八成不是我跟卡蜜拉兩個人能對付得了，假如他的同伴過來，我們就真的完蛋了。到處都沒看見工人，其中一個醜陋的惡霸還有刀。

紅髮男生鼻孔張大，鬆開交叉在胸前的手臂。來了。卡蜜拉挑起了我們無法應付的硬仗。我個子高，但這個男生站起來，至少比我還高了半呎。

我的心思如同春天在樹枝間移動的松鼠般不停跳躍。想。快點想出什麼辦法來。

「瑞兒，記住要用你的頭腦，」布萊尼在我心裡說，「你就能馬上不用蹚這渾水。」

「我有薄荷糖，」我脫口而出，把手伸進身上那件從她們這裡借來的洋裝口袋。「可以全都拿去，但你得讓我們通過才行。」

這個男生縮回下巴，瞇眼盯著我看。「你從哪裡弄來薄荷糖？」

「我沒騙人。」我差點連這四個字都說不出來，因為史蒂維緊緊抓住我。「你到底要不要讓我們過去？」

「把薄荷糖給我。」其他野小孩已經從藏身處爬出來，好搶自己那一份。

「那是我們的糖！」卡蜜拉吵著說。

「安靜點。」我拿出薄荷糖。這些糖因為今天早上黏在我手上而有點髒，但我想這些男生並不在乎。

紅髮男生張開手指，我把糖果扔進他手裡。他把糖拿起來，湊到臉上看，眼睛斜視，模樣看上去比之前還笨。一抹惡意的微笑緩緩在他的脣上化開。他前排牙齒有顆缺了角。「你從老里格斯那裡拿到的？」

「他是我們的朋友。」卡蜜拉無法閉上她的嘴。也許她認為假如他們知道那個大傢伙喜歡我們的話，可以嚇唬一下這些男生。

但紅髮男生只是露齒笑著。他湊近我耳邊，距離近到我能聞到他的口臭、皮膚感覺到他的熱氣。他輕聲說：「別讓里格斯逮到你落單。他不是那種你想交的朋友。」

11

艾芙芮

松蘿掛在樹上往地面垂落，就像是新娘面紗上精巧縫上的蕾絲。一隻藍鷺從鹽沼飛起，我的車子經過，驚動了牠。牠先是笨拙地起飛，彷彿需要一點時間才能在空中悠然翱翔，找到飛行的感覺。接著牠用力振翅，最後飄往遠方，一點也不急著再度回到地面。

我曉得這種感覺。兩個星期來，我一直想要偷溜，開車到愛迪斯托島。但是在已經訂好時間的會議、媒體活動，還有父親毫無預警地出現併發症，奢望在這當中偷溜，根本是想都別想。

過去六天以來，我都待在醫師的診間，握著我母親的手，當我們試著去理解癌症和腸道流血如何透過手術治療時，爸爸又再次出現貧血症狀，非常虛弱，幾乎站都站不住。做了一長串無止盡的檢驗，原因終於找到了，醫治辦法很簡單，用腹腔鏡手術去閉合在他消化系統內破裂的血管，是個與癌症無關的問題。只需要去門診掛號，快速又簡單。

只不過當你想隱藏這件事不讓全世界知道，事情就更不簡單了。爸爸堅持不告訴任何人他在健康上遇到問題，萊絲麗也完全支持這個想法，她對外公布說我父親遇上嚴重的食物中毒，將會在幾天內復原，參加預先安排好的活動。

我的大姊蜜西在幾場無法取消的慈善活動中露面。「小芮，你看起來累壞了。」她說。「要不要暫時離開、出去走走？反正萊絲麗也已經把行程清得差不多了。去看看艾略特吧。艾莉森和我會留意在德雷登丘的一舉一動。」

「謝謝……可是……你確定嗎？」

「去吧。去談談婚禮計畫吧，也許你能說服就照著他媽媽的規畫進行。」

我沒告訴她，除了幾次倉促的談話，艾略特和我甚至連婚禮構想都還沒討論過。我們有太多其他事情要去處理。「艾略特得飛去米蘭見客戶，不過我想我會去一趟在愛迪斯托島那裡的老房子。最近有人去那裡嗎？」

「史考特跟我帶孩子去了幾天……喔……我想應該是去年春天的事了。家政服務公司把那裡保持得非常好。你要過去的話，他們應該會全都替你準備好，去度個小假期吧。」

在她要我代她向海灘問候前，我就在打包行李了。在出城的路上，我先去一趟拖了很久的行程，也就是到梅伊．克蘭朵所住的安養院拜訪她。一位照護員告訴我，梅伊因為呼吸道感染而住院，但照護員不知道病情的嚴重程度，也不清楚梅伊何時會回來。

這就表示在愛迪斯托的神祕文件袋，是我手上一條可用的線索，至少就目前看來是如此。但川特．透納不願接我電話。結束。我唯一的選擇是親自上門拜訪，他所握有的信封，已經開始讓我在每個醒著的時刻煩惱不已。我變得有點執著，編造各種可能的故事，而他在每一個情境之下扮演不同角色，有時他是發現我家的恐怖真相，並且把消息賣給我父親的對手、來向我們敲詐勒索的人，所以他才不肯接我電話；其他時候他是那個在梅伊．克蘭朵照片裡的男人，他緊緊擁抱的懷孕女人是我奶奶，她在嫁給我爺爺前有一段隱密的往事，可能是青少年時期的韻事，已經隱藏了好幾個世代的緋聞。

她將小孩送人，而這個孩子長久以來在別的地方生活。如今這個被逐出家門的繼承人想分一份家族財產，或是別的。

所有我想像出來的劇情似乎都很瘋狂，但並非全然毫無根據。我從奶奶行事曆的字裡行間找到了一些跡象。我的蜻蜓手鍊似乎在愛迪斯托島有某種深層歷史。有一行紀錄是：「在愛迪斯托島美好的一天，得到一份美好的禮物。就我們而已。」

就是那句「就我們而已」讓我心煩。在前一頁，她註記了收到我爺爺寄去的一封信，他在那週帶著幾個孩子去山上釣魚。

「就我們而已……」

是誰？誰在一九六六年於愛迪斯托島買禮物送她？

多年來，我的奶奶常一個人來這裡，但有很多次她並非獨自一人。這一點，從她的行事曆很明顯可以看出來。

她可不可能有外遇？

當通往愛迪斯托島的道胡橋映入眼簾，我的胃開始翻騰。不可能是這樣，儘管承擔著身為公眾人物的巨大壓力，我的家人向來以堅若磐石的穩固婚姻著名。我的奶奶深愛爺爺。此外，茱蒂奶奶是我所認識最正直的人之一，她是社群的支柱，也是衛理公會的固定成員，絕對不會隱藏祕密不讓家人知道。

除非這個祕密可能會傷害我們。

正是這一點令我害怕。

這也是為什麼我不能讓一個上面寫有我奶奶的名字、裡面裝了某種祕密資訊的信封，到處流傳。

「不管準備好了沒，我都來了。」我對著鹹鹹的空氣輕聲說。「川特．透納，你到底想從我奶奶身上拿到什麼東西？」

過去這幾週來，坐在車裡、候診間時，我都在努力搜尋老川特．透納和小川特．透納的資料，他們就是和我在電話上對談的那位川特的祖父和父親，電話上那位是川特．透納三世。我找尋政治連結、犯罪紀錄，或是任何能解釋與我奶奶有關聯的事。用盡所有我最愛的檢察官伎倆，可惜沒找到明顯事證。根據七個月前《查爾斯頓報》刊載的訃聞，老川特．透納是一位長期住在查爾斯頓和愛迪斯托島的居民，擁有透納房地產公司，是個平凡人，生平簡單明瞭。他的兒子小川特．透納已婚、住在德州，也在那裡開了一間房地產經紀公司。

川特．透納三世似乎沒有什麼特別之處。他在克林森打籃球，球技精湛，曾經從事商業大樓的房地產生意，之前一直都在紐約執業。一篇當地在幾個月前發的新聞稿，顯示他已經離開紐約，回來接管他祖父在愛迪斯托島的生意。

我忍不住猜想，為什麼一個經手仲介摩天大樓的人，會突然搬回到一個像愛迪斯托島這樣偏僻的地方，開始從事海灘小屋租借和假期租屋的生意？

我很快就會知道原因。我已經查出他的工作地址，不管內容是什麼，我計畫要拿著我奶奶的信封和裡頭所有東西，從透納房地產辦公室離開。

儘管我內心緊張得七上八下，當我駛進橋的這一端來到島上，並繼續沿著公路行駛，經過因為靠海而褪色的小房子、幾家隱身在松樹和橡樹林間的商家，愛迪斯托島便開始發揮魔力。頭頂上的天空是完美的藍色。

這裡跟我記憶中的樣子仍舊很相像。有一種平靜優雅、人煙罕至的感覺，當地人替這裡取了一個別名，叫這裡「愛迪慢拖」不是沒有原因的。古老的橡樹低垂到路上，彷彿要將道路遮蔽起來，不讓外面的世界發現。我從德雷登丘馬廄開著小型休旅車，偷偷展開這次旅途，滿布苔蘚的樹木在我的車身塗上暗深的樹蔭。愛迪斯托島上的小路有點顛簸崎嶇，除此之外，考量到信封裡的東西不知是否與勒索有關，開著一輛BMW出現似乎不是個好主意。

透納房地產很快就被我找到了。房子別緻但並非令人敬畏——就是有那種隨遇而安的感覺，一棟位在叢林路上的海水藍復古小屋，離海邊沒隔幾條街。親自到訪的結果，這裡的確看起來有點眼熟，不過在我小時候顯然不會有任何理由要進去這棟房子。

就在我停車並穿過滿是沙子的停車場，我突然嫉妒起我來這裡要找的男人。我很願意在這樣的地方工作，甚至住在這裡。可能會像是在天堂度過的另一天，甚至每一個早上都是如此，笑聲和海灘的聲音從不遠處傳來，五顏六色的風箏在樹頂上飛翔，穩定的微微海風使風箏保持在空中。

兩名小女孩手拿上面綁著長長紅絲帶的棍子，從街上拖著跑過。三名女子騎腳踏車經過，哈哈大笑。我再次心生嫉妒，心想：「我為什麼不更常來這裡？我為什麼不打電話給姊姊或我媽，跟她們說：『嘿，就來這裡晒一下太陽吧。我們可以好好度過只有女生的時光，對吧？』」

為什麼艾略特和我從沒來過這裡？

答案是苦澀的，所以我沒有琢磨太久。我們的行程總是塞滿了其他事。這就是原因。是誰選擇我們遵守的行程？我猜就是我們自己。

儘管我們通常沒有選擇可言。如果我們沒有經常在所有的城牆刷上一層新油漆，風和溼氣會偷溜進去，腐蝕一個家族十幾代以來的堅固堡壘。好生活需要花大量努力去維持。

走上前廊階梯，進到透納房地產，我深吸一口氣。招牌上寫「請進，營業中……」，於是我就走進去了。鈴鐺叮叮噹噹響起，宣布我的到來，但櫃檯後面沒人。

前面的房間是大廳區，邊角擺滿了色彩繽紛的古董椅，一臺飲水機旁放了紙杯，成排架子上擺著一本又一本的冊子，一臺爆米花機令我想起還沒吃午餐。牆壁上成列掛著這座島的美麗照片，房裡另一側的櫃檯用小孩的勞作和站在自己海灘新家前的快樂家庭照來裝飾，裡頭的展示隨意夾雜了過去和現在，有些黑白照看起來像是能追溯至五〇年代。我站在那裡，掃視照片，找尋我奶奶的身影。沒有她的蹤跡。

「有人在嗎？」我再次呼喚，因為沒有人從走廊盡頭的房間現身。「有人在嗎？」

也許他們正好出去一下？這裡寂靜無聲。

我的胃咕嚕嚕叫，大喊要吃爆米花。

當我正要搶劫機器時，後門開了。我把裝爆米花的袋子往下一拍，轉過身去。

「嘿！我不知道有人來。」我從網路上的照片認出川特．透納三世，那是在一棟建築物前拍的遠景全身照，他頭戴棒球帽，留著鬍子。那張照片沒把他拍好。現在的他鬍子剃得乾乾淨淨，身穿卡其褲，腳上沒穿襪子，踩著一雙破舊的樂福鞋，上半身套了一件合身的馬球衫，看起來很適合坐在某個地方的陽傘桌下……或是出現在率性生活的平面廣告裡。他有頭黃棕金髮，一對藍眼，頭髮有點亂，這副模樣讓他可以用嘲諷的口吻說：「我過的是海灘時間。」

他走進大廳，晃動兩個外帶的包裝袋和飲料，我發現自己熱切地盯著那袋東西看。我想我聞到了蝦子和薯片的味道，我的胃發出聽得見的抗議聲。

「抱歉，我……剛才這裡沒人。」我用拇指往後指著門口。

「我剛出去買午餐。」他把午餐放在櫃檯上，四處找紙巾，然後乾脆就用一張影印紙擦拭跑出來的沾醬。「有我能為你效勞的地方嗎？」他的笑容讓人有好感。就是這種討喜的笑容，讓人們喜歡上他，我猜他應該……是個誠實的人。

「我兩週前打過電話給你。」不必直接從報上大名開始。

「是租賃還是買賣？」

「什麼？」

「房產。我們是在討論租屋或賣屋嗎？」他顯然在搜尋著記憶庫。可是我這邊有種不單只是有意思的感覺。我感覺到有……某種火花。

我發現自己回以微笑。

罪惡感立刻湧現。一個已經訂婚的女人——即便她很寂寞——該做出這種反應嗎？或許只是因為艾略特和我已經快要兩週沒說過話了。他人在義大利米蘭，不同時區很難聯絡，而且他專注在工作上，我則專注在家裡的事。

「都不是。」我想我沒必要繼續拖下去了。就算這個男人很帥、討人喜歡，都改變不了事實。「我打電話給你，是為了我在我祖母家所找到的東西。」我與川特．透納剛萌芽的新友誼絕對很短命。「我是艾芙芮．史塔弗。你說過你有一個信封，上面寫著要給我的祖母茱蒂．史塔弗？我是過來這裡拿信件的。」

他的舉止馬上改變，強健的雙臂環抱在結實的胸口前，櫃檯很快變成談判桌，而且他充滿了敵意。

他看起來不高興。很不高興。「很抱歉讓你白跑一趟。我告訴過你，我不能把那些文件隨便給人，而是只能交給收件人，就算是家人都不行。」

「我有她的授權委託書。」我已經從我的大皮包裡拿出來。身為家中的律師，加上我的父母現在全神貫注在健康問題上，我被指定處理茱蒂奶奶的文件。當他抬起手來抗議，我馬上攤開文件，遞過去給他看。「她現在無法處理她自己的事情。我被授權——」

那些文件他看都沒看，就拒絕了我的提議。「這跟法律無關。」

「假如是她的信件，那就有關了。」

「那不是信件。比較像……我祖父文件的收尾整理。」他別開目光，望向窗外搖曳的棕櫚樹，閃躲我的追問。

「是有關愛迪斯托島這裡的小屋？」畢竟這裡是房地產公司，但為什麼要這麼神祕兮兮地保護房地產文件？

「不是。」

他的簡短回答令人失望。通常當你對證人拋出錯誤的假設，證人回答時多少會無意間告訴你一點正確的答案。

顯然川特・透納有過很多談判經驗。他的確曾提到「很多」文件。也有其他家庭被挾持威脅嗎？

「沒有找到真相，我是不會離開的。」

「那裡有爆米花。」他企圖開個玩笑，只是讓我肚裡的火越燒越旺。

「這不是在說笑。」

「我了解。」他第一次對我的處境感到同情。他沒有繼續雙手抱胸，一隻手隨意搔弄頭髮，濃密的棕色睫毛遮住他的雙眼，眼角有壓力造成的紋路，暗示他從前的生活比現在的壓力更大。「聽我說，我在我祖父臨終前……答應過他。相信我，這樣做比較好。」

我不信任他，重點就在這裡。「如果逼不得已，我會走法律途徑取得那些文件。」

「我祖父的檔案？」一聲冷笑表示他不怎麼認真看待我的威脅。「祝你好運了。那些是他的財產，現在都歸我了，你不接受也不行。」

「假如會傷害我的家人就不行。」

他臉上的表情告訴我，我這句話相當接近事實，這讓我感覺不舒服。我家真的有深藏的黑暗祕密嗎？是什麼祕密？

川特發出一聲長嘆。「就是……這樣做真的是最好的安排。我能告訴你的就這麼多了。」電話響起，他去接電話，似乎希望能藉這通來電把我趕走。打電話來的人似乎對愛迪斯托島海灘租屋和島上活動有上百萬個問題，川特則是花時間一一解釋一切，從釣黑色石首魚講到在海灘上尋找乳齒象化石和箭簇，他還介紹了南北戰爭期間住在愛迪斯托島的有錢人，替對方上了一堂精采的歷史課，甚至談到招潮蟹、爛泥巴和採收牡蠣。

他把炸蝦扔進嘴裡，聽電話時仔細品嚐。他背對我，倚靠在櫃檯上。

我回到我原來近門邊的座位，靠在邊邊站立，盯著他的背看，而他繼續介紹巴坦尼灣，講個沒完，他似乎想要鉅細靡遺地描述這四千多畝的保留區。我用腳在地上打拍子，一邊敲手指。他假裝沒注意，但我發現他用眼角餘光偷瞄我。

我拿出手機翻查郵件，假如持續僵持下去，我就來瀏覽 Instagram，或是看我媽和貝琦要我在 Pinterest 網站上看的婚禮點子來打發時間。

川特傾身向前，靠近電腦桌機，查詢資訊、談論租金和日期。

客人終於決定了理想的度假時間和地點。川特坦言負責記錄租賃預約的不是他，他的祕書因為小孩生病請假在家，他會把資料用電子郵件寄給她，祕書會處理後續事宜。

喋喋不休講了至少半個鐘頭，他坐直身體，往我的方向瞧。我依然盯著他。這個人很可能跟我一樣頑固。可惜他大概可以撐得比我久，因為他手上有食物。

他掛上電話，用手指關節敲著嘴唇，搖頭嘆氣。「你在這裡待多久都沒用。什麼都不會改變的。」他開始顯露沮喪的情緒。狀況現在變成對我有利，我得繼續讓他煩躁不安。

我平靜地走到爆米花機和飲水機旁，自行取用。做好靜坐以待的準備後，我又回到座位上。

他拉開一把放在電腦後方的辦公椅，坐下去，消失在有四個抽屜的檔案櫃後面。吃了第一口爆米花，我的胃很沒氣質地響了好大一聲。

鮮蝦盅突然間出現在櫃檯邊。男人的手指將它往我的方向推，但什麼話都沒說。這個善意之舉令我萌生罪惡感，而且他還加了一罐沒開過的汽水，穩穩地放在桌上，我的罪惡感更深了。我絕對是毀了他完美的一天。

我拿起一小把蝦子，回到我的座位。結果，罪惡感和炸蝦相當配。

電腦按鍵發出敲擊聲，檔案櫃後方再次傳來嘆息。又過了很久，辦公椅發出抗議似的嘎吱聲，聽起來像是他正坐在椅子上前後搖晃。「你們史塔弗家難道沒有人代你跑腿？」

「有時候有。但這件事不一樣。」

「我相信你很習慣想要什麼就能得到什麼。」

他的暗諷令我怒火中燒。我這輩子都在對抗這種看法——我唯一有的就是一頭可愛的金髮和史塔弗這個姓氏。現在，隨著對我踏上從政之路的臆測節節升高，我真的很受不了聽到這種話。我光榮念完哥倫比亞大學法學院靠的可不是我的姓氏。

「我靠自己的努力爭取我所得到的一切，謝謝你。」

「哼！」

「我沒有要求特別待遇，也不指望有。」

「那麼，就像碰到有人直盯著這裡，請對方離開卻怎麼也不肯走、非得打電話報警不可一樣，我現在也能打電話找警察來，請你從我的等候區離開嗎？」

蝦子和爆米花就在我胸骨下方絞成一團。他不會……吧？我可以想像報紙會怎麼報導。萊絲麗會單手把我吊起來毒打一頓。「這種事常發生？」

「除非有人在海灘上狂灌太多啤酒。愛迪斯托島真的不是那種地方。這裡沒發生過什麼大事。」

「是，我曉得。我覺得那是你不想把警察捲入這件事的一個原因。」

「原因？」

「你曉不曉得，有些人會毫不猶豫拿著具殺傷力的資訊，去威脅我們家族？……假如有這種資訊的話。那樣的行為是非法的。」

川特立刻從椅子起身，我也是。我們面對面，宛如在戰情室桌子兩邊的將軍。「你就快要見到愛迪斯托島的警察了。」

「你的祖父想要我祖母的什麼東西？」

「假如那就是你要說的話，這並非勒索。我的祖父為人誠實。」

「那他為何要留下那個信封給她？」

「他們彼此有交易。」

「什麼交易？她怎麼誰都沒講？」

「也許她認為那樣做最好。」

「她是來這裡……見什麼人嗎？他發現了這件事？」

他往後退，噘起嘴脣。「沒這回事！」

「那就告訴我！」我現在處於法庭模式，專心在一件事情上——查出真相。「把信封交給我！」

他一手用力擊打櫃檯，震得所有東西晃動，然後迅速從櫃檯邊繞出來。邁開數步，我們兩人面對面。我盡可能站直身體，不過他身材還是高過我。我拒絕被恫嚇。我們要解決這件事。此地。此刻。

門鈴響起，起先幾乎沒注意到。我專注在那雙藍眼睛上，氣憤不已。

「呼！外面熱死了。今天有爆米花嗎？」我往後頭望去，一個身穿制服、公務員模樣的人——看起來像公園管理處員工或是某個狩獵場管理人，站在門口，來回看著我跟川特・透納。「噢……我不知道你有客人。」

「愛德，進來吧，別在意。」川特以友好的熱情向進來的人示意，當他再次轉向面對我，友善之意很快就消失了，他補了一句：「這裡的艾芙芮要離開了。」

12

瑞兒

在我得知這裡的小孩全是田納西兒童之家協會的院童時，已經過了兩個星期。我第一次聽到墨菲太太在電話上提到「院童」這個詞的時候，我不知道那是什麼意思。我也沒問，因為我不該偷聽。我想到，假如能沿著屋邊種的杜鵑花叢往上爬，我就可以更靠近些，聽到從她辦公室紗窗傳出的說話聲。

「當然啦，朵莎，所有孩子都是田納西兒童之家協會的院童。我了解你女婿的困境。許多男人心情不好就會喝酒去……還在外頭拈花惹草，做妻子的真不容易。家裡終於多了一個小孩也許可以改善氣氛，解決所有問題。父親身分可以改變一個男人。只要你爽快付錢，我很確定這不成問題。是……是……很快，這當然。是他們結婚紀念的驚喜，真是窩心啊，朵莎，要是我能給你一個的話，我當然會給，現在這裡有幾個可愛的小天使。但譚恩小姐掌控所有決定，我不過是領人薪水來管這些孩子的吃住，還有……」

我很快就從這段對話搞懂那個詞的意思——就是那個詞的意思。「院童」是指那些爸媽不會回來接他們的小孩。這裡的小孩說，假如你的爸媽沒有來接你，譚恩小姐會把你交給別人，那些人會帶你回家；有時那些人會把你留下，有時那些人會把你退回來。我很怕問太多問題，因為我們不該去談這件事。但我覺得那就是為什麼我們來了這裡之後，史蒂維的姊姊再也沒出現過的原因。譚恩小姐把她給了別人。雪麗是院童。

我們很幸運，因為我們不是院童。我們是布萊尼的孩子，只要等昆妮好轉，他就會來接我們。但是等待時間比我料想的還久，所以我才會開始躲在墨菲太太的窗下偷聽。我一直希望能聽到布萊尼的消息。當我向工人問起，她們只是告訴我要乖乖聽話，否則我們就得繼續在這裡待下去。我想不到還有什麼事比這更糟，所以我盡力讓我們所有人都表現良好。

像這樣來到窗戶底下，我很清楚我是在冒險。我們全都被禁止接近墨菲太太的花床，假如她知道我在偷聽她講電話，還有在外人來訪時偷聽她在前廊講話……我知道我可能會有什麼樣的下場。

她來到紗窗前，我透過杜鵑花叢看到香菸煙霧冒出，懸浮在溼潤的空氣中，有如精靈在阿拉丁的神燈旁飄浮，讓我的鼻子發癢，打了個噴嚏，我一手趕緊摀住臉，樹枝動了一下。

「波尼克太太！」她大喊。「波尼克太太！」

我肌膚發涼。別跑。別跑，我告訴自己。

像是有把榔頭拚命在我體內敲打肋骨。

裡面走廊傳來急促的腳步聲。

「墨菲太太，什麼事？」

「吩咐里格斯今天晚上在杜鵑花底下放毒藥。那些該死的兔子又跑進我的花床了。」

「我會叫他立刻去辦。」

「要他把前院整理乾淨，雜草拔一拔。你跟他說，看他覺得怎樣合適，就好好利用那些大男生。譚恩小姐明天會來。我要把這裡弄得像樣點，得要可以見人，否則就麻煩了。」

「是的，墨菲太太。」

「那些待在病房裡的怎麼樣了？尤其是那個有對深紫色雙眼的小男娃。譚恩小姐想要見他。她已經接了紐約那邊的訂單，要把他送去。」

「恐怕不是個好消息，他無精打采的，而且很瘦。他吃了一點玉米粥。我不認為他現在能長途旅行。」

「譚恩小姐會很不高興的。我也很不高興。還以為那些流浪兒在暗巷水溝裡長大，應該會很強壯才對。」

「沒錯。病房裡的女孩也越來越虛弱。兩天了，她拒絕吃東西。應該要叫醫師來看看吧？」

「不，當然不用。老天，為何我要請醫師來治拉肚子？小孩子一天到晚在拉肚子。給她吃點生薑根應該就行了。」

「就照你說的做。」

「小史蒂維怎麼樣？他跟那個在病房裡的男生身材差不多。年紀大些，但那可以改。他的眼睛是什麼顏色？」

「棕色。但他尿床的毛病老是改不掉，而且一句話都不說。我不相信會有顧客對他感到滿意。」

「那可不行。假如他又尿床的話，就把他綁在床上，讓他待在那裡一整天。打他個一、兩頓應該就會讓他學到教訓。不管怎樣，棕色眼珠無法讓這個客戶滿意。藍色、綠色或紫色，那些顏色的眼珠都有人特別申請。棕色眼珠可沒有。」

「羅比怎麼樣？」

我的喉嚨一緊。羅比是她們替我的小弟取的名字，這屋裡沒有別的人叫羅比。

「恐怕不行。那五個小孩要留著參加特別鑑賞會。」

我吞下喉嚨裡的一股灼熱，一路往下推進到胃裡。「特別鑑賞會」。我想我知道這是什麼意思。有幾次看到有做父母的來這裡，他們在前廊等待，工人把他們的孩子帶來給他們，乾乾淨淨、打扮整齊，頭髮也都梳理過。父母親帶來禮物，到了必須離別時，擁抱他們並且哭泣。那一定就是所謂的鑑賞會。

布萊尼很快就會來看我們。

但這也讓我擔心。上個星期，有個男人前來看他的小男孩，墨菲太太告訴他那個男孩不在這裡。「他已經被領養走了。我真的很抱歉。」她就說了這些。

「他一定就在這裡。」男人這麼說。「隆尼．坎普。他是我的孩子。我並沒有簽名安排他被人領養。兒童之家只是先讓他寄宿，等我有能力自立再來帶他。」

即便連這個男人都崩潰哭泣，墨菲太太似乎仍一點都不擔心。「儘管如此，他還是離開了。家事法庭認為這是最好的安排。能提供他很好未來的父母已經把他帶走了。」

「但他是我的兒子。」

「坎普先生，你不可以那麼自私，這已經是事實了。你要替孩子想一想。他所獲得的是你一輩子都給不了他的東西。」

「他是我兒子……」

男人雙膝跪地，在前廊上啜泣起來。

墨菲太太就這樣回到屋裡，把門關上。過了一會，里格斯先生把那男人拖起來，陪他走到街上，讓他上了他自己的卡車。他一整天都坐在那裡往院子看，找尋他的兒子。

我擔心布萊尼可能已經來過這裡，也遇到同樣的問題。只不過布萊尼不會站在那裡哭。他會直接闖進來，可怕的事可能就會發生。里格斯先生塊頭很大，而譚恩小姐認識警察。

「好好照顧病房裡的小傢伙。」墨菲太太說。「給他好好洗個熱水澡、吃點冰淇淋，也許給他塊薑糖，讓他振作一點。我會問問看譚恩小姐是不是可以緩個一、兩天。我要他健康強壯，可以長途旅行。你了解嗎？」

「是，墨菲太太。」波尼克太太咬牙說道，這讓我知道我可不想今天在杜鵑花叢下被她抓到。她在這種心情時，最好趕快逃跑，然後好好躲藏起來，因為她在找人發洩怒氣。

我最後聽到的是，墨菲太太走到房間另一頭，對著走廊大喊：「別忘了給那些兔子下毒！」

我抓住一根斷掉的樹枝，安靜地跪著爬過樹葉，這樣里格斯先生就不會看到我曾經來過這裡。我可不想要他向波尼克太太告狀。

但這不是最讓我害怕的事。最讓我害怕的，是里格斯先生知道有人曾經待在這裡。要來到這片杜鵑花叢，你得先溜過地窖的門，里格斯都把門開著，可以的話他會想辦法找小孩跟他一起進去地窖，沒人敢說他究竟在底下那裡做什麼，就連大男生都閉口不提。「人家說，假如你談起這件事的話，里格斯會去抓你，把你的脖子扭斷，說你是從樹上摔下去的，或是在前廊階梯上絆倒。然後他們會用推車把你的屍體運到沼澤，拿去餵鱷魚吃，從此再也沒有人聽到你的消息。」

個子高大的紅髮男生詹姆斯已經在這裡待了很久，他看過這種事發生。我們給他薄荷糖，他就告訴我們住在墨菲太太這裡要知道的事。我們不是朋友，但糖果會替你在這裡買到很多朋友。每天早上我們醒來時，房門底下都會塞了一把薄荷糖。到了晚上，我聽見里格斯先生來這裡走動，他轉了轉門把，但門是鎖著的，工人把我們帶上床後都把鑰匙拿走，我很慶幸這一點。有時候，里格斯先生來過我們房間後，可以聽見他走到屋裡樓上，我不知道他去哪裡，但很高興我們是睡在樓下的地窖裡。這裡雖然很冷，行軍床又刺又癢，而且很臭，晚上還得用尿壺，但至少我們在那裡的時候，沒有人能動我們一根寒毛。

我希望在樓上空出足夠床位、要我們搬過去之前，布萊尼就能來接我們。

當我爬到杜鵑花叢底，里格斯剛往地窖門口走去。我再次變成「隱形人」。隱形女孩。那就是我。

我等到確定他走了以後，就從我身處的角落爬出去，像小貓一樣無聲無息。小貓厲害之處，就是能距離你兩呎遠，但你卻永遠渾然不覺。我吸了一大口氣，跑步穿過地窖門，再經過無花果樹。通過之後就安全了。里格斯知道工人常常會往廚房窗戶外看。別人能看得到的時候，他不會動手。

卡蜜拉在教堂房子遊戲場後面的山丘上等我。小雀和芬恩在玩蹺蹺板，蓋比坐在中間，史蒂維坐在泥土上，就在卡蜜拉旁邊。我一坐下來，他立刻爬上我的大腿。

「很好，」卡蜜拉說，「快把他從我身上弄下去。他臭得像灘尿。」

「他忍不住嘛。」史蒂維雙手摟著我的脖子，靠在我胸口。他全身黏答答，聞起來很臭。我一手撫摸他的頭，他嗚嗚咽咽地把頭抽走。他的頭髮底下有塊瘀青腫塊，這裡的幫傭喜歡打在小孩身上看不見的地方。

「沒錯，但他其實可以忍住，就像他想說話時也能說話。他只是替自己跟工人找麻煩而已。我跟他說，他最好別再這樣做，否則會很慘。」卡蜜拉嘴巴很利。我們在這裡的時候，如果有誰會被罰關衣櫃，那一定是她。我還是不知道「關衣櫃」到底會發生什麼事，但肯定很慘。就在兩天前，墨菲太太站在早餐桌旁說：「偷食物的賊要是被逮到，會被關進衣櫃，而且不只關一天而已。」

自此之後，廚房裡再也沒有食物不見。

「史蒂維只是害怕而已，他想念……」我忍住不說。假如我提到他姊姊，只會讓他難過罷了。有時我會忘記，儘管他再也不說話了，但他還是聽得懂我們說的每件事。

「你在窗戶那裡聽到什麼？」卡蜜拉氣我不讓任何人去杜鵑花叢下。我有去那裡的日子，她總是仔細檢查我，並且聞我身上的味道，看看我是不是有在那裡找到薄荷糖。大男生說關於里格斯的那些話，她認為是謊言。我們去外面玩的時候，假如我不盯著她，她會想辦法偷溜去那裡，就算只有一分鐘，都不能放任她不管，除非我讓小孩們去盯著她。

「布萊尼的事她一個字都沒提到。」我還在努力想搞清楚在墨菲太太窗戶底下所聽到的話。我不確定要告訴卡蜜拉多少內容。

「他不會來了。他已經去坐牢之類的，而且出不來了。昆妮則是死了。」

我急急忙忙站起來，帶著史蒂維跟我一起走。「不，她沒死！蜜拉，不准你這麼說！永遠不准你這麼說！」

在遊戲場上，鞦韆停止擺盪，腳刷過地上好讓鞦韆保持靜止不動。小孩朝我們的方向看，他們很習慣看大男生打架，滾來滾去、又踢又打，但女生之間不常出現打架場面。

「是真的！」蜜拉就跟抽鞭子一樣迅速站起來，她揚起下巴，瘦長的手臂扠在腰際，一堆雀斑似乎全擠在一起，幾乎看不到眼睛，鼻子皺成一團。她看起來像身上有斑點的豬。

「是真的！」

「不是真的！」

史蒂維發出呻吟，亂扭亂動，一溜煙地跑走。我想我最好讓他走吧。他跑到蹺蹺板那裡，小雀用雙手把他抱起來。

卡蜜拉掄起拳頭。這不是我們第一次上演把對方打倒在地、互噴口水與扯頭髮的戲碼。

「喂！喂！你們兩個住手！」在我看到之前，詹姆斯已經從大男生的藏身處跑出來，朝我們的方向走來。

卡蜜拉猶豫了一下，正好就被他抓住。他的大手拽住她的洋裝，用力將她摔在地上。

「趴著別動。」他低吼，伸出手指指著她。

她當然不會聽他的。她猛地起身，比一隻遭受攻擊的大黃蜂還生氣。

「喂！」我大喊。「住手！」就算她剛才準備要揍得我眼冒金星，卡蜜拉還是我妹妹。

詹姆斯往我的方向看，露齒而笑，有缺角的牙齒露出粉紅色舌頭的一部分。「你要我住手嗎？」

卡蜜拉朝他揮手，他抓住她的手臂，把她按往一邊，保持夠遠的距離，讓她踢不到他，她就像一隻腳被卡在門口的長腳蜘蛛。他用力捏她，她的肌膚都發紫了。她的雙眼泛淚，流個不停但仍繼續反抗。

「住手！」我大喊。「別管她！」

「你要我住手可以，當我的女朋友就行，美女。」他說，又加上一句，「否則，她是很好的打架對手。」

卡蜜拉大吼，不斷尖叫，整個人抓狂了。

「別煩她！」我揮了一拳，詹姆斯扣住我的手腕，現在他抓住我們倆。我的骨頭受到擠壓。小孩們從遊戲場跑過來，就連史蒂維也一起加入，捶打詹姆斯的雙腿。他把卡蜜拉轉了一圈，用她把芬恩和蓋比撞倒。芬恩流鼻血，她放聲尖叫，抓著自己的臉。

「好了！好了！」我說。我又能怎麼辦呢？我環顧四周想找大人，每次都是如此，這時候一個大人都不在。

「好了什麼，美女？」詹姆斯問。

「好了，我會當你的女朋友。但我不會跟你接吻。」

這對他來說似乎已經夠好了。他把卡蜜拉扔進土堆，叫她最好待在那裡別動。他要我跟他走到山丘上，然後拖著我走到一間老舊的戶外廁所，那裡的門板被釘死，沒人有辦法溜進去，或者被蛇吻。那天，這是第二次像是有把鎚子在我心裡拚命敲打。「我不會跟你接吻。」我又跟他說了一次。

「閉嘴。」他說。

在廁所後面，他把我推到土堆上，在我旁邊坐下，依舊捏著我的手臂。我的呼吸越來越快，氣息徘徊在我的喉嚨裡。我嚐到胃酸的滋味。

他打算對我做什麼？在船上長大，我出生後又接著有四個小寶寶報到，我對於男人跟女人之間會做的事情有一點點了解。我不要別人對我做那種事。永遠都不要。我不喜歡男生，我永遠都不會喜歡男生。詹姆斯的氣息聞起來像腐爛的馬鈴薯，我唯一想過可能會跟他接吻的男生是賽拉斯，而且出現這個念頭也只有一、兩分鐘。

他那一幫人馬在老廁所附近哼歌嘲弄：「詹姆斯有女朋友。詹姆斯有女朋友。詹姆斯跟梅伊坐在樹下，親——嘴……」

但詹姆斯沒有試圖親我。他只是坐在那裡，脖子上冒出紅點，滿臉通紅。「你很漂亮。」他的聲音尖細得像是小豬叫。很好笑，但我沒笑。我太害怕了。

「不，我不漂亮。」

「你是真的很漂亮。」他放開我的手腕，想要握我的手。我把手抽開，雙臂抱膝，把自己緊緊抱成一顆球。

「我不喜歡男生。」我告訴他。

「我將來要娶你當老婆。」

「我誰都不想嫁。我要打造一艘船，沿著河流航行。我照顧我自己。」

「我可能會搭你的船。」

「不可能，你上不了我的船。」

我們坐在那裡一會。山丘那邊的男生還在唱：「詹姆斯有女朋友……親——嘴……」

他懶洋洋地把手肘撐在膝蓋上，看著我。「你就是從那裡來的嗎？河流？」

「對。」

我們聊到了船。詹姆斯家是雪爾比郡的貧窮農家，有天他跟弟弟走路去上學時，譚恩小姐把他們兩人抓走。他當時念四年級，打從那時開始，他就待在這裡，這段時間他都沒再去過一天學校。他的弟弟早就不見，已經被領養走了。

詹姆斯抬起下巴。「我不想要新爸媽，」他說。「我想，我的年紀很快就會太大而不能送養，到時我就會離開這裡。我會需要一個老婆。你想要的話，我們可以住在河上。」

「我爸會來接我們。」我說這句話時有罪惡感。我替詹姆斯感到難過，任何一切似乎都沒有他來得寂寞。寂寞而且悲傷。「他很快就會來這裡了。」

詹姆斯聳聳肩。「我明天會拿點甜餅乾給你，但你還是要當我的女朋友。」

我沒回答。一想到甜餅乾，我的嘴巴就忍不住流口水。我猜我現在知道是誰在晚上鬼鬼祟祟摸到廚房去了。「你不該去的。你可能會被罰關衣櫃。」

「我不怕。」他把手蓋在我的手上。

我就讓他的手一直在那裡。

也許我沒有太介意。

很快地，我就發現其實當詹姆斯的女朋友也沒那麼糟。跟他講話不難，而且他只想握著我的手，接下來一整天也都沒人煩我，沒人的意思是指卡蜜拉或小雀，或是小孩們都不會來煩我。詹姆斯跟我在院子裡走，手牽著手，他告訴我更多有關在墨菲太太家我需要知道的事，再次跟我保證甜餅乾的承諾，還跟我說他今天晚上要怎麼溜到樓下偷拿。

我告訴他我不喜歡甜餅乾。

排隊洗澡的時候，大男生沒有一個人看我。他們知道自己最好別看。

但是到了隔天，吃早餐的時候，詹姆斯沒有出現。波尼克太太站在桌前，一手拿著一把木湯勺，敲打她另一隻肥厚大手。她說他們把詹姆斯送走了，那裡的男生得靠努力付出才有得吃穿，而不是仰賴田納西兒童之家協會大發慈悲。

「男生年紀已經大到可以追女生，就可以去工作了，反正也不會有好人家想要收養。墨菲太太不允許這裡的男生和女生有這種關係。你們都知道我們的規定。」她用力把木湯勺往桌上一敲，發出重重的哼聲，她又寬又扁的鼻子被撐開。我們就像頭頂上綁了繩子的木偶一樣突然坐挺了身子。她靠在男生那一側的桌子。他們身體一縮，盯著自己空蕩蕩的碗。「至於女生——」湯勺和搖晃的手臂往我們這邊來——「你們給男生惹麻煩真是可恥。自己注意點，裙子放低，一舉一動要像個小女人一樣。」她說到最後一個字的時候，狠狠地瞪著我。「否則我可不敢想像你們會有什麼遭遇。」

熱滾滾的血液往我脖子上衝，我的臉頰發燙。害詹姆斯被送走，讓我覺得很難過，我不應該當他女朋友的。我之前不知道會發生這種事。

工人沒帶史蒂維下來吃早餐，他也不在遊戲場上。其他小孩告訴我，他得待在自己床上，因為他昨晚又尿床了。我後來看到他出現在樓上的窗戶旁，鼻子頂著紗窗。我站在院子裡，對他輕聲說：「乖乖聽話，好嗎？乖乖聽話，就這樣。」

那天下午，工人要我們在前廊上排隊，我把妹妹和弟弟拉近在身邊，因為我很害怕。就連其他小孩也不知道會發生什麼事。

波尼克太太和工人要我們一個接一個走到雨水桶旁。她們用溼布擦拭我們骯髒的臉、手臂和膝蓋，替我們梳頭，要我們洗手。有些小孩當場就在前廊被要求換衣服，有些小孩則是拿到乾淨的衣服或圍裙，直接套在玩耍服上。

墨菲太太來到外面，站在最上面的階梯環視我們，她的手臂上掛著一支鐵絲做的撢子晃呀晃的。我從來沒看過廚房裡的女人用它來拍掉地毯上的泥土，但我卻常常看到這個東西被拿來打小孩。小孩都叫這東西「金屬絲巫婆」。

「今天會發生一件非常特別的事，」墨菲太太說。「但只給表現好的小男生跟小女生，表現不佳的人不准參加。你們懂嗎？」

「是的，夫人。」我和其他的小孩一起說。

「很好。」她露出微笑，可是那個笑容讓我倒退腳步。「今天，行動圖書館會來這裡。『救助協會』的好心小姐會貢獻她們的時間來幫你們挑書。我們要拿出最好的一面，這非常重要。假如你們聽話的話，每個人都會有一本書可以讀。」她繼續滔滔不絕，告訴我們要注意禮貌，要說「是的，小姐」和「不是，小姐」，不可以抓、摸所有的書，假如那些工作人員問我們在這裡快不快樂，要告訴她們，我們非常感激譚恩小姐找到我們，也很感激墨菲太太帶我們住進她家。

我忘了剩下的內容。我滿腦子都是我們有機會看書。我最喜歡的就是書了，尤其是還沒看過的書。我們有五個人，我們可以看五本書。

但是當工人打開院子大門，隊伍開始魚貫走出時，墨菲太太阻止卡蜜拉、我跟小孩們。「你們不行。」她說。「因為你們在樓上還沒有位子，沒有地方可以好好放書，我們不能讓圖書館的財產遭受毀損。」

「我們真的會很小心。我保證。」我脫口而出。通常我絕對不會對墨菲太太頂嘴，但這次忍不住了。「拜託。我們可不可以就借一本書？我可以讀給我的妹妹跟弟弟聽。昆妮以前……」我在替自己惹上更多麻煩前閉上了嘴。我們在這裡不准談自己的爸媽。

她嘆口氣，把打地毯的撢子掛在前廊柱的一根釘子上。「好吧。但沒必要讓小的去，就只有你，而且動作快一點。」

我花了一秒鐘時間決定是不是該離開小孩們。卡蜜拉抓住他們的手臂，將他們拖到她身邊。「快去。」她瞪大眼睛看著我。「替我們挑本好看的。」

在我趕緊跑出大門之前，我看了他們最後一眼。我所能做的就是忍住不要跑過院子，穿破木蘭花樹叢。外面這裡有自由的氣味，那聞起來很棒。我得逼自己留在隊伍裡，跟著其他小孩非常有秩序地走過車道。

在樹牆的另一邊，有輛黑色大卡車，之後又有兩輛車停下來。譚恩小姐從其中一輛下來，另一個拿著照相機的男人則是從另一輛下來。他們倆握了握手，然後男人從口袋裡拿出筆記本跟筆。

黑色大卡車的車身上，一側寫有「雪爾比郡圖書館」字樣，等到我們靠近，我可以看到後面都是書架，而且書架上擺滿了書。小孩到處亂轉，我得把手背在背後，握緊手指，避免在等待的時候去摸任何東西。

「如您本人親眼所見，我們提供孩子們許多接受刺激的機會。」譚恩小姐說，男人在筆記本上寫字，像是如果他不趕快寫下來，字就會跑不見似地。「有些小孩在來到我們這裡之前，從來沒享受過讀書的樂趣。在我們所有的兒童之家裡，都有提供很棒的書籍和玩具。」

我低著頭，焦躁不安，希望人群趕快散去。假如譚恩小姐還有其他像這樣的地方，我不知道那些地方會是怎樣，但在墨菲太太這裡可是一本書都沒有，所有玩具都壞掉了，沒人會想到要去修理。譚恩小姐很常來，她一定知道狀況。

「可憐的流浪兒。」她對男人說。「在他們沒有人要、沒有人愛的時候，我們收容他們。我們給予他們的父母無法提供、或者是將來也提供不了的一切。」

我瞪大眼睛看著地上，在背後把手握成拳。「這全是謊言。」真希望能對這個男人大喊。「我的媽媽和爸爸要我們。他們愛我們。還有那個來見他小兒子隆尼的父親也是，當她們告訴他隆尼已經被領養，他最後在前廊上崩潰大哭，哭得像小孩一樣。」

「一般的孩子會待在協會多久？」男人問。

「噢，我們這裡沒有一般的孩子。」譚恩小姐發出有點尖銳的笑聲。「只有傑出優秀的孩子，依他們來到我們這裡的狀況而定。有些剛到的時候非常虛弱瘦小，連跑、玩都沒力氣，我們天天用營養的三餐把他們養壯。孩子們需要好食物才能好好長大。大量的蔬果以及紅肉，總是能讓他們的小臉蛋重新發亮。」

在墨菲太太家才沒有。在墨菲太太家，吃的是玉米粥，而且只有在早上跟晚上各吃一小碗，我們一天到晚都肚子餓。蓋比的皮膚跟牛奶一樣蒼白，小雀跟芬恩已經瘦到皮包骨。

「我們監控著所有寄宿之家，以確保孩子們都有好好吃飽、得到良好照顧。」她表現得一副事實就是如此的樣子。

男人點點頭，一邊寫字一邊說：「嗯，嗯。」像是他把話全部吞下去，而且嚐起來真的很好吃。

「你去看看後院。」我想告訴他。「你去看看廚房。你就會知道真相。」我好想說出來。但是，我知道假如我真的說出來，我就借不到書，而且會被罰關衣櫃。

「孩子們都感激不已。我們將他們從水溝拉起，而且……」

有人碰了我的手臂，我嚇了一跳。有位穿藍色洋裝的小姐低頭看我，她的笑容就像陽光一樣明亮。

「你想看什麼樣的書？」她問。「哪一種書？你一直很有耐心地等待。」

「是的，小姐。」

她帶我走到書架前，我的眼睛快從頭上跳出去了。我忘了關於譚恩小姐的一切，滿腦子想的全都是書。我去過在河岸城鎮的圖書館，以前在阿卡迪亞號上也有自己的書，但現在我們什麼都沒有。當你一本書都沒有，想到能把你的手放在書上，就像聖誕節和生日聯合舉行一樣快樂。

「我……我各種書都喜歡，」我結結巴巴地說。光是看著書架，見到所有顏色和文字，就能讓我綻放笑靨。自從我們來到這裡之後，這是我第一次覺得快樂。「也許選一本很厚的書好了，因為我們只能借一本。」

「聰明的女孩。」女人對我眨眨眼。「你擅長閱讀嗎？」

「是的，小姐，我很會看書。以前在……」我別開頭，因為我原本正要說：「以前在阿卡迪亞號上，昆妮一天到晚要我們看書。」

距離我不到兩呎外，有個工人站在那裡，譚恩小姐也距離不遠。假如她聽到的話，我肯定就跟吐口水一樣快的速度被捻出去。

「那好吧，」圖書館小姐說，「我們來看看……」

「我喜歡冒險。冒險故事。」

「嗯……有關什麼的冒險？」

「皇后和公主和印地安人。各種故事。」我的心裡充滿故事。

「那麼，或許是西部冒險故事？」

「或是跟河流有關的。你有沒有關於河流的故事？」一本關於河的書會讓我們像是回到家一樣，讓我們團結在一起，直到布萊尼帶我們回阿卡迪亞號。

女人拍了拍手。「喔！喔，對了，我這裡有！」她在空中舉起一根手指。「我有本很棒的書可以給你。」

她找了一分鐘，拿給我一本馬克．吐溫先生寫的《頑童歷險記》，我想這本的確是給我看的書。我們從來沒有讀過這本書，但布萊尼跟我們說過湯姆、哈克和印地安人喬的故事。布萊尼很喜歡馬克．吐溫，他小時候常常讀這些書。你甚至會以為他跟湯姆是朋友。

穿藍洋裝的小姐在卡片上寫下我的名字「梅伊．韋瑟斯」，當她在這本書上蓋下日期章，我才發現昨天是芬恩的生日，她現在已經四歲了。假如我們在阿卡迪亞號上，昆妮會替她烤一個小蛋糕，我們大家會送她親手做的、或是在河邊找到的禮物。在墨菲太太家，只能用圖書館的書充當禮物了。等我回到院子，我會告訴芬恩，這是她的生日驚喜，不過她只能擁有一陣子。我們會做一個泥巴蛋糕，用花當糖霜，加上樹枝當作蠟燭，在上面用小葉子妝點，這樣芬恩就能當作是真正在吹蠟燭一樣玩。

圖書館小姐在我離開前，抱了我一下，這感覺真好。我想留在那裡，待在她旁邊聞書的味道，但我不行這麼做。

我把《頑童歷險記》緊緊抱在胸前，穿過院子。我們現在可以隨時離開這裡，只需要加入哈克的行列。我敢打賭，他的木筏上絕對有空間可以容納我們五個人，或許我們能在那裡找到阿卡迪亞號。

雖然我還是得回到墨菲太太家，但現在那裡感覺像是個全新的地方。

現在，有河流經此地。

那天晚上，就在睡覺前，我們打開芬恩的生日禮物書，展開與哈克一同的冒險。接下來一整個星期，我們與他一起在河上航行探險，直到有天下午，譚恩小姐發亮的黑色轎車開進車道。那天陽光普照，屋子裡熱得跟炸油一樣，所以她跟墨菲太太在前廊碰面講話。我小跑步到無花果樹旁，躲在杜鵑花叢下偷聽。

「噢，太好了，已經在所有報紙上刊登廣告了！」譚恩小姐在說話。「我一定要說，我真是有很棒的遠見。『漂亮頭髮的小天使適合漂亮的夏天。開口問就是你的！』是不是很完美？全是金髮小傢伙。」

「就像是聚集了所有森林裡的仙子。還有小矮人和小精靈。」墨菲太太同意道。

「幾乎跟聖誕節寶寶專題一樣吸引人。已經有顧客打電話來問了。等看到小孩，他們絕對會彼此競爭。」

「絕對會。」

「你星期六早上會把所有小孩準備好吧？我要看到他們盛裝打扮——換上連衣裙、打領結，該有的配件不能少。每個人從頭到腳都要好好梳洗一遍。不准有髒兮兮的指甲，耳朵後面也不能有泥巴。確保他們明白我們對他們的期待，還有假如在大庭廣眾之下羞辱我，他們會有什麼下場。先找個人殺雞儆猴，確保其他小孩都有看到。派對代表了一個很重要的機會，拓展我們能提供最棒小孩的名聲。有了新廣告，我們就擁有田納西和十幾個州最棒的家庭。他們全都會來看我們的小孩，等他們看到了就會無法自拔，一定要擁有一個才行。」

「我們會確保小孩有好好準備。再把名單給我看一次。」她們停止說話。紙張翻動的聲音。風向轉變，吹拂杜鵑花叢，我看到譚恩小姐的頭。當她彎腰靠近墨菲太太時，一陣微風把她一頭灰棕色短髮吹得直立起來。

我緊貼牆壁，完全一動也不動，擔心她們會聽到我的聲音，往欄杆這裡看過來。風帶來一股死掉的東西的氣味，我看不見是什麼東西死掉，大概是吃了里格斯先生放置的毒藥的動物吧。等到味道越來越臭，他就會找出屍體，埋在某個地方。

「連梅伊也在名單內？」墨菲太太問，我的耳朵豎起。「她根本算不上是小天使。」

譚恩小姐笑了一下，聲音尖銳。「她可以幫忙顧那些小傢伙，而且在我印象中，她長得也挺漂亮的，看起來舒服。」

「我想是吧。」墨菲太太的口氣聽起來不高興。「可以肯定的是，她不會惹麻煩。」

「星期六下午一點，我會準備好車子來接他們。別讓他們出發的時候餓著肚子，或是想睡覺、需要上廁所。我要他們看起來活潑伶俐，一定保證會乖乖聽話。這是我的期望。」

「是，當然。」

「老天，那到底是什麼可怕的臭味？」

「兔子。今年夏天有很多兔子出現。」

在她們決定走過來查看前，我悄悄溜走。里格斯先生不在附近，所以我一下子就穿過無花果樹，回到山丘。我沒有把鑑賞會的事告訴卡蜜拉，也沒跟她說我們明天還要多洗一次澡。不必讓她先抓狂使性子。

不過，我不必告訴她要多洗一次澡的事，不知道為什麼這讓我感覺不好。卡蜜拉不是金髮。

結果我是對的。星期六吃過早餐後，我發現卡蜜拉不在名單上。不管我們要去哪裡，她都不用跟我們一起去。

「假如這代表還要再洗一次澡，我可是一點都不難過她們不讓我參加。」當我試著去抱她、跟她道別時，她把我推開。

「蜜拉，我們不在的時候，你要乖乖聽話。別給人家找麻煩，避開那些大男生，別去無花果樹的另一邊，還有——」

「我不用人家照顧。」卡蜜拉抬起下巴，但她的下脣微微顫抖。她很害怕。

「梅伊！」有位工人大吼。「立刻給我排隊去！」她們已經把名單上的小孩全都集合起來了。

「我們很快就回來了，」我對卡蜜拉悄聲說，「別怕。」

「我不怕。」

不過，她後來還是擁抱了我。

工人又對我大喊，我匆匆跑進隊伍裡。接下來的一個半鐘頭，全是肥皂、洗刷、梳頭、蝴蝶結、用牙刷刷洗我們的指甲底下、綁絲帶、有花邊的新衣服。我們試穿一整櫃的鞋子，直到找到合腳的為止。

等到工人帶我們去停在屋前的車子時，我們已經宛如脫胎換骨一般，全是看起來長得不一樣的小孩。有我們四姊弟、其他三個女生、一個五歲的男生、兩個小小孩，還有史蒂維。工人告訴他，假如他又尿溼褲子，等等當場就會抽他鞭子。

我們在車上不准交談。過去那裡的路上，有個工人說話。「女孩們，你們坐要有坐相，把腳併攏，跟年輕淑女一樣。在譚恩小姐的派對上，你們要對來賓彬彬有禮。要說你們在墨菲太太家都過得很好，只能說好的方面。今天的派對上有玩具、著色簿、蛋糕和餅乾。你們要……」

當車子開過山丘，河流映入眼簾，我沒有在聽她說話。有如照在水面上的陽光，梅伊消失無蹤，出現的是瑞兒。她往車窗上打開的縫隙伸展，呼吸空氣，聞到所有熟悉的味道。

有那麼一瞬間，她回到家了。

接著車子轉彎，河流又不見了。壓在我心上的感覺既沉重又悲傷。我的頭靠在椅子上，工人叫我不可以那樣靠，因為會弄壞頭上的蝴蝶結。

蓋比在我的大腿上睡著了，我緊緊抱著他，讓他的頭髮搔弄我的下巴。我又再次回到家裡。這些人可以控制我周遭的一切，但內心的我想去哪就去哪，他們管不到我。

可是我回到阿卡迪亞號的時間太短了。很快地，我們就在一間高大的白色房屋前停下，那裡比墨菲太太家還大。

「要是有誰不乖乖聽話，一定會萬分後悔。」工人說，並且在她讓我們下車前，用一隻手指指著我們。「對派對上的客人要親切。假如他們要你們坐在大腿上，就坐下去。記得要面帶微笑。讓他們知道你們是好孩子。」

我們走進去，屋裡到處都是人。其他小孩也到了，還有小小孩們也在。大家都打扮得漂漂亮亮，我們有蛋糕和餅乾可以吃，小小孩們有玩具可以玩。我還來不及反應，芬恩、蓋比，甚至連小雀，都從我身旁走掉了。

有個男人帶蓋比去外面玩一顆藍色的球。一位黑髮女子和小雀坐在一塊，她們一起在著色本上塗色。芬恩哈哈大笑，和一位很漂亮的金髮小姐玩搗臉躲貓貓的遊戲。那位小姐原本自己一個人坐在遠處的椅子上，面露悲傷和疲憊，是芬恩讓她開懷大笑。很快地，那位小姐帶著我妹妹玩了一個又一個玩具，彷彿芬恩自己不會走路似地。

她們最後一起蜷縮在一張椅子上讀書，我的心揪緊。我想到昆妮，想到她以前唸書給我們聽，我想要這個女人放開芬恩，把她還回來。

一個男人走進房內，搔了搔芬恩的肚子，女人微笑說道：「噢，達倫，她真完美！艾米莉雅應該也是這個年紀了。」她拍拍椅子扶手。「坐在這裡，跟我們一起看書。」

「你們好好看吧。」他親吻她的臉頰。「我還有些人要去聊聊。」然後他就離開房間。男人回來時，芬恩和女人正在看第二本書。她們聚精會神，甚至沒注意到男人就在沙發上坐下，坐在我旁邊。「你們是姊妹？」他問。

「是的，先生。」我按照她們吩咐的那樣回答。說話都要加上「夫人」和「先生」。他往旁邊靠，好好打量我一番。「你們兩個真的很像。」

「是的，先生。」我低頭看著自己的雙手。我的心跳加速，在胸口怦怦跳，就像在船屋抓到的鵪鶉。他想要幹嘛？

男人一手放在我的背後。我的肩胛弓起來，脖子底下的細小汗毛豎起，在讓我刺刺癢癢的洋裝底下不停流汗。

男人開口問：「你幾歲？」

13

艾芙芮

當我轉開門，小屋寂靜無聲，裡頭灑滿月光。我找了一下電燈開關，用肩膀夾住手機，等待克利夫伯父回答我所問的問題。他正在得來速車道上點餐，按了保留通話鍵要我等他。

從前和奶奶一起在天黑後造訪小屋的強烈回憶湧上心頭，小屋就跟當時一模一樣，月光照映在地板上，像一片片棕櫚葉散開。空氣瀰漫鹹海水、含沙的地毯和檸檬油，以及經年累月放在海邊的家具味道。

我動了動手指，像是能感覺到她的手握住我的手。我當時大約十一、二歲吧——肯定是，在那種尷尬的年紀，我已經拋棄在公共場合牽她的手的習慣，可是在這個屬於我們的魔法空間，牽著她的手沒關係。

現在我站在入口，找尋著那種安全感，但這次造訪卻正好相反，充滿刺激嗆辣的味道。苦甜參半，既熟悉又陌生，這些都是生命的滋味。

克利夫伯父回到線上。在沿著海灘走了很久、還在濱水餐廳用過晚餐之後，我發現伯父或許是讓我的搜查有所進展的唯一方法，至少現在是如此。川特·透納拋下我，和一個穿制服的傢伙一起搭吉普車走了。我在車裡等著他回來，但透納房地產辦公室一整個下午都大門深鎖。

到目前為止，來這裡的行程看來是毀了。

「艾芙芮，你需要幫忙嗎？愛迪斯托島的房子怎麼了？」克利夫伯父想知道。

「嗯，我在想，你跟我爸以前有沒有常常和茱蒂奶奶一起來這裡？我是說，在你們還小的時候。」我故作輕鬆，想辦法不要透露任何消息給他。克利夫伯父年輕時可是聯邦調查局幹員。「茱蒂奶奶在這裡有沒有認識的朋友？還是她會來這裡看什麼人？」

「嗯……讓我想想……」他沉思了一下，然後說：「經你這麼一提，我記得我們沒那麼常去那裡。小時候常去，但等我們長大了點，就比較喜歡史塔弗奶奶在帕利斯島的房子，那裡的空間比較大，也有帆船，而且那裡多半有堂兄弟姊妹可以一起玩。通常我媽會獨自去愛迪斯托島的房子。她喜歡在那裡寫作。你知道，她喜歡寫點詩，有一陣子還曾經負責社交專欄。」

我一時間啞口無言。「茱蒂奶奶寫過社交專欄？」社交專欄又名每週八卦。

「嗯，當然不是用她的本名發表。」

「那是用什麼名字？」

「要是我跟你說的話，之後我可能得殺你滅口。」

「克利夫伯父！」我爸一板一眼，但克利夫伯父卻一向狂放不羈、愛搞笑。他這種個性讓黛安娜伯母的頭髮都白了，因此她就跟任何一位南方好淑女一樣，定期染髮。

「喔，就讓你奶奶的祕密永遠是祕密吧。」有那麼一會，我想這話中有話，但聽得出來他是在逗我。「所以你現在是待在梅爾斯小屋，是吧？」

「對，我決定來這裡休息幾天。」

「那麼替我沾沾水釣條魚吧。」

「你知道我不釣魚的。那好噁心喔。」在一群女人的包圍下，我可憐的父親很努力想從我們當中至少培養一個熱愛釣魚的人。

就連克利夫伯父也曉得，這番努力注定要失敗。「那麼，你看，你沒有遺傳到你奶奶。她就很熱愛釣魚，尤其是在愛迪斯托島那裡。你爸跟我還小的時候，她會帶我們去那裡和某個有艘平底小船的人碰頭，我們會一起到河上，花上大半天的時間釣魚。但我不記得我們是跟誰去的，可能是個朋友吧，有一個我很喜歡和他一起玩的金髮小男孩，名字是英文字母T開頭……湯米、提米……不對……特……也許是崔瑞還是崔維斯吧。」

「川特？川特．透納？」現在的川特．透納是川特三世，他的父親也叫川特，剛好差不多是我伯父的年紀。

「可能是。你問這些是有什麼原因嗎？發生什麼事了？」

突然間，我發現我問了一個太過頭的問題，不小心讓偵探辦公室開張辦事了。「沒有，沒什麼原因。在愛迪斯托島上讓我思考了一些事，真希望我能更常跟茱蒂奶奶來這裡，希望我在她還記得住事情的時候問她問題，你能了解嗎？」

「嗯，這正是生命的兩難。魚與熊掌不可兼得。可能這部分抓一點、那部分抓一點，也可能擁有這部分，另一個部分什麼都沒有。我們只能做出當時覺得最好的折衷方案。對一個小女孩來說，你已經完成了很多事——我是說，對一個才三十歲的女性而言。」

我有時在想，不知道我們家族是不是沒看見我真正的能力。「克利夫伯父，謝了。」

「這次談話總共五美元。」

「我會把支票寄出。」

我們掛斷電話之後，我一邊打開在我記得以前是叫「滾地小豬」、現在叫「拜羅」的超市買的一袋雜貨用品，一邊仔細思考剛才的對話

克利夫伯父剛才說的話裡，是否有任何線索？

但這段談話沒有特別的地方，沒有可以導往其他方向的材料。假如與平底小船有關係的小男孩名叫川特，這就告訴我，我的奶奶和老川特．透納有某種私交，這是我已經猜到的。但假如他們一起和孩子們釣魚，那也把我的勒索理論戳出破洞，你不會跟一個勒索你的人去釣魚，當然也不會帶著你的小兒子一起去。假如你有不倫婚外情，也不會帶自己的孩子同行，尤其是年紀已經大到會記得出門去哪玩的孩子。

或許老川特．透納不過是個老朋友罷了，也許信封裡只有裝照片……這種完全單純的東西。話又說回來，為何祖孫間的臨終宣誓，要求除了本人以外，不能將信封交給別人？

我一邊把東西拿進臥室、打開行李箱安頓下來，一邊構思著理論。我朝各種理論射飛鏢，以前我們辦公室集合要開作戰會議時，我都會這樣做。

飛鏢雖然都射中目標，但其實也沒能解釋什麼。今天差不多要結束了。我準備先洗澡，好好睡一覺，或許明天會靈機一動想到什麼……也許我會堵到川特．透納三世，從他那裡挖

出真相。

兩者的可能性都不太高。

等到我打開蓮蓬頭淋浴，才發現小屋這裡似乎沒有熱水，我只好全神貫注在克利夫伯父說過的話。我的奶奶來這裡寫作。

她寫的東西可不可能還在這裡？她寫的東西會有線索嗎？

我立刻穿上衣服。冷水澡真的聽起來一點都不是個好主意。

在小屋的窗戶外，海燕麥在沙丘上搖擺，月亮在棕櫚灌木叢間升起高掛。海浪拍打岸邊，我翻遍抽屜，在櫥櫃、被櫥、衣櫃裡東翻西找。我差點就要舉旗投降，接受最明顯的結論，那就是這裡沒有東西可找，此刻我剛檢查完奶奶的床底下，正要爬起來，發現旁邊那一小件家具並非書桌或是梳妝檯，而是可以放打字機的檯子。中間面板上下顛倒地擺了一臺老舊打字機。在好幾個擺滿古董家具的家裡長大，我多多少少知道這東西要怎麼用。我一下子就正確鬆開螺栓，轉開鉸鏈。打字機發出砰的好大一聲就轉正了。

我的手指在按鍵上滑過，幾乎可以聽見我奶奶敲打按鍵的聲音。我靠過去，研究可以把紙張抽出來的黑色塑膠滾筒。按鍵上留下了小小的痕跡。假如這是一臺電腦的話，或許可以從硬碟叫些資料出來，但這裡的字沒一個能辨識，很難說寫了什麼、是何時寫的。

「你知道什麼我不知道的事嗎？」我輕聲對機器說話，一邊在抽屜裡東翻西找。檯子裡只有分門別類的筆和鉛筆、打字機用的黃色紙張、一盒碳粉複寫紙，以及很多卷修正帶，一面是粉白色、另一面光滑，最上面一張紙留有字跡。拿到燈光下看，可以輕易辨識出打錯然後修正過的字，「棕櫚大道」、「愛迪斯托島」……

我的奶奶顯然在這裡寫過信，但無論是恰巧或是特意，她清理了自己寫作的痕跡，沒有任何用了一半的紙，碳粉複寫紙很乾淨，沒有留下任何文字殘蹤。這很奇怪，因為在她家裡的書桌，總是有個文件夾，裡頭裝可以重複使用的紙張，可以做小作品、工藝勞作，或是讓小孩子拿去畫畫。

我壓下一個打字機按鍵，看著擊錘敲打、撞擊滾筒，只留下淡色、亮亮的大寫字母K的形狀。色帶上的墨已經乾了。

色帶……

接下來我彎腰查看黑色機殼，拚命搖晃，這樣才能拿到線捲。這出乎意料地簡單，只可惜色帶大部分是沒用過的，只有幾十公分可能印有最後打過的文字。我把色帶解開，拿到燈光下看，瞇著眼睛辨識。

「上蒂茱的摯誠你。待期切殷們我管儘，特川，道知會不都遠永們我許或。麼什下留能可還會協家之童兒西納田在想猜，分萬喪沮」

起先看起來像是胡言亂語，但我待在茱蒂奶奶身邊很久，知道打字機色帶的運作方式。按鍵敲下去，色帶捲起。信件內容必定是按某種順序排列。

出現在上面的頭幾個字母突然間有了意義。「茱蒂」。我的奶奶名字前後顛倒寫，從右寫到左，如果用打字機打出來就會是這樣。另一個字從混亂中顯現，「協會」就在句點之後或之前。

前面還有幾個字：「田納西兒童之家」。

我拿起紙筆，把剩下的文字解讀出來。

……沮喪萬分，猜想在田納西兒童之家協會還可能留下什麼。或許我們永遠都不會知道，川特，儘管我們焦急盼望。

你誠摯的

茱蒂

我注視自己的字跡，試圖拼湊出其餘的故事。兒童之家是指領養失去父母的孤兒和被遺棄的嬰兒的地方。梅伊．克蘭朵照片裡的年輕女子大腹便便，她是不是我奶奶的親戚——發現自己惹上麻煩？

我腦海裡浮現各種事件——來自良好家庭的天真少女、一個聲名狼藉的男人，兩人私奔的醜聞——或著更慘，他們根本沒有結婚，那就是未婚生子，又或許她的情人拋妻她，她被迫回到家人身邊？

當年那時候，未婚懷孕的女孩們會被送離開去生產，並且默默簽下同意書，安排嬰兒接受領養。即便是現在，在我母親社交圈裡的女人，偶爾會彼此竊竊私語，談論某個「去跟阿姨住一陣子」的人。或許那就是川特．透納想要隱瞞的事。

有件可以確定的事情是，在這臺打字機上寫的最後一封短箋，是要寄給川特．透納的，雖然我不知道時間距離現在多近、不管神祕信封裡裝了什麼，絕對能回答許多問題。或是產生更多問題。

我沒有多想，趕緊穿過屋子，一把抓起手機，撥了川特．透納的號碼。我現在已經把他的電話號碼背起來了。

電話響了三聲，等待期間我瞄了一眼時鐘，發現現在接近半夜，絲毫不是打給一個該算是陌生人的恰當時間。我媽知道了會嚇死。

「艾芙芮，假如你想讓男人合作，不是這樣辦事的」，這句話在我腦中閃過，此時一個睡意惺忪的渾厚聲音說：「喂，我喘特．投納。」看來我真的把他從床上吵起。大概是他沒有查看來電的人是誰，就直接把電話接起吧。

「田納西兒童之家協會。」我脫口而出，因為在他搞清楚狀況、把電話掛掉之前，估計我大約有二點五秒的時間。

「什麼？」

「田納西兒童之家協會。這跟你的祖父和我的祖母有什麼關係？」

「你是史塔弗小姐？」儘管是正式尊稱，他充滿濃濃睡意的渾厚聲調使得問候聽起來很親密，像是枕邊交談。接著是重重的嘆氣聲，我聽見彈簧床面發出嘎吱聲響。

「艾芙芮，我是艾芙芮。拜託，你一定要告訴我。我找到了某樣東西。我需要知道那代表什麼意思。」

又是長長的吐氣聲。他清了清喉嚨，但聲音還是低沉，充滿睡意。「你知不知道現在幾點？」

我怯懦地看了一眼時鐘，彷彿這就能原諒我的行為。「我道歉。我撥了電話之後才注意到時間。」

「你可以把電話掛掉。」

「我怕假如我掛掉電話，你就再也不會接我的來電。」

一聲輕笑咳嗽聲告訴我我是對的。「那倒是。」

「請聽我說。拜託你。我整個晚上都在小屋東翻西找，我找到一樣東西，你是唯一可以告訴我那是什麼意思的人。我只是……我需要知道到底發生了什麼事，我要知道我該怎麼處理。」假如我們家族過去有什麼醜聞，或許除了對一些愛八卦的人之外，很可能已經不重要了，但在我知道所要應付的是什麼之前，我無法做出評斷。

「我真的不能告訴你。」

「我了解你對你祖父的承諾，但是……」

「不。」他的語氣突然間聽起來完全清醒——完全清醒而且掌控情勢。「我的意思是說，我沒辦法告訴你。我從來沒看過任何一個信封袋裡裝了些什麼。我希望爺爺能把這些信封交給那些上面寫有他們名字的人。僅此而已。」

他現在說的是實話嗎？我無法分辨。我是那種聖誕禮物一擺到聖誕樹下時，會仔細剝掉包裝紙上的膠帶，偷看是什麼禮物的人。我不喜歡驚喜。「但那些文件和什麼事有關？跟田納西兒童之家協會有什麼關係？兒童之家是給孤兒去的地方。我的奶奶是不是在找被送去領養的人？」

我一提到這個想法，就擔心自己說太多了。「這只是我自己的推論，」我補上一句。「但我沒有理由相信這是真的。」我最好不要開啟另一扇可能通向醜聞的大門。雖然能連續好幾個月將彌封的信封袋完全置之不理的人一定很正直，但我不知道信不信得過川特．透納。老透納先生一定知道他的孫子個性剛直不阿。

電話那頭一陣沉默，時間之久，我開始懷疑川特是否已經離開了。我不敢開口，擔心不管我說什麼，都會破壞平衡。

我不習慣拚命去懇求別人，可是最後我輕聲說：「拜託。今天下午一開始就搞砸了，我很抱歉，但我不知道該如何從這裡接著下手。」

他深吸一口氣。我幾乎能看得見他的胸口鼓起。「過來吧。」

「什麼？」

「在我改變心意前，過來我這裡。」

目瞪口呆是我唯一能有的反應。我不確定自己是興奮得要命，還是怕得要死……或者，想到要在大半夜去陌生人家裡，我是不是瘋了。

另一方面，他是這座島上信譽良好、有名聲的生意人。

一個現在知道我已經挖掘出一部分祕密的生意人。他的爺爺臨終前的祕密。

要是這午夜邀約的背後有邪惡的動機？沒有人會知道我在哪裡。我要跟誰說？我想不到能讓我現在願意說出這件事的對象。

我要留張紙條……就留在小屋這裡……

不……等一下。我要寄一封電子郵件給自己。假如我失蹤的話，那是他們會去查的第一個地方。

這個想法感覺很戲劇化又愚蠢，但話說回來，其實一點也不。「我去拿鑰匙然後——」

「你用不著開車。過了四棟小屋後就是我家。」

「你就住在這一區？」我拉開廚房的簾幕，想看穿一大片代茶冬青樹和槲樹。一直以來，他根本就住在隔壁而已？

「從海灘過來比較快。我會把後面走廊的燈打開。」

「我馬上到。」

我在小屋裡晃來晃去，想找手電筒和電池。幸好，不管是哪個親戚之前來過這裡，留下了一些基本用品。當我用拇指按鍵寫了一封電子郵件給自己，記錄我的動向和離開時間時，手機響起。我嚇了一大跳，然後心情直落谷底，是不是川特改變心意了……

不過這是艾略特的電話號碼。我太緊張了，無法計算現在在米蘭的時間，但他一定是在工作。「你昨天打來的時候我走不開，抱歉。」他說。

「我想也是。昨天很忙吧？」

「忙翻了，」他輕描淡寫地說，一如往常。他們家的女人對生意不感興趣。「愛迪斯托島那裡怎麼樣？」

老實說，我們家的訊息網路可是比微晶片追蹤還厲害。「你怎麼知道我在這裡？」

「媽跟我說的，」他嘆口氣。「她去德雷登丘玩小孩過過癮，因為你姊帶寇特妮跟男孩們去玩。她現在又開始對抱孫子熱衷起來了。」艾略特很沮喪，可以理解。「她提醒我已經三十一歲，而她五十七歲，她可不想當一個老奶奶。」

「喔。」有時我納悶地想，不知有貝琦當婆婆會是什麼樣。我愛她，她這麼想也是出於好意，但與她相比，小蜜蜂顯得溫和多了。

「我們能不能把你姊和三胞胎訂下來，讓他們去媽那裡住幾天？」艾略特語帶憐憫地建議。「也許這方法能治好她。」

雖然我懂他的笑話，但這還是讓我不舒服。就算三胞胎是小小野蠻人，我還是很愛他們。「你可以問問看。」即使艾略特跟我只有談過，我們的人生計畫裡最後一定會生小孩，可是他已經開始擔心我們家族是否有多胞胎遺傳，因為他覺得自己無法一次應付超過一個小孩。偶爾我會擔心「將來生小孩」的說法，對艾略特來說意思是「永遠不生小孩」。我知道日子一天天過，事情終究會解決。大部分伴侶不都這樣嗎？

「那你要在海灘待多久？」他改變話題。

「待個兩天而已。如果我待得更久，萊絲麗就會派人來追捕我。」

「嗯，萊絲麗是在為你最好的利益著想。你需要曝光，所以才說你必須搬回家。」

我想說「我搬回家是為了照顧我爸」，但對艾略特而言，每一件舉動都是為了後續的任務鋪路，他是我認識的人裡面最以成就為導向的一個。「我曉得。不過能有一點喘息空間很不錯，你聽起來也需要一些。趁你現在在愛迪斯托，找機會休息一下，好嗎？別擔心你媽和孫子的事。明天她的重心就會放在其他事情上了。」

我們道別，我弄好給自己的預防性電子郵件。假如以後再也沒有人聽到我的消息，最終會有人來這裡查看。「星期二午夜。我要去跟川特．透納談一談關於茱蒂奶奶的事，他家與愛迪斯托小屋相隔四間房子。應該約一個鐘頭後回來。為了以防萬一，留下這則訊息。」

感覺很傻，不過在我出門前還是寄出了這封信。

外頭，夜深人靜，我走在穿過沙丘的小徑，拿著手電筒照亮路面，留心是否有蛇出沒。沿著海邊，大多數小屋都已經變暗，只留下滿月的光輝，以及看似漂浮在海平面上的些許燈光。樹葉和海草低吟，海灘上的沙蟹急忙斜斜爬過泥沙地。我拿手電筒掃過牠們，小心翼翼不要因為踩到某隻沙蟹而打擾牠們搶食。

微風輕拂我的脖子，吹過我的頭髮，我想要散步、放鬆，享受海洋的療癒之歌。我自己心中的冥想音樂聽起來就像現在這樣，但我很少花時間享受實質的東西。現在，這似乎很可惜，我已經忘了這裡多麼宛如人間仙境，這是個陸地與海洋交接的絕佳地點，不受巨浪、營火和全地形車的打擾。

我還在想要慢慢走向川特．透納的小屋時，就已經到了。當我沿著一條穿過灌木叢、時常有人行走的小路，過到一條短短木板路對面，來到一扇圍籬大門前，我的脈搏加速。他家跟茱蒂奶奶家差不多大小，坐落在一大片土地上，屋子底下有短木頭架支撐，側院裡還有一間小屋，一條石子路通往走廊階梯。頭頂上，飛蛾拚命繞著電燈泡打轉。

我還沒敲門，川特就前來應門。他身穿一件褪色T恤，領口破了，臀部處都是汗。他光著日晒過的腳丫，頂著一頭睡到亂七八糟的頭髮。

他雙手抱胸，靠著門框打量我。我突然間不知所措，就像第一次接受中學舞會邀約的青少年。我不知道該怎麼辦。

「我開始在想——」他說。

「你是說我會不會來？」

「那通電話是不是只是噩夢一場。」但他的嘴唇往上彎，我知道他在開玩笑。

即便如此，我還是微微臉紅，這根本就是強迫中獎啊。「抱歉。我只是真的……我需要知道。你的爺爺和我的奶奶有什麼關係？」

「最有可能是他替她工作。」

「什麼樣的工作？」

他的目光越過我，望向側院裡夾雜在樹木後方的迷你小屋。我感覺到他內心有所掙扎，他在拉鋸著到底是不是要違背臨終前的承諾。「我的爺爺是一位尋找家。」

「找什麼？」

「人。」

14

瑞兒

鑑賞會人潮逐漸散去時，天色也快暗了，工人開始把小孩聚集起來，帶他們到車上載回去。那時，我簡直是不想離開了。一整個下午，有餅乾、冰淇淋和甘草糖、蛋糕、牛奶、三明治、著色本、一盒盒新蠟筆；女生有洋娃娃，男生有錫製小汽車。

我吃得好飽，幾乎是動不了。經過三週沒有足夠食物的生活之後，這裡的滋味比任何事物都還要美味。

卡蜜拉錯過這些讓我感覺很不好，但其實我也不知道她能不能忍受這一切。她不喜歡被抱著……或是被碰觸。我偷了一塊餅乾給她，悄悄放進我吊帶裙前面的口袋，希望在離開前沒人會對我們進行搜身檢查。

這些人都叫我們「親愛的」、「甜心」和「噢，寶貝！」，譚恩小姐在這裡也是這樣叫我們。就像在行動圖書館，當她說出捏造的故事時那樣，她會眨眨眼，面帶笑容，像是她享受著沒人發現她的謊話一樣。

我也像在行動圖書館一樣，閉上嘴巴，不去拆穿別人的謊話。

「他們在各方面都很完美。」她一次又一次對賓客這樣說。「以他們的年紀來說，身體健康強壯，心智上也很成熟。也有很多孩子的父母具有音樂和藝術天分。他們就像一張全新的白紙，等著被填滿。你們想要他們成為什麼樣的人，他們就會成為什麼樣的人。」

「他真是可愛的小傢伙，不是嗎？」她向一名男子和他那已經抱著蓋比一整天的妻子這樣問道。他們一起玩球和汽車，男人將蓋比往上拋，惹得蓋比咯咯笑。

現在是要離開的時候了，那位太太不想把蓋比還回來。她一路走到前門，我的小弟手環繞著她的脖子，就像芬恩繞著我的脖子一樣。

「我想留下來。」蓋比嘀咕著說。

「我們得走了。」波尼克太太想把我們趕到前廊去的時候，我把芬恩換到另一側抱。我不想怪蓋比吵鬧。我也討厭我們得回墨菲太太的房子。我寧願看著芬恩和那位親切的太太多讀幾本書，但那位太太不久前跟她先生離開了。她在芬恩的頭上吻了一下，說：「我最親愛的，我們很快就會再見了。」然後再把芬恩交給我。

「蓋比……」就在我脫口而出之前，我阻止自己說出那個名字，假如是在墨菲太太家，讓波尼克太太聽見我說的話，我的頭可是會被敲一頓。「羅比，你不能待在這裡。來吧，走了。我們得去找出哈克和湯姆從河下游到了阿肯色州後發生什麼事，你還記得嗎？」我向他伸出一隻手，因為我另一手還抱著芬恩。蓋比卻不肯過來，那個女人也不願放手。「等我們回墨菲太太家，我們會一起看那本書。跟這位好太太說再見吧。」

「安靜！」譚恩小姐往我的方向看，目光熊熊發火，我把手收回去，手臂因為快速放下而在我腿上發出清脆聲響。

譚恩小姐對那個女人微笑，一隻手指繞了繞蓋比的頭髮。「我們的小羅比真是可愛得不得了對吧？真是迷人。」就跟翻臉的速度一樣，她很快地又變得親切起來。「我想您跟他很合得來。」

「是的，我們很合得來。」

那位太太的先生走近。他很快拉了拉西裝外套的翻領，把它弄得筆挺些。「或許我們該聊一聊。當然，可做些安排……」

「當然可以。」譚恩小姐沒等他把話說完。「不過我得提醒你，這個小可愛很搶手。已經有好幾個人在詢問他的狀況了。他那對有深色睫毛的藍眼睛和金色捲髮很可愛，真是少見。像個小天使一樣。他可以打動幾乎是所有母親的心。」

他們全都看著我弟弟。男人伸出手捏了捏蓋比的臉頰，他的嬰兒笑容真的很可愛。自從警察把我們從阿卡迪亞號帶走之後，他就沒有這樣咯咯笑過了。看他這麼快樂，我也很高興，即便只有今天一天。

「把其他孩子帶到外面。」譚恩小姐壓低聲音說。她靠近波尼克太太講了悄悄話。「把他們帶到車上。在車上等個五分鐘，再叫司機開走。」接著又更小聲補充。「但我想我們不會需要你出場。」

波尼克太太清了清喉嚨，用一種我們從未在墨菲太太房子裡聽過的親切、快樂語氣說：「你們全都到車上去。快點走吧。」

小雀、史蒂維和其他小孩很快就跑到前廊。芬恩在我腿上踢了踢，還在我腰際上晃來晃去，像是她試圖把一匹頑固的小馬逼出馬廄那樣。

「但是蓋……羅比。」我無法移動雙腳。我一開始甚至還不確定原因。這些人不過是想要多抱抱、多親親蓋比一下。這些人就是喜歡和小男孩一起玩。我一整天只要可以躲開那些因為我比其他人年紀大，便好奇我是誰、我為什麼在這裡的男人們，就會去注意蓋比、小雀和芬恩的動向。我驚慌失措地走訪每一個房間、查看每一扇窗戶，確保我知道孩子們在哪裡，以及沒有人欺負他們。

但是，在我腦海裡，我一直在想史蒂維的姊姊，她離開了墨菲太太的房子，再也沒有回來。我很清楚孤兒的遭遇，雪麗和史蒂維是孤兒，但我們不是。我們有會來接我們的爸爸和媽媽。

那個和蓋比玩了一整天的女人知道嗎？有人告訴過她嗎？她不認為他是孤兒，對吧？

我又往我弟弟那裡走了一步。「來吧。我可以抱他。」

女人轉身背對我。「沒關係。」

「你到外面去！」波尼克太太緊緊抓住我的手臂，我知道如果我不照她的話去做，會發生什麼事。

我摸摸蓋比的小膝蓋，說：「沒關係。這位太太只是想跟你說再見。」

他抬起一隻小胖手，對我揮了揮。「掰掰。」他說了好幾次。他漾開笑容，露出小小的牙齒。他長出的每一顆牙齒我全都記得，歷歷在目。

「到車上去。」波尼克太太參差不齊的指甲戳進我的皮膚。她拉著我，我往外走時在門檻絆了一下，搖搖晃地走到前廊，差點把芬恩摔下去。

「噢，我的天。她是他的姊姊嗎？」抱著蓋比的女人擔心問道。

「不，當然不是。」譚恩小姐說，再次說謊。「兒童之家裡的小孩子很黏年紀大的。僅此而已。這是沒辦法的事。當然啦，他們很快就忘了。這個小不點的唯一手足是個小女嬰，剛出生而已，已經被一個非常顯赫的家庭收養。這可不是個普通小男孩。你挑選了我們最優秀的孩子。媽媽有大學學歷，非常聰明的女孩。不幸的是，在生產過程中去世，孩子們遭到父親遺棄。但是他們沒受到任何傷害。把這個小傢伙放在你們的加州海灘上，多可愛啊。當然，我們的外州領養手續需要包含特別費用……」

在波尼克太太拖著我走下前廊階梯，一邊小聲告訴我要是不走、墨非太太會怎麼教訓我之前，這些是我最後聽到的話語。她用力抓著我的手臂，直到力氣大到我相信我的手會被她折斷。

但我不在乎。我什麼都感覺不到——在我腳下被踩爛、因夏天而乾枯的草地，今天早上工人給我穿上的硬皮鞋，熱黏的傍晚空氣；或是芬恩又踢又扭，伸手越過我的肩膀、嗚咽著「蓋比……蓋比……」的時候，我身上被她拉扯的過緊洋裝，我都感覺不到。

我全身冰冷，就像掉進冬天的河裡，血液全在體內往下流，想要避免凍死。我的雙臂和雙腿似乎都不是自己的。手腳雖然在動，但那只是因為它們知道該做什麼，而不是出自我的意願。

波尼克太太把芬恩跟我扔進車裡，和其他小孩一起待著，然後上車坐在我旁邊。我僵硬地坐著，凝視那間大房子，等待門開，接著就會有人把蓋比帶到院子另一頭。我用力在心中這樣期待著，但這個願望卻讓我心痛。

「蓋比呢？」芬恩在我耳邊輕聲問，小雀用她那對哀傷安靜的眼睛看著我。自從我們來到墨菲太太家，她就不太說話，這一刻當然也不會開口，但我還是聽到她說的話了。她告訴我：「你得把蓋比抱回來。」

我想像他穿過院子。

我盼望著。

我看著。

我試著思考。

我該怎麼辦？

波尼克太太的腕表滴答響。滴答、滴答、滴答、滴答。

譚恩小姐剛才說的話在我心裡掠過，就像有人往河裡扔擲石頭時，弄得一批水黽飛起，同時間往不同方向飛去。

「在生產過程中去世……」

我的媽媽死了？

「……孩子們遭到遺棄……」

布萊尼不會回來找我們？

這個小不點的唯一手足是個小女嬰，剛出生而已。

其中一個寶寶沒有死在醫院？我有一個剛出生的小妹妹？譚恩小姐把她送給別人？那是謊言嗎？她說的全是謊言嗎？譚恩小姐能輕鬆圓滑撒謊，彷彿她真的相信她所說的是真的一樣。蓋比沒有拿到大學文憑的媽媽。昆妮很聰明，但她在認識布萊尼、展開河上生活之前，她只念完八年級。

「是謊言，」我告訴自己，「她說的每句話都是謊言。一定是謊言沒錯。」

她想讓來參加派對的人高興，但他們得把蓋比還回來，因為譚恩小姐知道我們的爸爸一有能力就會來接我們。布萊尼永遠不會放棄我們。他永遠不會讓譚恩小姐這樣的女人帶走我剛出生的小妹——假如我有這個小妹妹的話。永遠不會，絕對不會。他寧可死去都不會讓這種事發生。

布萊尼死了嗎？所以他才沒來找我們？

車子發動，我猛地看向窗戶，把芬恩從我大腿上推下去。她滑到座位上，我抓住門把。我要跑回去屋子裡，我要告訴那些人真相。我會告訴他們譚恩小姐是個騙子。我不在乎他們之後會對我做什麼。

在來得及發生任何事之前，波尼克太太抓住我頭髮上的漂亮大蝴蝶結，那是今天早上有位工人替我加上去、打扮漂亮用的。芬恩從我們之間拚命扭來扭去，然後和史蒂維以及小雀一起坐在地板上。

「你會乖乖聽話。」波尼克太太的嘴脣碰到我的耳朵，她呼出的氣息又熱又有酸味。有墨菲太太的威士忌的味道。「你膽敢不聽話，墨菲太太會把你關進衣櫃裡。不是只有你一個人受罰。我們會把你們所有人全都綁起來關在裡面，像是用鞋帶吊掛的鞋子，把你們吊起來。衣櫃裡很冷。而且很黑。你想想，這些小東西會享受一片黑暗嗎？」

當她抓起我的頭往後仰，我的心跳得飛快。我的脖子嘎啦嘎啦響。頭髮從髮根扯落。眼睛閃過一道因痛苦引起的白光。

「聽懂了嗎？」

我盡力點頭。

她把我甩向車門，我的頭從窗玻璃上彈開。「我沒想到你會惹麻煩。」

淚水湧進雙眼，我用力眨眼不掉淚。我不會哭。我不會。

座椅轉向，把我拉向波尼克太太笨重的身體旁。她發出呼嚕嘆息，像是貓坐在陽光下的椅子上發出的聲音。「司機，現在載我們回家吧。時候到了。」

我慢慢挪開身子，從車窗往外眺望，一直看到有著大圓柱的白色屋子消失為止。

車上沒有人講半句話。芬恩爬回我的大腿上，我們全都像石頭般僵硬地坐著。

回墨菲太太家的路上，我找尋河流的蹤跡。芬恩雙手繞在我脖子上，小雀靠在我膝蓋邊，史蒂維縮在我兩腳中間，他緊抓我的鞋釦，我的心中出現了一個小小幻夢。我假裝當我們經過河流，阿卡迪亞號會在那裡，布萊尼會看見車子。

在我的白日夢裡，他跑上河岸，要司機停車。布萊尼打開車門，把我們全都拉出去，我們每一個人，就連史蒂維也是。當波尼克太太想要阻擋他，他痛揍了她鼻子一拳，就跟如果有人想在撞球間從他身上偷東西，他就會出拳揍人那樣。布萊尼就像故事裡哈克的爸爸那樣綁架我們，但哈克的爸爸是壞人，布萊尼是好人。

他回到房子那裡，從譚恩小姐手中把蓋比帶走，帶著我們所有人去到遙遠的地方。

但我的夢沒有成真。河流出現又消失。沒有阿卡迪亞號的蹤跡，很快地，墨菲太太屋子的影子就籠罩了車輛。在我的體內，既空虛又冷，就像有次我們健行爬到峭壁上，布萊尼帶我們去一個印地安人的洞穴露營。洞穴裡有骨頭，是那些逝去之人的骨頭。我身體裡也有死掉的骨頭。

瑞兒．佛斯在這個地方不能呼吸。她不住在這裡。住在這裡的只有梅伊．韋瑟斯。瑞兒．佛斯住在河流上，她是阿卡迪亞王國的公主。

我們大步走在墨菲太太家外頭的人行道時，我才想到卡蜜拉。剛剛想像布萊尼把我們從車子裡救出，沒有找到卡蜜拉就帶走我們，這個想法讓我很有罪惡感。

我很怕我告訴她蓋比沒有跟我們一起回來的時候，她會說什麼——雖然我依舊希望他晚點就會回來。卡蜜拉會說我應該要更奮力抗爭，我應該要像她那樣去咬、抓、尖叫。也許那樣才對。也許我是要好好聽她罵一頓。可能因為我就是太膽小，但我不想被關進衣櫃。我不想要她們把我的小妹妹們也都關進去。

當我們進到屋裡，一陣恐懼襲上心頭。是那種春天融冰時，在水位高漲的河面上，你看到有塊大浮冰要直接撞進船身時所感到的恐懼。有時浮冰之大，你知道絕對不可能用有勾子的船竿把冰塊推走。浮冰就要撞上了，而且是狠狠地用力撞上，假如冰塊邊緣切到船身，你就會沉沒。

我所能做的就是不把孩子們甩開，在墨菲太太的門於我們身後關上前，趕緊進到屋中。屋裡因為霉味而發出惡臭，浴室也有臭味，還混有墨菲太太的香水和威士忌的味道。這些味道堵住我的喉嚨，讓我無法呼吸，當有人叫我們到外面去、因為其他小孩還沒進門吃晚餐時，我真心感到高興。

「不可以弄髒那些衣服！」波尼克太太在我們身後大叫。

我去到曾告訴卡蜜拉可以待的安全之處找她，但遍尋不著她的蹤跡。我向大男生們打聽她的下落，他們沒回答，只是聳聳肩，用他們在後面圍欄採來的七葉樹果實繼續玩互敲果實的遊戲。

卡蜜拉沒在挖土、邊鞦韆，或是在樹蔭底下玩扮家家酒。其他所有小孩都在這裡，就是沒看見卡蜜拉。

這是我今天第二次覺得我的心會在胸口迸裂。要是他們把她帶走了呢？要是在我們離開後她又鬧脾氣，為自己惹上麻煩了呢？

「卡蜜拉！」我大叫，然後仔細聽，只聽見其他小孩的聲音。我的妹妹沒有回答。「卡蜜拉！」

終於找到卡蜜拉時，我正往房子另一邊的杜鵑花叢走去。她坐在前廊一隅，雙腿緊靠在胸前，把頭埋在裡面，她的黑髮和皮膚因為泥土而弄得灰灰髒髒的。看起來像是我不在的時候，她和某個人打了一架。她的手臂上有抓痕，膝蓋破皮。

也許這就是大男生不告訴我她在哪裡的原因，大概是惹到他們吧。

我把小小孩們留在柿子樹旁，叮嚀他們待在原地，不要亂跑，然後我爬上樓梯，走到坐在前廊的卡蜜拉旁邊。我僵硬的鞋子敲擊木板，發出咿咿呀呀聲，但我妹妹一動也不動。

「卡蜜拉？」坐下去會弄髒我的洋裝，於是我在她旁邊蹲下。也許她睡著了。「卡蜜拉？我有帶東西給你，就放在我的口袋裡。我們去山丘，那裡沒有人會看見，我就可以拿給你了。」

她沒回答。我摸了摸她的頭髮，她閃開。我的手滑到她的肩膀上，拍起一小圈灰灰的煙霧。有灰燼的味道但又不像是火爐造成的。我知道這個味道，只是我說不出來。「我們不在的時候，你給自己惹上什麼麻煩了？」

我又摸了她一下，她閃開肩膀但抬起頭來。她的嘴唇上有硬塊，下巴有四塊圓圓的瘀青。她的雙眼又腫又紅，像是一直在哭的樣子，但最讓我擔心的是她的內心。彷彿我正盯著一扇空房間外的窗戶。裡面什麼都沒有，只有漆黑一片。

她的身上又飄來那股味道。突然間，我知道了。是煤灰。只要我們把阿卡迪亞號停靠在鐵軌附近時，我們就會去收集從火車上掉落的煤炭。「取暖煮飯兩相宜，免費大方送」，布萊尼老是把這句話掛在嘴上。

「布萊尼有來過這裡？」

一想到這點，我就知道自己錯得多離譜。我知道這件事有多麼不對。我不在時，發生了可怕的事。「發生什麼事？」我一屁股坐在前廊上，因為感到太害怕而無法顧慮我的洋裝。小小的木刺戳了我的腿一下。「卡蜜拉，發生什麼事？」

她張開嘴，但沒出聲。一顆淚珠落下，在煤灰中流出一條粉紅色小河。

「告訴我。」我彎下身子靠近，好看得清楚些，她卻轉過身去，看著另一邊。她的手緊握成拳，擋在我們之間，我把她的拳頭放進掌心，用力扳開她的手指，去看她握了什麼東西。我一扳開，所有在派對上吃的餅乾和冰淇淋全湧到我的喉嚨。骯髒的、圓圓的薄荷糖緊緊黏在我妹妹的手掌上，溶進她的皮膚裡。

我閉上眼、搖頭，努力不去想，可是我很清楚發生了什麼事。我的心拖著又踢又叫的我進到墨菲太太的地窖，進到樓梯後面的黑暗角落，煤炭桶和鍋爐上全覆蓋一層灰。我看見纖瘦強壯的手臂掙扎著，雙腿到處亂踢。我看見一隻大手摀住那尖叫的嘴，骯髒油膩的手指非常用力擠壓，因而留下四個圓形的瘀青。

我想要跑進屋裡大吼、尖叫。卡蜜拉的固執，和不聽我叫她別去杜鵑花叢的命令讓我想揍她。我也想要抓住她，緊緊擁她入懷，這樣一切就會變好了。我不知道里格斯到底對她做了什麼，但我知道是很不好的事。我也知道假如我們說出去的話，他會讓我妹妹從樹上摔下去，她的頭會撞到地上。他甚至會對我下手，做同樣的事。這麼一來，誰要去照顧孩子們呢？誰會等蓋比回來呢？

我抓住妹妹的手，拍掉薄荷糖，任憑那些糖果彈跳到前廊上，掉進花床裡，然後消失在凌霄花下。

當我拉著她站起來，她沒有反抗。「來吧。假如等到晚餐鈴響起，看到你這副模樣，她們會認為你在鬧事，就會把你關到衣櫃裡。」

我拖著她在前廊上走，像在拖一袋小麥似地，把她拉到接雨水的桶子旁，一點一點，把水倒在她的皮膚上，盡可能把她洗乾淨。

「跟她們說你是從鞦韆上摔下去的。」儘管我雙手捧著她的臉，她還是不肯看我。「你聽見了嗎？不管是誰問起磨破皮的地方，就說你從鞦韆上摔下來，就這樣。」

階梯上，芬恩、小雀和史蒂維在等我們，跟老鼠一樣安靜。「你們大家乖乖別動……讓卡蜜拉靜一靜，」我告訴他們。「她不太舒服。」

「你肚子痛嗎？」芬恩靠過來，小雀也是，卡蜜拉用力把她們推開。小雀看著我，一臉迷惑。她通常是卡蜜拉唯一真正喜歡的人。

「別管她。」我說。

「我見過倫敦！我見過法國！」有個大男生在穿越院子的半路上大叫。他們向來大概都在這時候晃進來，所以會排在晚餐隊伍前頭。我不知道他們為什麼要這樣做，我們每一餐都吃一樣的東西。

「丹尼小子，你安靜點。」我對他發出噓聲，然後把卡蜜拉的洋裝往下拉，遮住她的膝蓋。工人都叫他丹尼小子，因為他是愛爾蘭人。一頭紅髮又滿臉雀斑，就跟詹姆斯一樣。詹姆斯走了之後，他順手接管那一群小孩。不過丹尼小子可是壞到骨子裡。

他走近我們，雙手放在用來把他那條太大的褲子往上提的繩子。「喲，你看起來可不是又漂亮又華麗嗎？就算給你穿上可愛的衣服，也不能替你找到新媽媽和新爸爸。」

「我們不需要媽媽和爸爸。我們已經有了。」

「反正也沒人要你。」他注意到卡蜜拉手臂和腿上都有抓痕，擠過來靠近看。「她發生什麼事？看起來像打了一架。」

我走到丹尼小子面前。假如得被關進衣櫃才能保護我妹妹，我願意這麼做。「她摔了一跤，撞到東西受了點傷。就這樣。你還有什麼好說的？」

晚餐鈴響了，我們趕緊排好隊免得挨罵。

結果那天晚上，我要擔心的不是我被關進衣櫃；是卡蜜拉。整個晚餐時間她都很安靜，沒吃東西，但到了洗澡的時候，她回過神來大吵大鬧，像動物一樣尖叫，又抓又踢，在波尼克太太的手臂上留下又長又紅的指甲抓痕。

動用了三個工人才把卡蜜拉壓制下來，然後把她拖進浴室。那時候，波尼克太太也揪著我的頭髮。「你不准說話。一個字都不准說，你知道會有什麼後果。」芬恩、小雀和史蒂維緊緊抓著彼此，靠在牆上。

浴室裡，卡蜜拉鬼吼鬼叫。水花四濺。摔破一個瓶子，刷子哐啷散落。門框晃動。

「里格斯！」波尼克太太朝樓下大喊。「把我的繩子拿來。把我用來關衣櫃的繩子拿過來！」

就這樣，卡蜜拉離開了。我最後看到的身影，就是工人拖著她走過走廊，用床單把她包得像毛毛蟲一樣，這樣她就不能踢、也打不了了。

那天晚上，我們只有三個人。我沒有拿出我們的書來讀，我的小妹沒有求我唸更多故事。小雀、芬恩和我蜷縮在同一張行軍床上，我哼著一首昆妮唱過的歌，哼到兩個妹妹睡著為止。最後我也漸漸入睡。

在天亮前不久，芬恩自從兩歲半之後第一次尿床。我沒有為此對她吼罵。我只是盡我所能地清理乾淨，稍稍打開地下室的窗戶，味道就會散去。我把溼掉的毯子和芬恩的內褲捲起來，塞在灌木叢底下，希望不會有人發現。我晚一點會從杜鵑花叢偷溜出去，把那些東西攤平，這樣到今晚之前就會乾了。

就在我忙著把毯子攤開蓋在樹枝上，風吹動樹葉，樹葉抖動的時間久了點，讓我從中看到某個東西。在街邊煤氣燈底下，有人站在那裡看著這棟房子。在清晨的黑暗中，我看不清臉，也看不清他們穿的衣服，只看得出一個駝背的老人和一個高䠷纖瘦的男孩身形。

他們看起來像是齊德和賽拉斯。

就跟他們出現的速度一樣快，樹葉恢復原位，他們也就消失不見了。

15

艾芙芮

這個信封出奇普通，就是辦公室裡用的那種牛皮信封。裡頭裝的東西感覺很薄，或許就只是折成三折的幾張紙。信封被封得死死的，奶奶的名字就寫在背面，字跡歪七扭八，墨水滲到旁邊，最後在信封邊上停住。

「爺爺到了帕金森氏症末期受了不少苦。」川特解釋。他搓了搓額頭，皺眉盯著信封看，彷彿再次想著是否應該打破誓言、把信封交給我。

我知道，要趁他改變心意前趕快打開信封才是明智之舉，但罪惡感讓我難受。川特一臉做錯事的樣子，我正是元凶。

我太了解對家族忠心不二是什麼樣子。就是對家族忠心不二，才會驅使我在三更半夜跑來這裡。

「謝謝。」我對他說，彷彿這句話有任何幫助似地。

他用指尖揉捏一邊的眉毛，並且不情願地點點頭。「先跟你說清楚，這可能會使事情變得更糟，而不是有所幫助。我爺爺花那麼多時間去幫忙找人是有原因的。跟我奶奶結婚之後，他接管了在查爾斯頓的家族事業，去讀了法學院，以便能處理自己的房地產契約……但他這麼做還有其他原因。爺爺在十八歲那年，發現自己是被領養的。從來沒有人告訴他這件事。他的養父是曼非斯警局的一名警官，我不知道他們是否曾經非常親近，可是當爺爺得知自己被謊言騙了一輩子，那是壓垮駱駝的最後一根稻草。他隔天就加入軍隊，從此再也沒有跟他的養父母說過一句話。他花了許多年找尋自己的親生家庭，但一無所獲。我的奶奶總覺得，要是他一開始沒有無意間發現自己的身分就好了。老實說，她真希望爺爺的養父母有銷毀那些紀錄。

「祕密總是有辦法挖出來的。」這是我父親經常與我分享的智慧道理。「祕密也能讓你在敵人面前變得脆弱，不論在政治或其他方面。」

不管信封裡有什麼，我還是知道內容比較好。

儘管如此，當我將手伸向封口時，我的手指顫抖著。「我懂你爺爺為什麼會熱衷幫忙別人找尋資料和失去的家人親屬。」但我的奶奶又是怎麼跟這件事扯上關係？

當我拉開封口，黏膠一點一點鬆開了。我慢慢地拆，就像是我母親在拆生日禮物般的慢條斯理，小心翼翼不把紙撕破。「我想，現在是找到真相的最佳時刻了。」我說。我小心翼翼拿出一個以前曾被拆開過的小信封。裡面的紙張折成像是一本冊子或是電費單，但我看得出來這些是某種正式文件。

當我把內容物攤在桌上，川特在桌子另一頭，低頭看自己的手。

「我真的……」沒必要再次向他道謝。這並不會讓他不再良心不安、有所掙扎。「我想告訴你，你可以信任我，我會以最佳的方式來處理這些東西。我不會讓這些東西引起家族問題。顧及到你爺爺替眾人所做的那種調查，我尊重他的考量。」

「他親身經歷過窺探祕密的後果。」

當我攤平桌上的文件時，屋內有個聲音讓我們兩人同時轉身。我認得早該上床睡覺、卻悄悄踩在沾有沙子的地板上小腳丫發出的腳步聲。我以為會看到我的外甥或外甥女站在走廊上，但在那裡的卻是個三、四歲大的小男孩，一頭淺黃色頭髮，一雙藍眼珠睡眼惺忪，下巴有最可愛的凹痕。我一看就知道他是從哪裡遺傳來的。

川特・透納有個兒子。屋裡有位透納太太正在熟睡嗎？我發現在我回頭看小男孩之前，檢查了一下他手上是否有結婚戒指，心想：別這樣。艾芙芮・史塔弗，你是怎麼搞的？

就像是這種時候，我會納悶自己到底怎麼了。為什麼我沒有那種一個女人與心靈伴侶結合、永遠相依一生一世，故事就在此完結的感覺？我的兩個姊姊對她們的丈夫神魂顛倒，而且似乎從未猶豫、多做他想。我媽也一樣。我奶奶也是。

小男孩繞著桌子轉，一邊打量我一邊打呵欠，用手背搔弄前額。他的表現很有戲劇張力，看起來像是默片女演員在練習誇張的暈厥模樣。

「約拿，你應該要在床上吧？」他的爸爸問。

「對呀。」

「你起來是因為……」川特或許想讓自己的口氣聽起來嚴厲，但他的臉上卻寫著讓步二字。約拿用雙手環抱他爸爸的膝蓋，抬起一條腿，把他當成攀登架開始往上爬。

川特把小男孩舉高，約拿伸長身體，靠近川特低聲說：「我的衣櫃裡有翼手龍。」

「翼手龍？」

「對呀。」

「約拿，你的衣櫃裡什麼都沒有。那只是其他哥哥姊姊讓你在盧阿姨家看的電影，還記得嗎？你已經做過一個惡夢了。恐龍根本塞不進你的衣櫃。那裡沒有恐龍。」

「有啦。」約拿用力吸鼻子。他緊抓爸爸的T恤，身體轉了一點過來，一邊打了個大呵欠，一邊打量我。

我不該介入他們的互動。我可能只會把事情弄得更糟。可是，我在德雷登丘過節、和我兩個姊姊的小孩一同度假時，碰過很多次這種恐龍事件。「我的外甥跟外甥女以前也有過同樣問題。他們也怕恐龍，不過你知道我們是怎麼處理的嗎？」

約拿搖搖頭，川特狐疑地看了我一眼，沙棕色的眉毛揪緊。他的前額很柔軟。兩對看起來一模一樣的藍眼睛，請我提出解決衣櫃恐龍難題的辦法。

幸運的是，我的確有辦法。「我們隔天就去店裡挑選手電筒，真的很厲害的那種手電筒。假如你的床邊擺了一支很厲害的手電筒，這樣你晚上醒來，覺得自己好像看到什麼東西時，就可以打開手電筒，往那裡照過去查看。你知道每當你打開手電筒的時候，會發生什麼事嗎？」

約拿屏息以待，稜角分明的小嘴半開，但爸爸顯然知道答案。他看起來一副想要拍拍自己額頭，彷彿要說：「我之前怎麼沒想到這個方法？」

「每一次，當你打開手電筒去照的時候，那裡什麼都沒有。」

「每一次？」約拿不太肯定。

「每一次。我說真的。」

約拿轉身看著爸爸尋求確認，兩人之前出現信賴感產生出的甜蜜眼神。他顯然是位用心的爸爸。他幫兒子殺怪物，替他蓋被子。「我們明天就去拜羅超市買手電筒。你覺得怎樣？」

我注意到他沒說「媽媽明天可以帶你去買手電筒」，也注意到他沒要他兒子當個什麼都不怕的大孩子，或是堅持要把可憐的小孩趕回去睡覺。他只是把約拿換到另一邊的肩膀，一隻手放在桌上，手指著壓在我手下面的文件。

約拿把一隻拇指放進嘴裡，依偎在爸爸的胸膛上。

我低頭看著文件，對我自己暫時忘了這些東西而感到驚訝。約拿實在太可愛了，令我無法抗拒。

最上面一頁是某份官方表格的影本，已經有些模糊了。標題「病歷表」三個字以黑色、大寫字母寫成。底下的主欄位寫著病例編號：七五〇一。年齡：不詳。性別：男。嬰兒的名字是「薛德．亞瑟．佛斯，與教會的關係不詳」。表格角落蓋有一九三九年十月的日期章，顯然是在位於田納西州曼菲斯的一家醫院填寫。「母親姓名：瑪莉．安妮．安東尼。父親姓名：B．A．佛斯」。雙親的地址註明是「貧窮，河邊營地」。嬰兒出生之際，父母兩人的年齡都在二十歲後半。

負責填寫表格的官員是尤吉尼亞．卡特小姐，用了幾句醫院診斷用語簡單解釋嬰兒的狀況。「送養給田納西兒童之家協會原因：未婚產子，無法照顧。放棄聲明：嬰兒出生時，父母雙方簽名。」

「我不認得這些名字。」我喃喃地說，將這張紙和其他文件分開，靜靜擺在桌上一旁。我們確實有很多親戚，但我從來沒在婚禮喜帖或是在喪禮上，見過任何姓佛斯或安東尼的人。「我無法想像這些事為何與我奶奶有關。我猜這些東西很可能在她出生那年就有了。」茱蒂奶奶的年紀，你每次問她都會得到不同的答案。她什麼都不承認，認為一開始問她這個問題的人很沒禮貌。「也許薛德．亞瑟．佛斯是她後來在學校認識的人？她是不是想幫朋友追查出生資料？」

下一頁是一份有關男嬰佛斯的病歷資料。

出生日期：一九三九年九月一日

出生體重：早產，四磅

目前體重：六磅九盎司

嬰兒：早產，出生時體重約為四磅。各方面發育良好。梅毒篩檢母子皆為陰性反應。沒有兒童疾病或免疫問題。

母親：年齡二十八歲，美國出生，波蘭及荷蘭後裔。高中學歷，藍眼、金髮，身高大約五呎六吋。體重一百一十五磅。宗教信仰為新教。長相美麗迷人，頭腦聰明。

父親：年齡二十九歲，美國出生，蘇格蘭－愛爾蘭以及凱真－法國後裔。高中學歷、棕眼、黑髮，身高大約六呎一吋。體重約一百七十五磅。沒有參加教會。兩邊家庭都沒有遺傳性疾病，儘管兩位年輕人犯下沒有結婚的錯誤，雙方家族皆辛勤工作而且備受鄰里尊崇。雙方都沒有撫養孩子的興趣。

我把第二份文件傳到桌子對面給川特，他在看第一頁。第三頁寫著：

父母或監護人將監護權移交給田納西兒童之家協會

幫助孩子找到家是我們的座右銘

男嬰薛德的悲傷故事用打字的方式再次被述說，旁邊列舉了一些問題，像是：「健康？強健？畸形？殘障？生病？患有兒童疝氣？智能不足？」

「適合安置在家庭？」

男嬰薛德被簽字放棄、彌封病歷資料、見證人確認、從醫院運走。他被轉送到曼非斯收容之家接受觀察和安置。

「我真的一點都搞不懂，這一切到底代表什麼意思。」不過我知道的是，如果不重要，我的奶奶也不會三番兩次來愛迪斯托這裡跟老川特．透納見面。我也很難相信她會如此大費周章去幫朋友忙。在這件事情上，她有自己的理由。「還有其他像這樣的信封嗎？你爺爺是不是還有留下別的東西？」

川特把頭轉開，像是在試著要做出該跟我說什麼的決定，他的良心再次掙扎，最後他說：「還有其他幾個像那樣封起來的信封，上面寫有名字。爺爺大多數的文件都在他過世前送交給所有者。剩下的信封袋，都是他認為直到過世都不會發現真相的人。」

川特停頓一下，改變抱約拿的姿勢，約拿很快就已經在他的肩頭睡著。「自從他開始調查，有些案子他持續追蹤五、六十年。我不知道他是怎麼決定要不要接。我從來沒問過他。我隱約記得有客戶帶著照片來找他，坐在外面小屋旁的桌邊一面哭一面說，但這種狀況沒有常常發生。他大多都在他位於查爾斯頓的辦公室處理這些事。我會看見的唯一原因，是我每次一有機會，就跟他來愛迪斯托島這裡。他有時會在這裡跟人會面，我想是基於隱私之故。我感覺他偶爾經手一些知名度很高的客戶。」他意味深長地看了我一眼，我知道他是把我算進這類客戶裡。我的皮膚突然癢起來，在T恤底下亂動難耐。

「我還是不清楚，這一切與我奶奶有什麼關係。你爺爺的文件有沒有任何關於叫做梅伊．克蘭朵的女人……或許叫芬恩……還是昆妮？我想，她們可能是我祖母的朋友。」

他的下巴靠在約拿柔軟的頭髮上。「這些名字聽起來不算耳熟，但就像我之前告訴過你的，爺爺去世之後，我沒有再回去讀任何文件。我把他的工作室鎖起來，自那之後我都沒再進去過。」然後他肩膀一聳，指著在院子燈光光暈之後的那間沉睡小屋。「我只管信封袋，依他要求我做的那樣去做。不管那裡面還剩什麼，我猜他都不認為那些東西有什麼重要的了。有鑑於他發現有關自己父母的事實時有過的經歷，他非常看重人們的隱私。他從來都不把改變別人的人生當成是自己的責任。一定要是他們自己要求得到這些資訊才行。」

「所以，這表示我奶奶絕對有來找過他？」

「從我對我爺爺所做的事來理解，沒錯。」他咬著下唇，若有所思。我發現自己的注意力被他的嘴唇吸引走，差點跟不上他在講什麼。「假如別人在找你奶奶，比方失聯的親戚，爺爺會給他們相關文件，然後等他一找到你奶奶，就會將檔案封存。他向來都是讓客戶自己做出是否要去聯絡的最後決定。他沒有封存這個檔案，還標上『茱蒂・史塔弗』，這表示你的奶奶在找人……而且是他找不到的人。」

雖然現在時間很晚，可是我熱血沸騰。「能不能讓我看看剩下的部分？」我知道現在提出這種要求很大膽，但我怕等川特有時間去思考時，他可能會改變心意。這是我在法庭審判學到的一課。假如你要證人改變說法，就要求休庭；假如不是，那就繼續對你正在追查的東西窮追不捨。

「相信我，你不會想在晚上去那裡的。那是一間老舊的奴隸小屋，它是被重新搬到這裡來的，所以沒有被緊密封存。不知道現在有什麼生物住在那裡面。」

「我是在馬廄長大的，不怎麼害怕這些有的沒的。」

他的嘴巴抽動了一下，出現酒窩。「為什麼我聽了不覺得驚訝呢？」他又抱了抱睡在肩上的約拿。「我先帶他上床，替他蓋被子。」

我們的視線交錯，有那麼一刻，我們只是……看著彼此。也許是老東西散發出的昏暗光線，或是小屋安靜的親密感，我感覺到自己不想感覺的東西。這種感覺就像在空氣冷卻後的夏天傍晚，如潮汐池般在我全身上下流動，懶洋洋又溫暖宜人。

我在水裡轉動腳趾，輕輕笑了笑，感覺臉紅，於是低下頭去，再偷看川特一眼。他的嘴角上揚形成微笑，一股奇異的感覺從頭貫穿到我的腳趾。就像是在遠處水面上出現的閃電，無法預測又相當危險。

我愣了一下，忘了我身在何處，也忘了來這裡的目的。

約拿把頭從他爸爸的肩頭上轉開，咒語馬上解除。我從幻想中醒來，像是病患從麻醉中甦醒一樣。我的心慢慢回神，花了一分鐘恢復腦袋的秩序，逼我把頭轉開。在這個過程中，我瞄了一眼無名指，訂婚戒指現在不在手上，因為我傍晚失心瘋似地在海灘上走得滿身汗之後，脫下戒指沖了個澡。

發生了什麼事？我以前從來沒遇過這種事。從來都沒有。我沒有發生過短暫失憶的狀況。我很不容易被別人影響。和陌生人相處，我的態度不會隨隨便便。不能做的事就是不能做，這種超級重要性從一出生就刻印在我心上，法學院的訓練更是強化了這種性格。

「我該走了。」彷彿算好似地，口袋裡的手機開始震動，真實世界也介入了。我把椅子往後推時發出嘎吱聲。這個聲音似乎出其不意地打斷了川特。他是不是真的想讓我今晚進工作室？還是他在想別的事……更親密的事？

我忽略來電，謝謝他把信封袋交給我，然後加了一句：「也許我們明天可以碰個面？」在明亮清澈的白天。「看一看剩下的東西？」不管我怎麼打算，都是在冒險。到了明天，川特可能會重新思考一切。但在今晚的這裡，有另一種風險。「我打擾你太久了。這麼晚打電話來實在很沒禮貌。很抱歉……我只是太……急著想弄清楚事情。」

他忍住呵欠，眨眨眼睛，強迫自己睜開眼。「沒關係。我是夜貓子。」

「看得出來。」我開個玩笑，他也笑了。

「明天。」他說這兩個字的感覺像是個保證。「得等到下班之後。明天一整天都很忙。我會看看盧阿姨是不是可以多顧約拿兩個鐘頭。」

這個承諾讓我鬆了口氣。我只是希望在他思考之後依然不改心意。「那就明晚見。告訴我時間。噢，不要因為我而把約拿留在阿姨那裡。我有兩歲的三胞胎外甥。我很喜歡小男孩。」收集好茱蒂奶奶的文件和我的手電筒後，我往門口走了一步，然後停下來，想找紙筆寫幾個字。「我應該把我的電話號碼留給你。」

「我有了。」他拉長了臉。「在我的手機裡……出現了大概有兩百次吧。」

那應該會尷尬才對，結果我們卻一起大笑。他轉身走往走廊。「我去把約拿放下，陪你一起走海灘那段路，直到看見你到家。」

我的腦袋說不，但我得逼自己拼湊出適當的用字。「沒關係。我知道路。」窗戶外，夜晚因為月光而生龍活虎，海水發出的光線穿過小屋後院旁四周的棕櫚樹。木芙蓉和茉莉花在微微海風中搖曳。這一切是最完美的組合，而且只有低地區才能有此景致。

他朝我的方向看了一眼。「現在是大半夜。至少讓我展現紳士風度。」

我等了他一下，讓他先去把約拿放在床上；然後我們一起穿過後廊，走下階梯。海風吹拂我的頭髮，從我身上和T恤裡往下竄。在樓梯底部，我瞄了一眼那間奴隸小屋，打量它的木框窗戶，一共有六扇，全都延伸到前廊的落地窗。在那些蒙上一層海鹽的玻璃後面是否藏有答案？

「時間可以回溯到一八五〇年左右。」川特似乎在找聊天話題。也許我們兩人都覺得有種尷尬的壓力，希望能找到不只是閒話家常的話題。「爺爺買下這裡的時候，親自把小屋搬了過來。他原先是把那裡當作辦公室。這塊土地是他經手的第一件房地產交易。他買下了連結梅爾斯小屋的土地，分別蓋起這間房子及旁邊那兩間。」

這是另一個老川特．透納與我奶奶的連結，顯然他們彼此認識很久了。她是不是因為知道他對這類事情有涉獵，所以請他幫忙找人？還是說他的工作讓他找到了我奶奶？她是不是建議他買下小屋旁的土地？眼前這位川特．透納對這些家族關係，真的跟我一樣一無所悉嗎？難道有一個世代彼此生活緊密交織，但為了某種原因，不讓下一代知道？

這些問題在我的腦袋裡打結，當我們停在海灘小路，那裡的海燕麥像一束束玻璃纖維在月光下發亮。「美麗的夜晚。」他說。

「是的，真美。」

「小心。要漲潮了。你會把腳弄溼。」他往海邊點點頭，我忍不住看了看。一道發光的波浪通往月亮，一塊布滿星辰的地毯不可思議地在頭頂上發亮。突然間，我非常渴望。我渴望水、天空，以及不被行事曆上小小的格子所區分定義的日子。

我的奶奶是否也有同樣感受？這是否就是她常常來此的原因？

「再次謝謝你……讓我打擾你的夜晚。」我從草地上後退一步，走到沙灘上。有個東西快速從我腳邊跑過，我尖叫了一聲。

「你最好把手電筒打開。」

我用圓型的人工光線把自己包圍起來之前，最後看到的是川特露齒對著我笑。

我轉身走開，知道他在看著我。

我的手機又響了，我把手機從口袋掏出來，它就像通往另一個世界的大門，我很快就要進到那個世界了。在經過與川特在海灘上的奇異時刻之後，我需要某個熟悉又安全的東西來集中我的注意力。

居然是艾比？從巴爾的摩辦公室打來？她為什麼會在凌晨時分打電話給我？

我接起來的時候，她氣喘吁吁。「艾芙芮，終於找到你了！一切還好嗎？我剛才收到你寄來那封瘋狂的電子郵件。」

我大笑。「噢，艾比，我很抱歉。我本來是要寄給自己的。」

「你得告訴你自己現在要去哪裡？那就是在南卡羅來納州的上流生活對你做的事？」艾比是個認真的華府女孩，上進傑出，把自己從國宅生活向上提升，一路念到取得法學學位。她也是位傑出的聯邦檢察官。我想念跟她一起吃午餐、一起埋首研究正在進行的案子。

假如有誰是我可以信賴、完完全全透露茱蒂奶奶的事，那個人非艾比莫屬，但是在辦公室敘舊比較安全，所以我改講別的事。「說來話長。那你怎麼這時間還醒著？」

「工作。明天就要有大發現了。關於洗錢和郵件詐騙。是個大案子。他們請了布瑞肯和湯普森。」

「噢……都是狠角色。」法律事務的閒聊讓我直接回到巴爾的摩。不管在川特家裡我是著了什麼魔，現在很快都已經消逝了。我很高興，因為我需要事情這樣演變。「告訴我最近有什麼消息。」我的情緒高張，跟今天晚上，或是我回頭時看到川特還在看著我，一點關係都沒有。

艾比開始說明調查細節，我的心回到原來的位置。這讓我突然意識到一個我無法否認的事實。

我想念我從前的生活。

16

瑞兒

「快起床。看來今天終於有點陽光了！」達德小姐一邊打開地下室房間門一邊說。達德小姐是兩天前剛到這裡的新人。她比其他人年輕，也親切多了。假如有辦法可以和她獨處的話，我打算問問她卡蜜拉的事。沒有人肯跟我說我妹妹的下落。波尼克太太叫我把嘴巴閉上，不要再去煩其他工人。

丹尼小子說卡蜜拉死了。他說他有天醒來，聽見墨菲太太告訴里格斯，卡蜜拉就在他們把她關進衣櫃之後死了，以及該怎麼處理。丹尼小子還說，里格斯把她的屍體帶到卡車上，載去沼澤扔了。他親眼目睹整件事的來龍去脈。他說我妹妹死了，擺脫麻煩真不錯。

從丹尼小子嘴裡說出來的話，我沒有一個字相信。他就是令人恨之入骨。

達德小姐會告訴我實情。

現在，她更擔心的是房間裡的臭味。下雨時，底下這裡發霉又滴滴答答漏水。自從她們把卡蜜拉和蓋比帶走之後，芬恩每天晚上都尿床。我告訴芬恩不要再尿床了，但一點幫助也沒有。

「老天啊，這是什麼臭味！」達德小姐憂心忡忡看了我們一眼。「這種地方不適合小孩住。」

我走到她和溼掉的行軍床之間。我在上面堆了很多被子，這是我唯一想到能掩蓋的方法。「我……我把尿壺打翻了。」

她看向角落。尿壺底下的水泥地板是乾的。「有人在床上出狀況嗎？」

我的眼眶泛淚，小雀帶著芬恩往角落後退。我抓住達德小姐的圍裙，同時把頭閃開，因為我以為會挨打。即便如此，我還是必須阻止她上樓找波尼克太太。「千萬別說出去。」

達德小姐的棕色睫毛在溫柔的灰綠色眼眸上眨呀眨的。「以聖法蘭西斯之名，誰會這麼做啊？我們只要把弄髒的地方擦乾淨，就沒事了。」

「芬恩會惹上麻煩。」我猜達德小姐還不知道，這裡的小孩如果尿床會發生什麼事。

「噢，老天。不，她不會的。」

「拜託……」恐懼有如潮水湧進我心裡。「請不要說出去。」我不能失去芬恩和小雀。我不確定卡蜜拉到底發生什麼事，但過了四天之後，我想那些人也不會把蓋比還回來。我已經失去了弟弟。卡蜜拉不見了。小雀和芬恩是我僅剩的親人。

達德小姐雙手分別放在我的兩頰，真的非常溫柔地捧著我的臉。「噓。別說了。我會處理。小可愛，別嘟嘴。這件事就你知我知，我們倆都不說出去。」

我哭得更厲害了。除了昆妮之外，沒有人這樣抱過我。

「好了，冷靜下來。」達德小姐緊張地往身後看。「最好在她們來找我們之前，趕緊上樓去。」

我點點頭，哽咽說出「是的，小姐」。假如我害達德小姐惹上麻煩，那可就糟到不能再糟了。我有次聽到她告訴其中一個在廚房工作的女人，她的爸爸去年過世，她的媽媽患了水腫病，她在雪爾比郡北邊有四個弟妹要養。達德小姐靠走路和搭便車來到曼非斯找工作，才能寄錢回家。

達德小姐需要這份工作。

而我們需要達德小姐。

我把芬恩和小雀聚在一塊，我們一起穿過門口，走在達德小姐前面。里格斯在鍋爐附近閒晃，像隻在廚房門口的狗一樣好事。一如往常，我低著頭，用眼角餘光看他。

「里格斯先生，」在我們走上樓梯前，達德小姐開口說：「不知道你可不可以幫我一個忙？而且不必告訴別人。」

「當然好，小姐。」

在我來得及阻止她之前，她問：「你能不能弄一桶摻點漂白水的水來，刷一刷放在門邊的行軍床？刷完之後把桶子留給我，待會我會把剩下的地方洗乾淨。」

「沒問題，小姐。就讓我為你效勞，交給我就沒問題。」他歪斜的牙齒從微笑中露出，又黃又長，看起來就像海貍的牙齒。「我想這些小孩很——很快就要搬到樓上去了。」他握著鏟柄朝我們揮舞。

「越快越好。」達德小姐不知道她錯得有多離譜。只要一到樓上，我們和里格斯之間就沒有上鎖的門了。「地下室的房間不適合小孩子。」

「小姐說得對。」

「假如房子失火，她們可能最後會被困在那裡。」

「假如失——失火，我會——會破門而入。我一——一定會。」

「里格斯先生，你是好人。」

達德小姐不知道里格斯先生是怎樣的人，她一點也不知道。

「謝——謝謝，小姐。」

「也沒必要把打掃的事告訴別人，」她提醒他，「這是我們的祕密。」

里格斯只是微笑，看著我們。他的眼睛四周是白的，看起來像冬天的熊一樣瘋狂。如果你在冬天看見有熊在走動，最好要小心，那表示牠很飢餓，目標是要找到任何能填飽飢餓的東西。而且牠不在乎是什麼東西。

一整個早餐時間，里格斯的目光都停留在我身上，甚至後來當院子終於乾到讓我們可以去外面的時候，他都還一直看著我。穿越前廊，我低頭看向角落，心裡想著卡蜜拉並思考著，丹尼小子說的是實話嗎？我的妹妹有可能死了嗎？

這都是我的錯。我年紀最大，應該要照顧大家。那是布萊尼匆匆渡河前最後交代我的話。「瑞兒，你照顧小小孩們，好好照顧大家，等我們回來。」

現在，在我心裡，連我的名字聽起來都很奇怪。大家一直叫我梅伊。也許瑞兒還在河上某個地方和卡蜜拉待在一起，小雀、芬恩和蓋比也都在。或許他們正順著慵懶的夏季淺薄水流往下漂，看著各種船隻和駁船來來往往，庫柏鷹在空中緩緩打轉，獵捕要潛入水裡才能捉到的魚。

說不定瑞兒只是我讀過的一個故事，就像哈克和湯姆。說不定我甚至不是瑞兒，從來都不是。

我轉身跑下階梯，穿過院子，洋裝掠過我的雙腿。我伸展雙臂，頭往後仰，製造自己的微風，有那麼一刻，我又找到了瑞兒。我就是她。我在阿卡迪亞號上，我們小小的天堂。

直到跑到那道大門前，我都沒有停下來，大男孩們在那裡有座通道，他們忙著騷擾昨天在雨中抵達的那兩個小孩。我猜他們應該是兄弟。反正我不在乎。假如丹尼小子想要阻止我，我會出拳把他擊倒，就像卡蜜拉那樣。我會在圍欄旁給他的背狠狠來上一拳，然後踩著他的背跨越圍欄，獲得自由。

我會跑個不停，一路跑到河岸邊。

我會繞著老舊的戶外廁所拚命跑，然後用力一躍，跳到鐵欄杆上，試圖跳得夠高，就能爬過欄杆——但我辦不到。我只能爬上幾呎高，接著就滑下去，用力撞到地上。我抓著欄杆，用力拉扯，尖叫嘶吼，有如野獸在籠子裡掙扎。

我繼續又抓又叫，欄杆因為我的淚水和汗水變得光滑，也染上了鮮血。但欄杆毫不讓步，一動也不動。欄杆依舊挺立，我癱坐在地，淚流滿面。

在我自己發出的噪音之外，我聽見丹尼小子說：「漂亮女生繞圈圈跑步跑夠了。」

我聽見芬恩和史蒂維的哭聲，芬恩喊著我的名字，幾個大男生在作弄他們，每次他們想要穿過大門，就把他們推到地上。我得走了。我得幫助他們，但我最想要做的事情是消失不見。我想要到一個沒有人可以找到我的地方獨自待著。在那裡，我所愛的人不會被偷走。

丹尼小子在史蒂維背後扭轉他的手，逼他說「叔叔」，他不肯停止，直到史蒂維的尖叫尖銳到深深穿進我的肚子，他的叫聲打中我想要變得跟石頭一樣堅硬的地方。就像亞瑟王的劍，史蒂維的尖叫劃破一切。

在我意識到自己在做什麼之前，我已經回到院子對面，而且揪住丹尼小子的頭髮。「你放開他！」我用力一扯，丹尼小子的頭往後仰。「你放開他，不准你再碰他一根寒毛，否則我會把你當小雞一樣把脖子扭斷。我一定會。」沒有卡蜜拉在這裡為我們抗爭，突然間，我變成了她。「我會扭斷你的脖子，把你扔進沼澤。」

有個男生鬆開芬恩，然後往後退。他盯著我看，眼睛圓睜。從我影子的輪廓來看，我知道原因。我的頭髮到處飛舞，看起來像希臘神話裡的梅杜莎。

「有人打架！有人打架！」小孩們大喊著，然後跑過來看。

丹尼小子放開史蒂維。他不想在大家面前被抽鞭子。史蒂維跌跌撞撞，臉朝下摔進泥巴堆裡，吃了一嘴泥。他吐了一口接著哇哇大哭。我把丹尼小子推開，抓住史蒂維和芬恩的手。我們走到山丘去之後，我才發現有人不見了。

我的心揪緊。「小雀在哪裡？」

芬恩把拳頭放進嘴裡，像是害怕自己會惹上麻煩。也許她在目睹剛才發生的一切之後很怕我。

「小雀在哪裡？」

「小接。」史蒂維開口。這是我們來到這裡之後，他說的第一個詞。「小接。」

我跪在溼漉漉的草地上，認真看著他們兩個的臉。「什麼小姐？芬恩，什麼小姐？」

「在前廊的小姐抓住她，」芬恩透過手指小小聲說。她的眼眶泛淚。「像這樣。」她抓住史蒂維的手臂，並且舉起來，拖著他走了幾步。史蒂維點點頭告訴我，他也看到了。

「小姐？不是里格斯？里格斯沒有抓到她？」

他們兩個人搖搖頭。「小接。」史蒂維說。

我的腦袋仍舊因為乾涸的淚水和怨恨的餘溫而感到混亂。小雀惹上麻煩了嗎？她生病了嗎？應該不可能，我們去吃早餐的時候，她還是跟往常一樣。除非已經發高燒或者嘔吐，要不然她們不會把小孩帶去病房。

我對著芬恩和史蒂維指著遊戲場。「你們兩個，去那邊。你們去玩蹺蹺板，不管怎樣都不能下來，除非我過去找你們或是聽到鐘聲。懂嗎？」

兩個人看起來都嚇得要死，但他們點點頭，握著手。我看著他們走到蹺蹺板那，然後我往屋子走去。通過大門時，我讓丹尼小子知道，假如他敢去騷擾他們，他就得對付我。

在通過院子的路上，我的勇氣來了又走。我一直看著房子，希望會看見達德小姐。當我踮腳走過前廊，往洗衣房走去時，我的耳朵嗡隆作響。我可能會惹上很嚴重的麻煩，不過要看是誰在這裡而定。有人可能會認為我想要偷食物。

當我走過時，黑女人都在洗衣服。她們知道小雀發生什麼事嗎？假如她們知道的話，會不會告訴我呢？通常我們經過時，就像是最好沒看見雙方存在的兩群人一樣。

她們沒有抬頭，我也沒問。廚房裡沒人，我趕緊走過去，這樣才不會在那裡被逮到。彈簧門發出咿呀聲，我把頭伸進墨菲太太的前廳。當我聽見她的聲音，發現辦公室的門居然開著的時候，差點以為就要被發現了。

「我想您會發現她非常討人喜歡。」譚恩小姐也在房裡。她的聲音甜膩，所以我知道她是在跟墨菲太太以外的人講話。「各方面都很完美。母親在經濟大蕭條開始前上大學，是名天資聰穎的年輕女性，而且是公認的美女。很明顯是遺傳的特質。這個小傢伙就是個秀蘭．鄧波兒[1]，甚至不必燙頭髮就很漂亮。她雖然安靜，但教養舉止良好，性情溫和。她不會在公共場合替您添麻煩，我曉得在您這行這點非常重要。我真心希望您能讓我們把她帶去您那裡。讓新父母來我們的兒童之家，並非我們正常的程序。」

「感謝您調整安排。」男人的聲音很沉。他聽起來像是軍隊指揮官。「我們不管去到哪，都很難不被認出來。」

「我們完全了解。」我從來沒聽過墨菲太太講話這麼友善。「有您來訪真是讓我們蓬蓽生輝，這是無上光榮。就在我自己家裡！」

「您選擇了我們最棒的孩子之一。」譚恩小姐走過來靠近到門口。「邦妮，你會當個最棒的小孩，對不對？你會聽你的新媽媽、新爸爸的話，照他們說的去做。你真是個幸運的小女孩。你很感激不盡，對不對？」

邦妮是小雀的新名字。

我試著去聽小雀有沒有回答，但我聽不出來。

「那麼，我想我們得讓您二位離開了，雖然我們會想念您們。」譚恩小姐說。

一對男女走進大廳，帶著小雀跟他們一起。男人很英俊，像是童話故事裡的王子。女人很漂亮，精緻的頭髮和美麗的唇膏。小雀穿著一件有摺邊的白色洋裝，看起來像個迷你芭蕾舞伶。

空氣在我的喉嚨裡凝滯。我推開廚房門。「你得阻止他們，」我告訴自己。「你得讓他們了解小雀是你的，而且他們不能帶走她。」

有隻手抓住我的手臂，把我往後拉，門啪地一聲關上。有人拖著我穿過廚房、走過洗衣房，一路到了門廊。我一路腳步蹣跚、搖搖晃晃。我不知道是誰抓住我，等到那個人把我轉了一圈、要我站好，按住我的肩膀，我才知道是達德小姐。

「梅伊，你不該在這裡！」她雙眼圓睜，皮膚發白。她看起來幾乎就跟我感覺到的一樣害怕。「你很清楚規定。你去打擾到墨菲太太和譚恩小姐的話，就麻煩大了。」

哽在我喉嚨裡的東西，就像是新鮮的雞蛋破了，裡頭的液體往下流，黏膩、滾燙、濃稠。「我——我妹妹……」

達德小姐捧著我的臉。「親愛的，我知道，但你得想想什麼才是對她最好的。她即將要有爸爸跟媽媽，而且還是電影明星。」她像剛贏得嘉年華會上的大獎似地吸了一口氣。「我知道你會難過一陣子，但這可是誰都希望得到的最好結果。全新的父母和全新的家庭。全新

1 秀蘭・鄧波兒（Shirley Temple）：美國三〇年代最受歡迎的童星。

的生活。」

「我們有媽媽和爸爸！」

「噓！噓，安靜。」達德小姐拖著我往下離開前廊，帶我遠離門邊。我想要掙脫，但她不肯放開我。「噓。你不能這樣。我知道你希望你的媽媽和爸爸能回來接你們，但他們做不到。他們簽名同意把你們交給田納西兒童之家協會。你們現在都是孤兒了。」

「我們不是孤兒！」我哀嚎。我忍不住。我一股腦地說出事實——所有關於阿卡迪亞號、昆妮、布萊尼、我弟弟和妹妹的事情。我說了卡蜜拉和衣櫃的事，工人對她遭遇的不同說詞，以及丹尼小子告訴我她被扔在沼澤裡的事。

達德小姐張大嘴巴，無法闔上。她緊緊握住我的肩膀，力道之大讓我的皮肉扭轉發燙。當我停下來後，她問我：「這一切都是事實嗎？」

我用力閉上眼睛，點點頭，吞下淚水和鼻涕。

「噓，」她輕聲說，緊緊擁抱我。「現在別說話了。什麼話都不要跟別人說。你去和其他小孩一起玩。乖乖聽話，保持安靜。我看我能查出什麼來。」

當她放開我的時候，我抓住她的手。「別告訴墨菲太太。她會把芬恩從我身邊帶走。我現在只剩下芬恩了。」

「我不會說的，也不會離開你。我會查出你妹妹的遭遇。上帝是我的見證人，我們會解決這些問題，但你得保持堅強。」她凝視我的雙眼，她的雙眼燃起熊熊烈火。那把火是個安慰，但我知道我剛才要求她去做什麼事。要是墨菲太太能使卡蜜拉消失不見，她也能讓達德小姐消失。

「別——別讓他們逮——逮到你，達德小姐。」

「我可不像別人以為的那樣柔弱。」她把我趕到院子去。就這樣，我們在這裡有朋友了。終於有人肯聽我們的故事了。

那天晚上，芬恩哭鬧個不停，一直問小雀在哪裡。我甚至試著唸一點書給她聽，但她不肯安靜，我終於受不了了。我抓住她，用力捏她的手，抱她起來將我的臉貼在她臉上。

「不要哭了！」我的聲音迴盪在狹小房間裡。「你這個笨蛋，別鬧了！她走了！這不是我的錯！別哭了，否則你就要挨打了。」我舉起手來，就在我妹妹的眼睛眨呀眨了幾下，我才發現自己做了什麼。

我把她丟在行軍床上，轉過身去，抓住自己的頭髮拚命拉扯，拉到痛為止。我想把所有頭髮拔光。每一根頭髮。我想要自己能夠理解，而不是這種完全不懂的痛苦。我想要痛苦有開始和結束，不是痛一輩子，而且深刻直入骨裡。

這股疼痛把我變成了連自己都不認識的女孩。

這股疼痛把我變成了她們。我在我妹妹的臉上看到這一點，那正是最讓我受傷的事。

我摔坐在達德小姐替我們刷洗乾淨的行軍床上。現在聞起來有漂白水的味道。三顆薄荷糖從骯髒的枕頭裡滾出來，我把糖果全扔進尿壺裡。

芬恩走過來，坐在我旁邊，像媽媽要寶寶安靜時那樣拍拍我的背。那一天、這個地方，以及所有在這裡發生過的事在我腦海中閃過。就像在看電影，是那種以前有嘉年華會來到河岸城鎮舉辦時，我們花五毛錢去房子或是穀倉邊牆，看的那種用投影放映的片子。但在我心裡的這部電影，卻是彎彎曲曲、模糊一片，播映速度快過頭了。

最後我漸漸下沉，一切變黑，安靜了下來。

到了半夜，我醒過來，芬恩依偎在我旁邊。我們兩人身上蓋了毯子。毯子捲曲、擠成一團，我知道一定是芬恩蓋上去的。

我緊緊抓著她，然後夢見阿卡迪亞號，那是一個好夢。我們大家再次團聚，那天如此甜蜜，有如金銀花藤蔓滴落的糖漿。我伸出舌頭，嚐了又嚐。

我整個人沉醉在木材燃燒的煙味以及晨霧裡，厚重的晨霧遮蓋住對面的河岸，將河流變成了海洋。我和妹妹們一起沿著沙洲奔跑，躲藏在草叢裡，等她們來找我。她們的聲音在霧中繚繞，如此輕柔，我分辨不出她們的位置是近是遠。

在阿卡迪亞號上，昆妮唱了一首歌。我在草地上如石頭般靜坐不動，聆聽媽媽的聲音。

春天的黑鳥，
在柳樹梢上。
唱著、搖著，我聽見牠歌唱，
歌唱，歐拉·李
歐拉·李，歐拉·李，
有著金髮的少女，

陽光和你一起來……[2]

我完全陶醉在她的歌聲裡，甚至沒聽見地下室的門鎖被打開，直到門把轉動。我跳起來，發現已經是早上了。一束束細小的陽光擠過杜鵑花叢，四散在房裡。角落裡，芬恩從尿壺上站起來，拉起她的內褲。經過昨晚之後，也許她太害怕，不敢再尿床。

「好女孩。」我輕聲說，趕快把行軍床攤平整理好。

「不必整理了。你今天哪裡都不能去。」門口傳來的聲音不是達德小姐。是墨菲太太。這聲音有如鞭子鞭打我，橫掃我全身。她以前從沒下來過這裡。

「你好大的膽子！」她緊閉嘴巴，顴骨突出，空氣從她歪斜的前排牙齒竄出，發出嘶嘶聲。她快速往前走三步，一把揪住我的頭髮。「你怎麼敢濫用我的善意款待、我的好心、去亂說我的壞話！你真的以為那個小小的鄉巴佬，那個什麼都不懂的小鬼，真的能幫你？噢，她當然非常愚蠢，相信你說的謊言。但你所做的只不過是害她丟了工作，譚恩小姐很快就要去接達德一家的小弟弟和小妹妹。已經舉報給雪爾比郡社福局了，此刻正在處理他們的文件。那就是你想要的？當你把那個可憐的里格斯先生犯下的聳動故事灌入她耳裡時，你心裡就是那樣想的？他可是我的親表弟！我的表弟，清理你們這些吸血蟲留在院子裡的爛攤子、

2〈歐拉．李〉（Aura Lee）：美國吟遊歌手創作的小品，一八六一年發行，很快就廣受歡迎。

修理你們的玩具、照料鍋爐，珍貴的小傢伙才不會在寒冷的晚上打噴嚏的那個人！」她朝芬恩怨恨地冷笑一聲，芬恩則是盡其所能地退縮到角落裡。

「我……我……我沒有……」我能怎麼辦？我能去哪裡？我可以試著逃跑，或是從門口跑出去，可是她困住了芬恩。

「不用花時間否認了。可恥。你真可恥。你說那些謊話真是可恥。我給你們這些河上賤民的一切，遠遠超過你們所應得的。就讓我們看看給你一些獨處的時間後，對你的所作所為會有什麼感受。」她用力把我往下推，我朝後摔在行軍床上。在我可以爬起來之前，她已經抓住芬恩。

我的妹妹尖叫，試著伸手找我。

「不可以！」我大叫，急急忙忙站起來。「你弄痛她了！」

「我還沒下手更重，算你好運。或許，我們應該叫她為你的罪行付出代價？」墨菲太太走過時，把我推到一旁，不擋到她的路。

「再給我惹麻煩，我們就會動手。」

我想反抗，但我只能克制自己。我知道假如我出手的話，只會傷害到芬恩。

「乖乖聽話，」我告訴妹妹，「當個乖孩子。」

我最後看到她的模樣，是墨菲太太拽著她走出門外，她的雙腳滑過灑落的煤灰煙塵。門被鎖上，我聽見芬恩的哭喊聲越來越遠。最終，芬恩和她的哭聲一起消失不見。

我倒在行軍床上，抓住還有芬恩跟我身上餘溫的毯子，哭個不停，哭到眼淚一滴也不剩，我所能做的就只是盯著天花板看。

我等了一整天，沒人回來找我。我打開地窖窗戶，聽見外頭小孩玩耍的聲音。太陽高掛天空，然後往西走。終於，晚餐鈴響起。

過了一會，天花板木板嘎吱作響，每個人都往樓上走去睡覺。

我又餓又渴，但我最希望芬恩回來。她們不會讓她睡在別的地方，對吧？就只因為我說的話？

可是她們真的這樣做了。

等到屋子安靜下來，我再次躺下。我的胃咕嚕嚕叫，像是有老鼠在裡面咬般疼痛。而我的喉嚨感覺像是有人直接用手搔抓著。

我睡了又醒，睡了又醒。

到了早上，波尼克太太過來，拿來一桶水和一支勺子。「只能喝一點點。你會有好一段時間不能跟別人見面。你會受到管制。」

在她下次拿食物來之前又過了三天。我餓得要命，開始吃里格斯從門縫底下塞進來的薄荷糖，儘管我討厭我自己這樣做。

一天過一天，一天天過去了。我把整本《頑童歷險記》一路看到結尾，哈克決定他寧願逃到印地安保留區，也不願被收養。

我閉上雙眼，假裝自己也逃到印地安保留區。我有一匹駿美的大紅馬，四隻白色的腳，臉上有一道白線，就像西部片裡的神奇馬和湯姆．米克斯這對搭檔一樣。我的馬跑得最快，我們跑呀跑的，一路跑下去。

我又從頭開始看《頑童歷險記》，回到密蘇里州的河岸上，搭著哈克的木筏順流而下，打發時間。

晚上，當樹枝被吹動，我眺望窗戶外，在街燈下找尋齊德、賽拉斯或布萊尼的身影。有次起風的時候，我看見他們站在那裡。有個女人和他們在一起，但她太矮了，不可能是昆妮。我想那個人是達德小姐。

就跟出現的時候一樣快，他們又不見了。我在想也許我瘋了吧。

波尼克太太過來拿走我的書，說我給墨菲太太和行動圖書館的小姐們惹麻煩。她說我是小偷，因為沒提醒她我還有圖書館的財產，接著她用力甩我耳光。

我不知道在沒有《頑童歷險記》的情況下，我要怎麼過下去。

我擔心芬恩，擔心她要怎麼全靠自己熬過在樓上的生活。

日子一天天過去。我已經數不清有多少天了，在波尼克太太終於把我帶出房門，領我到樓上墨菲太太的辦公室前，已過了很長一段時間。我就跟尿壺一樣臭，我的頭髮打結，纏成一大團。樓上的光線非常明亮，我走路踉蹌、撞到東西，必須靠用手摸索去找到方向。

墨菲太太只是一團坐在書桌後頭的模糊影子。我瞇著眼睛想看清楚她，才發現那個人不是墨菲太太，而是譚恩小姐。墨菲太太站在她身後，就在窗戶旁。

波尼克太太把我往前推。我的雙腿一軟，膝蓋重重跪在地上。波尼克太太一把抓起洋裝和頭髮，把我按在那裡不動。

譚恩小姐站起來，靠在書桌上傾身向前。「跪在地上，為所有你惹出來的麻煩懇求原諒，我想這就是你應該有的樣子，為了你所說過的那些有關可憐的墨菲太太的謊求饒。你真是個卑鄙、不知感恩的小鬼，是不是？」

「是——是的，夫人。」我尖聲細語地說。為了能離開那間房間，我什麼都肯說。

墨菲太太掄起拳頭放在唇邊。「說我表弟的謊話。聳動、可怕的小……」

「嘖！」譚恩小姐舉起一隻手，墨菲太太掩住嘴巴閉嘴。「噢，我想梅伊知道自己做了什麼好事。我想，她只是要取得別人的注意罷了。梅伊，這就是你的問題嗎？你想要引人注意？」

我不知道要說什麼，於是我跪在那裡，內心發抖，下巴發顫不已。波尼克太太更大力地把我壓在地板上。疼痛從我的髮根往下竄，也從我的膝蓋往上跑。淚水湧上心頭，可是我不能掉淚。

「回答我！」譚恩小姐的聲音有如雷聲，充滿整個房間。她一跛一跛繞過書桌，矗立在我前方，手指在我面前搖。她的眼睛有如冬天暴風雨的灰色光線。

「是——是的，夫人……不——不——不是，夫人。」

「怎麼樣，到底哪一個？」

我張開嘴，卻什麼也說不出口。

她的手指抓住我的下巴。她拉長我的脖子，靠近過來。我聞到爽身粉和酸臭口氣的味道。「現在不怎麼聒噪了吧，是不是？或許你已經了解所犯的錯了？」

我想辦法微微點了點頭。

她微微笑了笑，目露飢渴眼神，彷彿她可以感覺到我內心的恐懼，而且樂在其中。「或許，在你杜撰有關虛構妹妹和可憐的里格斯先生的可笑故事之前，你就該想清楚。」

我腦中血液沸騰。我嘗試要弄清楚她在說什麼，可是我做不到。

「從來就沒有什麼……卡蜜拉。梅伊，你跟我都知道，對不對？你們來到這裡的時候，只有四個人。兩個妹妹和一個弟弟。只有四個人。到目前為止，我們做得很不錯，替他們找到家庭，而且是很好的家庭。為了這個，你應該最懂得感激，是不是？」她向波尼克太太示意。我肩上的重量被抬起。譚恩小姐拉著我的下巴，直到我在她面前站起來。「你以後不准再胡說八道一通。懂不懂？」

我點點頭，同時怨恨著我自己。這是不對的。所有我告訴達德小姐的事都是真的。但我不能再回到地下室去。我必須找到芬恩，確保她們沒有傷害她。芬恩是我僅剩的親人了。

「很好。」譚恩小姐放開我，雙手抱胸，轉身時洋裝在膝蓋邊搖晃。

墨菲太太低聲笑了笑。「看來，空空如也的小腦袋瓜裡，還是有點頭腦會思考。」

譚恩小姐的嘴脣往上彎，但那是種看了會全身發涼的笑。「就算是最不情願的，還是教得來，只是看要用什麼方式來教訓。」她瞇起眼睛，把我從頭到腳打量一遍，接著壁爐上方的鐘響起，吸引了她的注意力。「我真的得辦我的事去了。」她從旁擦身而過，在房裡留下她的脂粉味。我試圖不要吸入這個味道，它卻殘留在我鼻子裡。

墨菲太太坐在書桌後面，拿起幾份文件，像是忘了我還在那裡。「從現在開始，你對我的慷慨好客要感激涕零。」

「是——是的，夫人。我現在可以見芬恩了嗎？」這是我無論如何都得問的事。「墨、墨菲太太？」

她沒有抬頭。「你妹妹走了，已經被領養走。你再也不會看到她。你現在可以到外面去和其他小孩一起玩了。」她整理文件，拿起一枝筆。「波尼克太太，在你今晚把梅伊換到樓上新的床位之前，請確保她有洗澡。我實在受不了她的臭味。」

「我會監督她完成。」

波尼克太太一手繞著我的手臂，但我幾乎沒有感覺。她把我留在外面，我只是坐在前廊階梯上很久。其他小孩從旁晃過，看著我的樣子像是在看動物園裡的動物。

我沒理會他們。

史蒂維走過來，想要爬到我的大腿上，我連他靠近都受不了，因為這讓我想起芬恩。

「玩卡車去。」我告訴他，然後穿過院子，一路走到在教堂房子後面的圍欄，爬到一窩野葡萄藤蔓底下躲起來。

女孩們睡覺的臥室窗戶底下有樹叢，我仔細看著那裡，心想，要是我今晚從其中一扇窗戶往跳下，我會死嗎？

沒有芬恩我活不下去。從她出生之後，我們就一直心連著心。

現在我的心離開了。

我頭躺下，感覺一點一點的陽光照在我脖子上，讓睡意襲來，並且希望我不會醒來。

當我醒來，有人在摸我的手臂。我猛地推開，搖搖晃晃爬起來蹲著，以為那個人是里格斯。可是那張回看我的臉，令我以為我還在作夢。

我一定是在作夢。

「賽拉斯？」

他把一隻手指放在嘴唇上。「噓，」他輕聲說。

我伸手穿過欄杆，雙手發抖，拚命伸長。我必須知道他是不是真的。

他緊緊扣住我的手指。「終於找到你們了。」他說。「就在寶寶出生後，醫院裡有個小姐要你爸媽在一些文件上簽名。他們告訴你爸爸，假如他在所有文件上簽名，就能付清昆妮看病的費用，寶寶們可以好好安葬。但那些文件根本就不是她所說的那樣。文件讓他們可以把你們從阿卡迪亞號上帶走。當布萊尼和齊德去找警察時，他們說布萊尼已經簽字，把你們全部交給田納西兒童之家協會——他們也束手無策，就這樣。我們一直在找你們大家，找了好幾個星期。那位達德小姐，是她找到我們，提供了你們的下落。我一有機會就來這裡，看看這個地方，希望還能在這裡見到你們。」

「她們一直把我關在裡面。我惹上麻煩了。」我在藤蔓堆中環顧四周，還是不敢相信現正發生的事。我一定是在腦袋裡編出來的。「昆妮和布萊尼在哪裡？」

「照顧阿卡迪亞號。準備好讓她再度航行出發，她已經被綁住很久了。」

我倚靠欄杆坐著。我的皮膚變得又燙又紅。汗水在我穿了好幾個星期的破爛睡衣底下流淌。當布萊尼知道真相後，他對我會怎麼想？「她們把大家都帶走了。她們帶走了所有人，只剩下我。我沒辦法完成布萊尼交代的事。我無法把我們大家都牢牢聚在一起不分開。」

「沒關係。」賽拉斯輕聲說。當我哭泣時，他撫摸我的頭髮，他的手指解開我糾結在一起的亂髮。「我會把你弄出去。我今晚會過來，鋸斷其中一根欄杆……冬青漿果那裡的樹叢長得很好又濃密。今晚你能不能過來這裡？你可以溜出來嗎？」

我打嗝，吸鼻子，點頭。假如詹姆斯先前可以下到廚房來偷食物，我也可以進到廚房去。假如我能去廚房，我就能去到院子。

賽拉斯研究圍欄。「給我一點時間。等到完全天黑之後幾個小時，我會溜過來這裡鋸斷欄杆，然後你再過來。她們發現你不見的時間越短越好。」

我們訂好計畫，然後他告訴我，他最好趁有人看到他之前先行離開。我能做的就是放開他，並且從藤蔓底下爬出去，離開那裡。

只要再過幾個鐘頭，我告訴自己，就只要撐過今天白天剩下的時間，然後是晚餐，再洗一次澡，我就到家了。回到阿卡迪亞號上的家。

但是，當我穿過院子，我看到史蒂維在找我，我心想，那他怎麼辦？

丹尼小子走過去，在院子大門口欺負史蒂維。

「你別惹他。」我縮短我們之間的距離，站在丹尼小子面前。我想我待在地下室的那段時間有長高。變得更瘦是一定的。我在丹尼小子面前揮舞的拳頭看起來瘦骨嶙峋，簡直就是從墳墓裡伸出來的拳頭。

「我不會跟你打。你太臭了。」丹尼小子用力吞了口口水。也許他在想，我能在樓下撐過好幾個星期，實在太難纏了，不好招惹我。也許他擔心害怕，假如他和別人起爭執的話，她們會對他做出同樣的事。

今天接下來的一整天，他都沒有找我或史蒂維麻煩。

傍晚時，我們排隊進屋，我替自己跟史蒂維占了前面的位置。丹尼小子不喜歡這樣，可是他沒膽阻止我。他滿足於取笑我的頭髮和身上發出的味道。「聽說她們明天會把你的小笨妹帶回來，」我們進屋時，他在我背後說：「聽說那些人最後還是不要她，因為她太笨了，一直尿床。」

那大概只是他更多的謊言，不過在我心中還是萌生了小小希望。我不會把這個希望踩滅。相反地，我給了它燃料，對它輕輕吹氣。晚餐後，我鼓起勇氣，問一名工人芬恩是不是真的會回來。她告訴我是的。芬恩在她離開的那段時間，一直吵鬧不休、一直在找我，而且不斷尿床。

「看來那一家子都牛脾氣。」工人說。「可惜啊，她現在可能永遠都找不到一個家了。」

我試著不要為此露出開心的表情，但我很高興。一旦芬恩回來了，我們兩個就能離開，但我需要賽拉斯再等我一天。今晚我會偷溜出去告訴他。

我得知道要怎麼做才不會被工人抓到。這是我第一次待在樓上，她們可能會密切地看著我。但我最擔心的不是工人，而是里格斯。他一定也知道我今晚會睡在哪裡。

而且他知道房門不會上鎖。

17

艾芙芮

假如你得消磨時間，愛迪斯托島是個不賴的地方。

我閒晃了一整天，回去後套上一件簡單的裹身式洋裝，微微海風從紗門穿入，輕輕吹拂我的裙襬。我在離家前忘了拿充電器，現在手機電力剩一半，島上到處都沒有相容的設備。我沒有回覆電子郵件，或是在網路上徹底搜尋有關昨晚發現的資料，而是被迫要用傳統的方式娛樂自己。

在這裡划獨木舟，值得讓我沖第二遍根本不溫的溫水澡，以及讓一條短褲永遠沾滿租借獨木舟座位裡的黴菌和泥巴混合物。我覺得彷彿重新找回了童年時的自己。

划船之旅帶回早就遺忘的回憶，想起我六年級的時候跟爸爸一起到愛迪斯托島的小旅行。那時，我為了主題為「低地區汙水生態系統」的科展計畫持續努力著。我以前是個小小完美主義者，想要收集自己的樣本、自己用的照片要自己拍，而不是光從書裡取材而已。我爸也不得不同意這樣的方式。我們來這裡過夜的小旅行，是少數我們父女獨處的時光，既與馬展無關，也不是媒體活動。即便過了這麼多年，這段回憶依舊彌足珍貴。

我也記得是艾略特為了我的展覽作品，幫我把巨大的背景組合起來。我們從一櫃子的過往競選材料裡收集各種東西，然後在上面畫上標誌，並且不停爭吵怎麼樣才能讓大紙板自行站立。我們兩個都不擅長使用工具。

在我們第二次壯烈失敗之後，艾略特抱怨：「我不懂你為什麼不用買的就好了。」那時已經很晚了，我們還待在我爸的馬廄裡，手肘上沾滿顏料，還有釘得亂七八糟的木頭。

「因為我想要在報告裡寫，展覽作品是用回收的材料做成，我想要能夠說這些都是我自己做的。」

「我看不出來有什麼不同……」

幸運的是，其餘的爭吵內容已經消失在時間洪流裡。我的確記得我們吵得很大聲，爸爸的馬廄管理人主動拿當跳馬障礙物的沉重木頭柱子來，還附上一大盒束線帶與幾捲膠帶。艾略特和我就接著從這裡繼續做。

回想起科展的事，我哈哈大笑。我瞄了一眼手表，心想我要打電話給艾略特，和他分享這段回憶，但又不想在川特．透納打來時電話占線中。在我注意到時間的同時，卻越來越擔心。已經超過五點，還是沒有他的消息。也許他今天晚上加班？

也許他改變心意，不讓我去看他爺爺剩餘的紀錄。

又過了半小時。我就跟關在狹小籠子裡的倉鼠一樣焦躁。我坐著。我站起來。我在小屋裡走來走去，檢查手機以確保收訊良好。

我最後向渴望投降，溜到海灘上，偷偷摸摸搜尋川特的小屋是否有任何活動跡象。當電話響起，我已經差不多走到半路，在沙丘和海濱燕麥草叢間偷看。

我被手機鈴聲嚇了一大跳，害我跳起來，在沙灘上腳步不穩，最後慌慌張張像雜耍藝人一樣接住手機。

「我準備要放棄你了。」當我終於接起電話，川特說。「我敲了三次門，沒有人回應。我以為你改變心意了。」

我努力不要表現出我很心急的樣子，但實在沒辦法。「沒有，我還在。我只是剛好出去，要回去了。」*他剛才是說敲門嗎？他有來過我門口？*

「我就在附近。」

我望向梅爾斯小屋，才發現我自己離那裡有多遠。他絕對會知道我在幹嘛。「門上長了毒藤的那間。」

「沒有吧，看起來不像是毒藤。」

我轉身衝回後院，在沙地上奔跑，長長的裹身式洋裝貼在我的腿上，拖鞋趴嗒趴嗒踩在地上。我在靠近奶奶房子的棕櫚樹籬附近看見了藍色襯衫的身影，我及時停下，裝作若無其事的樣子，從木板路走過去。

即便如此，川特的反應仍是面露狐疑。「要在我爺爺的小屋裡東翻西找，你這身服飾看起來有點……華麗。我有跟你說過那裡是一團混亂吧？而且天氣又熱。」

「喔……你說這個？」我低頭瞥了一眼洋裝。「這是我行李中最後一件衣服。今天早上去划獨木舟的時候，我弄髒了一套衣服，把自己搞得一塌糊塗。」

「你看起來並沒有一塌糊塗。」我試著去解讀他是在表示善意，還是在打情罵俏，我真的分辨不出來。我可以了解為什麼他在房地產這一行做得有聲有色。他全身散發著魅力。「準備好了嗎？」他補充道。

「好了。」

我關上後門，一起散步到海灘上。他先為他晚到家道歉。「今天在盧阿姨那裡有點刺激。不知道怎麼搞的——沒有一個堂兄弟真的想一五一十說出實情——約拿把一顆巧克力玉米球戳進自己的鼻子裡。我得留在那裡幫忙拿出來。」

「有拿出來嗎？他還好嗎？」

川特笑了。「我用了黑胡椒。利用從鼻道裡的壓縮空氣來清除阻礙物。換句話說，他打噴嚏把玉米球給噴出來。不管盧阿姨有沒有從那些堂兄弟問出到底是誰要負責，我還不是很清楚。不過他們總共有七個人，全都是男生，約拿最小，跟他們差三歲，所以他以慘痛的方式學習人生教訓。」

「可憐的小傢伙，令人同情。當老么可不容易。不過我們家全是女生，那也夠慘了。假如你要去接他的話……」

「你在開玩笑嗎？我去的話我家就要鬧叛變了。他愛死那裡了。同一條街上住了我媽的兩個姊妹和一個表親，我爸媽通常會來這裡住一段時間，所以經常有吃有活動，而且總是有人可以一起玩。約拿的母親死後，這是我搬來這裡、在這買了房地產辦公室的最大原因。我得減少工作時數，恢復合理工時，但我也希望約拿可以有家人陪伴。我不希望他在一間只有我跟他的公寓裡長大。」

我的心裡閃過無數問題，大多似乎都太過私人。「你之前住哪裡？」

我已經知道答案。我在調查勒索理論時已經查過他的底細。

「紐約。」從卡其褲、馬球衫、隨性的帆船鞋和些微的德州腔，很難想像他穿著紐約專業人士的黑色西裝。「商業房地產。」

沒想到我跟川特．透納之間有種相似性。我們兩個都在適應新環境、新生活。我羨慕他的生活。「很大的改變吧？你喜歡這裡嗎？」

有某種暗示，一點遺憾。「這裡的步調慢多了……不過我喜歡。這樣很好。」

「聽到你太太的事，我感到遺憾。」我猜想細節，但我不會問他。我之前認為是他在調情，大概只是因為寂寞罷了，對於才失去配偶沒幾個月的人來說很自然吧。反正我不想讓他誤會。我戴著訂婚戒指，這是方形切割的祖母綠，一般人多半以為這只是裝飾性的珠寶。

「我們沒有結婚。」

我立刻臉紅起來，感覺自己是個妄下斷言的傻瓜。現在這時代，這種事很難說得準。

「噢……抱歉。我的意思是……」

他的微笑讓我安心了些。「沒關係。事情一言難盡，就這樣。我們是同事……也是朋友。在她離婚後，我們兩人跨越了彼此不該跨過的界線。我懷疑約拿是我的孩子，但蘿拉說不是。她搬到北邊去，嘗試跟前夫復合，我也就沒再聯絡。在她發生車禍之後，我才知道有關約拿的事。約拿內傷，需要有人捐肝。她的姊妹跟我聯絡，因為她們希望有機會配對。結果我們配對成功，就這樣。」

「噢……」這是我唯一能想到的回答。

我倆目光交會。在轉進往他家的小路前，我們停下腳步。我曉得他要說剩下的故事了。「約拿有兩個他沒什麼印象的同母異父哥哥。看起來他不會有機會認識他們，除非長大後決定要重新聯絡。經過監護權聽證會之後，他們的父親不讓他們跟約拿或是我有任何關連。雖然我不希望這樣，但事情就是如此。我可能比你想得更懂我爺爺所幫助過的人。」

「我可以了解為什麼你懂。」他的開誠布公令我驚訝。他深深的痛苦和失望很明顯，甚至不企圖隱瞞他對自己的決定天人交戰，或是過去的判斷錯誤導致要做出許多艱難抉擇的情況。那些現實將會影響約拿往後的人生。

在我的世界裡，我們永遠不會公開坦承這些事情，至少絕對不會對一個陌生人坦白透露。在我所知道的世界裡，光鮮亮麗的外在、清白無瑕的名聲至關重要。川特讓我不禁納悶起自己是否變得太習慣這些去維持公眾形象而產生的限制。

假如是我面對像他這樣的處境，我會怎麼做？

「約拿看起來是個很棒的孩子。」我說。

「他的確是個好孩子。我現在根本無法想像別種生活。我猜每個當父母的都會有那種感覺。」

「我相信是。」

他等我繼續往前走，然後跟在我後面。當我們走進院子，一張蜘蛛網迎面撲上我的臉，接著又是另一張。我現在才想起來，以前跟親戚在希赤科克森林的小徑上騎馬時，為何我們老是在吵誰要第一個走。我把蜘蛛絲拿掉，拾起一片乾掉的棕櫚葉，在前方空中揮舞。

川特笑了。「你看起來是個都市人，但其實也還好嘛。」

「我跟你說過我是在馬廄裡長大的。」

「之前不太相信你。我以為你看到我爺爺的工作室時，可能會嚇到落跑。」

「絕對不可能。」當我往身後看去，他露齒而笑。「你希望它會把我嚇跑？」

小徑通往院子裡，當我們穿過院子、來到屋頂很低的小屋，爬上階梯時，他突然清醒過來。「我不是很確定是否該這麼做。真希望我爺爺在這裡，讓他自己做決定。」當他從口袋裡拿出鑰匙，彎著腰看，擔憂之情在他晒黑的額頭上刻下深刻紋路。

「我懂。我真的懂。我不只一次想著我到底該不該挖掘我奶奶的過去，但我忍不住。我覺得真相比較重要。」

他將鑰匙插入門鎖，打了開來。「你的口氣不像政治人物，反而更像個記者。艾芙芮．史塔弗，你最好小心一點，那種理想主義在政治世界裡會反咬你一口。」

我對這句話有點火大。「你的口氣像是和錯誤的政治人物打交道一樣。」他說的話，萊絲麗也曾跟我說過。她擔心我是不是太自命清高，而且並不清楚參議員選舉的意義。她忘了我這輩子都得聽各種陌生人對所有事物提供意見，上至我們的衣服，下至我們就讀的私立學校學費開銷。其實不只有陌生人，還有朋友。「在我家，公共服務依舊是公共服務。」

他臉上沒有表情，因此我看不出來他是不是同意我說的話。「那麼，對你即將知道的田納西兒童之家協會的事，你不會喜歡的。不管你怎麼看，這都不是個美好的故事。」

「為什麼？」

「這個協會備受敬重尊崇，經營者喬琪亞．譚恩在重要的社交和政治圈都很吃得開。民眾都認為她是好人、欽佩她所做的事，一般人認為孤兒是瑕疵品，但她改變了大眾的認知。事實上，位於曼非斯的田納西兒童之家協會可是腐敗到骨子裡。難怪爺爺對他在這間小房子裡所做的事從來都絕口不提。故事都很悲傷、令人髮指，而且在協會待過的小孩有上千人，遭到仲介買賣。喬琪亞．譚恩藉由索取鉅額費用大賺一筆，包含領養、接送、跨州移動等費用。她帶走窮人家的孩子，賣給名流和有政治影響力的人士。她有一些執法單位和家事法庭法官的口袋名單，在醫院的婦產科病房裡，騙那些身上麻藥未退的女人在監護權移交文件上簽名。她對那些人宣稱他們的嬰兒死了，但其實根本還活著。」他從屁股口袋抽出一張摺疊的紙。「不只我講的這些。這是我今天趁開會之間的空檔印出來的。」

這是一篇舊報紙報導的掃描列印。標題下得毫不客氣：「領養之母可能是殺人如麻的連環殺手」。

川特停了下來，手放在門把上。他在等我閱讀這篇文章。「這裡除了我爺爺以外，從來沒有別人來過，偶爾會有一些客戶來，就連我奶奶都沒來過。但我奶奶對這個議題沒興趣就是了。我曾跟你說過，她覺得過去應該就留在過去就好。也許她是對的。我的爺爺最後一定也有相同感覺。他告訴我要徹底清理這個地方，不管還有什麼留在這裡，通通一律銷毀。在我們進去前，先跟你警告聲明，我不知道在這扇門的另一邊會有什麼東西。」

「我懂。但我是……以前是馬里蘭州的聯邦檢察官。沒有什麼能嚇得了我。」

但文章標題的確令人震驚。看得出在我讀完這篇報導前，川特不會讓我走過這扇門。他要等我有心理準備。他要我去了解，裡面所擺的東西不會是有關寂寞孤兒最後找到家的暖心故事。

我回到這篇文章，開始閱讀：

曾經被頌揚為「現代領養之母」的喬琪亞．譚恩，經常是如愛蓮娜．羅斯福夫人之流的人士，為了努力改革美國的領養政策的諮詢對象，在一九二〇到一九五〇年間，的確協助上千名孩童獲得領養。在她的監控下，譚恩也指導建構了一個領養網路，而這個系統允許或有意造成多達五百位孩童及嬰兒的死亡。

「許多孩子並非孤兒。」瑪莉．塞克斯說，當年四歲的她和一個尚在襁褓中的妹妹，從她未婚的母親家中前廊被偷走，並且接受田納西兒童之家協會的照護。「許多孩子擁有想要撫養他們長大的慈愛雙親。孩子們常常在光天化日之下遭到綁架，不論親生父母在法庭上如何反擊，他們都不被允許打贏官司。」塞克斯女士在喬琪亞．譚恩和她的幫手所經營的白色大房子裡住了三年。

有個自稱是社服單位的護士來把她們從家中前廊帶走時，瑪莉尚在襁褓中的妹妹才六個月大，後來只在田納西兒童之家協會的照護機構住了兩個月。

「嬰兒沒有得到完備的食物，或是醫療照護。」塞克斯女士表示。「我記得我坐在地板上，房間裡擺滿搖籃，我從欄杆伸手過去拍拍妹妹的手臂。她太虛弱了，嚴重脫水，連哭都哭不出來。沒有人肯幫她。等到她明顯根本不可能好轉時，工人就把她裝在紙箱裡帶走。我再也沒見過她。我後來聽說，假如嬰兒生重病或是太常哭泣，她們就會把這種嬰兒放在嬰兒車裡，丟在太陽底下不管。我有孩子也有孫子，現在還有了曾孫。我無法想像怎麼會有人對孩子做這種事，但就是發生了。我們被綁在床上、椅子上；我們被打，被壓在洗澡水裡；我們被猥褻。那是一間恐怖之屋。」

超過三十年的時間，受到田納西兒童之家協會照顧的孩子據報大量失蹤，他們的文件經常跟著他們一併消失，沒有留下生活紀錄。假如有血緣關係的親生家人去查資料或向法庭訴願，都只是被簡單告知孩子已被領養，而紀錄已經彌封。

得到曼非斯惡名昭彰的權威政治人物克朗普老大[1]的保護，喬琪亞．譚恩的領養網路似乎是堅不可摧。

剩下的文章詳細說明了孩子被仲介給富裕的父母和好萊塢名人收養，哀痛欲絕的親生家庭被置之不理，也提到有關身體虐待和性虐待的問題。最後幾行字是引述一位經營名為「迷途羔羊」網站的男人所說的話。

「田納西兒童之家協會曼非斯分部，到處都有他們的探子，散布在各個社福機構、鄉間醫療診所、窮困的社區和貧窮市鎮中。嬰兒經常交給可能妨礙譚恩的社工和官員，養父母有時會遭到勒索，索討更多金錢，威脅要將領養的孩子帶走。喬琪亞．譚恩在克朗普老大的勢力和家事法庭系統的保護下了許多工夫。她扮演上帝，而且似乎毫無半點悔意。最後，喬琪亞．譚恩在被迫回應指控之前死於癌症。一群有力人士想看到這案子結案，事情也就這樣結束了。」

「這真是……」我停頓下來思索用字，正準備要說「了不起」，但這字眼實在不恰當。「這實在太糟糕了。真難想像有這樣的事情發生，而且規模如此之大……時間長達數年。」

「一直到一九五〇年，田納西兒童之家協會才被迫關門。」顯然川特和我一樣，有各種不同恐怖、驚訝和憤怒的情緒交織在一起。瑪莉．塞克斯在她的故事裡提到她撫摸垂死妹妹的時候，令我想到我的外甥女和外甥，以及他們手足間的感情羈絆。假如寇特妮在半夜聽到三胞胎哭的話，她會爬向搖籃，陪他們一起睡覺。

「我就是不能……我無法想像。」我起訴過虐待和貪汙等案件，但這件事的規模如此龐大，一定有人曉得發生了什麼事。「大家怎麼會對這種事視若無睹？」

然後我突然想到，我在田納西州有親人。他們曾是政治人物，也有影響力，擔任各種州政府、司法和聯邦職位。他們知道這件事嗎？他們是否置若罔聞？那就是茱蒂奶奶和老川特．透納介入的原因？她是不是在試圖平反家族錯誤？

1 克朗普老大（Boss Crump）：本名為愛德華．霍爾．克朗普（Edward Hull Crump），出生在田納西州曼非斯市，曾擔任過兩屆曼非斯市市長，在政壇影響力橫跨數十年之久，因而得到「老大」的稱號。

或許她不想要自己家人和如此獸行合作，或甚至是支持這種事的事實遭人揭露？我腦袋裡的血像是被抽光，伸出手靠在牆上來穩住自己。儘管夏天炎熱，我的雙頰卻感覺冰冷。

川特站起來要打開門時，他流露關切的神情。「你確定嗎？」

他看起來並沒有比我更肯定該怎麼做。我們兩個就像想要挑戰自我、走進禁區的小孩。他希望我會改變心意，饒過我們自己，不要去接觸正等著我們的細節嗎？

「真相遲早大白。我認為最好要先知道。」即使是我自己說出了這句話，但也不禁感到納悶。我的一整個人生，始終都很確定我們家很完美，無從挑剔。我們家族是一本打開的書，清清白白。也許是我太天真了。假如這麼多年來我一直都錯了呢？

川特低頭看著鞋子，把一枚空貝殼從前廊地板上踢下去，彈跳到一輛此刻看起來格外悲傷的紅色玩具牽引車上。「我擔心我會在這裡發現，當年我爺爺的領養過程，就像是這篇文章提到的，讓孩子變成政府官員噤口的把柄。我爺爺的養父是曼非斯的警官。他們不是那種有大把鈔票支付昂貴領養費的人……」他說話聲變小，彷彿不想再為這故事添加更多字詞，但他的眼裡映照我自己的恐懼。我們是否背負著上一輩的罪惡？假使如此，我們是否能承受這個負擔的重量？

川特打開門，也或許就此揭開了一個謎團。

屋裡天花板很低，暗影幢幢。白色木板牆已經破裂、褪色，在木頭窗框裡的窗玻璃掛得歪斜。空氣有灰塵、露水和某種需要時間來回想的味道，是菸斗菸草的味道。氣味立刻令我想起我的史塔弗爺爺。他位於小禮街上的辦公室總是有這種香氣，迄今依舊繚繞。

川特打開電燈，燈泡在裝飾藝術的燈罩中固執地閃了閃才亮起，與屋內剩下的東西完全不搭。

我們走進這間狹小單房格局的屋內。裡頭擺了一張大書桌，看起來是在圖書館拍賣活動時買的，兩個檔案櫃、一張小張的木頭桌，還有兩張奇怪的椅子，一臺老舊的轉盤式電話放在書桌上，裝了木頭鉛筆的筆筒、釘書機、三孔打洞機，一個從沒清理過的菸灰缸，一盞軟管桌燈，一臺電動打字機，顏色是褪色的橄欖綠。沿著後面牆壁擺放的架子，上面放置成疊的檔案夾、過時資料夾、活頁紙、雜誌和書，架子因為擺放物過重而變形。

川特嘆氣，一手順過頭髮。對這個小地方來說，他似乎太人高馬大。他的頭距離椽木大約只有六吋，我看到上面有手工刻痕，很可能是從沉船撿回來的木頭。

「你還好嗎？」我問。

他搖搖頭，然後聳聳肩膀，指著一頂帽子、一把古老的雨傘，傘柄上刻有龍的圖案，以及一雙藍色帆船鞋。三樣東西等在衣帽鉤旁，似乎希望它們的主人回來。「你知道嗎？這感覺像是他還在這裡，大多時候，他散發的氣味就是這裡的味道。」

川特打開百葉窗，照亮掛在牆上的告示板。

「你看。」我輕聲說，灰塵卡住我的喉嚨。

那裡真的有幾十張照片，部分還是現代攝影的鮮豔色彩，部分拍立得照片已經褪色，一些黑白照上加了白色邊框，並註明日期：一九四一年七月、一九三六年十二月、一九五二年四月……

川特和我肩並肩站在一起，凝視牆壁，彼此都沉浸在自己的思緒裡，同時感到驚嘆和恐懼。我仔細觀看照片——小孩與大人的臉並排，他們的相似度很明顯，推測是被迫彼此分開的親生家庭。小孩的照片旁邊掛著比較近期拍攝的照片，那些是他們長大成人之後拍的。

我注視著一位美女的雙眼，她的笑容燦爛，抱著一個嬰兒靠在腰際。一件過大的洋裝和一條圍裙鬆垮垮掛在她的骨架上，使她看起來像是小孩在玩扮裝遊戲。她的年紀絕對不超過十五、六歲。

你能告訴我什麼？我心想。你發生了什麼事？

川特在我旁邊翻找一些照片，底下還有更多，一張張照片疊在一起。老川特工作很認真仔細。

「後面什麼都沒有，」川特查看後說。「我猜那就是他不擔心要求我保管這些東西的原因。除非你已經知道這些人是誰，否則你無法分辨。」

我的思緒沾染悲傷，但是這感覺很微弱。我的注意力放在一張有四個女人的照片，她們手勾著手站在海灘上。雖然是張黑白照片，但我能想像她們六〇年代的背心裙和寬邊帽有著繽紛鮮豔的色彩，我甚至可以看見耀眼的金黃陽光照在她們長長的金色捲髮上。

其中一個女人是我祖母。她按住帽子不動。蜻蜓手鍊在她的手腕上擺盪。

另外三名女人的容貌與她神似。同樣金色捲髮，眼珠顏色同樣是淺色，大概是藍色。這些人很可能是我的親戚，但我一個都不認得。

每個人都戴著一條跟我祖母相同的蜻蜓手鍊。

在照片失焦的背景部分，小男孩們蹲在漲潮線旁，膝蓋朝上，忙著拎水桶、堆沙塔。

其中一人是我父親？

我伸手想去拿照片，川特替我拿了下來。當他把圖釘拔起，有個白色的小東西掉下來，像是少了風的小風箏在飄蕩。在我彎腰把它撿起來之前，就已發現這東西看起來很眼熟。

在梅伊．克蘭朵的安養院房間裡，那個珍珠白相框中就有一張放大的版本。

有個聲音擾亂著空氣，但我太全神貫注，幾乎沒發現是我自己在說話。「我以前看過這張照片。」

18

瑞兒

屋裡一片漆黑。沒留下任何一盞燈，窗簾遮住了臥室外的月亮。在我四周，小孩們在床上翻來覆去發出聲響，嗚嗚咽咽、在睡夢裡磨牙。過了一段自己一個人困在地下室的日子，和其他人在一起是種撫慰，但事實上，這裡並非安全的地方。這裡的女孩們說了一些故事。她們說里格斯有時晚上會來，想抓誰就抓誰——大多是他能輕鬆抱走的小小孩。

我太大抱不動了。但願如此。我可不想知道。

如同影子悄然無聲，我從毯子底下滑到地上，踮著腳走過地板。在走到今晚的新床睡覺前，我走路已經很小心翼翼。我知道哪裡的木板會發出嘎吱聲。我知道要走多少步才會到房門口、要走多少步才會到樓梯，以及穿過客廳最安全的方法。客廳就在廚房旁，廚房裡可是有工人坐在椅子上打瞌睡。詹姆斯之前把他在晚上走下樓梯、去廚房偷墨菲太太的甜餅乾的事全都告訴我。我知道他沒被逮到的方法。

但詹姆斯弄懂的一切，到頭來還是救不了他，所以我這趟溜出去告訴賽拉斯我要在這裡等芬恩回來的行程，得非常小心才行。只要芬恩一回來，我就會一把抓起她，一起趁黑偷溜，賽拉斯會帶我們回到河上的家，所有可怕的日子將終於結束。

在我做了這些事情之後，要是布萊尼和昆妮不要我回去呢？也許他們會恨我，就像我恨自己一樣。也許他們會看著我這個瘦巴巴的悲傷女孩，看見的卻是個沒人想要的女孩。

我要我的心閉上嘴，假如你任由自己的心去胡思亂想，你的心會毀了你。我必須專心，謹慎完成一切，這樣才不會被逮到。

一切沒有我想的那樣困難。我很快就下到後面的樓梯。有一小圈燈光從廚房附近的房裡透出，有人在裡面大聲打呼。門口邊，有一雙穿著厚重白鞋的腳往外攤開，宛如飛蛾的翅膀。我甚至連看都沒看那雙是誰的腳。我沿著爐子邊的牆壁滑動，照詹姆斯說的那樣，待在陰影裡。我用腳趾測試每一塊新地板，小心翼翼。我睡衣的破爛裙邊勾住了鐵爐的粗糙表面。我以為會發出聲音，但實際上根本不會。

當我拉開洗衣房的紗門，發出一陣小小的咿呀聲。我停下來，停止呼吸，往屋子伸長了耳朵仔細聽。

什麼都沒有。

我像細語一樣輕柔地繼續往外走。前廊地板因為露水而潮溼，就像阿卡迪亞號的甲板。頭頂上，螽斯和蟋蟀給予天空心跳聲，百萬顆星星如同遠處營火閃閃發光。半個月亮沉沉地懸掛在天空中，像是用它的圓背搖晃著。當我經過時，盛接雨水的桶子裡波光粼粼，另一半的月亮正騎乘在波光上。

突然間，我又回到家了。我緊緊裹著夜晚和星星編織的毯子。毯子是我的一部分，我是毯子的一部分，沒有人能觸碰我，沒有人能分辨出我們的不同。

當我跑過院子，牛蛙鳴叫，深色的鳥兒啼叫，輕薄的白色長睡衣掠過我的腿，如乳草絲般輕柔。我接近後面的圍欄，緊靠在冬青灌木叢，並且發出夜鷹的叫聲。

有個回聲回應。我露出微笑，吸入甜美濃郁的茉莉花香氣，趕緊往聲音的來向過去。我沿著大男孩們時常逗留的通道不停向前，走到圍欄前才停下。賽拉斯就在圍欄的另一邊。在月亮的陰影下，我看不見他的臉，只看到他的報童帽和骨頭突出的雙腿，彎曲的樣子有如青蛙。他的手穿過欄杆朝我伸來。

「我們走吧。」他輕聲說，然後抓住其中一根欄杆，彷彿要赤手空拳將它扯開。「這一根我鋸得差不多了，應該能……」

我抓住他的手，阻止他。假如他開了一個洞，大男孩早上來到他們的藏身處會看見。「我不能走。」我心裡拚命尖叫：走！快跑！「我還不能走。芬恩要回來了。把她帶走的人再也不要她了。我得等到明天晚上，這樣我就能帶她跟我一起走。」

「你現在就得走。我會再回來接芬恩。」

疑慮在我心裡四處亂竄。「不行。一旦她們知道我跑走了，一旦她們發現圍欄的洞，我們就再也沒辦法把她從這裡弄走。我明天晚上可以再溜出來。還有一個叫史蒂維的小男生，他也是河上的孩子。我不能扔下他在這裡不管。」我要怎麼帶他走？我知道史蒂維的房間，可是要把他從幼兒房裡弄出來，還帶著芬恩，而且不讓別人看到我們……

看起來是不可能的事。

即便如此，賽拉斯人在這裡的事實能讓我肯定自己，讓我勇敢。我覺得自己什麼事都能辦到，我會找到解決辦法，我不能把芬恩或史蒂維留在這裡，他們屬於河流，他們屬於我們。墨菲太太和譚恩小姐從我這裡偷走的已經夠多了。我想要把她們偷走的拿回來。我想要重新成為瑞兒．佛斯。

在這件事結束前，我會找到我所有弟弟妹妹，把他們全都帶回家，回到阿卡迪亞號。這就是我要完成的任務。

賽拉斯伸出手來，他修長纖細的手臂抱住我。我往他那裡靠過去，他的帽子滑落，額頭靠在我的臉頰上，那頭如烏鴉翅膀般的頭髮搔弄我的臉。

「我不要你回到那裡去。」他的一隻手從我的頭髮滑下，輕柔又小心。我的心跳加速。

我現在能做的，就只有不衝過圍籬。「再一天就好。」

「我明天晚上會在這裡。」賽拉斯保證。

他吻了我的臉頰。某種新鮮的感覺使我全身顫抖，我用力閉上眼睛，抗拒這種感覺。

把他留在那裡，是我這輩子難以做到的事。當我離開那裡時，他在欄杆上塞滿泥巴，這樣就不會有人看到金屬欄杆上有剛鋸過的痕跡。假如哪個大男孩剛好在他們的通道裡玩的時候靠在圍欄上，我希望欄杆不會斷掉。

我回到屋裡，像是沒了呼吸一樣走上樓梯。在樓梯頂，我查看大廳並且聆聽著，然後走到我們排隊等候洗澡的樓梯扶手。什麼都沒有，只有月亮透過樓梯窗戶所映照的影子和睡覺的聲響。有個小孩在說夢話，這讓我僵住了，但他很快又安靜下來。

只要再走十五步，我又會回到我的房間。我做到了。沒有人知道我去了哪裡。既然我已經做過一次，明天一切就會更簡單了。詹姆斯說得對。假如你聰明的話，在這裡要悄悄躲過不會太難。

我可以騙過他們所有人。這個想法在我心裡膨脹。讓我覺得自己像是從她們身上拿走了某樣東西，而且是她們從我身上偷走的東西。力量。我現在有力量了。等我們安全待在阿卡迪亞號上，河流會帶我們遠離這裡，我會忘記這裡的一切。我永遠不會告訴任何人在這裡發生過的事，就像是從來沒有發生過一樣。

這是一個有壞人的惡夢。

我太沉浸在這個想法裡了，這讓我踩錯了一步。一塊地板在我腳下發出嘎吱聲。我忍住驚呼，低頭查看，然後判斷我現在能做的事，最好就是加快腳步，以免有工人出現。假如我回到床上，她們就不會知道是誰——

在我撞上里格斯先生之前，我根本沒看到他。當下他正從幼兒室出來。他一個踉蹌，我也一樣。他的肩膀撞到牆壁時，他輕聲說：「噢。」

我急著轉身要跑，他一把抓住我的睡衣和頭髮，大手摀住我的嘴巴和鼻子。我聞到汗水、威士忌、菸草和煤灰的味道。他把我的頭用力往後扯，我心想，*他會在這裡把我的脖子扭斷。他會扭斷我的脖子，把我從樓梯上扔下去，然後說我是摔下去的。就這樣結束……*

我睜大眼睛看著他。他環顧四周，思考著能把我帶去哪裡。我不能讓他把我帶到地下室去。假如他得逞的話，我就等於死去了。我非常清楚這一點。芬恩明天會回來，但我不會在這裡。

他檢查樓梯，走路搖搖晃晃。他的靴子用力踩到我的腳趾，我痛得眼冒金星，發出痛苦的呻吟。他的手摀得更緊，我呼吸不到空氣。我聽到我的脊椎嘎啦嘎拉響。我扭動身體，拚命推開他，想要從他身上逃脫，他卻把我往他身上壓得更緊，還把我拎起來，拖著我往大廳走，進到浴室門口旁的影子下。他的手指摸索著門把要開門。我發出嗚咽聲，不斷掙扎，拚命推開他，最終他的喉頭發出低吼，把我壓在牆上，好讓他能開門。他的肚子壓迫我的胸口，我的雙眼四周黑成一片，我的肺快窒息，亟需空氣。

他的臉貼近我的耳朵。「你——你跟我可——可以當朋友。我會給你薄——薄荷糖和餅——餅乾。你——你想要什麼就有什麼。我們可——可以當最好的朋友。」他用臉頰磨蹭我的下巴和肩膀，聞我的頭髮時，鬍鬚大力摩擦，然後把他的臉塞在我的睡衣領子裡。「你——你有外面的味道。你——你跟樓下的大——大男生在見面？你——你又交了男——男朋友？」

他的聲音像是從遠處傳來，像是河上寒冷清晨會響起的霧號的回聲。我的膝蓋彎曲，腳變得刺刺麻麻的。我感覺不到牆壁或是他。我就像被掛起來的魚一樣，肋骨像魚鰓似地不停抽動。

我看見一閃一閃的精靈。他們在黑暗中亂舞。

不要！我告訴自己。不要！可是我已經沒有任何東西能用來反抗。我的身體沒用了，也許我會窒息而死。但願如此。

他很快地鬆地開我，他身體剛才壓住的地方立即一陣涼爽，氣息灌入我的體內。我從牆上往下滑到地上，癱軟成一團，頭暈腦脹，不停眨眼，想辦法要從地上爬起來。

「里格斯先生？」工人尖銳的聲音從樓梯傳來。「你這時間在這裡做什麼？」

我的雙眼變得清澈，我看見他站在我面前，如此一來那位工人就看不見我。我縮回到陰影裡，緊貼著牆。假如她們在這裡抓到我，惹上麻煩的會是我而不是他。我又會再次被關起來……甚至更慘。

「不久前聽——聽到打雷。得——得來把窗——窗戶關起來。」

工人走近樓梯扶手。月光照在她身上，是那個在達德小姐離開後進來的新人。我對她所知不多，也不知道她這個人壞不壞。她的口氣聽起來是壞人。她不喜歡里格斯出現在樓上，這點很明顯可以聽出來。但如果她找他麻煩，那她在墨菲太太這裡工作的時間也不會太久。

「我什麼都沒聽見。」她前後轉動身體，朝浴室門口看。

「我聽——聽到就出去看。是野貓在亂叫。我拿來福槍出來準備要殺了牠們。」

「老天，你會把整間屋子的人都吵醒。我很確定貓是不會造成什麼傷害。」

「艾妲表姊不喜歡有不是這裡的東西走來走去。」他口中的艾妲表姊指的是墨菲太太。他也打算要讓新來的工人知道自己的地位。

「我自己會檢查窗戶。」但她不退縮，我不知道自己該不該高興。假如她繼續靠近，她就會看見我；假如她走掉的話，里格斯就會把我拖進浴室。「里格斯先生，沒必要打擾你睡覺，我領這薪水就是負責在晚上顧著孩子們。」

他離開我身邊，靠近她，他的腳步不穩，搖搖晃晃。在樓梯扶手的角落，他擋住她的去路。兩條影子化為一條。他輕聲說了幾句話。

「里格斯先生！」她的手在影子裡揮來揮去，發出皮膚拍在皮膚上的聲音。「你喝酒了嗎？」

「我──看過你──一直在看我。」

「我沒做這種事。」

「你──你要──友善點，否則我要跟艾妲表姊講。她不喜歡有人找──我麻煩。」

她側身轉向牆壁，從他身旁滑過去，而他也就讓她走了。「你……你離我遠一點，否則……否則我……我自己會跟她說。我會告訴她你喝醉酒，對我無禮。」

他腳步蹣跚，走向樓梯。「你──你應該去看──先看小男生。那裡有──有人從床上溜下來。」他往下走，腳步沉重。木板發出嘎吱聲響。

工人用雙臂緊緊環繞自己，看著他離開後才去查看幼兒。我用顫抖的雙腿站立，接著趕快跑回我的床上，把被子一路蓋到我的脖子，緊緊包起來。這是好事，因為工人接下來會進到我們房間，也許認為里格斯之前曾進來過。

她沿著床邊走，掀開被子，看看我們每個人，像是在檢查什麼一樣。當她來到我的床邊時，我深深長長地呼吸著；當她掀開我的被子，接觸我的皮膚，我努力讓自己不要發抖。也許她在想，天氣溼熱黏膩，我為什麼要緊緊包起來。也許她跟里格斯一樣，在我身上聞到夜晚的氣息。

她站在我的床邊好一會兒。

最後，她離開了，我躺在那裡，往上看著一片黑暗。再一天，我告訴自己。你只要再撐過一天。

我反覆思量，像是要做出承諾。我必須這麼做。否則我會想辦法把窗戶上的紗窗弄掉，往外跳下去，而且希望高度夠高，可以讓我一次沒命。

我不能像這樣過活。

我一邊跟自己這樣肯定著，一邊睡著了。

早晨緩緩到來。我時醒時睡，等待工人們的聲音響起，叫我們起床、穿衣。我很清楚不要在這之前走動。波尼克太太帶我來新床之前，交代我床底下的小籃子可以拿來放衣服，清清楚楚告訴我樓上的規定。

但我很快就用不著這個籃子了。我今晚會把我們弄出去，我們三個人——我、芬恩和史蒂維，不管要付出什麼代價。假如我得拿一把廚房的刀，在某個人身上捅一刀才能把我們弄走的話，我都會下手。我這麼告訴自己。我不會讓任何人阻止我。

一直到我們下樓吃早餐，才知道我發的誓很難做到。今天早上首先被發現的事就是，波尼克太太在廚房裡發現沾了沙子的腳印。腳印是乾的，所以她知道是昨晚留下來的。鞋印在樓梯口消失，表示她看不出來這道鞋印最後走到哪裡，可是鞋印很大，所以她確定那是某個大男孩的腳。她要他們列隊站好，一個個靠在足跡旁，這樣就可以看出誰的腳印符合。

她還沒注意到我也有一雙大腳。我和其他女生一起站在桌邊，我縮起腳趾，希望她不會看向我。

也許有男生的腳印符合吧，我心想，我知道那樣是不對的，因為我會害別人惹上麻煩，而且是很嚴重的麻煩。墨菲太太也在房內，非常生氣。她拿了只剩傘骨的雨傘，打算要用來打人。被打之後，大概就是被關進衣櫃吧。

我不能被關進衣櫃。

但我就可以假裝沒事，讓這件事發生在別人身上嗎？而且這本來就是我的錯，這跟我自己拿雨傘揮打那個人是一樣的。

從洗衣房看過去，我看見里格斯待在後面的紗門邊。他正在看這場好戲。他還對我點頭微笑，我全身發冷。

新來的工人在角落看著這場景，她深色的眼睛四處亂飄。她從來沒見過這樣的事。「可能……可能是我吧，」她脫口而出，「里格斯先生說外面有野貓，我去把野貓趕走。」

墨菲太太連她的話聽都不聽。「你不准干涉！」她尖叫。「而且你的腳太小了。你在掩飾誰？誰？」

「我沒有在掩飾誰。」她的目光射向我。

墨菲太太和波尼克太太試圖跟著她的目光。時間慢了下來。

靜止不動。靜止不動。不要動。我保持僵直狀態。

「可——可能是昨天晚上的。雨——雨水桶旁有——有泥巴。」里格斯加入戰局，現在大家都看向我這邊的桌子。起先我以為里格斯想要幫我，然後才懂他不想要我今晚被關起來，否則他就抓不到我了。

墨菲太太打了他一下。「你別說話。真的，你對這些忘恩負義的小鬼太好了。他們根本就是得寸進尺。」她拿著雨傘敲打手心，打量我這邊的桌子。「好了……假如不是男生……那會是誰呢？」

昨晚睡在我對面床上的女生朵拉，頭一歪，腳步搖搖晃晃，昏倒在地上。

沒人動。

「我想應該不是她，」墨菲太太說。「假如不是她，那麼是誰？」雨傘像是魔棒一樣畫圓揮動著。「女孩們，站離桌子，」她雙眼發亮，「我們來瞧瞧誰是我們的小小灰姑娘。」

電話響起，大家都跳了起來。然後我們像雕像一樣靜靜站著，就連工人們也是，墨菲太太在決定要不要接電話。她接了電話，一把將話筒從牆上拿起，但當她一知道是誰打來，聲音很快變得甜如蜜糖。

「哎呀，是的。早安，喬琪亞。這麼早接到你電話真高興。」她停頓了一下，然後說：「是，是。噢，當然。我已經起來好幾個鐘頭了。我先走回我辦公室，再私下接你電話。」

話語從電話裡傳出回音，噠噠噠地像是出現在西部片裡的機槍。

「噢，我了解。當然。」墨菲太太放下雨傘，一手放在額頭上，露出齜牙咧嘴的表情，模樣讓我想到最後一晚看見昆妮的樣子。「嗯，是，我們會在十點完成，但我不建議。因為……」

電話那頭傳來更多話語，大聲又急促。

「是，我懂。我們不會遲到。」墨菲太太咬牙切齒地說。當她把話筒掛回去時，她瞇起眼睛看向我，嘴巴縮成一團。「帶她去清理乾淨，替她穿上週日穿的洋裝。找件藍色的……背心裙去搭配她的眼睛。譚恩小姐要她十點到飯店。」

波尼克太太的臉看起來跟墨菲太太的臉一樣。她們現在最不想做的就是替我清洗、梳頭、穿洋裝。「但是……她……」

「不要質疑我！」墨菲太太大吼，然後重重拍了一下丹尼小子的頭，因為他離她最近。當她手指橫掃整間房間，大家都退縮了一下。「你們在看什麼？」

小孩們不知道是要坐下來，還是待在原地不動。等到墨菲太太乒乒乓乓甩開彈簧門走出去、鉸鏈還在嘎吱響的時候，大家馬上滑坐在椅子上。

「我會親自處理你。」波尼克太太抓住我的手臂，而且還用力捏。我知道她想辦法要報復我。

但我也知道，不管譚恩小姐有什麼打算，下場可能都會更慘。小孩被工人帶去飯店後的遭遇，早在孩子間流傳。

「不要在她身上留下瘀青！」墨菲太太的聲音從大廳盪了過來。

就這樣，我得救了，話又說回來，我並沒有得救。波尼克太太拉扯我的頭髮，把我摔來摔去。她想盡辦法要讓我接下來的一個鐘頭痛不欲生，她的確成功了。等到我終於上車加入墨菲太太，我頭痛欲裂，雙眼因為流淚而發紅，她叫我最好別哭，否則就有得我受。

墨菲太太在車上不發一語，我很高興她沒說話。我只是把自己靠在車門上，從車窗看出去，害怕、憂心忡忡、渾身痠痛。我不知道在我身上即將發生什麼事，但我很確定一定不是好事，在這裡沒有任何一件事是好事。

往城中的路上，我們經過一條河，我看見拖船、駁船和一艘大的遊藝船。船上卡利奧普琴的樂聲傳入車內，我想起以前遊藝船經過時，蓋比會在阿卡迪亞號的甲板上跳舞。他讓我們大笑不已。我的心飛向河流，希望能看到阿卡迪亞號，或是老齊德的船，或是任何一艘船屋，但那裡什麼都沒有。在對面，一座河邊營地空蕩蕩的，只有火堆餘燼、被踐踏過的一圈圈草皮，以及一堆有人收集了但沒燒掉的漂流物。船屋全都不見了。

第一次讓我想到，現在一定接近十月了。很快地，楓樹和桉樹也會起變化，葉子邊緣的顏色會變得有點夾紅帶黃。河上吉普賽人已經開始展開冗長緩慢的南漂旅程，往下抵達冬天天氣溫暖、水裡滿是肥美鯰魚的地方。

布萊尼還在這裡，我告訴自己，可是突然間，我覺得我永遠再也見不到他，或是芬恩，或是任何我曾深愛的人，都再也看不到。這種感覺吞噬我，我只能讓自己的心飄離身體。當司機在一棟高聳的建築物前停車時，我心不在焉，幾乎聽不見墨菲太太威脅我如果不聽話會有什麼下場。當她透過洋裝戳我、捏我肋骨上的肉，我也不覺得痛。她告訴我，我在這裡不管被要求做什麼，都要照做，不可以對任何人說不，不可以哭，或是吵鬧不休。

「你要跟小貓一樣甜美。」她又更用力捏我，她的臉更貼近我的臉了。「否則你會後悔……你的小朋友史蒂維也會遭殃。你可不希望他發生什麼事，對吧？」

她在路邊下車，拖著我跟她一起走。在我們四周，穿西裝的男人走過。女人拿著鮮豔的包包漫步而過。有個穿紅外套的媽媽推著一輛娃娃車從飯店走出來，經過我們身邊的時候看了我們一眼。她有著最親切的臉龐，我想要跑向她。我想要抓住她，告訴她一切。

我會說：救我！

但我不能讓自己這麼做。我知道假如我這麼做的話，她們會把氣出在史蒂維身上。等她們帶芬恩回墨菲太太家之後，大概也會連她一起受罰吧。不論如何，我今天都得乖乖聽話。她們說什麼我都得做什麼，這樣等我們今晚回去，她們才不會把我關起來。

我挺直背脊，告訴自己這是最後一次。這是最後一次她們能夠叫我做任何事情。

不管是什麼事，我都會照做。

但我的心七上八下，肚子揪緊，像顆拳頭一樣。一位穿制服的男人扶著打開的門。他看起來像是士兵或王子。我想要他像童話故事書裡的王子一樣拯救我。

「日安。」墨菲太太微笑，抬高鼻子，向前邁開大步。

飯店裡，人們談笑風生，在餐廳吃午餐。這是個美麗的地方，就像是城堡，但今天似乎不怎麼美麗，反而像是個陷阱。

電梯先生像雕像般站在按鈕前。當小箱子帶著我們往上、不斷往上，他看起來似乎沒在呼吸。當我們離開電梯，男人哀傷地看了我一眼。他知道她們要帶我去哪裡嗎——接下來要發生什麼事？

墨菲太太帶著我在走廊上往下走，接著在一扇門上敲門。

「進來。」一個女人喊道，我們走進去時，譚恩小姐整個人呈大字坐在沙發上，像是貓在太陽下休息。在她身後的窗簾敞開，一大面窗戶展露整個曼非斯城的景致。我們在很高很高的地方，低頭看著屋頂。我這輩子從沒來過這麼高的地方。

我用力握緊雙手，把手藏在有摺邊的背心裙底下，試著保持不動。

譚恩小姐手裡拿著半滿的酒杯。她看起來像是已經到了好一會。也許她住在飯店裡？

她轉了轉手裡棕色的飲料，往沙發另一邊的一扇門舉起酒杯。「墨菲太太，把她擺在臥室，這樣就好了。你把她留在那裡之後，就將門關上……叫她要安靜坐著，沒叫她動就不可以亂動。我會先跟他在這裡談談，確定我們的……安排就緒。」

「喬琪亞，我不介意留下。」

「想留就留。」我們走到對面門口時，她看著我。墨菲太太把我夾在她腋下拖著走，所以我沒辦法好好走路，只能走得歪歪斜斜。「說真的，還有更好的選擇，但我懂他為什麼想要她。」譚恩小姐說。

「我不知道為什麼會有人想要她。」

臥室裡，墨菲太太要我坐在床上，把我的摺邊洋裝整個抖一抖，這樣我看起來像是放在枕頭旁的娃娃。她用力把我的頭髮往前拉，讓整頭長捲髮放下來，然後叫我完全不能動。「一吋也不行。」她一邊把話說完一邊走出門外，關上門。

我聽到她跟譚恩小姐在另一間房間裡說話。她們聊了風景，喝了一杯。然後一片寂靜，只剩城裡遠處的聲音。汽車喇叭聲。一輛電車的電車鈴響起。一個賣報童在叫賣。

我不知道在前門傳來敲門聲之前過了多久。譚恩小姐應門，聲音甜膩，我聽到男人的聲音，但我聽不出來他講什麼，等到他們靠近後才聽清楚。

「當然，她是您的了……假如您確定還是要她的話。」譚恩小姐說。

「沒錯，我要謝謝你在接到通知後，在這麼短的時間內改變我們的安排。內人過去幾年來持續痛苦掙扎，常常弄到要連續躺在床上好幾個星期，把她自己關起來不見我。我又能怎麼辦呢？」

「的確。我了解這女孩可能滿足您的需要，但我的確還有其他更……乖巧的孩子。」譚恩小姐建議。「我們還有更多年紀更大的女孩。你要的話都行。」

拜託，我心想。選別人。然後我知道這是不對的。我不應該希望有壞事發生在其他小孩身上。

「不，我特別想要她。」

我用力捏緊床罩。我的掌心全是汗水，滲進布料。我的指甲用力戳下去。

要乖乖聽話。不管是什麼事，要乖乖聽話。

賽拉斯今晚會過來……

「我又能怎麼辦呢？」男人又問道。「我太太非常脆弱。小孩又不肯停止吵鬧。我可不能讓家裡一天到晚吵吵鬧鬧，噪音不斷。你也知道我是作曲家，這干擾到我的工作。我有好幾首電影配樂要趕在過節前交出，現在時間快不夠了。」

「噢，先生，我真的能完全向您保證，這女孩只會帶給您更多麻煩，不會減少。」墨菲太太突然開口。「我想……我推測您想要她是為了……我不知道您是打算要永久帶走她，否則我會早點告訴您的。」

「墨菲太太，不要緊的，」譚恩小姐責備，「這女孩當然已經夠大，不管施維雅先生想要什麼，都可以配合。」

「是……是，當然了，喬琪亞。請原諒我剛才打斷你。」

「這女孩各方面都很完美，先生，我能向您保證。毫無瑕疵。」

男人說了幾句話，但我聽不出來，然後譚恩小姐又開口了。「那麼，很好。我會把她的文件準備好給您，當然，有關另一個領養案件，在最終定案前有一年的時間，但我想不會有任何問題的，尤其是像您這種……地位的客戶。」

對話變得安靜下來，緊接著是紙張翻動的聲音。「我只想要維多莉亞再次快樂起來。」男人說。「我很愛我太太，過去這幾年來真是折磨。醫師說要克服她的憂鬱情緒，是要有一個強而有力的理由讓她期待未來，而不是回顧過去。」

「施維雅先生，這種情況當然就是我們存在的理由。」譚恩小姐的聲音顫抖，像是快要哭出來似地。「這些可憐的迷途孩子，以及需要他們的家庭，正是我孜孜不倦去從事工作的動力與啟發。日日夜夜，我忍受艱辛勞動，從承受這些流浪兒的悲傷開始，我才能拯救他們，給予他們生活，為無數個空洞的家庭注入生命。當然，我自己出生良好人家，我大可選擇比較輕鬆的路走，但總得要有人做出犧牲，去保護那些無法保護自己的人。這是使命。這是我的使命，而且我願意接受，不期待有任何獎章表揚或是獲得私人利益。」

男人嘆口氣，聽起來很不耐煩。「當然，我感激不盡。還需要什麼才能完成交易嗎？」

「一點都不用。」腳步聲迴盪，但聲音是遠離而非走向臥室房門。「所有文件流程一切就緒。您已經支付她的費用。施維雅先生，她是您的了。她正在臥室裡等著，我們會讓你們兩個熟悉一下……看您認為怎樣的方式比較適合都可以。」

「我強烈建議您對她要採用強硬手段。她……」

「墨菲太太，我們走吧。」

然後她們就離開了。我靜靜坐在床上，聽著這個男人的動靜。他來到門口，停了下來。我聽見他深吸一口氣，然後吐氣。

我緊緊抓著洋裝，蓋住膝蓋，身體不停發抖。

房門打開，他站到房裡，就在幾呎之外的地方。

我認得他的臉。之前在鑑賞會時，他就和我坐在沙發上，還問了我年紀多大。唸書給芬恩聽的女人就是他的妻子。

19

艾芙芮

我前方的司機慢了下來，但我看著兩個少女沿著路邊騎馬出了神，差點來不及踩煞車。車子在通往馬術活動中心的路上轉彎，不知道那兩個女孩騎馬是否要去那裡。現在這個時節是舉行馬術系列賽的時間。在我年紀還小的時候，我去那裡不是看比賽就是參加比賽，但我現在根本沒時間去感嘆成人生活讓我無暇參加曾經熱愛的活動，比方騎馬。

現在，我的心已經在前方好幾哩的路上，進入梅伊．克蘭朵在安養院的房間。我請那位友善的實習生伊恩打了幾通低調的電話，查看她現在的住處和狀況。她已經回到照護機構，身體好轉，又能找照護員麻煩了。

在我身後，川特輕按喇叭，在空中舉起一隻手，彷彿在說「你那邊專心點」，但他在墨鏡下微笑著。

要是他不是在另一輛車子裡，我就會說：「是你自己堅持要跟來。我警告過你，事情可能無法如你預料。」

他大概會哈哈大笑，告訴我他絕對不會錯過這件事。

我們兩個就像是第一次翹課的六年級小學生。我們都不在今天早上原本該出現的地方，但昨晚在他爺爺工作室發現一些照片後，我們都拒絕不了跑這一趟。即使一大早沒接到萊絲麗的電話、有六位新客人向川特房地產辦公室洽詢房產問題，都改變不了我們昨晚衝動訂定的計畫。無論如何，我們要找出我們的祖父母所隱藏的事、我跟他的過往又是怎麼交織在一起……以及梅伊．克蘭朵和這一切又有何關係。

我故意不回覆萊絲麗的來電，川特在房地產辦公室的門上貼了張字條，太陽一出來，我們就馬上出發，展開潛逃行動。

兩個鐘頭多一點，我們就到了艾肯，打算等梅伊．克蘭朵吃過早餐後去看她。看我們能從梅伊那裡得到多少消息而定，可能會接著去我奶奶在小禮街上的房子。

隨著我們蜿蜒通過綠樹成蔭的優雅街道、沉睡的木蘭花樹和高聳的松樹所形成的樹蔭，滑落在休旅車上方，彷彿在說：「急什麼呢？慢下來吧。享受這一天。」我試著專心開車。

有那麼一刻，我進入放鬆的狀態，說服自己這就是一個稀鬆平常的夏末早晨。但是當安養院一出現在轉角，幻覺就消失了。彷彿要打斷這一切似地，我的手機又響了，萊絲麗的名字第四次出現在螢幕上。這提醒了我，只要拜訪完梅伊．克蘭朵——不論得到什麼結果——我都得回到現實中。現代問題組成的世界前來召喚了。真的就是字面上的意思。

至少我知道，假如這通電話跟我爸爸的健康有關，我的兩個姊姊之中會有人打給我，而不是萊絲麗。所以這絕對與公事有關。自從我昨晚跟伊恩通過電話後，有什麼事發生了，要不然他當時就會告訴我。萊絲麗大概是排了一個絕不能錯過的媒體活動，要我早點結束在愛迪斯托島的迷你假期趕快回家。然而她不知道的是，我已經到家了。

想到要開車返回政治紛擾的世界，就讓我有點煩惱。我真的不願去想這件事。我調成震動模式，一堆簡訊看都沒看，就直接把手機塞進包包。大概還有一堆電子郵件吧。萊絲麗不喜歡有人對她置之不理。

當我停好車，拿起裝有來自告示板上的古董照片、茱蒂奶奶信封裡文件的檔案夾，下了車，所有關於萊絲麗的想法全都轉瞬消失。

川特在路邊跟我碰面。「假如我們以後要旅行全國，車由我來開。」

「什麼，你不信任我？」我的背脊出現一陣奇怪的反應，來得快去得也快，我置之不理。再次回到艾肯，就像是個赤裸裸的提醒，即便我覺得川特討人喜歡，我們之間永遠不會超過朋友的關係。

在我們離開愛迪斯托之前，我確保在對話裡提到我的未婚夫，為了對所有相關人士公平以待。

「我信任你。但你的駕駛技術……就別說了。」

「我開車技術不算差啊。」我們走在人行道上聊了半天，等到了安養院門口，我放聲大笑。空氣芳香劑的味道和壓抑的安靜使我頭腦清醒過來。

川特的表情幾乎立刻變了。他的笑容消失。「這使我想起從前。」

「你以前來過這裡？」

「沒有，但是以前我奶奶中風後，這裡看起來跟我們送她去的地方很像。當時沒有選擇，不過對爺爺來說很難受。他們兩人相處超過六十年，彼此分開的時間從未超過一個晚上，最多兩個。」

「當你別無選擇的時候，這真的很難。」他很清楚茱蒂奶奶的狀況。昨晚當我們坐在小屋的前廊上，談論那些照片與可能的意義時，提起了這件事。

一位衣服沾滿五顏六色的照護員經過。她向我們打招呼，看起來在思考她是不是認得我是誰。然後她繼續往前走，我很高興，我最不想要的就是有人發現我人在這裡。假如這件事傳回萊絲麗和我爸耳裡，就會有一連串的問題，而我不知道我會怎麼回答。

在梅伊．克蘭朵的房門口，突然間，我發現我不確定打算對她說什麼。我該不該拿著照片闖進去問她：「你跟我奶奶是什麼關係？老川特．透納又是怎麼與這一切有所牽連？」

我是不是應該要試著更巧妙地導入這件事？從我與梅伊的短暫接觸，我不知道她對我們來這裡會有什麼反應。我希望川特的出現可以發揮一點奇蹟。畢竟，梅伊很有可能認識他的爺爺。

但假如我們兩個跑來這裡，對她來說難以負荷呢？她身體一直不好。我不想帶給她更多麻煩。事實上，回到這裡讓我想到，我應該要做些什麼來幫助她。也許我可以跟年長者公民權利政治行動委員會的安德魯．摩爾談一談，在找尋協助像梅伊這種家人住得遠的人的團體上，或許他可以給我一些建議。

川特停在門口，指著名牌。「看樣子我們到了。」

「我很緊張，」我坦言道，「我知道她身體一直不好。我不確定她是不是夠堅強到可以——」

「站在門口的是什麼人？」在我把話說完前，梅伊就將我的疑慮拋在腦後。「走開！我什麼都不需要。我不准你們在我背後竊竊私語！」一隻拖鞋從門與門框之間的小縫隙飛出來，接著是一把梳子，哐啷飛到走廊另一頭。

川特撿回被丟出來的東西。「她的手臂還很強壯。」

「你們別來煩我！」梅伊堅持。

川特和我彼此狐疑地看了一眼。我靠近房門，避開攻擊路線，以免梅伊手上還有更多彈藥。「梅伊？可以聽我說一下嗎？我是艾芙芮．史塔弗。記得我嗎？我們幾週前見過？你很喜歡我的蜻蜓手鍊。你還記得嗎？」

一陣沉默。

「你說過我奶奶是你的一個朋友。茱蒂。茱蒂．梅爾斯．史塔弗？你跟我說了你放在床邊的照片。」似乎自從那天過後，我的世界就徹底改變了。

「怎麼樣？」過了一會，梅伊突然很凶地說：「你到底要不要進來？」門後傳來身體改變位置、移動床單的聲音。我不知道她是準備好歡迎我們，還是另一波攻擊。

「你扔完東西了嗎？」

「我要是繼續丟，你也不會走。」她這次的聲音裡有點期待。她邀請我，所以只有我進去，川特則安全地留在走廊上。

她靠坐在床上，穿著一件和她眼睛很配的藍色家居服。雖然身後擺了很多枕頭，但是她看著我的樣子有種威嚴，彷彿在進入安養院之前，就已經習慣其他人到床邊服務她了。

「我希望你今天狀況好多了，可以和我聊聊。」我大膽地說。「我問過我奶奶有關你的事。她提到昆恩……還是昆妮，但她記得的事就這樣了。」

梅伊似乎受到打擊。「她的狀況這麼糟？」

「恐怕是如此。」當傳信人的感覺很糟。「茱蒂奶奶沒有不快樂，只是不記得事情。對她來說很辛苦。」

「我能想像，對你而言也很難受吧？」

梅伊突如其來的洞見，令我百感交集又不知所措。「是，的確。我跟奶奶很親。」

「但她從未跟你提過我照片裡的人？」這個問題暗示了這個女人跟我奶奶很熟。我不確定假如我永遠找不到事實的話——假如梅伊不告訴我，要如何能就這樣接受一切。

「我覺得茱蒂奶奶現在應該肯告訴我了，假如她辦得到的話。但我希望既然她現在做不到，那麼可以由你來告訴我。」

「這與你無關。」梅伊把肩膀轉開，背對我，彷彿她害怕我直接看著她。

「我覺得與我有關。或許……」

她的注意力轉向門口。「在那裡的人是誰？還有誰在聽？」

「我帶了一個人跟我一起來。他一直在幫我查出我奶奶無法告訴我的事，只是個朋友。」

川特走進來，走到房間這一頭，伸出手來，露出大概能把冰棒賣給愛斯基摩人的迷人笑容。「我是川特，」他說，向她自我介紹。「克蘭朵女士，很高興認識您。」

她接受了招呼，雙手緊握他的手，讓他微微在床上俯身，同時轉過頭來看我。「你說他只是一個朋友？我很懷疑。」

我往後退了一點。「我幾天前去了愛迪斯托一趟，川特跟我才認識。」

「愛迪斯托，很可愛的地方。」她雙眼瞇起來打量著川特。

「是的，那裡的確是個可愛的地方。」我同意。她為什麼要那樣打量他？「我奶奶多年來在那裡度過不少日子。克利夫伯父告訴我，她以前喜歡在小屋裡寫作。她跟川特的爺爺可能也在那裡……調查了一些事情。」就像我注意著坐在證人席上的證人一樣，我觀察她的表情變化。雖然她試著隱藏，但很明顯她知道他們有接觸，每一句話都更加深了這樣的感覺。

她在想我究竟知道多少。

「我好像沒聽到你姓什麼。」她對川特眨眼。

她在等待川特回答時，房裡的空氣近乎凝滯，當他做了更正式的自我介紹後，梅伊點點頭，面露微笑。「嗯，」她說。「你的確有遺傳到他的眼睛。」

我感覺到每次我知道證人就要全盤托出時，心中那種小小的激動。通常這就是關鍵——出乎意料的熟悉面孔、與過去隱藏的事情的連結、守護太久的祕密露出一小部分。

梅伊顫抖的手指從川特的手中拿開。她摸了一下他的下巴輪廓。她的睫毛溼潤。「你像他。他也是個帥哥。」她露出緊閉雙脣的笑容，這讓人感覺她以前大概是調情高手，是個能在男人世界周旋自如的女人。

川特的臉甚至有點紅。真可愛。我忍不住享受起這段互動。

梅伊對我搖搖手指。「這傢伙要好好把握。記住我的話。」現在輪到我臉紅了。「可惜我已經有對象了。」

「我還沒看到結婚戒指。」梅伊抓住我的手，很誇張地檢查我的無名指。「我看到你們之間的火花時，就很清楚了。應該要很清楚，我可是比我那三任丈夫活得都還要久。」

川特發出笑聲，他別開頭去，淡色金髮往前掉下來。

「假如你們想知道的話，他們任何一個人的死都與我無關。」梅伊告訴我們。「我深愛他們每一個。一個是老師，一個是牧師，最後一個是藝術家，他在生命晚期才發現自己的使命。一個教我去思考，一個教我去理解，一個教我去看見。每一個人都啟發了我。就像你們所了解的，我是個音樂家。我曾在好萊塢工作，也和大樂團一起巡迴演出。不過那些美好時光是過去的事了，早在這些愚蠢的數位東西出現之前。」

我包包裡的手機響了，她朝手機的方向皺眉。「這些邪惡的東西。它們要是沒被發明出來，這個世界會更好。」

我把手機調成靜音。假如梅伊終於準備好要告訴我放在她床頭櫃上照片的故事，我不想要有任何東西讓我們分心。事實上，現在該是重新引導證人的時候了。

我打開信封，拿出在川特的小屋裡發現的照片。「我們想知道的是這些照片。就這些，還有田納西兒童之家協會的事。」

她的臉馬上變得鐵青。她望向我，眼裡充滿了怒火。「如果可以不要聽到那些字眼，我才有辦法繼續說下去。」

川特用雙手捧著她的手，低頭看著他們交錯的手指。「克蘭朵女士，假如我們勾起您痛苦的回憶……我很抱歉。可是我的爺爺從沒告訴過我這些事。我是說，我知道他在很小的時候被領養，我知道在他發現這件事之後，跟養父母斷絕了關係。但我對田納西兒童之家協會知道的不多，直到最近才比較清楚。這些年來，家裡有訪客的時候，也許我無意間聽到有人向爺爺提過。我知道我爺爺在幫助這些人，也明白他覺得有必要私下進行這些會面，不管是在他的工作室或是開船出去。不論是不是跟房地產有關，我奶奶始終不喜歡在家裡談論公事。我對爺爺的嗜好一無所知，不管內容為何，我完全不知道他的另一個工作，直到我在他過世前幫他處理剩下的檔案。他請我不要看那些文件，我照他的指示沒去看。一直到幾天前，艾芙芮來愛迪斯托，我才發現這一切。」

梅伊張開嘴巴，眼光泛淚。「那麼，他已經過世了？我知道他病得很重。」

川特證實他爺爺在幾個月前過世，梅伊將他拉近，親吻他的臉頰。「他是個好人，也是位好友。」

「他也是從田納西兒童之家協會被領養嗎？」川特問。「那就是他對這件事感興趣的原因？」

梅伊悲傷地點頭回答。「對，他的確是。我也一樣。我們就是在那裡認識的。他那時才三歲。他真是個可愛的小傢伙，個性溫和，當時的名字不叫川特。多年後他查出自己真正的身分之後才改名。我們住在兒童之家的時候，他有個姊姊被迫跟他分開。我猜她比他大個兩、三歲。他總是希望用他的本名或許可以讓姊姊找到他。這就是諷刺的地方。這個人幫助我們這麼多人重新團聚，卻永遠找不到自己姊姊的下落。或許她就是沒有活下來的那一個。有好多人……」

她的聲音變得沙啞，慢慢變小。她在床上坐正，清了清喉嚨。「我出生在密西西比河上，一艘我父親打造的船屋裡。昆妮是我母親，布萊尼是我父親。我有三個妹妹，分別叫卡蜜拉、小雀和芬恩，還有一個弟弟叫蓋比，他是年紀最小的……」

當她繼續述說她的故事，她閉上眼睛，但我可以看見在薄薄的、布滿藍色青色血管的眼皮底下，眼珠子仍轉個不停，彷彿她在作夢，看著影像飄過。她談到被警察從船屋帶走，最後落腳在兒童之家。她描述幾週不確定和恐懼的日子、殘忍的工人、和弟妹分開、還有像是川特跟我在報導上看到的種種可怕事情。

她所說的故事令人心碎，但也令人著迷。我們分別站在床的兩側，聆聽時幾乎忘了呼吸。「我在兒童之家失去三個弟妹。」她最後說。「但芬恩跟我很幸運。我們沒有分開，被同一個家庭領養。」

她凝視窗外，有那麼一刻，我在想她是不是要把她想說的話通通告訴我們。最後，她的注意力回到川特身上。「當我還在兒童之家的時候，最後一次看到你爺爺，我很怕他會是無法活下來的那個。他真的是個很膽小的小傢伙，總是不小心和工人惹上麻煩。到了我離開前，他根本就成了我的小弟弟。我從來沒想到會再見到他。多年後，有個叫川特．透納的人聯絡我，我以為他是騙子。當然，我不認得他的名字，喬琪亞．譚恩習慣替小孩取新名字，絕對是為了方便避免親生家庭找到他們。我可以很肯定地告訴你們，她是個可怕殘忍的女人，我相信她的罪行永遠都說不完。沒有多少被害者可以像你爺爺一樣，重新找回出生姓名和原生家庭。他甚至在他生母過世前找到了她，與其他親戚團聚，再次使用自己的本名川特，但在他小時候，我認識的他叫史蒂維。」

她再次神遊起來，她的心似乎跟著一起去了。我移動了一點點那張四個女人的照片，做出幾個推論。在法庭上，這算是誘導證人，但在這裡只是幫忙揭露一個故事。「跟你和我奶奶一起拍照的人，是你妹妹嗎？」

我知道在照片左邊的三個女人一定是姊妹或是表親。雖然有帽子遮住，還是很容易看得出來。她們與我奶奶的相似度仍舊讓我很在意。她們的髮色、看起來似乎是一樣的淡色眼睛，但是臉部結構，至少就我所見，是不一樣的。三姊妹的五官端正分明、有稜有角，下巴寬闊方正，鼻子挺拔，杏仁狀的眼睛在邊緣微微上提。她們都是美女，我的奶奶也一樣動人，但她的五官單薄，像小鳥般嬌小，那雙藍眼睛對她的臉來說有點過大。即使是黑白照，還是看得出她雙眼明亮。

梅伊拿起照片，以顫抖的雙手握著。她的仔細端詳似乎無止盡。我得逼自己不要去打探。*她心裡在想什麼？她在思索的是什麼？她記得什麼？*

「對，我們三個人，小雀、芬恩跟我。泳裝三美人。」她很快調皮地咯咯笑，拍拍川特的手。「不管我們什麼時候去，我想你的奶奶都有點擔心，不過她其實一點都不用煩惱。川特很愛她，我們非常感激他幫我們找到彼此。愛迪斯托對我們來說是個很特別的地方。我們就是在那裡第一次團聚。」

「你就是在那裡認識我奶奶嗎？」對這整件事，我想要有個簡單答案，一個我可以接受的答案。我不想知道我的奶奶在為我們家族介入田納西兒童之家協會贖罪——我那些祖父輩的親戚是眾多保護喬琪亞．譚恩和她的網路的政客之一，他們對這種惡行視若無睹，是因為有勢力的家庭不想要她的罪行被揭發，或是使他們自己的領養因此無效。「你們兩個就是在那裡變成朋友嗎？」

她的手指描著照片的白色邊框，看著我的奶奶。要是我能爬進她的心裡，或更好的是，能爬進照片裡看就好了。「是，沒錯。在我認識她之前，我們曾在協會的活動上遇過，而且在我認識她之前，對她的印象完全錯了，她變成一位親愛的好友。她非常慷慨大方，三不五時會把愛迪斯托的房子借給我們三姊妹，好讓我們可以一起獨處相聚。那張照片是在其中一趟旅程拍的。你的奶奶在那裡加入我們。那是夏天尾聲，在海灘上的美好一日。」

這番解釋安慰我，我想要停在那裡就好，但這不能解釋「田納西兒童之家協會」這幾個字為何出現在我奶奶小屋裡的打字機色帶上……或是為何老川特．透納會和我奶奶聯繫。

「川特的爺爺留下一個信封給我的茱蒂奶奶。」我說。「從她的行事曆來看，我認為她在病況惡化之前，打算要去拿這個信封。信封裡裝了田納西兒童之家協會的資料，有健康狀況評估和領養轉移文件，都是跟一位叫做薛德．亞瑟．佛斯的男嬰有關。為什麼她會想要這些東西？」

我讓梅伊措手不及。這個故事還有更多地方沒說，但她咬牙忍住。

她的眼皮眨了眨，慢慢垂下。「我……突然間……好……好累。講了……這些話。比我平常……在一週內……說的話還多。」

「我的奶奶和田納西兒童之家協會有關係嗎？我的家族有涉入嗎？」假如我今天不找出答案，感覺永遠都找不到了。

「那件事你得問她。」梅伊壓在枕頭上，很誇張地吸了一口氣。

「我問不了。我告訴過你了。她不記得任何事。拜託，不管是什麼，告訴我事實。阿卡迪亞。這四個字與這件事有任何關係嗎？」我緊握床鋪欄杆。

川特伸手過來，一隻手蓋在我的手上。「也許我們今天最好就先到此為止。」但我看得出梅伊退縮回去，故事就像雨天裡的粉筆畫一樣消失無蹤。

我急急忙忙跟在消失的顏色後面。「我只想知道我的家族是不是……在某方面要負責。為什麼我的奶奶對這件事有強烈興趣？」

梅伊拍著欄杆，直到找到我的手指。她捏緊了我的手，安慰我。「不，當然不是，親愛的。別煩惱。茱蒂曾經幫忙寫我的故事。就這樣。但我想想還是算了。我發現，生命裡過去的事有點像甘藍菜，通常吃起來比較苦，最好不要嚼過頭。你的奶奶是位優秀的作家，但是聽著我們在兒童之家的遭遇，對她來說是一份很艱難的任務。我相信她的才華是要用在書寫更快樂的故事。」

「她是在幫忙寫你的故事？就這樣？」難道就真的是這樣而已？沒有家族大祕密，就只是茱蒂奶奶用自己的能力去幫助朋友，為不公不義之事照亮光明，只是這個善行的後果仍持續不散？我心裡如釋重負。

這樣全說得通了。

「這就是一切了。」梅伊證實。「真希望我能告訴你更多。」最後一句話挑動我的知覺，有如一陣煙，從應該早已熄滅的火中飄出。沒有說實話的證人，很難給出明確的答案。

她希望還能告訴我什麼？還有更多故事？

梅伊找到川特的手，用力捏了一下，然後放開。「聽到你爺爺的事，我很遺憾。他對我們許多人來說，是天賜的禮物。在一九九六年公布州政府的領養紀錄之前，我們沒有什麼工具可以用來找尋親戚可能的居住地，還有我們真正的身分。但是你爺爺自有他的辦法。少了他，芬恩跟我永遠找不到我們的姊妹。當然，她們現在都走了——小雀跟芬恩。假如你們能克制自己不要去打擾她們的家人，我會很感激。即便如此……就這件事而言，也請不要打擾我的家人。當我們再次重逢，我們是年輕女性，有各自的生活，有丈夫也有孩子。我們選擇不要干涉彼此。知道其他人過得好，對我們每個人來說，就已經足夠了。你爺爺也了解這一點。我希望你能尊重我們的心願。」她睜開眼睛，看向我。「你們兩個都是。」突然間，所有筋疲力盡的徵兆都消失了。她看我的眼神是那麼強烈而嚴格。

「當然。」川特說。但我看得出來她要的不是川特的答案。

「我並非要去打擾任何人。」我正在這件事情上慢慢打轉……這就是我不該承諾我無法保證的事。「我只是想知道，我奶奶是如何牽涉其中。」

「現在你知道了，一切圓滿。」她堅決地點頭加以強調。我不確定在我們之中，她想用這個說法說服誰——是我還是她自己。「我已和我的過去和解。這是一個我希望永遠都不要說出口的故事。就像我之前說過的，我認為最好整件事都不要告訴你奶奶。何必把這種醜陋釋放到現在呢？我們都有自己的問題。我的問題和別人相比或許不太一樣，但我還是挺了過來，小雀跟芬恩都是，雖然我們永遠都找不到弟弟，但我想他也是熬過去了。我寧可希望如此。多年前，我哄騙你奶奶來幫我這個忙，我想要把故事寫下來的唯一真正理由，就是為了這個弟弟。假如他還健在的話，我想一本書或是一篇新聞報導，或許能找到他；假如他是眾多就這樣在田納西兒童之家協會照顧之下消失的孩子，這可以是對他的紀念。或許也是對我親生父母的紀念。我沒有他們的墓碑可以悼念，也不知道要如何找起。」

「對你所經歷的一切，我真的……非常遺憾。」

她點點頭，又閉上眼睛，拒我於外。「我現在該休息了。很快地，他們又會過來幫我打針、或是拖我去那可怕的物理治療室。說真的，我都快九十歲了。我還要肌力做什麼？」

川特笑了笑。「你現在的口氣就跟我爺爺一樣。假如能照他的意思，我們會把他放進一艘平底小船，讓他自己順著愛迪斯托河往下漂。」

「那似乎是個很完美的計畫。能不能請你們好心去安排一艘船？這樣我就能到回到奧古斯塔的家，在沙凡那河往下漂蕩。」她閉上眼睛，露出淺淺的微笑。在幾分鐘內，她的呼吸拉長，眼皮在眼眶的皺褶裡拍動。微笑依舊。我心想，她是不是又變回那個小女孩，漂蕩在泥濘的密西西比河，住在她父親打造的船屋上。

我嘗試想像她那樣的過往，有兩種不同的生活，有兩種不同的身分。我想像不出來。我這輩子只知道史塔弗家是堅定的大本營，也是支持我、養育我、愛我的家庭。梅伊和養父母一起的生活真相為何？我現在發現，她從來沒有講過那部分，只說了在兒童之家那段心碎的停留之後，她和妹妹被一個家庭領養。

她的故事為什麼停在那裡？因為剩下的故事太私人了嗎？

即使她回答了我前來此處詢問的問題，也要求我們不要繼續打探下去，我還是忍不住想知道更多。

川特似乎也有同感。他當然感同身受。他的家族史跟梅伊的過往有關。

我們徘徊在床的兩側幾分鐘，兩人都看著她，各自沉浸在自己的思緒裡。最後，我們拿走照片，不情願地從房間離開。等到沒人聽見的時候我們兩個才開口。

「我從來都不了解我的爺爺。」他說。

「聽到這些事，對你來說一定很不容易。」

川特的眉頭深鎖。「想到爺爺經歷那樣的事長大，感覺很怪。他用他的生命所做的事、他是個什麼樣的人，讓我對他更尊敬了，但也讓我生氣。我忍不住去想，要是他沒有在錯誤的時間出生在錯誤的地方，要是他的雙親不貧窮，要是田納西兒童之家協會在抓到他之前被人揭發阻止，他的生命又會是什麼樣子。假如他在親生家庭長大，他還會是同樣的人嗎？他熱愛河流，是因為他來自河上人家，還是因為養育他的父親在週末的時候帶他去釣魚？梅伊剛才說他遇到幾個親生家庭的親戚，他對此作何感想？為什麼從來沒有介紹我們認識？我現在有好多問題想問他。」

我們漫步到前門外頭，我們兩個不願分道揚鑣、走向各自的車子。梅伊的故事把我們在一起的原因一掃而空。這應該就是說再見的時候了，但我覺得我們兩人間的羈絆已經存在，而且不該被切斷。「你會試著去找他們嗎——我是說你爺爺的家人？」

他的雙手插在牛仔褲口袋裡，肩膀一聳，低頭看著人行道。「這是很久以前的事了，我看不出有什麼必要。到了現在，他們都已經是我們非常遙遠的親戚了。也許這就是我爺爺省得麻煩的原因。不過我可能會再多做點調查。我想知道細節……無論如何，這是為了約拿和我所有姪子姪女，也許將來他們會問起。我不想要再有任何祕密了。」

我們的對話漸入尾聲。川特微微用舌頭舔了嘴唇，彷彿想說些什麼，但又不確定自己是否該說。

當我們再次開啟下一段對話時，兩人開口的時間點重疊在一起。

「謝謝——」

「艾芙芮，我知道我們——」

基於某種原因，我們兩個都覺得好笑。笑聲稍微化解了緊張氣氛。

「女士優先。」他指著我的方向，像是在引導我準備要說的話。我真的不知該說什麼才對。在我們經歷過去這幾天發生的事，似乎很難想像此刻就是終點。我們早已建立了連結，或說至少有這種感覺。

也或許一切都是我太傻了。「我只是要說，關於這一切，很謝謝你，感謝你沒有讓我空手而返。我知道打破你對你爺爺的誓言是很艱難的決定。我沒有……」我們目光交會，剩下的句子消失了，我的臉頰發燙，再次意識到我們之間出乎意料的化學作用。我以為那是謎團產生的吸引力，現在謎團已經解決，但那種著迷的感覺仍在。

某個想法突然出現，完全不請自來，而且也不是我想要的：或許我就要對不起艾略特了……。然後我發現這並非突然出現的想法，只是我一直避開這個問題很久了，直到現在。艾略特跟我是真的相愛？還是我們只是……年紀都到了三十大關，感覺時候到了？我們有的是長時間建立的友誼，還是對彼此的熱情？雖然我們一直告訴自己不要被家人控制，但是不是依舊讓它發生了？萊絲麗精明的政治指導突然出現在我腦海中。霎時間，這就像是證據。「艾芙芮，假如我們需要提高你在大眾間的知名度，一場時機恰到好處的婚禮消息就很符合要求。除此之外，在華府，對一個漂亮的單身年輕人來說，不管她是否在社交場合上注意到自己的身體語言，都是不利的。伺機而動的野狼們需要知道，你已經名花有主了。」

我嘗試甩開這個想法，但這就像是剪不斷理還亂的線團。我無法想像該如何改變。每個人，每個人都在期待很快就要收到婚禮通知。負面影響將會是……難以想像。小蜜蜂和貝琦恐怕都會心碎。在社交上、政治上，我看起來會像個意志不堅的人，一個無法下定決心、不了解自己內心的人。

我是嗎？

「艾芙芮？」川特瞇起眼睛，頭側向一邊。他正納悶我在想些什麼。

我才不可能告訴他。「輪到你了。」考慮到現在心亂如麻，我再也不相信自己能多說些什麼了。

「不重要了。」

「不公平。說真的，你剛才本來要講什麼？」

他沒有頑強奮戰就投降。「很抱歉第一天就出了錯，通常我不會跟客人那樣說話。」

「嗯，我也不能算是客人，所以我原諒你。」想到我自己有多麼咄咄逼人，他對這件事的處理態度真的很有禮貌。我是個徹徹底底的史塔弗家的人，很容易認為我想要什麼就會得到什麼。

我在一陣顫抖中明瞭，這件事讓我與那些不經意資助了喬琪亞・譚恩事業的養父母們，有著可怕的相似之處。有些養父母絕對是心懷善意的人，有些孩子真的需要一個家，但是有些人，尤其是那些知道過高費用是拿來支付依照需求而製的孩子們，一定多少清楚這當中發生的事。他們只是認為金錢、權勢、社會地位賦予他們這種權利。

我的理解產生了罪惡感。我想到所有我曾得到的特權，包含根本是替我預先打包好的參議員席位。

就因為我所出生的家庭，我就有權享有這一切？

川特的雙手笨拙地插回口袋裡。他瞄了他的車子一眼，然後又看向我。「要常聯絡，你下次來愛迪斯托時，來找我吧。」

這句話宛如越野狩獵開始時的軍號聲讓我震驚，馬匹的肌肉在那時繃緊，我知道假如我鬆開韁繩，所有潛藏的精力將會往一個方向釋放。「我真的很想知道關於你爺爺的家庭，你還會找到什麼⋯⋯我是說，假如你有找到的話。不過不要有壓力，我不是想要管閒事。」

「為什麼你突然決定要放棄了？」

我咳嗽，假裝覺得被冒犯，但我們彼此都知道實情。「是我體內的律師魂。抱歉。」

「那你一定是個很厲害的律師。」

「我想辦法當個很厲害的律師。」我因為有別人肯定我所在乎的成就而感到驕傲，一個我替自己爭取來的成就。「我只是想要確定事情都朝正確的方向發展。」

「看得出來。」

一輛車開進附近的停車位。車子的闖入提醒我們兩個不能永遠站在這裡。

川特看了安養院最後一眼。「聽起來她過了很不平凡的一生。」

「是呀，的確是。」想像梅伊，我奶奶的朋友，日復一日在這裡漸漸老去，感覺很難過。沒有訪客、沒有可以交談的人，孫子們住得很遠，家庭情況很複雜。誰都沒錯，這只是現實罷了。我一定會跟政治行動委員會的安德魯．摩爾聯絡，看看他能否建議可以幫助她的機構。

街上響起汽車喇叭聲，附近一輛車的車門關上。世界仍在運轉，川特和我也該動起來。

他的胸膛上下起伏。他傾身向前，吻了我的臉頰時，他的氣息掠過我的耳朵。「艾芙芮，謝了。我很高興知道了真相。」

他的臉還在我的臉旁邊。我嗅到海風、嬰兒洗髮精和一點爛泥巴的味道。也許一切都只是我的想像。

「我也是。」

「要記得常聯絡。」他又說了一遍。

「我會的。」

我從眼角餘光瞥見一個女人走上人行道。白色上衣、高跟鞋、黑裙。她的急促步伐感覺不友善，和現在的情況很不符合。我的臉頰滾燙發熱，迅速離開川特身邊，速度之快讓他困惑地看了我一眼。

萊絲麗找到我了，我早該想到不要請伊恩替我調查梅伊的狀況。當萊絲麗打量著我和川特時，她的下巴縮進脖子，我只能想像她在想什麼。其實我不必想像就可以猜到她在想什麼。她剛才目睹到我和川特的互動看起來很親密。

「川特，再次謝謝你。」我試著淡化她現有的印象。「回家路上小心開車。」我後退一步，一手蓋在另一手上。

他搜尋著我的目光。「好。」他喃喃地說，頭歪向一邊瞇眼看我。他不知道有人站在他後面，也不知道現實已經長驅直入。

「我們一直在找你。」萊絲麗沒花時間客套寒暄，就讓大家知道她的出現。「你的手機早上打不通，還是你躲起來了？」

川特站到一邊，瞄了一眼我父親的新聞祕書，然後看向我。

「我在度假，」我說，「大家都知道我在哪裡。」

「在愛迪斯托？」萊絲麗反脣相譏。很明顯我現在不在愛迪斯托。她一臉狐疑地瞪了川特一眼。

「沒錯……呃……我……」我心裡亂成一團，整個人在新洋裝底下冷汗直流。我剛買了一件觀光客愛的棉質花洋裝，這樣今天才有乾淨的衣服可穿。「說來話長。」

「嗯，我們恐怕沒時間了。家裡需要你。」她是要讓川特知道我們有正事要處理，不歡迎他繼續在此久留。這一招非常有效。他狐疑地看了我最後一眼，隨便找了個說辭，說他有朋友在艾肯要過去拜訪。

「艾芙芮，保重。」他說，往他的車子走去。

「川特……謝謝。」我在他身後喊道。他舉起一隻手，在肩上揮了揮，像是在說不管這裡發生了什麼事，他都不想捲入其中。

我真希望我能追過去，至少為了萊絲麗突如其來、無視於他的行為向他道歉，但我知道我不該這樣做。這只會引發更多問題。

「我的手機可能沒開。」在萊絲麗開始質問之前，我搶先她一步。「真抱歉。發生什麼事了？」

她緩緩眨了眨眼，抬起下巴。「我們先別談那件事。我們來談談我剛才在人行道上看到的事。」她朝川特揮了揮手，我希望他已經走得很遠，聽不到她說話。「因為那讓我很不安。」

「萊絲麗，他只是一個朋友。他在幫我追查一些家族史。僅此而已。」

「家族史？真的？」她揚起下巴，沮喪地哼了一聲。「什麼家族史？」

「我不想說。」

萊絲麗的雙眼閃過一道光，嘴唇抿成一條細線。她深吸一口氣，又眨了眨眼，怒氣沖沖地注視我。「嗯，我來告訴你一件事。不管我剛才看到什麼，絕對是你無法付得起代價的場面。艾芙芮，不能出現任何可以被羅織、使用或是誤讀的狀況。什麼都不行。你必須像剛下的雪一樣純潔，剛才那場面從遠處看並不純潔。你能想像在照片上會有什麼效果嗎？我們所有人、整個團隊，把我們的一切都傾注在你身上，就為了你上場的那一刻。」

「我知道。我懂。」

「這個家族最不想要的就是另一場硬仗。」

「我明白你的意思。」我用自信粉飾言語，但我的內心感到困惑、窘迫，因為此刻必須對付萊絲麗讓我覺得很火大。要討好萊絲麗還是跑去追川特，這兩件事讓我掙扎不已。甚至抬頭看他是不是已經走到他的車子旁，都讓我感到害怕。

引擎發動，我的問題得到解答。我聽見他倒車，將車駛離。這樣大概最好，我告訴自己。當然最好。在我去愛迪斯托島之前，我的一生已經規畫好。我為什麼要破壞這一切？只為了……古老的家族史、再也不重要的事情，一個與我根本無關、彼此間唯一的連結僅僅只有一個連當事人都想忘記的故事？

「事情有新發展。」雖然我直直看著萊絲麗，但我花了好一會才搞懂她說的話。「《前哨報》剛刊出大篇幅報導，揭露有關企業經營的安養院以及規避責任的情況。主流媒體發現只是早晚的事。這篇文章特別強調南卡羅來納州的案子，他們列舉木蘭莊園的費用，拿來與傷害訴訟裡提到的幾家安養機構費用相比較。他們下的標題是『不公平的老化』，而且用你父親跟祖母走在木蘭莊園花園裡的長鏡頭照片來當主圖。」

我瞪著她，嘴巴張開，一把熊熊怒火在我心裡深處點燃。「誰……膽子這麼大！他們無權騷擾我奶奶。」

「艾芙芮，這是政治。政治和譁眾取寵。沒有安全地帶。」

20

瑞兒

男人名叫達倫，女人名叫維多莉亞，可是他們說，我們要叫他們爸爸跟媽咪，不是叫他們達倫跟維多莉亞，也不是叫他們施維雅先生和施維雅太太。稱呼並沒有困擾我，反正我從來沒叫過任何人爸爸或媽咪，所以不管怎樣，這些詞在我的心裡沒有任何意義。只不過是個詞彙罷了。就這樣。

昆妮和布萊尼依舊是我們的家人，只要我一找到方法，我們還是會回到他們身邊。而且看起來沒有我想像中那麼困難。施維雅夫婦的家很大，裡面有很多沒人使用的房間，後面有一條寬闊的長廊，眺望著一望無垠的寬闊樹林和青草，連綿不絕的草地形成斜坡，連結到一個最棒的地方——水岸邊。這不是一條河，而是一座細長的牛軛湖，最後流進一個叫「戴德曼的泥沼」的地方……戴德曼的泥沼一路通往密西西比河。我問了茱瑪才知道這些事。茱瑪負責打掃這裡、料理三餐、住在舊的馬車房裡。施維雅先生把他的車子停放在馬車房，他總共有三輛車。我以前從來不認識擁有三輛車的人。

茱瑪和丈夫荷伊、女兒瑚琪一起住在那裡。荷伊負責整理院子，照料雞舍、施維雅先生整晚吠叫嚎哮的獵犬和一匹小馬，施維雅太太跟我們說，如果我們想騎馬，就可以去騎，她這句話連續說了兩個星期。我說我們不喜歡小馬，雖然這不是實話，但我告訴芬恩她最好別說出不同的意見。

茱瑪的丈夫塊頭高大，看起來很恐怖，而且膚色像魔鬼一樣黝黑。待過墨菲太太家之後，我可不想要園丁把我或芬恩單獨弄到別的地方去。我也不想我們單獨跟施維雅先生待在一起，他曾經試著要帶我們到外面去騎小馬，不過那也只是因為施維雅太太逼他這麼做。花園那裡埋了兩具死嬰以及三個死胎，他們都有自己小小的墳墓，上面擺了小石羊，為了不讓施維雅太太隨便遊蕩到通往花園的小徑上，施維雅先生什麼事都肯做。當施維雅太太走到戶外，她便躺在地上哭泣；返回家中，就只會待在床上。她的手腕上有一條條舊傷疤。我知道為什麼手腕上會有疤，但我沒有告訴芬恩。

「你就坐在她的大腿上，讓她替你整理頭髮，一起玩洋娃娃。一定要讓她高興才行。」我告訴芬恩。「不准哭，不准尿床。你聽到了嗎？」這是施維雅夫婦帶我來這裡的唯一原因——因為芬恩哭個不停，而且一直尿床。

如今，芬恩多半能表現良好。有些日子裡，誰都幫不了施維雅太太的忙；有些日子裡，她不想接觸任何一個活生生的人，只想要那些已經逝去的靈魂。

當她躺在床上，為了她失去的嬰兒哭泣，施維雅先生就會躲進他的音樂室裡，那時我們就會被迫跟茱瑪待在一起，她認為我們的存在只是增加她的工作量罷了。施維雅先生以前會買東西給茱瑪的十歲小女兒瑚琪，她小我兩歲。現在施維雅先生改成買東西給我們。茱瑪對此改變也很不開心。她從芬恩那裡套出很多話，得知我們從哪裡來，她不懂像施維雅夫婦這麼好的人，怎麼會想要我們這種河上賤民。她很清楚地讓我們知道她的這個想法，但她當然不能在施維雅太太可能會聽見的地方說出來。

茱瑪不敢打我們，雖然她很想這麼做。當瑚琪調皮搗蛋時，茱瑪會痛打瑚琪瘦巴巴的屁股一頓。偶爾趁沒人看的時候，茱瑪會對我們搖晃那根長長的木湯勺，說道：「你們應該要感恩才對，應該要親吻太太的腳，感謝她讓你們住進這麼好的房子裡。我知道你們是什麼人，可別忘了你們只會在這裡一段時間，到太太有了自己的孩子為止。先生認為，假如她可以不要太過煩惱，就一定會有這麼一天到來。等到那時候，你們這些河上賤民就會像煙一樣消失，和垃圾一起被扔出去。你們只是暫時住在這裡而已，別把這當作你們自己家一樣享受。我以前就看過這種情況，所以要讓你們明白，不會在這裡待太久的。」

她說得對，所以我沒有理由反駁。這裡有食物，有很多食物。有打褶的洋裝，即使穿起來又癢又硬，還有綁頭髮的緞帶、蠟筆、書，以及閃亮亮的瑪麗珍娃娃鞋，下午的午茶派對上，還會有附上餅乾的小小午茶組合，我們以前從來沒有參加過午茶派對，施維雅太太還得告訴我們要怎麼玩這個遊戲。

洗澡的時候不用排隊，也不用在別人的注視下脫光衣服，沒有人會打我們的頭，沒有人會威脅要把我們綁起來、掛進衣櫃裡，沒有人被鎖在地下室，至少到目前為止沒有，就像茱瑪說的，我們不會在這裡待太久，不會有機會發現在新鮮感消退後，是不是會發生這種事。

我很確定的一件事情是，不管施維雅夫婦何時厭倦我們，我們都不會回到墨菲太太家。晚上，在我安全待在芬恩隔壁的房間之後，我會遠眺草地，在樹林之間看著水岸，我尋找著沿著牛軛湖漂過的提燈，確實我也看到過幾個。有時候，即便是在遠處的泥沼裡，都能見到燈光如流星般漂蕩。我只要替我們找到辦法，搭上其中一條船，我們就能通過戴德曼的泥沼，進入大河。一旦我們到了那裡，往下游去到沃爾夫河與密西西比河在泥島的交會處就簡單了，那是昆妮和布萊尼在等待我們的地方。

我只需要替我們找到一條船，我一定可以辦到。等我們走了以後，施維雅夫婦根本不會知道我們發生什麼事。譚恩小姐沒跟他們說我們是河上的人，我相信茱瑪也不會講出去。我們的新媽媽跟新爸爸以為我們真正的媽媽是個大學生、爸爸是教授，他們以為她染上肺炎生病而死，而爸爸丟了工作，所以無法撫養我們。他們也以為芬恩只有三歲，但其實她已經滿四歲了。

我沒有告訴施維雅夫婦事實。大多時候我只是努力乖乖聽話，這樣在芬恩跟我逃走之前，就不會有任何事情發生。

當施維雅太太找到我們，我們正坐在餐桌邊等待早餐。她說：「你們在這裡啊。」一看見我們已經穿上昨晚擺好的衣服，她皺起眉頭。芬恩穿藍色格子褲、背扣式小上衣，這件衣服有打褶的蓬蓬袖，她的小肚子從衣服底下的蕾絲邊露了出來。我穿有褶邊的蓬鬆紫色洋裝，上半身有點太小，我必須吸氣才能扣上。這件衣服應該很合身才對，我想我可能正在發育吧。昆妮說我們佛斯家的小孩總是一下子就長大了。

可能是因為我在成長，又或是因為我們在這裡吃的除了玉米糊以外還有很多東西。每天早上，我們大家都坐著吃一頓豐盛大餐，午餐茱瑪會替我們做好三明治放在托盤上。到了晚上，除非施維雅先生到晚餐時間還在音樂室裡忙，否則也會有豐盛的晚餐。出現那種情況時，我們就會再次吃著放在托盤上的三明治。施維雅太太會跟我們一起玩室內遊戲，芬恩最愛這個活動了。

「小梅，我跟你說過，沒必要這麼早起、還幫小貝絲把衣服穿好。」她身穿絲質浴袍，雙手抱胸，這件浴袍看起來應該穿在埃及豔后身上。芬恩跟我也有相稱的浴袍，那是我們的新媽媽要茱瑪替我們特別做的。不過我們一次都沒穿過。我想我們最好不要太習慣花俏昂貴的東西，因為我們不會在這裡久留。

除此之外，有兩小塊凸點從我的胸部上凸起，浴袍又滑又薄，會讓凸出來的地方更加明顯，我不想要別人看見。

「我們只等了……一下子。」我低頭看著大腿。她不懂，我們這輩子都是在第一道曙光出現時就起床了。在船屋上生活沒有別的方式，當河流甦醒，你也跟著醒了。鳥兒言語、船隻鳴笛，假如停靠在任何靠近主水道的地方，浪花會一道接一道不停拍打上來，連著岸邊的繩子一定要顧好，魚開始上鉤，爐子需要生火。我們有很多事情要做。

「你們該學著睡到合理時間了。」施維雅太太對我搖頭，我不知道她是在假裝，還是很不喜歡我。「小梅，你們已經不在孤兒院了。這裡是你們的家。」

「是的，太太。」

「是的，媽咪。」她把一隻手擺在我頭上，俯身過來親吻芬恩的臉頰，然後假裝大口咬掉她的耳朵。芬恩咯咯笑，發出尖叫。

「是的，媽咪。」我重複說。這並不自然，但我越來越拿手了。下次我會記住。

她坐在桌子另一頭，看著長長的走廊，一手托著下巴。「我猜，你們早上還沒見過爸爸？」

「沒有……媽咪。」

我們的新媽咪皺起眉頭，芬恩縮在椅子上，擔心地看了她一眼。我們都知道施維雅先生在哪裡。我們可以聽見音樂聲流瀉進大廳來。他在進音樂室之前應該要先吃早餐。我們聽他們為此爭吵過。

「達——倫！」她大叫，在桌上敲著指甲。

芬恩用雙手蓋住耳朵，茱瑪急忙跑進來，手裡拿著的附蓋瓷碗震動著。碗蓋在她接住前差點掉下去。她雙眼圓睜、露出眼白，然後明白施維雅太太不是在對她發脾氣。「太太，我去叫他。」她把碗放在桌上，回頭朝廚房的方向大喊：「瑚琪，去把那些食物端進來，免得涼掉了！」

她迅速從桌邊走過，像掃帚一樣僵硬，趁我們新媽咪沒看見的時候，朝我的方向狠狠瞪了一眼。在我們來之前，茱瑪不必整理吃過早餐之後的餐盤。她只要弄個托盤，端進施維雅太太的房間就好了。這是瑚琪跟我說的。在我們來之前，有時整個早上瑚琪會跟太太一起待在樓上，看看《生活》雜誌和圖畫書，努力讓她保持開心，這樣先生才能工作。

現在瑚琪得在廚房幫忙，這都是我們的錯。

當她把蛋放在桌上時，往桌子底下伸出一隻腳，然後朝我的腳趾踩下去。

過了一會，茱瑪就跟著施維雅先生一起走進大廳。當音樂室的門關上，茱瑪是唯一可以把他從音樂室裡叫出來的人。從施維雅先生還是小男孩的時候，她就開始照顧他了，現在還是把他當小孩在照顧。就算他不聽他太太的話，卻還是會聽茱瑪的。

「你得吃點東西才行！」她邊說邊跟著他走進大廳，雙手在晨光帶來的影子裡揮來揮去。「我在這裡準備了一大桌菜，有些都已經涼掉了。」

「我早上醒來的時候，腦中就出現了一段旋律。我得在旋律消失前先把它寫下來才行。」他在大廳尾端停下來，一手放在肚子上，一手保持在空中。他像臺上演員似地跳了一小段舞，然後向我們鞠躬。「小姐們早安。」

施維雅太太挑了一下眉頭。「達倫，你記得我們雙方都同意的事對吧。不在早餐前進音樂室，要一起坐在餐桌前吃飯。假如你把自己關起來好幾個鐘頭，這樣女孩們要怎樣學習和我們成為一個家庭？」

他沒有在自己的座位停下，而是繞過桌子，在她嘴唇中間吻了一下。「我的繆思女神今天早上過得怎麼樣？」

「噢，你別鬧了，」她抱怨，「你只是在敷衍我而已。」

「我成功了嗎？」他對芬恩跟我眨眨眼，芬恩咯咯笑了，而我只是假裝沒注意到。

我的心裡有某種東西在拉扯。我低頭看著自己的盤子，看見布萊尼在穿過船屋、要往後甲板去的時候，以同樣的方式親吻昆妮。

食物突然間變得一點都不好聞，雖然我的胃咕嚕吵著要吃。我不想吃這些人的早餐，或是笑他們說的笑話，或是叫他們爸爸和媽咪。我有媽媽和爸爸，我想回家，回到他們身邊。芬恩不該咯咯笑，還和這些人一起嘻嘻哈哈。這樣不對。

我伸手到桌子下，捏了她的腿一下，她小小叫了一聲，

我們的新爸媽低頭看我們，想知道發生什麼事。芬恩什麼也沒說。

茱瑪跟瑚琪端來其餘的菜，我們一邊吃早餐，施維雅先生一邊談論新音樂，以及美妙的曲調如何在大半夜出現在他腦中。他談論著作曲、休止符、音符和各種事情。施維雅太太嘆了口氣後往窗外看，但我忍不住想要聽下去。我從來沒聽過一個人是如何把音樂寫在紙上。所有我知道的曲調，都是從聽布萊尼彈吉他、吹口琴，甚至是他在撞球間彈鋼琴時學來的。音樂一向可以深深進入我的心底，讓我覺得穩定踏實。

現在我在想，布萊尼知不知道有人會把曲調寫在紙上，就像是故事書一樣，而且會被放進電影裡，就像施維雅先生形容的那樣，他的新音樂是為電影做的。在桌子那端，他的雙手在空中飛舞，激動狂野地形容著昆特里爾率領的游擊隊騎馬經過堪薩斯，將整個鎮燒個精光的場景。

他哼著曲調，把桌子當成鼓敲，盤子震動了起來，我感覺到馬匹奔馳、聽見此起彼落的槍響。

「親愛的，你覺得怎麼樣？」結束時，他對施維雅太太說。

她拍手，芬恩也跟著拍手。「傑作，」施維雅太太說，「當然是傑作了。小貝絲，你不也這樣覺得嗎？」

我不習慣聽他們叫芬恩為貝絲，當然，他們以為那是她的真名。

「接左。」芬恩吃了滿嘴玉米粥，其實是想說「傑作」這個詞。

他們三人哈哈大笑，我只是低頭看著盤子。

「看到她開心真好。」我們的新媽咪俯身到桌上，把芬恩的頭髮撥開，這樣她才不會把玉米粥弄到頭髮上。

「對，沒錯。」施維雅先生看著他的妻子，但她沒有意識到，因為她正忙著拍撫芬恩。施維雅太太用手指繞了繞芬恩的頭髮，把小小的螺旋狀捲髮跟大捲髮合在一起，就像是秀蘭．鄧波兒的頭髮那樣。施維雅太太最喜歡那種造型了。大多時候，我把我的頭髮綁成辮子、放在身後，這樣她就不會想到要把我的頭髮弄成那樣。「我本來很擔心我們永遠都走不到這一步。」她告訴她的丈夫。

「這需要時間。」

「我很擔心自己永遠當不成母親。」

他的雙眼朝上轉了轉，彷彿很快樂的樣子。他看著桌子對面。「她現在屬於我們了。」

「不，她不是！」我想要大叫。「你不是她的母親。你不是我們的母親。那些在墓園裡死掉的嬰兒才是你的小孩。」我討厭施維雅太太想要霸占芬恩。我討厭那些嬰兒沒有存活下來。我討厭施維雅先生把我們帶來這裡。假如他不管我們，芬恩跟我，我們早就回到阿卡迪亞號上了。沒有人會把我妹妹的頭髮捲成秀蘭．鄧波兒那樣的捲髮，或是叫她貝絲。

我用力咬著牙，結果痛到連頭皮都覺得痛了。然而我很高興，這不過是小小的痛楚，我知道它源自哪裡，可以照我自己的意思去控制它。但在我心裡的痛就嚴重多了，不管我多麼努力，就是治不好，嚇得我連呼吸都不敢。

要是芬恩決定，她比較喜歡這些人而不是我呢？假如她忘了布萊尼、昆妮和阿卡迪亞號？我們沒有華麗的洋裝、前廊上沒有滑板車玩具，也沒有泰迪熊布偶、蠟筆和小小的瓷器茶具組。我們有的只有河流，但是河流餵飽我們，運送我們，讓我們自由。

我必須確定芬恩沒有忘記這一切，她的內在不能也變成貝絲。

「小梅？」施維雅太太在喊著我，我沒聽見。我換上燦爛笑臉，看向她。

「是的……媽咪？」

「我剛剛說，今天要帶貝絲去曼非斯試穿一種特別的鞋子。在她長大前，我們要先矯正腿內彎的問題，這很重要。我聽說等到小孩長大就太遲了。這種狀況在還可以治好的時候卻不處理，那就太可惜了。」她的頭稍稍歪向旁邊。她看起來像是準備要獵捕魚的老鷹，雖然很美，但魚兒最好小心點了。我很高興我的腳在桌子底下，這樣她就看不見我的右腿。我們家所有人全都有一腳是內八，這是從昆妮那裡遺傳來的。布萊尼說，這標誌是我們阿卡迪亞王國皇家血脈的一部分。

現在我可以感覺自己正在把腳打直，以免她突然想到也要看看我的腳。

「她晚上睡覺時得戴著矯正器。」施維雅太太告訴我。在她旁邊，施維雅先生打開報紙，邊看邊吃培根。

「喔。」我喃喃地說。我晚上會去把芬恩腿上的矯正器拔掉。我絕對會這麼做。

「我想要自己帶她去。」施維雅太太用字很小心，她在金色捲髮下緊盯著我看的深藍色眼珠，即使我百般不願，依舊讓我想起昆妮。不過昆妮更漂亮，她確實更美。「貝絲一定要習慣跟她的新媽咪在一起，只有我們兩個……而且不會大吵大鬧。」她對著我妹妹微笑，我妹妹正拿著一支寶寶專用的銀叉，忙著追盤子上茱瑪做的醃草莓。

施維雅太太拍了拍手，藉以喚起施維雅先生注意。他把報紙放低一點，露出一點鼻子。「達倫、達倫，你看看她。多可愛啊！」

「小小兵，堅持下去。」他說。「等你拿到那一顆，就可以再來一顆。」

芬恩叉住草莓，整顆丟進嘴裡，面露微笑，汁液從嘴角兩邊流下來。

我們的新媽咪和新爸爸大笑。施維雅太太用紙巾按了按芬恩的臉頰，這樣才不會弄髒她的上衣。

我在想，我是不是該懇求一起去看矯正醫師。我很害怕讓她把芬恩從我身邊帶走。她會買東西給芬恩，然後芬恩會喜歡她。但我不想去曼非斯。我對那裡的最後一段記憶，就是被墨菲太太帶到市中心，在飯店房間把我交給我的新爸爸。

假如我在施維雅太太不在的時候待在家裡，我大概可以到外面去四處看看。她不喜歡我們在外面晃來晃去，擔心我們會碰到毒藤起疹子或是被蛇咬。她完全不知道我們這些在河上長大的孩子，到可以走路的年紀時，就已經對這些事一清二楚。

「你很快就要去上學了。」關於芬恩去看醫師的事，我們的新媽咪很不高興我沒有立刻回答。「當然啦，貝絲還太小不能去上學。她還要在家裡待兩年，才能開始上幼稚園……假如我們這樣安排的話。我可能會把她多留在這裡一年。全看……」她將一隻纖纖玉手伸向肚子，溫柔地摸了摸肚皮。雖然沒說話，但她是希望肚子裡能有個寶寶。

我試著不去想這件事，也試著不去想上學的事。他們一送我去上學，施維雅太太一整天都會跟芬恩在一起。芬恩一定比較喜歡她而不是我。我得想辦法在這種事發生之前，讓我們兩個逃出這裡。

施維雅太太清了清喉嚨，她的先生又再度放下報紙。「親愛的，你今天有什麼行程安排？」她問。

「當然是音樂。我想趁我還記憶猶新的時候，先把新曲子寫完，然後我會打電話給史丹利，在電話上彈一些曲子給他聽……讓他聽聽這是不是就是他要的東西。」

她嘆氣，眼周皺紋擠在一起。「我在想，或許你會想要請荷伊把小馬車架好，這樣你們兩個人就可以坐馬車繞繞。」她的眼神從施維雅先生再看向我。「小梅，你想不想坐馬車？有爸爸一起，就不必怕小馬。牠真的是非常可愛的小馬。我小時候住在奧古斯塔時也有一匹像牠一樣的馬，那時候全世界我最喜歡的就是牠。」

我的肌肉緊繃，臉色變得黯淡。我不怕小馬，我怕的是施維雅先生，並不是因為他有對我做什麼事情，而是待過墨菲太太的家之後，我知道那種情況下會發生什麼事。「不用麻煩了。」

我的雙手掌心流汗，我在洋裝上抹乾汗水。

「嗯……」施維雅先生垂下眉毛，他同樣不喜歡這主意，因此我很高興。「親愛的，我們得看看今天進展如何。他們製作這部電影的時程已經晚了，我能有的時間比平常更短，加上過去這幾週家裡雞飛狗跳的，因為……」施維雅太太抬高下巴，微微搖晃，他停了下來，然後說：「我們再看看今天的狀況吧。」

我看著我的大腿，坐小馬車的事再也沒被提起。我們吃完早餐，施維雅先生盡可能快速地躲進他的音樂室。很快地，芬恩跟施維雅太太也離開了。我拿著我的蠟筆和書，坐在後面寬闊的走廊上，那裡可以往下眺望樹木和湖。鋼琴樂聲從施維雅先生的工作室流瀉而出，與鳥鳴混合在一起，我閉上眼睛，豎耳聆聽，等待茱瑪和瑚琪散步走回馬車房，這樣我就能偷溜出去，在附近看一看……

我睡著了，夢見芬恩跟我在施維雅先生的釣魚碼頭上。他們在食品儲藏室裡放了好幾個大行李箱，靠近茱瑪的拖把和掃帚，我們兩個就坐在其中一個箱子上。我們在箱子裡裝滿玩具，要拿去跟卡蜜拉、小雀和蓋比分享，就等著布萊尼和昆妮來接我們。

阿卡迪亞號在牛軛湖遠遠一端映入眼簾，它正奮力地緩緩駛往上游。突然間，風狠狠地把船推開。我回頭眺望，有一輛大黑車正從我們後面穿過草地而來，譚恩小姐的臉就靠在車窗玻璃上，雙眼冒出熊熊怒火。我抓住芬恩，想要趕快跳進水裡，這樣我們就能游泳逃走。

我們開始跑，可是越努力跑，碼頭就變得越長。

車子直接開上碼頭，跟在我們後面。一隻手揪住我的洋裝和頭髮。

「你可真是個不知好歹的小壞蛋，對吧？」譚恩小姐說。

我猛然驚醒，瑚琪站在那裡，端了一盤午餐和一杯茶給我，她重重地將食物放在柳條桌上，飲料噴得托盤和盤子上到處都是。「這就像河上的食物了，對吧？好吃又軟爛。」

我拿起溼答答的三明治，咬了一大口，以微笑回報她。瑚琪根本不知道在來這裡之前，我們過的是什麼樣的生活。我可以想都不想，就把裡頭有象鼻蟲的玉米糊吃下肚。被茶灑到的三明治不會讓我發飆，不管瑚琪多麼努力要惹我生氣，但她辦不到。她還不夠強悍，我看過真正強悍的小孩。

她哼了一聲，把鼻子翹高，然後就離開了。我吃完之後，把餐巾蓋在盤子上，以防蒼蠅聚集。接著我就在長廊上散步，走往音樂室。現在一切都很安靜，但我走到房子底端要轉彎時，還是很小心翼翼。沒看到施維雅先生的身影。在我悄悄側身靠近前，我已經先確認過。

當我從紗門溜進去，他的音樂室很暗，窗簾拉得緊緊的。角落一部投影機照向牆壁上一塊有光的空白處。這讓我想起在河岸城鎮的電影巡迴放映秀。我走近，看見自己又長又瘦的影子，些許小小的捲曲從頭髮間透出。我想到布萊尼偶爾在阿卡迪亞號上，是怎麼透過窗戶的光比手影。我試著比劃一個，但我不記得那是怎麼弄出來的了。

在投影機旁邊，有根唱針在一張旋轉的留聲機唱片上來回晃動，輕柔的摩擦聲從櫃子旁傳出。我走過去，低頭看進盒子裡，看著那黑色的旋轉圓圈。有一陣子，我們在船屋上的後廊曾經有一臺像這樣的機器，但那臺要用手搖播放，那是布萊尼在河邊一間已經廢棄的老房子裡找到的。

他後來把它拿去換了柴火回來。

我告訴自己不應該碰這臺機器，但是我忍不住。這是我所見過最漂亮的東西，它一定是全新的。

我拿起加壓唱針的銀球，把它往回移動一點點，播放最後一小部分的音樂，然後我又多動了一點，又再多動了一點，放出的音樂很輕柔，我想沒有其他人會聽見。

過了一會，我走到鋼琴旁，想著以前在撞球間或遊藝船上沒人的時候，布萊尼會跟我坐在一起，他教我怎麼彈出曲子。在我們家所有小孩當中，我學得最快，布萊尼是這樣說的。

最後的音樂在機器裡結束，唱針發出摩擦聲。

我在鋼琴上找到了那段音樂對應的音符，小小聲地，我只輕輕按了一下。要搞懂那段音樂其實不用怎麼花工夫，我很喜歡，於是把唱針放回去，再多放一點。那一段比較難，所以我得更努力，但我最後還是學會了。

「哇，太精采了！」

我跳起來，看到施維雅先生站在那裡，一手搭在紗門上。他放開手並且鼓掌。我趕快跑離鋼琴椅，到處尋找可以逃跑的地方。

「對不起。我不應該……」淚水在我的喉嚨糾結成團。要是這會讓他生氣，而他又告訴了施維雅太太，他們在芬恩跟我可以逃跑到河上的家前就不要我們了，那該怎麼辦？

他走進來，讓紗門自行關上。「別擔心。你不會弄痛鋼琴。維多莉亞還是希望我們在她不在家的時候，坐小馬車繞繞。我已經請荷伊把小馬車架好。我先前請了一些人過來，在湖邊蓋一座小屋，當家裡太吵的時候，我就有個安靜的地方可以工作。我們可以坐小馬車過去那裡看看，然後在家的四周繞繞。等我們回來之後，我會告訴你要怎麼……」

他又走進房裡幾步。「哎，你知道嗎？我又想了想，小馬不介意等。牠是有耐心的老傢伙。」施維雅先生的手朝鋼琴轉了一圈。「再彈一遍。」

淚水順著我的喉嚨流下去，他走過來到留聲機旁邊的時候，我吞下了剩下的眼淚。

「來這裡。我來重新放好唱針。你能彈多少？」

我聳聳肩。「我不知道。不多。我得先認真聽一遍。」

他讓唱片多轉了一小段，超過我已經嘗試過的地方，可是我腦筋動得很快，大部分都彈對了。

「你以前有沒有彈過鋼琴？」他問。

「先生，沒有。」他把唱針往後放得更多，我們又全部彈過一遍。我只有彈錯一點點，而且只在新聽到的地方出錯。

「這太讓人印象深刻了。」他說。

其實這真的沒什麼，但聽他這樣說感覺很好。同時我納悶，他想要什麼？他不需要我來彈鋼琴，他自己就彈得很厲害了。他彈得比留聲機唱片更好。

「再一遍。」他又用手比劃圓圈一次。「靠記憶去彈。」

我彈了，但有個地方不對勁。

「唉呀，」他說。「你聽出來了嗎？」

「是的，先生。」

「那是升記號，要升半音，這就是聽起來不對勁的原因。」他指著鋼琴。「假如你想知道的話，我可以彈給你看。」

我點點頭，轉身回到鋼琴前，把手指放在琴鍵上。

「不對，要像這樣。」他在我身後彎腰，示範要怎麼樣把我的手伸展出去。「拇指放在中央C的琴鍵上。你的手指很修長。那是一雙鋼琴家的手。」

那是一雙布萊尼的手，但施維雅先生不知道。

他碰觸我的手指，一根接著一根，琴鍵彈奏出曲調，他在教我要怎麼彈我一直搞錯的升記號。

「就是那樣，」他說，「聽出差別在哪裡了嗎？」

我點點頭。「我知道！我聽見了！」

「你知道音符現在要去哪裡嗎？」他問。「我的意思是，你知道音符在旋律裡要怎麼走了嗎？」

「是的，先生。」

「很好。」在我有時間去思考之前，他在我旁邊坐了下來。「你彈主旋律，我彈和弦。你就會知道旋律及和弦合在一起會是什麼樣子。歌曲就是這樣做出來的，就像你在唱片聽到的一樣。」

我照他說的做，他在他那一頭彈琴鍵，我們彈出來的曲子就像唱片一樣！我感覺音樂從鋼琴出來，流經我的身體。我現在知道小鳥唱歌是什麼感覺了。

「我們可以再彈一次嗎？」當我們彈到結尾時，我問道。「彈更多曲子？」我想彈更多、更多、更多的曲子。

他旋轉唱片，幫我找到對的音調，然後我們一起彈琴。我們結束時，他大笑，我也是。

「我們應該幫你安排一些課程。」他說。「你很有天分。」

我認真地看著他，想確定他是不是在取笑我。有天分？我？

我一隻手摀住笑容，轉頭看著琴鍵，我的臉頰發燙。他是說真的嗎？

「小梅，如果不是真的，我不會這樣說。照顧小女生，我可能不太懂，但我很懂音樂。」他靠近，想要看著我的臉。「我知道對你來說，這一切很困難，來到這個新家，又是以你現在的年紀……但我想你跟我可以當朋友。」

突然間，我又回到墨菲太太家的走廊上，在漆黑之中，里格斯用他的肚子把我壓在牆上，他用力壓在我身上，擋住空氣，讓我的身體變得麻痺。威士忌和煤灰的味道往上飄進我的鼻子裡，他輕聲說：「你——你跟我可——可以當朋友。我會給你薄——薄荷糖和餅——餅乾。你——你想要什麼就有什麼。我們可——可以當最好的朋友……」

我從鋼琴椅上跳起來，手重重地打在琴鍵上，好幾個琴鍵同時發出聲音。噪音混雜了我的鞋子敲擊在地板上的聲響。

我一路跑到樓上房間，躲進我的衣櫃裡，蜷縮起來，把腳用力頂住衣櫃門，這樣就沒有人能進得來。

21

艾芙芮

當史塔弗陣營嚴陣以待，就是一股堅不可摧的力量。將近三個星期以來，我們隱身在各個屏障後頭來對抗媒體，他們的主要目標是把我們描繪成犯了罪的菁英分子，罪行是我們替奶奶安排了高級的安養照護機構。但順道一提，我奶奶可是付得起這筆費用，又不是我們讓大眾替她付錢。當我們出席公開活動、參加會議、履行社會責任……甚至是上教堂的時候，對那些拿著麥克風圍堵我們的記者，這是我真正想對他們說的話。

和父母去過教堂、用過週日的早午餐之後，我開車進德雷登丘時，在母種馬的圍場裡看見我兩個姊姊跟艾莉森的三胞胎。在騎馬場上，寇特妮沒有用任何鞍具，就直接騎在一匹已經去勢的溫和老灰馬上小跑著。我停車的時候，想像那匹馬的步伐，他名叫小步兵。小步兵的肌肉緊繃後放鬆，寬闊的背脊上下起伏著。

「嘿，小芮阿姨！想不想跟我一起去小徑走走啊？」我走到圍欄的時候，寇特妮滿懷希望對我說。「之後你可以再送我回家。」

我正要說「先讓我去換條牛仔褲」時，寇特妮的媽媽突然插嘴。「寇特妮，你要準備一下去夏令營了！」

「啊，討厭。」我的外甥女抱怨，然後騎在小步兵的身上小跑離開。

我溜過圍場大門，穿著高跟鞋，腳步蹣跚地走過母種馬的牧場。沿著遠處柵欄邊，男孩們戳著板條間給新生小馬磨蹭用的花草，自己玩得很開心。艾莉森和蜜西拿 iPhone 劈哩啪啦地拚命拍照。男孩們的泡泡綿小短褲和領結，看起來已經不像在教堂時那樣乾淨嶄新了。

蜜西蹲下去，幫一個小男孩拔野花時，緊緊把他擁入懷裡。「啊……我真想念這種時候。」她渴望地說。她家的青少年孩子們已離家去參加阿士維的夏令營，我們小時候都參加過那個營隊。寇特妮明天才出發，參加的時間比較短一點。

「這三個小皮蛋隨時可以出租給你。」艾莉森睜大雙眼，滿懷希望的樣子，一邊把她的紅褐色粗髮塞在耳後。「我可是說隨時。你還不必一次就帶走三個。一個或兩個就夠了。」

我們一起大笑。這是釋放壓力的時刻。過去幾個星期把大家都搞得惶惶不安。

「吃早午餐的時候，爸爸還好嗎？」一如往常，蜜西把話題導回現實。

「我想應該還好。他們留下來繼續跟幾個朋友聊聊天。希望等他們回家之後，媽媽會逼他好好休息一下。我們待會還要去吃晚餐。」我爸決心要跟上大家的腳步，但是有關茱蒂奶奶的爭議令他精疲力竭，自己的母親在最近一次的政治混戰中成為目標讓他難以承受。史塔弗參議員可以應付針對自己的威脅，但當家人在政治角力中受到影響，他的血壓就會像火箭升空般急速飆高。

當腿上不得不戴化療輸注幫浦的那幾天，他看起來就像是會被這些新增的重量給壓垮。

「那我們最好趕在他們出現之前離開這裡。」艾莉森瞄了一眼車道。「我只是想趁我們還穿著上教堂的衣服時，拍幾張小馬和男孩們的照片。萊絲麗認為幾張小動物與史塔弗家小寶寶合拍的照片，可以轉移社群媒體上的焦點。無傷大雅又可愛。」

「嗯，不過他們會讓我分心。」我親吻一個外甥的額頭，他用沾滿青草的小手伸過來溫柔地拍拍我的臉。

「嘿，小芮阿姨，你看我！」寇特妮騎著小步兵，小小跳了一下。

「寇特妮！不可以沒有馬鞍和頭盔就這樣做！」艾莉森大喊。

「她跟我是同一類的女孩。」我說。

「她太像你了。」蜜西用肩膀推了我一下。

「我可不知道你在說什麼。」

艾莉森皺起高挺的鼻子。「噢，你清楚得很。」

「小艾，好了，就讓她留下來騎馬吧。」我忍不住幫寇特妮求情。而且我還有一點時間，騎馬聽起來是個好主意。「我會在一……兩個小時內帶她回家，然後她就可以準備打包去夏令營。」

寇特妮騎著小步兵又跳了一次。「寇特妮．林恩！」艾莉森罵人了。

我正要抗議那只是小小一跳，而且寇特妮坐在馬上就像是個蒙古游牧民族般自然，但緊接著一輛正準備停在馬廄的車子讓我分了心。我立刻認出那輛銀色ＢＭＷ敞篷車，我的胸口感覺像是壓著一個幾磅重的啞鈴，難以呼吸。

「貝琦來了？」蜜西問。

「這可不是好事。」我不該這麼說，尤其對方又是我未來的婆婆，可是我今天最不想要的，就是貝琦又為了婚禮計畫拚命騷擾我。雖然是好意，但她只要一有機會就抓著我不放。

有個人下車，我胸口的重量馬上消失——是個高大黝黑、英俊挺拔的人。

「唉呀，瞧瞧是誰來這裡見他的心上人呢。我不知道你的小夥子今天會來這裡。」蜜西咧嘴對著我笑，然後朝馬廄揮手。「嗨，艾略特！」

我目瞪口呆。「他沒說……他沒跟我說他會來艾肯。我們昨天通電話的時候，他還在華盛頓特區開會，今天還得飛去加州。」

「我猜他改變心意了。多浪漫啊？」艾莉森把我推向大門。「你最好去給那個男人一個擁抱。」

「還有一個吻。」蜜西加入。「還有，不管想到什麼，就做什麼吧。」

「你們兩個真是夠了。」整個童年時期，我的兩個姊姊在我和艾略特還沒交往之前，就不停嘲弄我倆是男女朋友，所以我們當時都忙著否認。當艾略特對我揮手，朝圍場大門走來時，我的脖子和臉頰開始發燙。他身穿平整合身的灰色西裝，看起來很英挺。他這身裝扮一定是為了談生意。那他為什麼來這裡？

突然間，我等不及想知道答案。我甩開鞋子、跑過草地，撲進他的懷裡。他把我抱起來，再將我放下，很快吻了我一下。一切都是這麼美好，感覺熟悉、甜蜜、安全，我發現這就是我此刻所需要的。

「你來艾肯做什麼？」他突然出現仍舊令我吃驚——雖然歡喜不已，但還是吃驚。

他深邃的棕色眼睛發亮，看起來很滿意可以成功製造驚喜。「我改了航班，這樣就能在這裡停留幾個小時，然後再飛去洛杉磯。」

「你今天還是要飛洛杉磯？」我討厭流露失望的口氣，但我都已經開始在腦中計畫接下來的行程了。

「今晚，」他回答，「很抱歉我不能待久一點。可是，嘿，至少比不能見面還要好，對吧？」

我聽見一輛車開上車道的聲音，趕緊把他往馬廄拉。可能是爸爸跟小蜜蜂吃完早午餐回來了。假如被他們看見，我們就不會有時間獨處了。「我們去散步吧。我只想要一人獨占你。」希望他們不會注意到艾莉森的休旅車旁多停了一輛車。

艾略特皺眉看著我的光腳丫。「你不用穿鞋嗎？」

「我等等從馬具房拿雙工作靴穿。假如我走進屋子裡，大家就都會發現你來了，媽媽肯定想要留你下來聊一聊。」我話還沒說完，立刻受到現實的慘況衝擊。「你媽知道你來這裡嗎？」假如艾略特來了又走，沒去看貝琦的話，她可是會殺了我們兩個。

「放輕鬆，我已經去看過她了。我們一起吃了一頓很晚的早餐。」

那就解釋了稍早貝琦沒去吃早午餐的原因。「你媽知道你要來，可是你居然沒告訴我？」我討厭嫉妒，但我就是嫉妒。艾略特在這裡出現，可是他第一個花時間見面的居然是貝琦？

他把我拉到他身邊，他吻我的方式讓我清楚知道他最喜歡的人是誰。「我想要給你一個驚喜啊。」我們一起沿著馬廄走道散步。「而且我不想讓媽干擾我們，你也知道那有多困難。」

「我懂了。」一如往常，他用可能是最好的方式去對付貝琦。我們一起去拜訪她的話，一定會演變成緊張的婚禮籌畫會議，他替我們省去了麻煩。「她有沒有對你囉嗦要我們趕快訂好婚禮計畫？」

「是有一點，」他承認，「我跟她說我們倆會談一談。」

我忍住不要說破「我們倆會談一談」，用貝琦的話說就是「對，不管你想怎麼做，我們都會乖乖照做」。不過我們兩個最不想談的就是他的母親。

他替我打開馬具房的門，把夾克掛在掛鉤上。「你爸現在狀況怎麼樣了？」

我一邊尋找一雙合腳的工作靴套在腳上，把長褲塞進去的時候，一邊告訴他我爸健康狀況的最新發展。

「真不錯。」在我著裝完畢後，他打量著我的裝扮並取笑我。艾略特不是那種會穿工作靴搭長褲的男人。

「我可以走到房子那裡，找些比較好看的衣服，讓小蜜蜂跟你談談春天的婚禮……」

他笑了笑，揉揉眼睛。我看得出來他累了。這使他繞道來這裡的舉動更加甜蜜了。「聽起來很吸引人，但……還是不要好了。我們走一走吧，也許可以溜出去兜個風。」

「聽起來是個很完美的計畫。我待會傳簡訊告訴艾莉森跟蜜西，請她們不要告訴大家你來了。」我們走往騎馬小徑時，我快速傳了一封簡訊給姊姊們。一如既往，艾略特跟我輕鬆地聊了起來。他的手滑進我的手心，我們談論生意、家庭問題、他到米蘭的旅程、政治。我們補齊了之前在電話上沒時間討論的所有事。這感覺很好，就像長途旅行之後回到家的感覺一樣。

對話和行動的節奏，是我們彼此長時間以來所學會。我們都知道自己要走向何方——到那座注滿泉水的小湖，我們會坐在附近一座有松樹成蔭，自我有記憶以來就在那裡的涼亭裡。我們快抵達時，我把梅伊・克蘭朵、田納西兒童之家協會、茱蒂奶奶說的那些有關阿卡迪亞的奇怪警告等所有事情，通通都說出來。

艾略特在涼亭的階梯底停下。他靠在柱子上，雙手抱胸，像是我頭上剛冒出角來一樣看著我。「艾芙芮，這些全都從哪聽來的？」

「這些全部……什麼意思？」

「所有這些……我不知道……挖掘古老的歷史？挖掘這些與你無關的事？有你爸、安養院案子騷動、還有萊絲麗總想要嚴格訓練你，你不是已經夠忙了嗎？」

我不確定是不是要覺得受到冒犯，或是把艾略特的抗議當作是理智之聲在說話。

「那就是重點。要是的確跟我們有關呢？要是茱蒂奶奶對田納西兒童之家協會這麼感興趣，是因為我們家族和這個協會有關係？要是他們跟促使這些領養合法化以及彌封紀錄的立法有關呢？」

「假如真的跟他們有關好了，你為什麼想知道？事情都發生幾十年了，有什麼關係？」

他皺起眉頭，擠在一起的眉毛形成黑色的結。

「因為……嗯……因為，首先，這對茱蒂奶奶來說很重要。」

「那正是你要小心的地方。」

我頓時啞口無言。熱氣從我穿去教堂的絲質無袖上衣底下升起。突然間，我未婚夫的說話口氣聽起來跟他母親太像了，就連句子的抑揚頓挫都讓我想到貝琦。多年來，在許多鎮上的事務中，她和我奶奶分屬不同的意見陣營，常常是小蜜蜂在中間當夾心餅乾。「那是什麼意思？」

也許艾略特只是累了，或是在和貝琦吃早餐時，為了某件事讓艾略特心煩不已，但他舉起手在空中揮了揮時，讓我嚇了一跳。他那隻手落在大腿上，發出悶悶的聲響。「艾芙芮，你知道茱蒂奶奶向來為她自己的利益過於直言不諱。這不是什麼天大的祕密，別表現得像是以前沒人這樣說過。」他注視我的眼睛，一臉討人厭的冷靜表情。「她好幾次差點毀了你爺爺……還有你爸爸的事業。」

當下我覺得被冒犯了。「她相信若事情有錯，就應該有話直說。」

「你的祖母喜歡引起爭議。」

「她才沒有。」我脖子上的脈搏怦怦跳，在那之下還有想要流淚的感覺。他對我家族的隱藏意見讓我感到有點遭受背叛，但我主要在想的是，艾略特終於來了，而我們卻在吵架？

他伸出手，一手掌心溫柔地往下撫摸著我的手臂，然後牽起我的手。「嘿……小芮。」他的聲音聽起來有安撫舒緩的效果。「我不想吵。我只是把我最誠實的意見告訴你。那是因為我愛你，而且只想要你能得到最好的。」

我們的目光相交，我彷彿可以一路看穿他的心。他完全真誠。他是真的愛我，而且他確實有權表達意見，不過讓我感到困擾的是，他的看法與我的看法居然如此不同。「我也不想吵架。」

如同過往一樣，我們的爭執結束在這妥協的祭壇上。

他把我的手帶到他的脣邊親吻。「我愛你。」

我注視他的雙眼，看到我們一起共度的這些年、走過的這些路和共同經歷。我看見那個曾是我朋友的那個男孩，現在已經是個男人了。「我知道。我也愛你。」

「我猜我們應該要談談婚禮的事才對。」他的一隻眼睛痛苦地閉上，我可以感覺到他早餐時的對話演練並不輕鬆。他拿出手機確認過時間後說：「我答應過我媽我們會談談。」

我們移動到涼亭裡的老地方後坐了一會，但那裡太熱，坐不了太久，時間當然不夠決定任何細節。最後去鎮上我們最愛的小餐廳，做我們童年、青少年、讀大學時做的事——好好討論我們自己想要的，試著把它從其他人的期望中分開。

等到艾略特必須開車回機場時，我們還沒做出任何結論。我們的生活實在太忙碌了，彼此想法接近，那才是最重要的事。

等我回家時，小蜜蜂在門口等我。她伸長脖子看向車道。不知怎地，她發現了艾略特來訪的事，她很失望他沒有跟我一起進來。

「媽媽，他很忙，」我替他編了個藉口，「他還要趕去搭飛機。」

「我可以替他準備好房間啊。這裡永遠歡迎他。」

「媽媽，他知道。」

她停頓了一下，在她擋著門、渴望地看著車道的時候，手指敲啊敲的。在她終於把門關上、放棄艾略特之前，家裡一半的土地都感受到她的心寒了。「貝琦剛打電話來，說她今天早上跟艾略特討論了一下你們的婚禮計畫——或者說你們缺乏的計畫，然後他保證你們兩個會把事情談一談，所以我以為你們結束獨處行程後，會一起回來這裡。」

「我們的確有聊了些可能性，只是還沒做出結論。」

她咬了咬嘴脣，皺起眉頭。「我不想要現在所有發生的事變成……讓你們兩個分心的原因。我也不想要你們覺得得因此延後你們的未來計畫。」

「媽媽，我們沒有這樣覺得。」

「你確定嗎？」在她臉上出現的失望和絕望令人受傷。一個即將到來的婚禮會是快樂的消息，是讓大家專注的事件。這也表示這種公開宣布的消息，巧妙地暗示著史塔弗陣營信心十足，照往常一樣過生活。

也許艾略特跟我讓大家操心，只是因為我們自私了點罷了。規畫時間和地點，也許就定在來年春天的杜鵑花花園裡，有那麼困難嗎？決定好了就可以讓家裡所有人開心不已。假如你確定即將嫁給對的人，在什麼地方或是什麼時間結婚，有什麼差別？

「我們很快就會決定細節。我保證。」但有句話藏在我心裡最黑暗的深處。「艾芙芮，你知道茱蒂奶奶向來為她自己的利益過於直言不諱。這不是什麼天大的祕密。」艾略特不了解的是——或許他不想面對的是——就是這一點，我跟我的奶奶非常相像。

「很好。」擔憂的皺紋在小蜜蜂的眼周變得柔和。「但我沒在逼你。」

「我知道。」

她將冰冷的雙手放在我的兩側臉頰，慈愛地看著我。「小豆莢，我愛你。」

童年的小名讓我臉紅。「媽媽，我也愛你。」

「艾略特是個幸運的男人。我很確定每次你們兩個在一起的時候，他可以很清楚感受到這一點。」她些微泛淚，讓我也跟著泛淚了。看到她這麼……快樂，感覺很好。「去吧，你最好趕快去換衣服，否則今晚的合唱募款活動我們就會遲到了。音樂會七點開始，這次有來自非洲的兒童合唱團，聽說他們的表演很精采。」

「好的，媽媽。」我向自己保證，等艾略特從洛杉磯回來，我就會再跟他談一談婚禮的事。明天就是去木蘭莊園探望茱蒂奶奶的日子了，這更加深了我的決心，因為我想要我的奶奶跟我們一起慶祝婚禮。從小我就一直想像和她一起在婚禮上的那一天。不知道我們現在還剩下多少時間。

當傍晚過去，我仔細思考了各種想法。我嘗試在心裡想像花園婚禮的畫面，艾略特跟我、幾百位朋友熟人、完美的一個春日，那場面可以非常可愛，是個老傳統的現代版。茱蒂奶奶和我爺爺當年就是在德雷登丘的花園裡結婚的。

不管艾略特本能上有多麼抗拒他母親或我母親主導我們的生活，他也會同意；假如花園婚禮真的是我想要的，他也會接受。

到了早上，我開車去木蘭莊園，心裡有新的待辦事項。我打算問問茱蒂奶奶她婚禮那天的細節，也許有一些珍愛時刻可以在那天重現。

「噢，你來了！快坐到我身邊。我有事要告訴你。」她試著把另一張翼狀靠背椅拉近，卻拉不動。我把椅子往前拖一點，然後坐在邊邊，我們的膝蓋靠在一起。

她抓住我的手，緊緊盯著我看，我被盯得無法動彈。「我要你銷毀所有我辦公室櫃子裡的東西，擺在小禮街房子裡的那個。」她用力注視著我。「我想我永遠離不開這裡、自己照顧自己了。等我走了，我不想要別人看見我的記錄本。」

我要我自己堅強起來，抵抗這避免不了的哀傷所帶來的刺痛。「茱蒂奶奶，你別這樣說。我之前看過你上運動課。老師說你做得很棒。」我對記錄本的事裝傻，因為我受不了這個想法。這個舉動就像對曾經是忙碌鬥士的她說再見。

「裡面有名字和電話號碼，我不能讓這些東西落入壞人手裡。在後院生個火，把它們全部燒掉。」

我現在在想，她是不是又精神恍惚了？但她看似頭腦清楚。在後院生個火……在一條盡是精心維護的老房子的都會市街上？鄰居在二點五秒內就會報警吧。

我可以想像新聞會怎麼報。

「他們只會認為你是在燒樹葉。」她微笑，用共犯的眼神對我眨了眨眼睛。「貝絲，別擔心。」

突然間，我意識到很明顯我們不在同一個時空。我不知道誰是貝絲。我差點因為茱蒂奶奶不知道自己在跟誰講話而鬆懈，那給了我一個藉口可以不去遵守她清空櫃子的要求。

「奶奶，我會查一查。」我說。

「好極了。你總是對我很好。」

「那是因為我愛你。」

「我知道。別打開盒子。燒掉就好。」

「盒子？」

「裡面放了我以前寫的八卦社交專欄文章。我可不想被眾人以『淘氣小姐』的稱號記住。」她遮掩著嘴巴，假裝為自己當八卦專欄作家而感到不好意思，但她其實完全不以為意，證據就寫在她臉上。

「你從來沒跟我說你寫過八卦專欄。」我搖搖手指責備她。

她假裝無辜。「喔？嗯，那是很久以前的事了。」

「你在那些專欄寫的都是事實，對嗎？」我笑她。

「哎呀，當然都是啊。但人們接受事實的程度通常不太高，不是嗎？」

一談到淘氣小姐，我們又偏離話題了。她談到已經過世很多年的人，但在她心裡，她昨天才和他們吃過晚餐而已。

我問她婚禮的事。她給我的回答混雜了她多年來所參加過婚禮的回憶，其中包含我兩個姊姊的。茱蒂奶奶熱愛婚禮。

她以後甚至不會記得我的婚禮。

這段對話讓我既傷心又感到空洞。對話中總有神智清晰的火花點燃我的希望，但失智的浪花很快就把那些希望掃進海裡。

時候不早了，到了我親吻她、向她道別的時候，我告訴她爸爸今天會過來。

「噢，你父親是哪位？」她問。

「就是你的兒子威爾斯。」

「我想你一定搞錯了。我沒有兒子。」

當我走到屋外，絕望地想找個人談談，傾吐這一切。我叫出手機的快速聯絡人清單，手指停在艾略特的號碼上。在他昨天那樣說了茱蒂奶奶之後，如果現在跟他說奶奶的神智有多麼恍惚，這簡直是對奶奶不忠。

等到我的手機響起，看著螢幕上的名字，我才發現自己確實有可以談話的對象。我想起他說到對爺爺的最後承諾、答應替梅伊・克蘭朵和我奶奶守護祕密時的臉龐，我直覺認為他會了解。

儘管幾週前在安養院的那天之後，我們就沒再說過話，儘管我告訴自己不會再跟他聯絡，最好事情就這樣結束、繼續過生活，但我的內心有某種東西奮力往前衝，穿越了距離。

我一接起電話，他似乎不是很確定自己打來的原因。我懷疑他是不是在想同一件事——我們兩人之間沒有友誼的空間。在停車場碰到萊絲麗的時候就已經證明了這點。「我只是……」他最後說，「我看了一些有關安養院的新聞專題報導，一直想到你。」

一種溫暖愉快的感覺急速流進我的體內。我為此完全毫無準備。我用意志力克制這種感覺不會從我的聲音中透露出來。「噢，別提醒我。假如這件事持續更久，我很有可能會使出忍者龜功夫，對別人發飆。」

「你才不會。」

「我想你說得對，但我實在很想這麼做。這實在是太……令人沮喪了。你知道嗎？雖然我爸爸是政治人物，但我們都一樣是個人啊。你可能會以為有些議題不會被討論……比方說癌症，還有看著你的奶奶掙扎想要記得自己是誰。感覺人們現在會在任何可以下手的地方做出攻擊。在我小的時候不是這樣的，就算是政治圈，人們都還很……」我尋找適合的字眼，當下所能想到最適切的詞是「正派」。

「我們活在一個娛樂至上的世界，」川特嚴肅地說，「一切都是可以批評的對象。」

我張開嘴，想就我們家族被攻訐一事繼續發洩一番，然後想想還是算了。「抱歉，我無意要對你大吐苦水。也許我需要再來一趟海灘之旅。」等我把話說出來，才發現那聽起來有多輕浮。

「改吃午餐如何？」

「什麼？」

「我只是想知道你有沒有空，因為我現在在艾肯。我對我爺爺的文件稍微做了點調查，也跟幾個以前協助調查的人談過。在所有領養文件還被封存未公開的時候，有個人曾經是田納西州雪比郡法院的員工。從我找到的結果來看，他以前透露了相當多資訊給我爺爺。」

我馬上進入狀況，那間愛迪斯托迷你小屋的氣味挑動著我的感官知覺。我聞到了菸斗菸草、老舊的剪報、乾硬的告示板、剝落的油漆，以及褪色的照片。「你是說，因此你的爺爺才能幫助被領養的人找到他們的親戚，是嗎？那麼……你要接手他未完成的任務嗎？」

「不算是。我是在替梅伊．克蘭朵打聽消息。想到她從未找到過的弟弟蓋比，或許我可以找出什麼也說不定。」

我瞬間呆住了。這個人做事十分用心，比我更值得信賴。我總是執著於家族問題，原本為了梅伊的處境，想打電話請教年長者公民權利政治行動委員會的人，卻始終拖著沒打，現在才發現自己一直故意把這項任務擱置一旁。想到那篇文章〈不公平的老化〉登出之後的所有爭議，就讓我害怕與她扯上任何關係。假如幫助梅伊的消息傳出去，政治敵手會指控我是利用她去修復我們受損的公眾形象。

我不能跟川特一起共進午餐。我不可能去，但也無法讓自己開口說不，所以我繼續改變話題。「你人真好。查到什麼消息？」

「目前為止，沒有什麼太重大的發現。我在法院文件裡找到一個加州的地址，已經寫信過去，詢問他們有沒有在一九三九年從田納西兒童之家協會領養的兩歲男童消息……或是誰有可能在三〇年代末住在那個地址。不過機會不大。」

「你開車過來是要告訴梅伊這件事？」

「不……除非有什麼結果，否則我不想讓她抱太高的希望。我來這裡其實是為了果醬。上次跟你告別後，我去拜訪住在艾肯附近的嬸嬸，那時她正在把做好的黑莓果醬裝瓶，現在可以吃了。」

我噗哧笑出聲來。「為了果醬開兩個半小時的車，這趟路可是長得很。」

「你又沒吃過我嬸嬸的黑莓果醬。而且約拿很愛去那裡。巴比叔叔還養了一頭騾子。」

「所以約拿現在跟你同行？」假如是三個人的話，就有可能一起吃午餐了，要是被看到，有約拿在就沒有人會多做他想。我在心裡想了一輪下午的行程，計算著我是不是有時間可以重新安排其中幾個，這樣我就可以偷溜出去。「你知道嗎？我很想跟你們兩人吃午餐。」

「我想我可以把約拿從巴比叔叔和騾子身上拔開。告訴我時間和地點。有沒有你特別想去的地方？我們很有彈性……只要不是在午睡時間都可以，否則會很可怕。」

他的說法再一次讓我笑了。「午睡時間是什麼時候？」

「大約兩點。」

「那好吧。早一點吃午餐怎麼樣？也許十一點？會不會太趕？」我不知道他嬸嬸住在離市中心多遠的地方，假如養了騾子的話，應該不會太靠近我現在的位置。木蘭莊園附近已經很多年沒人種田了，這一帶的土地還沒什麼開發。「你挑地點，我去那裡跟你們會合。不過別找太高檔的地方，好嗎？稀奇古怪的地點挺不錯的。」

川特大笑。「我們不走高檔路線。我們其實喜歡有遊樂設施的小餐館，你會不會剛好知道這樣的餐廳？」

我的心回到從前，在很棒的回憶裡降落。「事實上，我還真的知道。離我奶奶家不遠的地方，有一家開了很久的露天餐館，那裡有個小遊樂場。以前小時候，我奶奶常帶我們去那裡。」我告訴他方向後，我們都已準備就緒。最棒的是，假如我們在十一點碰面，沒人會發現我不在家。

我是大人了，可以合理思考。我開車迴轉，往茱蒂奶奶家的方向駛去。我不應該覺得像偷溜出去的青少年，只因為我……和一個朋友要共進午餐。

我有權利去過某種屬於自己的生活，不是嗎？

我沉浸在心裡的爭辯好一會，想法隨著車子一起轉了幾個彎。也許我在馬里蘭州的時候被寵壞了，住在我自己的無名小世界裡，做一份是我自己的、也是唯一屬於我自己的工作，和支援的工作人員、華府的辦公室、老家、選民、政治獻金資助人，以及一整個政治網路都沒有關係。

也許我從未理解，身為一個史塔弗家的人有多麼耗盡心力，尤其是在我們自己土生土長的地盤上。集體認同是如此難以承受，毫無個人的空間。

在很久以前，我很喜歡那樣子……不是嗎？我享受隨之而來的特權。每一條我踩上的小路，都會立刻在我面前弄平。

但現在我喜歡以自己的方式去走自己的路。

我已經長大了嗎？

這個想法把我撕裂，一分為二，在分線的兩邊各留下我一半的身分。我是我父親的女兒，還是我就是我？我是不是必須犧牲其中一個來當另一個？

這當然只是……對最近所有壓力的反應。

我在「停」的標誌停下，看著茱蒂奶奶住的那條街，目光掃過路中央凹陷的地方，以前我們小孩子碰到下雨時，都會在那裡踩水窪玩。我的目光繼續經過整齊修剪的樹籬，以及上方有鐵馬頭的信箱。

有輛計程車停在我奶奶家的車道上。在艾肯這樣規模的鎮上，這不是常見的景象。

我在十字路口猶豫了一下，看著計程車一會，車子沒有倒退離開。或許司機不知道這裡已經沒有人住？他一定是跑錯地方了。

我轉進奶奶家的那條街，心想當我開過去時，應該就會開走了，結果車子還停在原處。事實上，司機似乎在……在駕駛座上打瞌睡？當我從他旁邊開過去、下了車，他都沒動靜。

他看起來很年輕，就像個青少年，但他得到一定年紀才能有商業計程車駕照。後座沒有乘客，就我眼前所見，屋子附近都沒人。我懷疑這跟某種醜陋的挖八卦行程有關：狗仔藏身暗處，拚命拍照，把其他人的生活都公布出來，但為什麼那種人會搭計程車？

我在半開的車窗上敲了敲，司機嚇一大跳。他的嘴巴張開，試著眨眨眼好看清我是誰。

「呃……我猜我睡著了。」他道歉。「抱歉，小姐。」

「我想你停錯地方了。」我告訴他。

他看看四周，強忍呵欠，眨了眨他又濃又黑的睫毛，想要抵擋接近中午的熾烈陽光。

「不……小姐，沒有。預約時間是十點半。」

我檢查我的手表。「你已經在這裡快半小時了……就停在車道上？」誰會叫車到我奶奶家來？「你一定是搞錯地址了。」某個可憐的客人大概正在家裡焦急跺腳。

司機似乎一點都不擔心，他在椅子上坐正，瞄了一眼面板。「不，小姐。這是長期固定的預約。每週四早上十點半。車資預付。所以我爸……我是說我老闆，說要來這裡等，因為車資已經付了。」

「每週四？」我把我還記得的時間表想了一輪，從茱蒂奶奶還跟一位全職照護員一起住在這裡時。她迷了路，很困惑地出現在購物中心的那一天，確實是搭了一輛計程車。「你這麼做有多久時間了？每星期四來這裡？」

「呃……也許我該……打電話回車行，這樣你就可以和……」

「不用了，沒關係。」我擔心車行的人不願回答我的問題。開車的孩子似乎也不清楚。「週四來接我祖母的時候，你載她去哪裡？」

「到奧古斯塔，那裡有個靠水的地方。我只有載過她幾次，可是我爸跟我爺爺已經載過她……也許有好幾年了吧。我們是家族公司，已經經營了四代。」最後一句話聽來溫馨，彷彿他是直接從告示板上用走這段話。

「好幾年了？」我真的很困惑，而且困惑二字真的不足以形容我現在的感覺。我奶奶的行事曆中沒有提到固定的週四行程。除了打橋牌和上美容院之外，她沒有固定行程啊。而且是到奧古斯塔？走這一趟大約要花三十分鐘。她到底是固定去奧古斯塔地區拜訪誰？而且還搭計程車？已經持續好幾年了？

「她每次都去同一個地方嗎？」我問。

「是的，小姐。就我所知是這樣。」他現在看起來非常不安了。一方面他了解我正在質問他，另一方面他不想失去顯然是長期固定的車資收入。我無法想像到奧古斯塔一趟的車資是多少。

我的手就搭在他的車窗上方。或許聽起來很蠢，但我想確定在我還在釐清接二連三的訊息時，他不會試圖逃離現場。*「那裡有個靠水的地方……」*有個完全出乎意料的想法出現在我心裡。「靠水的地方。你是說河流嗎？」沙凡那河流經奧古斯塔，川特跟我和梅伊談話時，她提過奧古斯塔。說了有關回家、沿著沙凡那河順流而下的事。

「嗯，對呀，那裡可能是在河流上。大門全都……算是長滿雜草？我只是讓她在那裡下車，然後等她。我不知道她進去之後發生了什麼事。」

「她通常在那裡待多久？」

「幾個鐘頭。爸爸以前在等的時候，會走到橋那裡釣魚。她也不在乎，當她準備要離開時，就會去按汽車喇叭。」

我只是站在那裡，目瞪口呆地看著他。我簡直無法把所有這些事情跟我所認識的奶奶連在一起。那個我以為我認識的奶奶。

她在寫的是梅伊·克蘭朵的故事？還是有其他故事？

「你可以載我去那裡嗎？」我脫口而出。

計程車司機聳聳肩。他移動了車子的位置，好替我把後門打開。「當然可以啊，反正車資已經付了。」

我的脈搏加速。手臂上起滿雞皮疙瘩。*假如我上了這輛車，我最後會到哪裡？*

我的手機響了，這提醒我去到那裡之前還有別的地方要去。川特傳訊息告訴我，他跟約拿替我們占了一張桌，漢堡攤今天早上已經人潮滿滿了。

我沒有回傳訊息，而是從計程車司機身旁走開，打電話給川特。我為自己沒有赴約向他道歉，並且問他：「你能不能……可不可以請你……跟我一起去辦件事？」當我大聲說出口，解釋我人在哪裡、發生什麼事之後，一切聽起來更加不可思議了。

幸好川特不認為我失去理智。事實上他也很感興趣。我們訂好計畫，請計程車司機開到餐廳，這樣川特跟約拿就可以開他們的車跟在後面。

「我會替你外帶一個漢堡。」川特提議。「這裡的奶昔全球知名。約拿已經豎起大拇指稱讚了。要來一杯嗎？」

「謝了。聽起來很棒。」但我其實不確定現在是不是吃得下。

在開往餐廳的短程路上，我幾乎無法專心，十分坐立不安。川特在停車場等著，約拿已經繫好安全帶。他拿給我一包東西和一杯奶昔，告訴我他就在我後面。

「你還好嗎？」他問。我們目光相交了一下，他的深藍色眼睛已經讓我迷失其中，我發現自己在他的眼神裡放鬆了下來，心想：「川特在這裡，會沒事的。」

這個念頭幾乎消除了我心裡滋生的恐懼。幾乎。

可惜的是，我太了解這種感覺了，所以知道自己不該忽視它。在我經手的案件中，每當我就要得知關係人無從想像的另一面時，這種第六感總會出現——備受信任的鄰居要為孩子的失蹤負責；外表無辜的八年級學生囤積土製炸彈；育有四個孩子、外型整齊乾淨的父親，擁有一部存滿了噁心照片的電腦。那種感覺為我做好準備，只是我不知道接下來面對的會是什麼情況。

「我沒事，」我說，「只是擔心這輛計程車最後會去到哪裡……以及我們可能會找到什麼。」

川特把一隻手放在我的手臂上，我在他手指下的皮膚似乎正發燙著。「你想不想搭我們的車？我們可以跟著計程車走就好。」他瞄向他自己的車，約拿坐在他的安全座椅上瘋狂揮手，想要吸引我的注意力。他想跟我分享他的薯條。

「沒關係，但還是謝了。我要在路上跟司機談一談。」我想他已經把所有他知道的事都告訴我了，但我還是想讓年輕人有點事做，這樣他才不會跟車行查證。他的父親可能會對我用茱蒂奶奶的車錢搭去一個神祕地點而有不同意見。他說不定很精明，發現這樣可能會引發隱私問題。「他搞不好會跑掉，我不想冒這個險。」

當川特放手，他的手指順著我的手臂而下……這可能只是我的想像而已。「我們就跟在後面。」

我點點頭，對約拿揮手，他對我露出將薯條塞進嘴裡的大大笑容，然後我們就出發了。這趟路程要三十五分鐘，中午的交通還算暢通，很容易跟司機閒聊。他告訴我他名叫歐茲，當他開車載我奶奶出門的時候，她總是把派對和聚會上剩下的餅乾、巧克力或甜點拿給他，也因為這樣，所以他清楚地記得她。他很遺憾聽到她現在住在安養中心裡。很明顯地，他對所有新聞報導和爭議完全不曉得。在他因為父親的健康關係接管了大多數駕駛工作後，就一直忙著開車。

我們下了公路，在鄉間道路蜿蜒穿梭，想必是快接近我們的目的地時，他坦言：「上次載她來這裡的時候，我很擔心她。」一片片低地灌木叢、爬藤、高聳的松樹緊緊圍繞在我們周圍，我們轉彎又轉彎，這些植物也向內逼近。「她走路是還好，但她似乎有點困惑。我問她是不是可以陪她走到大門內，但她拒絕了。她說另一邊有輛高爾夫球車在等她，就跟往常一樣，不用擔心。所以我就讓她下車。那是我最後一次載她。」

我靜靜坐在後座，在歐茲說話時努力想像著那個畫面。嘗試過後，就是無法想像他所描述的事。

「在那之後的隔週，我的父親動心臟手術，我們有位代班的司機暫代了一個月左右。再下一次我在週四開車時，來到這間房子，但這裡一個人都沒有，從那之後就一直都是這樣。代班的司機也不知道發生了什麼事，他最後一次看到她，讓她在購物中心下車，而且她還說了下週四再見。我們撥打了她帳單上的電話號碼，但是沒有人接，我到的時候也沒有人在。我們在想她是不是出了什麼事。如果我們有造成什麼問題的話，我深感抱歉。」

「這不是你的錯。照顧她的人一開始就不該讓她獨自一人出門。」稱職的照護者現在很難找，而且我奶奶擅長說服照顧她的人，手法令人驚嘆，而且她非常有能力，我們又過度管控。很顯然照護者只讓她自己在星期四搭計程車出門。話又說回來，開支票付錢給照護者的人是她，他們也很清楚這一點。把為她帶來麻煩的管家解雇掉，並不會帶給她什麼影響。

車子行經一座從前由公共事業振興署蓋的橋時顛簸了一下，橋的水泥欄杆剝落，橋拱都布滿青苔。司機放慢速度，但我沒看到任何房子或信箱的影子。種種跡象顯示，我們來到一個荒蕪人煙的地方。

幸好歐茲完全清楚他要開去哪裡，不知道路的人一定會錯過轉彎處。以石子鋪成的車道已經殘缺不全，幾乎看不見的僅存路段描繪出兩條穿越路邊雜草、跨過一條排水管的小徑。就在後面，一個巨大的石頭入口，隱沒在凌霄花和黑莓荊棘之中。沉重的鐵門每一扇約有八呎高，歪歪斜斜地豎立著，重量由葉子和藤蔓支撐，鉸鏈早就生鏽了。一條爛鎖鏈和大掛鎖根本就像是裝飾品，看起來有幾十年沒人從這扇大門開車進出了。就在大門之後，有一棵六吋左右粗的美國梧桐樹，粗壯的樹枝枒穿過柵欄縫隙，將一側的門慢慢抬得比另一側的門還高。

「那裡有進去的路。」歐茲指著一條通往主要入口供人行走的小徑，很明顯仍有人在使用，路面保持乾淨，沒被夏天的青草占據。「她每次都往那裡走。」

在我們身後，車門砰的一聲。我嚇了一跳，往後一看，才想起來那個人是川特。

當我再次轉身，有種強烈的感覺，覺得這扇門應該要不見才對。噗的一聲就消失了。然後我會在德雷登丘的床上醒來，心想，這可真是一個怪夢……

但是大門沒有消失，前頭的小徑還在等候著我。

22

瑞兒

走到起居室中間時，芬恩突然停了下來。她的身體變得非常僵硬，我幾乎可以看到每一條肌肉的線條，一會之後，她尿褲子了，這是幾個星期以來她第一次尿褲子。

「芬恩！」我低聲凶她，因為我不想要施維雅太太聽到我的聲音，然後走過來看到芬恩尿褲子。我們的新媽媽可是為芬恩感到非常驕傲，她帶我們去看電影，說著我們以後會一起去的旅行，聖誕節的時候會看到聖誕老人，他還會帶禮物來送我們，她甚至想到我們大家應該一起開車去奧古斯塔看她媽媽。雖然我不想去奧古斯塔，但既然施維雅太太已經可以讓我們離開她視線範圍比較久一點的時間，我也不想惹出任何麻煩。

我趕快穿過房間，脫下芬恩的洋裝、鞋子跟襪子，用那些衣物來擦掉水窪。「趕快在她看到前上樓去。」

我可以聽到施維雅太太正在前廳跟某人說話。

芬恩的嘴巴顫抖，雙眼泛淚。她就站在那裡一動也不動，而我趕緊把溼掉的衣服和鞋襪捲起來，藏在垃圾桶後面，準備晚點再處理。

突然間，我知道芬恩為什麼在原處靜止不動了。前廳裡有另一個聲音，我越靠近，那聲音就越讓我全身充滿寒意，直達骨髓。

「去躲在你的床鋪底下。」我附在芬恩耳邊悄聲說，然後把她推向樓梯。

芬恩跑到二樓，消失不見。我趴在樓梯邊牆上，慢慢爬近廳門時，我的呼吸變得短促。廚房裡，茱瑪正在使用電動食物攪拌器，讓我有一度聽不見那個聲音，但後來我又聽到了。

「……真是不幸的狀況，但這的確發生了。」譚恩小姐說。「當我們替孩子找到好人家之後，從來都不會想要再把他們帶走。」

「但是我先生……還有那些文件……有跟我們保證過女孩們都歸我們了。」施維雅太太的聲音搖擺不定還破音。

茶杯碰撞到盤子發出哐啷聲。過了好久，譚恩小姐才回答：「也應該是這樣沒錯。」她的口氣像是為我們的麻煩感到遺憾。「但是領養要一年才能定案，親生家庭可說是非常棘手的，現在這些孩子的祖母提出要取得她們監護權的申請。」

我倒抽了一口氣，一聽見自己吸氣的輕柔聲音，立刻用手蓋住嘴巴。我們根本沒有祖母，就我知道是沒有。布萊尼的家人都過世了，昆妮自從跟布萊尼私奔以後，也沒再見過她的家人。

「這不可能……」施維雅太太發出啜泣聲，聽起來像這件事會把她整個人切成兩半。「我們……我們不能讓這……達倫會回家……吃午餐……請……請等一下。他會知道該……怎麼辦。」

「噢，我的天，恐怕我讓您過於煩惱了。」譚恩小姐的口氣聽起來甜膩，但我可以想像她的表情。每次波尼克太太壓著我跪在地上時，譚恩小姐也是露出同樣的微笑，她最喜歡人們害怕時的樣子了。「我沒打算今天就帶孩子們跟我一起回去。當然，您可以去反擊這種愚蠢的事。事實上，您確實應該這麼做。這位祖母沒有照顧這兩個女孩的能力，她們之後會過著悲慘的生活。梅伊和小貝絲仰賴您去保護她們。但是您也得了解……法律程序可能……要花很多錢。」

「花——花很多錢？」

「對於像您這樣很有能力的人來說，那應該不成問題，是吧？尤其當兩個無辜孩子的命運岌岌可危時，而且是兩個您已深愛著的孩子。」

「是，不過……」

「三千元，或許再多一點，應該就足以解決這些法律問題。」

「三……三千元？」

「或許四千。」

「你在說什麼？」

雙方又停頓了一下。「沒有什麼比您的家人更重要了，您同意吧？」我可以聽見譚恩小姐說話時的可怕笑容。我想要跑過去說出實情。我想指著她並且大喊：「騙子！我們甚至連祖母都沒有！我以前有三個妹妹，不是兩個；還有一個小弟弟，他的名字叫蓋比不是羅比。你把他帶走了，就跟你把我妹妹帶走一樣。」

我想把事情全說出來。我可以嘗到話語已經出現在我舌頭上了，但我不能說。我知道如果我說出口會發生什麼事，譚恩小姐會把我們帶回兒童之家，再把芬恩送給別人，我們就再也無法在一起了。

施維雅太太擤鼻子又咳嗽。「當……當然，我同意，但是……」她再次崩潰啜泣，同時一直道歉。

某張椅子發出嘎吱聲響，沉重、不平均的腳步走過地板。「請跟您先生談一談。在這件事情上表達您誠摯的感受，告訴他您多麼需要這兩個孩子，以及她們有多需要您。我今天就不麻煩您讓我看看那兩個女孩。我相信她們在您的照顧之下過得很不錯，說不定還是成長茁壯中。」

她的腳步越來越靠近房裡另一頭的門。我推了牆壁一把，跑到樓梯上，最後聽到的是譚恩小姐的聲音迴盪在屋裡。「您不必起來了，我可以自行出去，希望明天能聽到您的答覆。越快越好。」

我上樓直奔芬恩的房間，我沒有把她從床底下弄出來，反而是我溜到床底下，跟她一起待在那裡。我們面對面躺著，就跟以前在阿卡迪亞號上一樣。「沒關係，」我輕聲說，「不管發生什麼事，我都不會讓她把我們帶回去，我保證。」

我聽到施維雅太太經過大廳的聲音。她的啜泣聲迴盪在木頭牆壁和高聳鑲有金邊的天花板之間。門在大廳的另一頭關上，我聽見她上床，哭了又哭，哭個不停，就像我剛來這裡時那樣。茱瑪走過去敲門，可是門上了鎖，施維雅太太不讓任何人進去。施維雅先生回家吃午飯時，她還是躺在床上。那時候我已經把芬恩整理乾淨，還唸了一本書給她聽，她睡得很熟，一邊吮大拇指，抱著一隻她取名「蓋比」的玩具熊，彷彿那就是我們的小弟蓋比。

當施維雅先生打開他們的臥室，我仔細聆聽著。他走進去之後，我在可以聽得比較清楚的地方踮著腳，施維雅太太告訴他發生了什麼事之後，我甚至不用靠得很近就可以聽到施維雅先生有多生氣。「這是勒索！」他大吼著，「這根本就是勒索！」

「達倫，我們不能讓她把女孩們帶走，」施維雅太太請求。「不能讓他們這麼做。」

「我才不會被這個女人勒索！我們已經付了領養費，而且價錢還比一般狀況高，尤其是第二次。」

「達倫，拜託你。」

「維多莉亞，如果我們任由這種事起了頭，就會永遠沒完沒了。」某種金屬東西翻倒，摔落在地板上，發出哐噹聲。「要到什麼程度才會結束？你告訴我？」

「我不知道……我不知道！但我們得做些什麼才行。」

「噢，我絕對會做些什麼的。很好，那女人不知道她對付的是什麼人。」接著門把晃動，我趕緊回到我房間。

「達倫，拜託！拜託你！聽我說，」施維雅太太求他，「我們可以去媽媽在奧古斯塔的家，貝爾格羅夫那裡空間很大，現在爸爸走了，那裡對她來說太大了，女孩們會有阿姨、叔叔和我在那裡的所有朋友陪伴。我們也可以帶荷伊、茱瑪和瑚琪一起去，想待多久就待多久，甚至是永遠住在那裡都可以。而且媽媽很寂寞，貝爾格羅夫需要一家人的熱鬧聲，那是個很適合成長的環境。」

「好了，維多莉亞，這裡是我們的家。我在湖邊的小工作室也終於有所進展了，麥克基米一家雖然不是速度最快的工人，但他們把碼頭做好，地板也鋪了，搭牆工程也有進展。我們不能讓喬琪亞．譚恩把我們從自己的家、我們一家人的家裡趕出去。老天啊！」

「貝爾格羅夫沿著沙凡那河有一大片土地，你可以在那裡再建一間工作室，更大的工作室，你想蓋成什麼樣子都行……」施維雅太太說話速度快到我幾乎聽不懂她在說什麼。「拜託，達倫，如果知道那女人隨時會來敲門要把我們的孩子帶走，我沒辦法住在這裡！」

施維雅先生沒答腔。我閉上眼睛，用力把指甲戳進我毛茸茸的粉紅色壁紙裡，等待著，祈禱著。

「我們先不要衝動行事。」施維雅先生最後說。「我今晚要到城裡去開會。我會順道拜訪譚恩小姐一趟，面對面談談，一次就解決這件事。看看她究竟是要多少錢。」

施維雅太太沒有繼續爭執下去。我聽見她靜靜地哭著，床鋪發出嘎吱聲，施維雅先生在安慰她。「好了，親愛的，別哭了。我會處理這件事，如果你想帶女孩們去奧古斯塔玩，我們也可以安排。」

我站在那裡，腦中閃過上百個念頭，然後在其中一個想法上停下來。我知道我得做什麼，沒有時間好浪費了。我趕緊到我的梳妝檯旁去拿我需要的東西，然後跑下樓。

廚房裡，茱瑪已經做好午餐，但她站在角落，把頭伸進待洗衣物的傳送道裡，這樣她就能聽見施維雅夫婦的動靜，而珊琪大概是爬到傳送道的中間，把聽到的一切告訴茱瑪。砧板上擺了一個已經準備好要拿去工地給麥克基米一家的小野餐籃，通常茱瑪會要珊琪送。珊琪很討厭送餐過去，茱瑪也是。茱瑪說，麥克基米一家人不過是白種垃圾，趁施維雅先生轉身沒看到，就會把他偷個精光。現在唯一的好事是，茱瑪跟瑚琪已經比較不討厭我們了，因為她們現在正忙著討厭麥克基米父子。

我抓起籃子跑出門外，一邊大喊：「我把餐籃送去工地，我剛好要拿電影傳單給那裡的男生。」在茱瑪還沒說出我會來不及回來吃午餐之前，我就已經跑走了。

我衝到屋後，跳過陽臺、穿過院子，盡可能飛馳奔跑，同時還得回頭看瑚琪有沒有跟著我。幸好她沒跟來。

當我帶著籃子出現在湖邊時，麥克基米先生早就準備吃午餐、坐在樹蔭下了。跟我猜想的差不多，他總是不介意停下工作。他今天唯一揮汗工作的原因，是他兩個最大的兒子去鄰居那裡幫忙，把因為閃電倒在馬廄上的樹砍下，將屋頂修好。他們要在一、兩天後，等工作完成才會回來。麥克基米先生現在唯一的幫手是最小的兒子，名叫雅尼，不過施維雅先生都叫他小弟。

我對雅尼點點頭，他跟著我走上一條通往柳樹的小徑，我們以前坐在那裡聊過天。我從樹枝底下溜過去，把放在口袋的一個三明治、一顆蘋果和兩片甜餅乾拿給他。雅尼是個骨瘦如柴的小傢伙，通常我來這裡的時候，都會另外帶食物給他，這樣他就不用跟其他麥克基米家的人搶。我想他應該很需要吃的，雖然他大我一歲，身高卻沒有我高。

「我今天帶了別的東西給你。」我給他一張電影院的傳單。

他拿著那張畫有牛仔坐在一匹黃色大馬上的傳單，發出又低又長的口哨聲。「這超美，快告訴我故事是怎麼演的，有很多槍戰嗎？」

他坐下來，我也和他一起坐下。我想告訴他施維雅太太帶我們去看的電影劇情，還有戲院裡的紅色絨布大椅子，那裡有看起來像蓋在國王城堡上的高塔，但沒有時間講這些事了，至少今天不行，不能在發生那件事之後。我得要雅尼答應我昨天提出的要求。

今晚是月圓之夜，在水上，月亮幾乎跟日正當中的太陽一樣光亮。雅尼的哥哥們不在，沒有比現在更好的時間了。我不能讓施維雅太太把我們拖去奧古斯塔，也不能讓譚恩小姐逼我們回兒童之家，而且芬恩已經開始把施維雅太太當作她的媽媽，漸漸地，她的心已經忘記我們真正的媽媽了。晚上睡覺時，我會溜去芬恩的房間，告訴她昆妮和布萊尼的事，可是已經沒有用了。芬恩忘了河流和阿卡迪亞王國。她忘了我們的身分。

該是我們離開的時候了。

「那麼，有關我們昨天談過的事。你會帶我們離開，對吧？」我問雅尼。「今晚月亮會很早升起，而且待在天空的時間會很久。」如果你在河上生活一輩子，一定會知道月亮行進的周期。河流和河裡的生物是根據月亮來選擇自己的心情。

雅尼猛然跳開，像是我打了他一巴掌似地。他用力閉緊他棕色的眼睛，一綹紅棕色細髮落在額前，部分遮住了他又長又削瘦的鼻子。他緊張地搖頭，也許他從來就沒打算要幫我們，也許他說他可以開他爸爸的船、知道怎麼樣穿過牛軛湖和戴德曼的泥沼、一路開到大河上，都只是在說大話而已。

但我告訴他芬恩跟我的故事。整個故事。我甚至把我們真正的名字跟他說。我想他會了解我們需要他幫忙的原因。

他把雙手手肘靠在膝蓋上，中間隔了層骯髒的工作服。「如果你離開了，我一定會很想你。到目前為止，在這裡只有你對我好。」

「你可以跟我們一起走。老齊德帶大很多男生，他絕對會收留你，我相信他會的。你永遠都不用再回到這裡，可以獲得自由。我們也要重獲自由了。」雅尼的爸爸天天喝酒，要他的兒子們像鋸木廠的騾子一樣工作，一天到晚揍他們，尤其是雅尼。瑚琪看過雅尼被他爸爸拿榔頭把手痛打頭部，只因為他拿錯鐵釘。「不管怎樣，這些珍珠都給你，就像我之前保證過的。」

我從口袋裡撈出珍珠，放在手心讓雅尼可以看見。我對這些珍珠懷有罪惡感，施維雅太太帶芬恩去試穿矯正鞋回來的那個晚上，送給我這些珍珠。根據田納西兒童之家協會的文件資料，她以為那天是我的生日。施維雅夫婦以為我完全忘了那天是我的特別之日，他們在晚餐時辦了派對想要給我驚喜。我的確是很吃驚，因為我的生日其實是在五個半月前，實際年齡比他們以為的還大了一歲。不過我的名字也不叫梅伊．韋瑟斯，所以在秋天過生日對我來說也無所謂。

珍珠是第一個屬於我的漂亮東西，但我寧願放棄珍珠，只求換得昆妮、布萊尼和河流。我可以想都不想就交出去。

況且，雅尼比我更需要珍珠所能換來的東西。他們有一半的時間，營地裡只有威士忌，沒有食物。

雅尼撫摸著珍珠，然後把手抽開，摳著指關節上的一塊痂。「啊……我不能離開我的家人，不能離開我的哥哥們。」

「好好想一想，我是指跟我們一起在河上生活的提議。」事實上，雅尼的哥哥都成年了，就跟雅尼的爸爸一樣壞，等他們厭倦工作得跟狗一樣累的日子，到時一定會決定逃跑，這樣雅尼很可能會餓死，或是被他爸爸揍到斷成兩截。「我保證，昆妮跟布萊尼會替你找個地方生活，他們會非常高興你帶我跟芬恩回去，然後替你找個真的很棒的地方生活。假如齊德已經不在泥島了，你可以跟我們一起待在阿卡迪亞號上，等到我們再次遇到齊德。」

我的體內有股小小的不安。我沒辦法確定布萊尼跟昆妮是不是還停留在原來的地方……除了我相信他們還在以外。有必要的話，他們會永遠在那裡等候，就算黑夜變得越來越冷、樹葉開始掉落——現在到了該順著河流南下，前進溫暖鄉間的時候。

一旦芬恩跟我回到阿卡迪亞號，我擔心要讓布萊尼跟昆妮駕船離開不會是件容易的事。

賽拉斯有沒有告訴他們現在只剩下我跟芬恩，卡蜜拉已經死了，而小雀跟蓋比在很遙遠的地方？他們知道嗎？

我現在不能太用力去想這件事，因為那讓我心痛。布萊尼老是說：「不要杞人憂天。」現在我必須專心思考先去泥沼然後再進到大河的計畫。從那裡，我們就能靠近河岸邊，只要留意船隻和駁船尾端掀起的水花……注意一堆堆漂流物和卡在河上的樹木等等。在施維雅夫婦家裡度過的許多夜晚裡，我爬到圓屋頂上往外眺望，從那裡看不見河，但我可以感覺到水流，很確定我從很遠很遠的地方聽見霧角和汽笛聲。在天空邊，我看得見曼非斯的光線。依雅尼所說的來看，我想這片泥沼一定會在契卡索陡崖和從泥島開始的上游沙洲之間，匯入老人河。雖然雅尼無法完全肯定，但我應該不會錯得太離譜。

雅尼點頭。真是讓我鬆口氣。「好吧，我會帶你們離開。不過一定要今晚行動才行。我不知道我哥他們什麼時候回來。」

「很好，一等月亮出現在樹梢上，芬恩跟我就會偷溜出來。我們會在船那裡跟你碰頭。你要確保你爸今晚早點開始喝他的威士忌，也讓他好好吃一餐，那樣就會讓他想睡覺。我會確定瑚琪送來的晚餐量很足夠。」要辦到並不難，只要告訴我們的新媽咪，營地裡有個男生肚子很餓，可是沒有足夠的東西吃，她就會要茱瑪多準備點食物。

施維雅太太的心就跟蒲公英花一樣柔軟，也一樣脆弱。我不願去想我們走了之後她該怎麼辦。我不能去想這件事，昆妮跟布萊尼也需要我們，而且他們是我們的家人。就這麼簡單，不去做其他想像了。

我們該離開了。

雅尼又點點頭。「好吧，我會在船那裡等。但假如我們要一起在河上航行，有件事你應該要先知道。因為情況可能會改觀。」

「什麼？」我的呼吸嗆了一下。

雅尼瘦得皮包骨的肩膀抬起又放下，他瞇起眼睛很快看了我一眼，然後吐露實情。「我不是男生。」他解開差不多已經算是破布的襯衫釦子，身上纏繞一條又髒又舊的棉布，像是醫師的繃帶。雅尼不是男生。「我其實叫雅奈兒，可是爸爸不想要別人知道，否則就不會給我工作了。」

我現在更加確定雅尼必須跟我們一起在河上生活了。最重要的是，他其實是她，這可不是一個女生能過的生活，她骨瘦如柴的身上都是瘀青。

可是，齊德對於他船上有女生會怎麼說呢？

也許布萊尼跟昆妮會讓我們把雅尼留在阿卡迪亞號上，總之我會想出辦法。「雅尼，你是女生也沒有關係，我們一樣會替你找地方住。等今晚月亮升到樹上，你做好準備就是。」

我們勾勾小指頭許下承諾，接著雅尼的爸爸在樹林的另一頭叫她，午餐結束了。

我一整個下午都在想，等我跟芬恩晚上抵達船邊的時候，雅尼她在不在。但我想她會在吧，等她思考過後就會知道，這裡沒什麼好讓她留戀的。她必須離開，到河上去，就跟我們一樣。

在施維雅先生出發到曼非斯開會之前，施維雅夫婦又在臥室裡談話。當他們下樓時，他拎著一個小過夜包。

「假如會開得晚，我可能就在城裡過夜。」他說，然後親了芬恩的頭，也親了我的頭，他以前從來沒有這樣做過。當他在我面前彎下腰來，我咬緊牙關，很努力地保持靜止不動。我滿腦子想到的都是里格斯先生。「你們三個好好照顧彼此。」他看著施維雅太太。「別擔心，一切都會沒事的。」

當他走出門外，茱瑪把帽子交給他，然後就只剩下我們這些女生們。施維雅太太告訴茱瑪跟瑚琪，她們可以回去馬車房好好休息，不用再忙東忙西弄一餐，我們女生吃一盤手指三明治就好。

茱瑪離開前，做了一盤很可愛的三明治。

「我們來開個睡衣派對吧！今晚有廣播劇《午夜機長》，」施維雅太太說，「還有熱可可，說不定可以安撫我的胃。」她舔舔唇，一手放在肚子上。

「我也覺得我的胃不太舒服。」我很想到樓上收拾物品。施維雅夫婦買給我們的東西之中，我只會帶走真正需要用到的。因為那麼做是不對的。反正我們在阿卡迪亞號上已經有必需品了，東西沒這些漂亮，但需要用的我們都有。一個河上吉普賽人哪需要抓縐摺邊的洋裝和亮晶晶的皮鞋？會發出嘎哩喀啦響聲的鞋底會把所有魚都嚇跑。

「你們兩個女孩去洗澡，換上睡衣。小梅，等我們全都坐定了，喝點熱可可、吃點東西，你就會覺得好多了。」施維雅太太用手臂擦了擦額頭，然後露出微笑。「去吧，我們會有一個美麗的夜晚。就我們三個女生。」

我牽起芬恩的手，往樓上走。

芬恩對於我們要和施維雅太太一起開派對很興奮，她自己洗澡，非常迅速地穿上睡衣，不過她把睡裙穿反了。

我替她把睡裙穿正，上面套上袍子，我自己也穿上袍子，但我把外出服藏在底下。假如施維雅太太注意到，就告訴她我覺得冷，最近屋裡到了晚上就涼颼颼的。這也是提醒我，在冬天來臨前，就該回到河上去了。

在我們的廣播劇派對上，我試著裝出很開心的樣子，但在吃手指三明治時，我就像隻貓一樣緊張，還弄掉一塊在袍子上，結果留下汙漬。施維雅太太替我把髒掉的地方擦乾淨。

她摸摸我的額頭，檢查體溫。「吃了一點東西之後，你現在覺得怎麼樣了？」

我所能想到的就是我真希望她是昆妮。我真希望昆妮和布萊尼擁有這間大房子，我希望施維雅太太可以像昆妮一樣，寶寶生了一個又一個，這樣等我們走了之後，她就不會寂寞。

我搖搖頭，輕聲說：「我最好還是上床睡覺，我可以帶芬恩跟我一起，把她安頓好。」

「沒關係，」她一手梳過我的頭髮，全部捧起來，從我的脖子上拿開，跟昆妮以前一樣。「她準備好要睡了我就會帶她上去，畢竟我是她的媽咪。」

在我心裡，一切再次變得冰冷堅硬。當她吻我臉頰、問需不需要替我蓋好被子，我幾乎沒有感覺。

「不用了……媽咪。」我盡快跑出房間，頭也沒回。

在施維雅太太把芬恩帶回床上之前，感覺過了好長一段時間。透過牆壁，我聽見她在唱搖籃曲。我的雙手緊緊蓋住耳朵。

這是昆妮跟我常常給小孩們聽的搖籃曲。

乖呀乖，別哭了，
小寶寶，睡覺吧。
等你醒來，
你會擁有所有美麗的小馬。

所有一切在我的腦中糾結。阿卡迪亞號和這個地方，我真正的父母和施維雅夫婦，昆妮和媽咪，布萊尼和爸爸，大河，牛軛湖，泥沼。白色長廊和小小的前廊在水上漂呀漂，完全沒有上漆。

當施維雅太太走進我房裡，再次確認我的額溫時，我假裝已經睡著了。原本心想她會叫醒我，但她後來就離開了。房門在走廊盡頭關上，我終於可以輕鬆呼吸。

月亮剛出來，我穿上外套和鞋子，一個小袋子綁在我背上，接著溜進芬恩的房間，把她抱起來。「噓……安靜。我們要走去河邊，看是不是可以看到螢火蟲。假如有人聽到聲音，他們就不會讓我們去了。」

我用毯子把我的小妹包好，在我們走下樓梯、來到屋外前廊上時，她早就在我肩上睡著了。外面很黑，暗影幢幢，我聽見靠近房子的花園裡傳來搔抓聲，也許是浣熊或臭鼬發出來的。當我走到草地上，施維雅先生的獵犬開始吠叫，但牠們發現是我之後，又全都安靜了下來。馬車房裡沒有點燈。我抱緊芬恩，趕快往樹林走去，露水全都彈灑在我的雙腿。樹梢上，圓圓的月亮高掛發光，就跟布萊尼總是掛在阿卡迪亞號上的提燈一樣亮。光線很充足，讓我可以看得見路，這樣就夠了。我們很快地走到湖邊，雅尼就像她之前承諾的一樣，已經站在那裡等待我們。

我們輕聲交談著，雖然她告訴我，她爸爸早就喝威士忌喝得不省人事，就跟往常一樣。「假如他稍稍醒來想要找我，也爬不起來。」但雅尼還是要我們趕緊上船，當她轉頭回去確認營地時，在她削瘦的臉上，雙眼看起來像是兩個白色的大圓圈。

終於，她站在那裡，一手放在平底小船、兩腳站在岸上。她轉身看營地，一直盯著瞧。

「上船。」我輕聲說。芬恩在船底稍微醒來，打呵欠、伸個懶腰，眨眨眼看四周。假如她搞清楚發生了什麼事，我怕她可能會開始吵鬧不休。

雅尼的手指緩緩離開，只剩下指尖還在船身上。

「雅尼！」她該不會要讓我們自己離開？我不知道要怎麼開汽艇，也不知道要如何通過泥沼。我們會在那裡迷路，永遠都出不來。「雅尼，我們得走了。」

有幾道影子通過樹頂，在草地上移動，我想我看到了一束束燈光在草地上移動，等到我站起來想看清楚一點，燈光就消失了。也許那些光束只存在我心裡……或是施維雅先生決定今晚回家而不是待在城裡，這光線可能是他在停車，正準備要走進屋裡。他會去查看我們的房間，然後發現我們不見了。

我搖搖晃晃走過船身，抓住雅尼的手臂，她嚇了一大跳，彷彿完全把我給忘了。透過月光，她的目光與我的目光交會。「我不知道我該不該走。」她說。「我再也見不到我的家人了。」

「雅尼，他們對你很壞。你得離開才行。跟我們一起走，我們現在是你的家人了。我跟芬恩、布萊尼和昆妮，還有老齊德都是。」

我們盯著彼此很長一段時間。最後她點點頭，把船鬆開，速度快到害我跌坐在芬恩身上。我們拿起船槳划動，由風和水流將我們拉向泥沼，直到完全遠離岸邊。

當我從芬恩身上爬過去時，芬恩喃喃自語：「螢……螢火蟲……在哪裡？」

「噓，我們得先到河上才行，你再睡一下。」我把她的毯子往上拉緊，幫她穿上鞋子以便保暖，讓她用袋子充當枕頭。「等到要看螢火蟲的時候，我會叫醒你。」其實不會有任何螢火蟲，不過等芬恩最後看到阿卡迪亞號時，她就不會再想著螢火蟲了。

雅尼發動馬達，坐在船尾操控。我拿起船槳，移到前面去留意漂流木。「把燈點亮，」雅尼說，「盒子裡有火柴。」

我照她要求的去做，就在幾分鐘之後，我們已經滑入寬闊清澈的湖中央，驚動了夜晚的生物，牠們四處奔散，躲避提燈的光圈。我感覺有如從頭頂飛過的加拿大野鵝一樣自由，牠們發出啼叫聲，點綴繁星，前往的方向跟我們一樣，往南朝河流走。我看著野鵝飛過，希望自己能抓住其中一隻，讓牠載著我回家。

當湖變窄時，樹木也擠了過來，「那邊最好小心一點。」雅尼放慢船速。「假如你看到有漂流物就推開。別讓我們撞上去。」

「我知道。」

夜晚的空氣冷卻，變得厚重，聞起來有泥沼的味道，我把我的外套扣得更緊了些。樹木遮住天空，寬大的底部盤根錯節，樹枝有如手指般伸向我們。某個東西擦過，抬高了我們一側的船身。

「繼續注意別讓我們撞上漂流木！」雅尼大喊。「只要船身被劃破，我們就沒命了。」

我留意木頭、柏樹樹瘤和各種漂流木，用船槳將它們推開，一點一點慢慢前進。到處都有小船停靠在岸邊，沼澤裡的屋子以墊木支撐，提燈一閃一閃，但大多時候什麼都沒有，就只有我們自己，以及綿延好幾哩的沼澤低地，水獺和野貓住在那裡，青苔沉重地掛在頭頂的樹枝上，樹木的形狀看似黑暗裡的怪物。

貓頭鷹的尖叫聲突然傳到我們耳邊，雅尼跟我蹲下閃躲，聽見牠直接從我們頭頂飛過。芬恩被噪音打擾，在睡夢中翻來覆去。

我想起布萊尼說過，關於獸人如何把小孩帶去沼澤的故事。我渾身一陣顫抖，但我沒讓雅尼看見。假如我們被送回去的話，沒有任何怪物比在墨非太太家等著我們的更恐怖。

不管發生什麼事，芬恩和我都不能被抓到。

我看著河水，試著不去想沼澤裡可能有什麼東西在等待我們。雅尼就像她承諾過的那樣，帶領我們轉彎又轉彎，一次又一次找尋水道。

最後，我們沒了月光，燈裡的煤油也乾了，火焰劈啪作響，只剩燈芯在燒。我們靠近岸邊，把船綁在樹枝上，微風捻熄了火焰。我的雙手雙腳同我一直用船槳推開的那些吸了水的木頭一樣沉重。當我爬到船中心，躺在芬恩旁邊，鑽進毯子底下，我的手腳既痛又喀啦作響。我在忙的時候，芬恩幾乎一直都在睡覺。

雅尼也來了。「從這裡到泥沼尾不遠。」她說。我們三個全縮在一起，又冷又溼又睏。某個地方傳來了聲響，我想我聽到音樂聲，告訴自己那是遊藝船，表示附近有河流，但也可能只是我的腦袋在作弄我。當我漸漸入睡，我確信遠處有船隻和駁船的聲音，它們的霧角號聲和汽笛聲在夜裡傳遞給我，我仔細聆聽，試圖確定我知不知道是哪些船，有班尼雪橇號、

P將軍號，還有一艘明輪船發出的典型水花潑濺聲，噗噗、嘩啦、嘩啦、噗。

我到家了。我熟悉的搖籃曲將我包裹起來，我讓黑暗與夜晚的聲音進入我的體內，到處都沒有夢，也沒有憂愁。母親之水輕柔地搖晃我，直到我的身邊空無一物。

我像個河上吉普賽人深沉地睡了一覺。

到了早上，聲響將我從靜謐中拉出。那是人聲……和木頭撞木頭的聲音。我掀開毯子，睡在芬恩另一邊的雅尼也立刻醒來，我們互看了一下，才想起身在何處以及這麼做的原因。芬恩夾在我們當中，轉過身來，對著天空眨眼。

「雷姆利，我就跟你說那艘船上有人。」三個黑人小男孩站在柏樹上，在那裡看著我們。他們的工作服全都捲起來，露出瘦巴巴又髒兮兮的腿。

「那個是女生！」年紀最大的男生搔搔下巴，用他抓青蛙的叉子尾端拍拍船身。「還有一個小女生。都是白人！」

其他人後退，年紀最大的男生——他頂多九歲或十歲——立定站好，靠在他的叉子上。

「你們在這裡做什麼？你們迷路了？」

雅尼站起來，對他們揮了手。「滾開！你們要是識相，就快點滾吧。」她的聲音聽起來更低沉了，就像我知道她是女生之前所用的那種聲調。「我們在釣魚，只是剛好在船上等天亮而已，就這樣。你們動作快，去把繩子解開，我們就可以上路了。」

男孩們待在原地不動，依然看著我們，雙眼睜得好大。

「動作快，聽到我說的沒有？」雅尼朝我們綁住的樹枝搖晃船槳。在我們睡覺時，水流將我們推來拖去，繩子和樹枝糾纏在一起，要靠我們自己解開很難。

我在袋子裡翻找，拿出一片餅乾。在施維雅夫婦家裡，要帶著茱瑪烤好的東西逃跑不難，我前幾天已經先藏好一些，以便為這次旅程做準備，現在它們變得很有用處。「假如你動手解開，我會丟一片餅乾給你。」

芬恩揉揉眼睛，輕聲說：「媽咪在哪裡？」

「噓。」我告訴她。「你現在乖乖別動。不要再問問題。」

我舉起餅乾給黑人男孩們看。最小的男孩露齒而笑，然後放下他的魚叉，身手矯健像隻蜥蜴，三兩下就爬上樹枝。他花了一點工夫處理，最終還是解開了。在我們漂離之前，我丟了三塊餅乾到岸上。

「你其實一片餅乾都不必給。」雅尼抱怨。

芬恩朝我伸懶腰，舔了舔嘴唇。

我把最後兩片餅乾分給芬恩和雅尼。「等我們到了阿卡迪亞號，就會有很多食物，昆妮和布萊尼會很高興看到我們，他們會煮一大堆東西，讓你無法相信自己的眼睛。」自從我們開始這趟行程，我不斷向雅尼許下各種承諾，好讓她可以堅持下去。我看得出來她還想回到家人身邊。就算真的過得很糟，但你以前習慣的事現在看起來似乎就是正確的，真是奇妙。

「你等著看吧。」我告訴她。「等我們一到阿卡迪亞號，我們會在河上獲得自由，那裡沒有人找我們麻煩。我們會往南走，老齊德跟在我們後面。」

我一遍又一遍告訴自己。我們發動馬達，往泥沼口而去，但我的心裡卻像是還有條線仍綁在遠離的那一邊，即使在我們轉彎之後，樹林敞開，我看見河流，感覺到河已經準備好帶我們回家，心裡那條線卻越來越緊。當我們朝曼非斯前進，我內心的憂慮加劇，但這與在我們四周推擠晃動的大船船尾所掀起的船跡無關。

　　當泥島終於出現在眼前，我的擔憂讓我呼吸困難。我們穿越回水處，我有點希望會出現一艘快速行駛的駁船，把我們拖行到船底下。當布萊尼跟昆妮看到我旁邊只剩下芬恩時，他們會說什麼？

　　隨著我們經過幾乎已經淨空的船屋營地，這個問題變得越來越沉重。我即將引導雅尼進入已經在心裡旅行過上百次的回水處。我從譚恩小姐的車上、墨菲太太的地窖、鑑賞會派對的沙發、施維雅夫婦大房子內有蕾絲的粉紅色房間，已經來過這裡無數次了。

　　即便我們已經通過轉彎處，都還是很難相信阿卡迪亞號仍在那裡等著，千真萬確，這並非又只是一個夢。

　　齊德的船屋就綁在不遠處，但我越靠近，阿卡迪亞號看起來就越不對勁。前廊的欄杆壞了，樹葉和殘枝散落在屋頂上。靠近煙囪的地方有扇破窗，在陽光下閃露鋒利的尖牙。阿卡迪亞號在水裡傾斜著，船身深陷在河岸上，我不知道我們要怎麼把船拖出來。

　　「阿卡迪亞號！阿卡迪亞號！」芬恩歡呼、拍手、指著船，她一頭捲曲的陽光金髮上下跳動。她站立的位置是船的正中央，那是只有河上女孩才做得到的動作。當我們越來越接近，她不斷大喊：「阿卡迪亞號！昆妮！昆妮！」

　　到處都不見人影。也許他們今天早上起來之後去釣魚或打獵？或者他們在齊德那裡？

但是昆妮很少離開，她喜歡待在家裡，除非附近有其他女性可以去拜訪聊天，但這附近沒有其他人。

「就是這裡嗎？」雅尼的口氣聽起來很懷疑。

「一定是他們現在不在家。」我試著讓自己擺出很有信心的樣子，但其實一點把握也沒有。有種厚重的黑暗感襲上我的心頭，昆妮和布萊尼不會讓船變成這副模樣，布萊尼向來對阿卡迪亞號深感驕傲，所有東西都整理得有條不紊。即使有五個孩子，昆妮也把我們家整理得一塵不染。「井然有序」，她是這麼說的。

阿卡迪亞號現在根本談不上井然有序。雅尼掌舵帶我們靠近梯板，然後關掉馬達，這樣我們就能漂過去。阿卡迪亞號近看更是糟糕。當我抓住前廊欄杆，要把我們拉近，結果一部分欄杆落在我手裡，我差點整個人摔進水中。

我們才剛停靠好，我就看見賽拉斯沿著河岸跑來。他的長腿迅速跑過沙地、跳過草叢，跟狐狸一樣敏捷，有那麼一刻，我想起警察來的時候，卡蜜拉急忙逃跑的情景。

那感覺像是很多年前，而不是幾個月前才發生過的事。

當我爬下船時，賽拉斯看見我了。他用力抱住我、搖晃我，將我舉起離地，而他雙腳陷進沙子裡，最後再把我放在底端甲板上。

「看到你真是開心！」他說。「我從沒想到會再見到你！」

「我也感到驚喜！」在我身後，我聽見雅尼幫忙芬恩的聲音，但我的眼裡只有賽拉斯。看到他真是開心，他就是這樣的人。「我們到家了！我們回到家了！」

「你們做到了。你也把芬恩帶回來了。等等要讓齊德好好看一下！」

他再次擁抱我，這次我的手沒被他壓住。我也抱著他。

等到芬恩說話，我才想起有別人在看。「昆妮在哪裡？」她問。

我放開賽拉斯，後退一步看他，一看就知道事情不對勁了。即便我們發出那麼多噪音，都沒有人從船屋出來。「賽拉斯，昆妮在哪裡？布萊尼在哪裡？」

賽拉斯按住我的肩膀，他的深色眼睛用力直盯著我的眼睛，他的嘴角微微顫動。「瑞兒，你們的媽媽在三週前死了，醫師說是血液中毒，但齊德告訴我，她是心碎而死。她太想念你們大家了。」

這個消息把我像條魚一樣掏空了五臟六腑，內心變得空蕩蕩。我的媽媽離開這個世界了？她已經離開這個世界，我再也見不到她了？

「布萊尼……在哪裡？」我問。

賽拉斯把我抱得更緊了。我知道他擔心要是他放手，我會像個布娃娃一樣癱軟在地。有那麼一刻，我覺得自己真的就要撐不住跌坐在地上。「瑞兒，他狀況一直都不太好。他失去你們所有人以後就開始酗酒。昆妮死了以後，他的情況更嚴重。加倍嚴重。」

23

艾芙芮

川特和我一起肩並肩站著，抬頭凝視排列在一塊崩壞的石頭和混凝土地基四周的古老柱子。柱子如同哨兵聳立，模樣像軍人，雙腳隱沒在藤蔓和茂盛的青草之中，帽子有雕花捲軸和青苔色的小天使裝飾。

幾分鐘過去，我們兩個才發現約拿已經爬上樓梯，去調查曾經是外廊的區域。生鏽的二樓欄杆沿著高過我們頭頂的柱子不斷繞行，像是綁在金髮髮辮上的褪色繫繩。

「嘿，小子，趕快回來這裡。」川特向約拿喊道。石頭看起來很堅實，但仍舊不確定這個地方是不是夠穩固。

矗立在這裡的房子曾經是一棟農舍，隱身在離奧古斯塔不遠的沙凡那河邊一處平緩的山丘上。這是誰的房子呢？附近有間冰庫和幾間附屬的建築物都已經廢棄，上頭酒紅色的木瓦慢慢腐爛，斷掉的木材像是斷掉的骨頭般凸出來。

「我的奶奶到底在這裡做什麼？」難以想像茱蒂奶奶會待在這種地方。以前我從馬廄出來，假如馬褲上沾到馬毛，不小心一屁股坐在家具上，她可是會很不開心的。

而且連續多年，每個星期四都來？為什麼？

「有件事可以確定，在這裡沒人會來吵你，我懷疑是不是還有別人知道這棟房子的存在。」當約拿開心地跳下來，川特走到臺階上，牽起他的手。「小子，待在爸爸旁邊。我知道這裡看起來很棒，不過外面可能有蛇。」

約拿伸長身體，想要查看地基之外的區域。「蛇在哪裡？」

「我是說可能會有。」

「噢……」

他們兩個讓我暫時分心了一下。他們看起來像雜誌裡的一張照片，日正當中的陽光透過原始樹林一層層照在他們身上，打亮了他們淺色的金髮以及神似的姿態。

我回頭去看房子的遺跡，這裡在全盛時期一定很雄偉。「她叫計程車來到這裡，而不是請她的專屬司機載她過來，從這點推測，她並不想讓別人知道她去哪裡。」

我希望事實可以那麼簡單，但我知道並不可能。梅伊．克蘭朵提到過奧古斯塔，而我奶奶又一次次來到這裡，這絕不可能是巧合。我知道這裡絕對是梅伊的家，她與茱蒂奶奶的關係絕對遠超過曾經一起書寫領養的故事。

「看起來這條路一直往那裡延伸下去。」川特指著我們剛才從大門走過來的路。路中間長滿了草，種子穗往兩旁車轍垂下。那不能算是條路，可是離上一個生長季之後，顯然有車輛和除草機行駛過的痕跡，表示這裡一直到不久前都還有人在進行維護。

「我想我們該去看看這條路會通到哪裡。」但有部分的我——其實是絕大部分的我——害怕知道答案。

我們開始在這條路上往下走，穿過曾是草地的地方。約拿每踩一步就抬高雙腿，費力通過缺乏整理的雜草地，有如在測試海岸邊的波浪。當草叢變得更茂密，小徑帶領我們進入樹林，川特將約拿往上舉起，單手抱著他。

約拿指出小鳥、松鼠、花朵，讓我們的跋涉前行看似無比單純，如同與朋友一起在大自然散步。他想要他爸爸和我對他的發現做些評論，我也盡力回應他的期望，但心裡其實已經以一分鐘好幾百哩的速度跑下山丘、穿越樹林。我可以看見水岸，水面上有陽光照映，微風稍微吹拂波動。那絕對是一條河。

約拿叫我「艾波威」。他的爸爸糾正他：「要叫史塔弗小姐才對。」川特側著臉對我微笑。「我們家走老派路線。對大人不能直呼其名。」

「那樣很好。」我也是那樣養大的，假如我沒有好好用「先生」和「女士」稱呼大人，小蜜蜂會罰我禁足在房間裡，這條規則一直用到我大學畢業，正式成為大人為止。

在前方，小徑圍繞處看起來像是生鏽的花園鐵絲圍籬的遺跡，上面長滿了凌霄花，多到在我們抵達之前，我都沒發現那圍著的其實是一座院子。有一棟小屋藏在玫瑰藤蔓和雪白的紫薇花間，坐落在下方有河水流經的平緩山丘上，這裡就像小孩的童話故事裡那個被施了魔法的小屋，用來保護偽裝的公主或曾經是國王的年老隱士藏身處。有條木板路從院子的前門一路往山丘延伸，通往靠近河流的碼頭。

雖然房子四周的花園現在都雜草叢生，但很明顯曾經是充滿愛意的傑作。在精心鋪設的石子路旁有花棚、長椅以及讓鳥兒喝水的水盆。小房子位在短碼頭上，為了抵擋河水暴漲而建。從風化的木窗框和鋪了錫板的屋頂來看，我敢說房子在此已經有幾十年了。

這裡就是我奶奶的目的地，不難想像她很喜歡來這裡。所有義務、照料工作、責任、家族名聲、大眾的目光——所有填滿那精心安排的行事曆的一切，她都可以在這裡將它們拋諸腦後。

我們在屋子前頭繞了一圈，在鋪上紗窗的前廊窺視著樹林，川特忍不住讚嘆這棟小小藏身處，說：「怎能料想得到這裡有座祕境存在。」前面的窗戶裡掛著蕾絲窗簾，一串風鈴吟唱著甜美柔和的午間之歌。臺階上的小樹枝和葉子，證實了自從上次接連來到的暴風雨之後，都還沒有人打掃這裡。

「對，真的出乎意料。」這間梅伊．克蘭朵的家，該不會就是被人發現她守著妹妹屍體的地方？

川特讓我們通過歪斜變形的大門，大門掠過石子路的聲音像是在抗議外人入侵。「看起來很安靜，我們去看看有沒有人在家。」

我們一起爬上階梯，他在前廊把約拿放下，紗門發出嘎吱聲響後，在我們身後關上。

我們敲門並等待著，最終只能透過蕾絲窗簾偷看裡面。房子裡，一張有花飾的沙發搭配充滿皇室風格的桌子與奢華的蒂芬妮燈，似乎與河邊的簡陋小屋格格不入。畫作和照片排滿了小小的客廳牆壁，但我從這裡看不清楚，遙遠的那一頭是廚房，起居室的門通往臥室和一直都關著的後長廊。

我走到另一扇窗想看清楚些，卻聽見川特在試著轉動門把。

「你在做什麼？」我回頭看了一眼，想說搞不好會有警鈴聲響起，或者更糟，有把霰彈槍瞄準我們。

當門把喀啦一聲轉動，川特對我眨眨眼，眼裡閃爍著淘氣。「我正在查看有交易潛力的房產物件。記得曾有人打電話給我，要我替這間房子估價。」

在我有機會跟川特爭辯之前，他已經進到屋裡。我不確定要不要進去，但在沒有知道更多、查出到底發生什麼事之前，我不能離開。很難想像以梅伊這種狀況，怎麼能住在如此遠離塵囂的地方。

「約拿，你待在前廊這裡別動。千萬不可以走出紗門外。」川特回頭嚴厲地看了一眼。

「好。」約拿忙著撿橡實，那些一定是松鼠從破掉的紗門偷渡進來的。當我跟在川特身後走進屋裡時，他正在數橡實。「一、二、三……七……八……四十四。」

我踩在門口一小塊破爛的地毯上、環顧屋內時，數數的聲音漸漸變小。這不是我期待看到的景象，沒有一層灰，窗檻上沒有集結的昆蟲屍體，一切都整整齊齊，像是有人居住在此的感覺，但唯一的聲音來自風鈴、鳥兒、樹葉、約拿的輕聲說話，以及一隻水鳥的啼聲。

川特觸摸到一個擺在廚房流理檯上的信封，翻過來看。「梅伊・克蘭朵。」他展示這項證據，但我並沒有很專注在那上面。

我全神貫注看著一幅掛在壁爐上的畫。顏色明亮的遮陽帽、整燙硬挺的六〇年代洋裝、笑容、含鹽的微風吹起金色捲髮，你看得見但聽不見的笑聲……

就算姿勢並非完全一樣，我還是認出了這個場景。在這幅畫裡，四個女人互相看著對方、開懷大笑，背景裡幾個玩沙的小男孩不見蹤影。我在老川特的工作室裡找到的那張是黑白照，照片上的女人朝相機鏡頭微笑。賦予這幅畫作靈感的照片，一定是在那張照之前或之後拍的。這幅畫的繪者加進了充滿活力的顏色。雖然沒有用來繪製笑聲的色彩，但卻捕捉了散發喜悅的一刻。四個女人彼此手挽著手，頭往後仰，其中一人朝攝影師踢了一腳海水。

我靠近畫作，研究底下角落的簽名，上面寫著「芬恩」。

畫框上銅質說明牌的標題寫著：「姊妹日」。

我的奶奶是左邊那個。根據在安養院聽來的故事，另外三位分別是梅伊、小雀和芬恩。她們的頭往後仰，映照在臉上的是陽光而非影子，這四個女人看起來就像是姊妹。就連我的奶奶也看起來像是她們的姊妹。

「這不是唯一的一張。」川特轉來轉去，檢查房間。到處都是照片，不同年代、不同地點，各種尺寸、種類不一的相框，但照片拍的同樣是這四個女人。在河邊的碼頭，她們捲起牛仔褲，手裡拿著釣竿，身後是這幢爬滿玫瑰花藤的小屋，她們在屋前啜飲著茶，或是坐在紅色獨木舟裡，手上拿著船槳。

川特俯身在桌上，打開一本磨損的黑色相簿，一頁頁翻看。「她們常常在這裡見面。」

我向他走近一步。

突然間，外面有狗在叫。聲音越來越逼近，我們兩人僵住不動，狗爪爬上前廊階梯發出喀噠聲。川特匆匆跨了四大步，穿過房間走出前門，但他的速度不夠快。一隻黑色大狗已經在紗門另一邊咆哮，約拿站在那裡僵住不動。

「小子，放輕鬆……」川特往前走，抓住約拿的手臂，帶著他往後退並交給我。

狗抬起頭來繼續吠叫，然後抓著門底，想要把鼻子鑽進破掉的角落。

不遠處傳來某種引擎聲轟隆隆響，可能是除草機，正朝我們的方向前進。川特跟我別無選擇，只能等待，我甚至不敢去把身後通往屋子的前門關上，因為如果這隻狗衝了進來，我們會需要一條逃亡路線。

我們就像是人贓俱獲的罪犯，事實上我們就是人贓俱獲的罪犯。

只有沒犯罪的約拿很天真興奮。他跳上跳下，想要看清到底是什麼東西發出引擎聲，我把一隻手壓在他的肩上。

「噢……曳引機！是曳引機！」他大聲歡呼，一名身穿工作服、頭戴草帽的男人，坐在一輛紅灰色相間、看不出使用多少個年頭的曳引機上，在轟隆聲中登場。一輛褪色的兩輪推車拖著一架除草機哐啷哐啷響，裡面有幾根小樹枝。太陽掠過，讓這個男人的棕色肌膚閃閃發亮，他在大門附近停下，關掉引擎。

靠近一點細看，我發現他實際上比打扮的樣子還年輕。或許差不多是我父母的年紀……大概是六十多歲？

當他從曳引機走下來，呼叫他的狗。「山米！」他的聲音低沉嚴厲。「你現在給我安靜下來。安靜！過來這裡！」

山米卻是自有打算。牠等在那裡，直到男人快接近才遵照命令。

這個陌生男子停在階梯一半處，但他個子非常高，我們幾乎已是四目平視。

「兩位需要幫忙嗎？」他問。

川特跟我彼此看了看。很明顯，我們沒有人對這一刻有所準備。

「我們之前跟梅伊在安養院聊過天。」川特拿出推銷員的圓滑。他把回答弄得像是在解釋，儘管這並不算是個正當的解釋。

「這——這裡是她……她……她的家？」我結結巴巴，讓我們看起來更加可疑。

「你有曳引機！」在我們三人之中，約拿發表最聰明的意見。

「是，先生，我有一輛，小傢伙。」男人撐著膝蓋跟約拿說話。「那一輛是我爸爸的曳引機，他一九五八年買來時還是全新的。我一有時間就會過來發動機器，在農場上除草、撿樹枝，順便看看媽媽。幾個孫子也很愛跟我一起來，我現在有個孫子大概跟你差不多大。」

「噢……」約拿很佩服。「我三歲。」他很努力地把一隻手的中間三根手指舉起來，拇指和小指彎下去。

「對，那麼巴特跟你的年紀差不多。」男人同意。「三歲半。以他阿公的名字命名。他阿公就是我。」

大巴特把背挺直，打量川特跟我。「你們是梅伊的親戚嗎？她好不好？我媽說她的妹妹死了，她家人不得不把她送去安養院。聽說她的孫子們把她留在大老遠的艾肯那邊的安養機構，認為她不要離家太近比較好。真是悲傷，她很愛這裡的。」

「我想她過得跟想像中一樣好。」我告訴他。「但我不覺得她喜歡那裡。看過這裡的房子後，我大概了解為什麼了。」

「你是她的姪女還是孫女？」他把注意力放在我身上。我看得出他在搜尋腦中的記憶庫，想要確定我可能是誰。

我很怕對這個人說謊，而且我根本不曉得梅伊是不是有孫女。巴特很可能是在測試我。反正說謊不會真的解決我的問題。「老實說，我不是……很確定。您剛才說您的母親就住在附近？我在想，她是不是有可能知道一些有關」——我的奶奶所隱藏的祕密——「屋子裡的照片和掛在壁爐上的畫的事？我奶奶是畫裡的女人之一。」

巴特一無所知地看了小屋一眼。「很難講。我自己很多年沒進去了，我媽一個人打理這個地方很久了。從一九八二年大房子被閃電擊中、失火燒毀之前到現在。」

「我們能不能……跟她談一談？這樣的要求會不會太過分？」

他掀開帽子，面露微笑。「我的天！一點都不會，她很喜歡有人來訪。你只要確定自己有足夠的時間可以跟她耗，我媽非常健談。」他向後靠，環顧小屋四周。「你們是從老屋那裡走路過來的？有一條更方便的路，就從那裡出來，小車道會直接通到農場小巷。梅伊以前會把她的車停在我媽家旁邊的車庫裡。」

「噢，我不知道。」但那解釋了幾件事，像是前面路口雜草叢生，以及帶領我們走到這裡來的崎嶇小路。「我們從那扇老舊鐵門走進來。」

「噢，慘了，你們明天就會出現恙蟲叮咬過的痕跡。提醒我要拿幾塊我媽的恙蟲皂給你們，那可是她自己做的。」

我馬上覺得身上癢起來了。

「你們全跳上我後面的小拖車吧，我載你們去我媽家，除非你們寧願用走的去？」

我看著對面，只看到數十億隻恙蟲等著黏在我身上，讓我全身發癢一輩子。

約拿已經拚命搖擺，拉著他爸爸的褲管，指著牽引車。

「我想我們就搭你的車吧。」川特馬上做出決定。

約拿拍手歡呼，對這個提議給予支持。

「年輕人，你過來吧。」巴特打開紗門，約拿彷彿把他當老友一般，對他伸出雙臂。他把約拿拋向空中抱著，走下階梯，很明顯巴特對這種事很有經驗，他一定是位超級爺爺。

當我們爬進小小的兩輪木製拖車，約拿彷彿置身天堂，而這輛拖車令我想到德雷登丘的馬廄工人使用的肥料馬車，我甚至開始懷疑這輛拖車的用途可能也一樣，因為我看到一些很可疑的東西在一堆小樹枝底下跳動，可是約拿毫不在意，他看起來就跟水窪裡的鴨子一樣快樂。我們的車穿越一些在院子邊緣的矮樹叢，跟著一條顯然是常走的路，這或許是給四輪越野車或高爾夫球車行駛的。

我們的路線遠離河流，帶領我們進入一條鄉間道路，然後從那裡轉進第一條車道。剛粉刷過的藍色房子看起來就像是年邁農婦居住的地方，一群小雞在院子裡啄食，一頭有斑點的乳牛在樹蔭底下休憩，洗好的衣服掛在一條五彩晒衣繩上慵懶拍動著。山米跑在前頭，汪汪叫個不停，宣告我們的到來。

巴特的母親穿著五彩繽紛的印花連身裙，腳踩一雙居家鞋，身上披了一條鮮豔的黃色圍巾，一朵相稱的絲花裝飾她頭頂上的毛茸茸灰色圓帽。當她看見我們坐在牽引車的推車裡，她後退一步，遮蓋眼睛擋住光線。「巴特，你車裡都坐些什麼人啊？」

我讓她兒子去解釋，因為我也給不出什麼答案。「他們剛才在克蘭朵太太家，說他們去安養院探望過她。」

老婦人的下巴消失在有如皮革、肉桂色的脖子皺褶裡。「你說你是誰？」

在她能決定是否要她兒子把我們載回去原來的地方之前，我趕緊從拖車上下來。「我叫艾芙芮。」我只要移動兩步就可以走到她的前廊，到前廊後我趕緊伸出手去和她相握。「我剛才請教您的兒子，有關梅伊房子裡的那些照片和畫的事。我的奶奶是其中一人。」

老婦人的眼光從我看向川特，約拿跟巴特一起研究曳引機的時候，川特就在階梯下等著。一個和約拿差不多大的小男孩從附近的穀倉出現，跑過院子來加入他們。他們無須互相介紹，但很快就看得出來，這位就是小巴特。

老婦人再次將注意力移回到我身上。她伸長脖子，很仔細地看了很久，彷彿在描繪我的臉部輪廓，要拿來跟某個東西相比較。這只是我在想像嗎？還是她腦中有什麼靈光乍現呢？「好了，你說你是誰？」

「艾芙芮。」我更大聲重複一遍。

「艾芙芮，姓什麼？」

「史塔弗。」我特地等到現在才說出姓氏。我不想要兩手空空、沒有答案而離開這裡，假如要表明身分才能得到答案，這就是我要付出的代價。

「你是茱蒂小姐的女兒？」

我的心怦怦跳得飛快，我幾乎能感覺到耳膜震動。「我是她的孫女。」時間似乎慢了下來。小男孩的聊天、討論曳引機的對話、大巴特的聲音、小雞的啄食聲、乳牛拍打蒼蠅，以及知更鳥無止盡的歌聲，我對這一切完全失去了意識。

「你想知道隔壁房子的事。想知道為什麼她要去那裡。」這不是提問，而是陳述，彷彿這名婦人等待了多年，知道遲早會有人來問這件事。

「是的，女士，我想知道。我問過我的奶奶，但老實說，她現在的神智很不清楚，記不住事情。」

她緩緩搖頭，舌頭發出輕柔的嘖嘖聲。她再次把注意力放在我身上，說：「腦袋不記得的事，但心還是記得。愛，是最強大的東西，比所有的東西都更強大。你想知道那對姊妹的事。」

「拜託。」我輕聲說。「是的。請告訴我。」

「這不是可以由我來說的祕密。」她轉身往屋子走去，有那麼一刻我以為自己就要被打發走了，不過她很快回頭看了一眼，眼神示意我並非如此，反而她要我跟她進屋去。

事實上，是我被吩咐跟著進去。

我穿過門檻之後停下來等，她掀開一張橡木辦公桌的斜蓋，從裡頭拿出一支有缺角的錫製十字架，又從底下拿出三張從黃色記事本上撕下來、現已縐巴巴的紙。雖然原本縐成一團然後又被攤平過，那些紙張看起來沒有特別老舊，當然也沒有像那個緊緊壓著的錫製品一樣古老。

「我把這些東西收著，是為了要好好替她們保管。」婦人說。她把錫製品和紙張分別交給我。「很久以前，那個是昆妮的十字架，另外的這些紙是由茱蒂小姐所寫下的故事，這是她的故事，但她從未把剩下的寫完。我猜她們決定，所有人都要把這個故事帶進墳墓。但我想總有一天會有人來問。不管祕密有多古老，都不是健康的事，有時最古老的祕密是最糟糕的祕密。你要帶你奶奶去看梅伊小姐。心還是知道的，心還是認得所愛的人。」

我低頭看著十字架，在手心裡轉了轉，然後打開黃色的紙。我認得這個筆跡。是我奶奶的筆跡。我看過很多她的行事曆，所以能夠肯定。

「孩子，坐下來吧。」巴特的母親引導我坐在一張翼狀靠背椅。我半是坐著、半是癱倒在上面。頁面上方寫著：

序曲

馬里蘭州，巴爾的摩市

一九三九年八月三日

這天是我奶奶的生日，巴爾的摩是她的出生地。

我的故事得從一個悶熱的八月夜晚、永遠不想再看一眼的地方說起。那個房間只活在我的想像裡——大多時候，它很大，牆壁白淨，床單漿得硬挺。所有最高級的東西在這私人的套房裡應有盡有……

我在時間裡漂浮，漂回數十年前，在空間中移動，來到一九三九年八月、一家醫院的某個房間內，見證一個小生命降臨在這世界上，又在同一時間離開。血液、哀戚，以及一位筋疲力盡的年輕母親，沉沉地進入來得及時、有如神賜的睡眠中。

有權有勢的男人交頭接耳密談，女嬰的外祖父儘管擁有財富地位，也無法拯救他幼小的外孫。

他是重要人士……或許是位國會議員？

他無法拯救她的女兒。還是他能救得了她？

「我知道有個在曼非斯的女人……」

有人做了個絕望的決定。

故事到此結束。

另一個故事開始了。假如能從喬琪亞・譚恩的卑鄙歷史中看出端倪，故事該是如此發展：這個有著一頭美麗秀髮的女嬰，出生後立即被從生母旁邊帶走，竄改過的文件被簽了名，或許那位筋疲力竭的新手母親只是單純被告知她的孩子夭折了。其實嬰兒是被偷走，放進喬琪亞・譚恩的懷裡，祕密送到等待中的家庭手裡，他們將宣稱小女嬰是他們的骨肉，並且埋藏他們絕望的祕密。

小女嬰後來成為了茱蒂・梅爾斯・史塔弗。

自從我那天在梅伊的床頭櫃上看到那張褪色的照片，也因為照片人像的相似度之高而為之震懾，這就是我一直在追尋的真相。

安養院那張照片裡的人是昆妮和布萊尼，他們不只存在於梅伊．克蘭朵的回憶裡，他們也是我的外曾祖父母。兩個河上吉普賽人。

若非命運沒有出現無法想像的轉折，我可能也會成為一個河上吉普賽人。

巴特的母親走到我身旁。她坐在翼狀靠背椅的扶手上，摩擦我的背，當我掉淚時，她遞給我一條手帕。「噢，親愛的，噢，孩子，知道實情是最好的事，我總是這樣跟她們說，知道自己的身分是最棒的，真正的你就住在你的內心深處，沒有其他更好的方式了，但這不是我能做的決定。」

我不確定自己在那裡坐了多久，老婦人拍拍我、安慰我，而我思考著所有阻擋來自阿卡迪亞號上的孩子們相聚的一切。我想到梅伊解釋她們的選擇：「當我們再次重逢，我們是年輕女性，有各自的生活，有丈夫也有孩子。我們選擇不要干涉彼此。知道其他人過得好，對我們每個人來說，就已經足夠了……」

然而事實是，這樣不夠。即使是聲譽、野心與社會地位所築起的壁壘，都無法抹滅姊妹之情、彼此的牽絆聯繫。突然間，讓她們必須隱姓埋名、只能私下聚會的藩籬，就跟那些仲介領養、更改文件、被迫分離一樣殘忍。

「你一定得帶你奶奶去看她姊姊。」一隻顫抖的手緊握住我的手。「她們是僅存的兩人，剩下的兩姊妹。你告訴她們是瑚琪說的，現在該是真正做她們自己的時候了。」

24

瑞兒

夜鷹的叫聲試著要將我從夢裡喚醒，但我置之不理，繼續留在夢中。在夢裡，我們大家都在阿卡迪亞號上，布萊尼、小雀、芬恩和蓋比都在，我們漂蕩在寬廣的密西西比河中央，就像整條大河歸我們所有。天氣清朗，沒有看到一艘拖船、駁船或是艉外明輪船。

我們自由了。我們自由了，任由大河帶領我們向南前行。遠遠地，遠遠地離開泥島，遠離在那裡發生的所有事。

賽拉斯和齊德也跟我們同行。還有卡蜜拉和昆妮。

就是如此，讓我知道整件事不是真的。

我睜開眼睛，踢開毯子，大約有一分鐘，陽光照得我睜不開眼，感覺茫然。原來現在是日正當中，不是晚上。我發現自己和芬恩一起蜷縮在小船上，我們其實是藏在破破爛爛的帆布底下，而不是毯子裡。小船被綁在阿卡迪亞號後面，哪裡也沒去。這裡是我們唯一能在白天休息，確定布萊尼不會偷襲我們的地方。

又傳來夜鷹的叫聲。我知道那是賽拉斯。我迅速地在樹叢裡搜尋他的身影，但他把自己藏得妥當。

我在帆布底下扭動，芬恩也醒來了，抓住我的腳踝。自從我們回到阿卡迪亞號，就算只是獨處一分鐘，她都會害怕。她不確定布萊尼是會用力把她推開、讓她摔倒，還是把她抓起來用力抱緊，讓她無法呼吸。

我回應了夜鷹的叫聲，芬恩趕緊爬起來，想要仔細看著樹林。

「噓。」我輕聲說。我們今天早上偷溜出來到小船上的時候，布萊尼正拿著一瓶威士忌，到處晃來晃去，他現在大概在前廊上睡著了，但我不是很確定。「我們最好別讓布萊尼知道賽拉斯來了。」

芬恩點點頭，舔了舔嘴唇，肚子咕嚕嚕叫著，她大概知道賽拉斯會帶東西來給我們吃。要不是賽拉斯、老齊德跟雅尼，我們回到阿卡迪亞號的這三個星期早就餓死了。布萊尼現在不怎麼需要吃東西，大多靠威士忌維生。

我替芬恩拉起帆布。「你再躲到下面一下子。」假如布萊尼看到賽拉斯過來，又會開始抓狂，到時我可不想芬恩受到波及。

我得用力拉開她，才能把她放回帆布底下，好在她乖乖待在那裡不動。

賽拉斯在草叢裡等著。他用力抱緊我，我咬著嘴脣不讓自己哭出來。我們一起走了一小段路，但沒走太遠，以免芬恩需要我，而我聽不見她的聲音。

當我們找到一塊樹下的空地坐下來，賽拉斯問我：「你還好嗎？」

我點頭。「不過，今天早上釣魚不順利。」我不想跟他要食物，但我希望他身上的袋子裡裝的就是食物。

他交給我一小包東西，不比兩個拳頭大，但卻意義重大。齊德的存糧越來越少，他現在還有雅尼要養。雅尼已經搬去他的船上住，她在那裡很安全。齊德想要我跟芬恩也搬過去，但我知道布萊尼不會傷害我們。

「有幾塊煎餅和一條小鹹魚，還有顆蘋果你們可以分著吃。」賽拉斯雙手放在身後向後仰，吸了一口氣，目光穿透荊棘，看向河流。「布萊尼今天有沒有好一點？他清醒嗎？」

「一點點。」我不確定這是事實，還是只是我的期望。布萊尼大多是晚間在船上走來走去，喝酒、大吼大叫，然後在白天呼呼大睡。

「齊德說今天晚上會下雨。」

我也看到下雨的徵兆，這讓我很擔心。「你不要一回來又想著解開繩子好嗎？還不行，也許是幾天之後，可能再過個幾天，我想布萊尼就會準備好了。」

兩個星期以來，我們待在泥島對面的河岸上，天氣變得越來越冷。雖然賽拉斯跟齊德都警告過布萊尼，假如警察來找我們，待在那裡很容易被抓到，可是布萊尼不讓任何人鬆開綁在岸邊的繩子。賽拉斯想解開，結果他的手差點被布萊尼轟掉，也差點傷了可憐的雅尼，因為我拿了幾件昆妮的衣服給她穿，結果讓布萊尼認定她就是昆妮，對她的死大發雷霆。

「再一下子。」我向賽拉斯請求。

賽拉斯揉著耳朵，像是那並非他想聽到的話。「你應該帶芬恩跟我一起去齊德的船上。我們會把船開進主水道，看看布萊尼是否會跟來。」

「再等幾天。布萊尼一定會好轉的。他只不過是腦筋不清楚一陣子，就這樣而已。會過去的。」

我希望我是對的，其實是布萊尼不想離開昆妮，昆妮就葬在離這裡不遠，密西西比肥沃的泥土裡。齊德告訴我，一位天主教神父為她做了臨終祝禱，我從來都不知道我媽媽是天主教徒。一直到了我跟施維雅夫婦同住，才知道那是什麼意思。茱瑪身上戴了一條小十字架，跟掛在我們船屋裡的十字架很像。她偶爾會拿著十字架對它說話，就跟昆妮以前一樣，不過她說的不是波蘭語。施維雅夫婦不太在乎這些，因為他們是浸信會教徒。

我想，不管怎樣，知道我媽媽有好好下葬，而且有神父在她的墳前禱告，就已經是種安慰了。

「齊德想要你告訴布萊尼，最晚四天後，他就要移動我們的船。假如布萊尼不想一起走，他會帶你跟芬恩離開阿卡迪亞號，到時你們可以跟我們一起往下游走。」

「誰在那裡？」布萊尼的聲音從某個靠近岸邊的地方響起，說出口的每一個字都有喝完酒之後的強烈味道。他一定是聽到賽拉斯說話的聲音。

「誰在附近？」布萊尼走來，踩爛草叢和枯死的草。

我抓起小袋子，塞在洋裝底下，趕賽拉斯走。布萊尼走路搖搖晃晃，而我溜到小船，把芬恩抱起來，帶她回到船屋。

等布萊尼終於回來時，在船屋看到我們，我假裝剛才在鍋子裡煎煎餅，他甚至沒注意到爐子裡沒火。

「晚餐快做好了。」我裝模作樣，把食物裝盤。「你餓了嗎？」

他眨眨眼，一把抱起芬恩，在桌子旁坐下，緊緊抱住她。芬恩則是看著我，臉色蒼白又害怕。

我喉嚨哽住，說不出話來。我要怎麼告訴布萊尼，齊德只會再等四天？我說不出口，於是我說：「有煎餅、鹹魚和切片蘋果。」

我把食物擺在桌上，布萊尼把芬恩放在她的座位上，感覺就像我們天天都一起吃著像樣的食物。有一陣子，一切都像是原來應有的樣子，布萊尼透過深黑疲憊的眼睛對我微笑，他的眼睛讓我想起卡蜜拉。

我想念我的妹妹，儘管我們一天到晚打架。我想念她有多麼堅強、固執。有多麼堅持。

「齊德說，四天後，水流就會恰到好處，該是在河上移動的時候了。他們要準備到下游去，那裡很好釣魚，天氣也溫暖。他說時候到了。」

布萊尼一隻手肘撐在桌上，揉著雙眼，緩緩前後搖晃著頭。他說的話含混不清，但我還是聽到最後幾個字：「……不能沒有昆妮。」

他起身往門口走去，半路上拿起空的威士忌酒瓶。一分鐘後，我聽見他划著小船離開。我仔細聆聽，直到他消失，在那之後的安靜時刻，我感覺這個世界在懲罰我。在墨菲太太家、在施維雅夫婦家裡，我都以為假如我能回到阿卡迪亞號，就能解決一切，我以為這樣就能把我自己修補好。現在我知道這是自欺欺人。我只是在繼續過日子，過一天算一天。

事實是，阿卡迪亞號沒有解決一切問題，反而讓一切更真實了。卡蜜拉死了，小雀和蓋比在遠方，昆妮葬在窮人墓地，布萊尼的心隨之去了那裡。他的心也迷失在威士忌裡，他不想回來。

甚至不肯為了我、不肯為了芬恩回來。我們不夠資格。芬恩爬到我的大腿上，我緊緊抱著她。我們等到晚上，仔細聆聽任何布萊尼回來的跡象，但沒有任何人出現。他大概又進城去撞球間賭球技，直到讓他賺了點錢去買酒喝。

最後，我替芬恩在她的睡鋪上蓋好被子，然後鑽進我自己的被窩，躺在那裡想辦法入睡。這裡甚至沒有書可以跟我作伴，可以拿去買威士忌的東西全都被賣掉了。

在我睡著前開始下雨，依然不見布萊尼的人影。

我在夢裡找到他，夢裡我們是一體，一切都照該有的樣子。布萊尼吹口琴，我們在岸邊沙地上野餐。我們撿雛菊、吃著忍冬，蓋比和小雀追著小青蛙跑，直到他們抓滿一整罐的小青蛙。

「你的媽媽難道不像個美麗的皇后嗎？」布萊尼問我。「那你就是……當然就是阿卡迪亞王國的瑞兒公主。」

當我醒來，我聽見布萊尼在外面，可是沒有音樂聲。他對著增強的暴風雨大吼大叫。汗水讓床單黏在我的皮膚上，所以我坐起來時還得把床單剝開。我的嘴巴又乾又燥，雙眼不想看個仔細，四周如瀝青般漆黑，雨水敲打屋頂，木頭爐子裝滿木柴，爐門一定是整個打開的，因為裡面發出爆裂聲、咻咻聲，整間房間熱得要命。

在船屋外，布萊尼連珠炮般不停咒罵，一盞提燈在窗邊閃著，我晃動雙腳站了起來，但是船搖晃得太厲害，撞得我倒回被褥上。阿卡迪亞號正在左右搖晃。

芬恩在她的床鋪上滾過欄杆，再滾到地板上，縮成一球。

突然間，我這才發現……我們已經不是停靠在岸邊。我們正在航行。一定是布萊尼回來之後，賽拉斯和齊德把我們連著岸邊的船繩砍斷。那是我想到的第一件事，他在那裡大叫，就是因為他氣他們這樣做。

可是我很快就想到，他們不會在晚上讓我們到處漂流，這太危險了，因為水裡有木頭、沙洲、大船和駁船尾端掀起的急流，賽拉斯和齊德很清楚這一點。

布萊尼也知道，但他現在腦袋不清楚。他不是要把我們弄到岸上，而是挑戰河流的能耐。「來吧，你這卑劣小人！」他大叫，就像《白鯨記》裡的亞哈船長。「想辦法贏過我啊！把我帶走！來呀！」

雷聲轟隆隆大作，閃電劈啪作響。布萊尼咒罵河流，他放聲大笑。

提燈從窗戶消失，隨著布萊尼爬上屋頂，提燈燈光在旁邊的舷梯上出現。

我腳步踉蹌，走過房間去查看芬恩，把她放回她的床鋪上。「你乖乖待在這裡，除非我叫你，否則待在這裡別動。」

她抓住我的睡衣，聲音嘶啞地說：「不要。」自從我們回到阿卡迪亞號上，一到晚上她都怕得要命。

「不要緊的。我想是因為繩子鬆脫了，就這樣而已，布萊尼大概在想辦法帶我們回岸上去。」

我加緊腳步，把她留在床上。當我搖搖晃晃走過地板，阿卡迪亞號在河上搖搖晃晃前進，一艘拖船的警笛響起。我還聽見駁船船身發出的嘎吱聲和碰撞聲，曉得船尾就要掀起更大的急流。我往門伸出手去，剛好及時抓住門把，阿卡迪亞號在急流上升起，然後猛力傾斜向下墜。木頭從我的指甲縫中滑過，在指甲下方留下碎片。我往前摔，落在冰冷的前廊上。船往另一個方向下沉，兩側因為水流而搖晃著。

不、不！拜託不要！

阿卡迪亞號彷彿聽到我的請求而導正船身，在下一波湧浪中航行得俐落優雅。

「你以為你能把我帶走？你以為你能把我帶走？」布萊尼從上面大喊。瓶子摔破，玻璃從前廊的屋頂落下，在夜晚的大雨中被拖船的探照燈映得閃閃發亮，然後緩緩滑動，噗通落入黑水裡。

「布萊尼，我們要趕快把船弄上岸！」我大喊。「布萊尼，我們要趕快靠岸！」

但拖船響起的警笛聲和暴風雨抹去了我的聲音。

有個男人在某處大聲咒罵並發出警告，緊急笛聲響起，阿卡迪亞號航行在一道巨大的船尾急流上，有如舞者踮著腳來保持平衡。

船身傾斜著落在水面上，冷水打上前廊。

我們往一旁旋轉，進到了河裡。

拖船的燈光掃過，發現了我們。

有塊漂流物朝我們的船首而來——是一棵卡在河中的大樹，上面還有樹根和泥土，在光線掃過之前我就看見了。我急忙去找船竿要把樹推開，但竿子不在原本該在的地方，當下我無能為力，只能緊緊抱住前廊柱子，大叫芬恩要抓牢、小心樹木打過來。樹根分散在阿卡迪亞號四周，宛如手指抓住我的腳踝，翻轉、用力拉扯。

在小屋裡，芬恩尖聲呼叫我的名字。

「抓牢！好好抓牢！」我大喊。樹木又拉又扯，把阿卡迪亞號當陀螺一樣轉動，然後放開，留下我們在水流裡傾斜。船尾掀起的急流用力打在我們的船身，急速流過船屋。

我的雙腳滑了出去。

阿卡迪亞號發出呻吟聲，釘子鬆開，木板迸裂。船身撞上某種堅硬的東西，前廊柱子從我手裡彈開，接下來只知道我在雨中飛了出去，我的胸口沒了氣息。一切變黑。

我沒聽見裂開的木頭聲、叫喊聲以及遠處響起的雷聲。

水很冷，但我卻覺得很溫暖。有光，我在那道光線裡看到我的媽媽。昆妮朝我伸出手，我拚命伸長身體，想抓住她的手，但就在我能摸到她之前，河水就將我拖走，拉住我的腰，把我拉回去。

我亂踢一通、拚命掙扎，回到水面上。我在拖船的燈光裡看見阿卡迪亞號，接著我看見有艘小船朝我們而來，鳴笛聲和喊叫聲在我耳邊響起。我的雙腿變得僵硬，皮膚變得冰冷。阿卡迪亞號被擠在一個巨大的漂流物堆上懸盪著，密西西比河在後面追趕，宛如巨龍的嘴，緩緩吞噬船尾。

「芬恩！」我的聲音消失在水與嘈雜聲裡。我奮力游泳，當我撞上漂流物堆的時候，感覺到長浪和把我往下拉的力量，漩渦試圖將我拉回去，但我努力掙扎，爬回船上，穩住我的方向，接著朝甲板走去，急忙往上爬到門邊。

當我打開門，門向內發出轟然一聲後墜落。

「芬恩！芬恩！」我大喊。「芬恩！回答我！」我被煙霧嗆到，發不出聲音。木頭爐子已經翻覆，滾燙的紅色煤炭滾過地板，在潮溼的甲板上滋滋作響，同時也在我的腳下發出嘶嘶聲。

一切都被搞得天翻地覆，我什麼都看不見。我一開始走錯方向，走到桌上，而不是芬恩的床鋪，布萊尼和昆妮床上用麵粉袋做成的拼布毯漂來漂去，有如帶著一道火焰的彩色鯨魚，在我附近的窗簾開始起火燃燒。

「芬恩？」*她不見了嗎？她掉進河裡了嗎？布萊尼已經救她出來了嗎？*

一道波浪湧入，抓住紅色煤炭，把它們通通掃出門外。滾燙的煤炭跳起來，吱吱作響，然後冷卻。

「瑞——兒！救我！救我！」

探照燈掃過我們身上，光線變成又長又移動緩慢的圓圈穿過窗戶。我在床鋪下看見妹妹的臉，她的眼睛瞪得很大，驚恐萬分。她正朝我伸出雙手，我在一秒內就抓住她的手，想要拉她起來，但是河水困住了我們。一張椅子從旁掠過，用力撞上我的背脊，把我撞倒在地板上。水流到我的臉上和耳朵。我竭盡全力，緊緊抓住芬恩。

椅子繼續滾動。我緊緊抓住妹妹，搖搖晃晃，爬過房間來到側門。

探照燈的光再次照進來。我看見掛在牆上的布萊尼與昆妮的合照，以及掛在照片下方的十字架。

雖然不該這麼做，但我還是用腿固定住芬恩，然後把照片和我媽媽的十字架抓到我的睡衣前，塞到我的內褲上方。在我們移動的時候，這兩件東西不停撞到我身上、往皮膚擠壓。我們往外爬出去，攀爬在欄杆上，往漂流物堆爬過去，連忙爬上一團有樹枝、長條木板和木頭纏繞在一起的物體上。我們的動作跟老鼠一樣快，我們一輩子都在這樣逃亡。

但我們兩個也很清楚，漂流物堆不是可以安全落腳的地方。就算我們到了另一頭，我還是感受到火的熾熱。我握著芬恩的手，轉身看向阿卡迪亞號，舉起一手遮住眼睛。火焰蜷曲，往船屋上方伸展，燒光了屋頂、牆壁和甲板，將阿卡迪亞號剝個精光，只剩下骨頭，褪去了她的美貌，一塊塊碎片在空中飄盪。往上飛呀飛，向上旋轉，飛在頭頂上，有如上百萬顆新的星星。

餘燼因為雨水而冷卻，掉下來落在我們的皮膚上。當還有溫度的餘燼落下，掉在芬恩身上，芬恩大叫。我一手繞著她脖子的睡衣衣領，蹲下去，把她推進水裡，告訴她要牢牢抓住交纏在一起的樹枝。這裡水流太強，我們難以游到岸上。她的牙齒打顫，臉色發白。

漂流物堆開始燃燒。火焰很快就會燒到我們所在之處。

「布萊尼！」我嘴裡喊出他的名字。他一定就在這裡某處。他一定已經下船了。他會來救我們。

他會來救我們嗎？

「撐住！」有人大喊，但那不是布萊尼的聲音。「撐著點。別動！」

油槽在阿卡迪亞號上爆炸。灰燼噴出，掉得到處都是。有塊灰燼落在我的腳上，痛得我受不了，驚聲尖叫、胡亂踢腳，把腿伸進水裡，緊緊抱住芬恩。

漂流物堆開始移動了，許多地方都在悶燒著。

「就快到了！」男人的聲音喊道。

一艘小船從黑暗中現身，兩名在河上工作的男人穿著蓋過頭頂的斗篷，用力划動船槳。

「現在千萬別放手。別放手！」

樹枝劈啪碎裂，木頭嘎吱作響，發出嘶嘶聲，整個漂流物堆往下游移動了一、兩呎，救生船上的一名男人警告另一人，要是漂流物堆鬆脫，他們也會被弄沉。

但他們還是來了，把我們抓上船，將毯子蓋在我們身上，用力划船。

「還有人在船上嗎？有人嗎？」他們想知道。

「我爸爸。」我勉強說出。「布萊尼，布萊尼．佛斯。」

當他們在岸邊放我們下去，並且回頭去找布萊尼，沒有什麼比得上岸邊更讓人覺得舒服的了。我把芬恩緊緊摟在我的毯子裡，我們兩人之間有照片和昆妮的十字架。我們發抖、直打哆嗦，看著阿卡迪亞號燃燒，最後漂流物堆鬆脫，把餘燼一起帶走。

芬恩跟我站了起來，沿著河邊走，看著阿卡迪亞王國一點一滴消失在河裡，最後完全不見，不留痕跡，宛如從未存在過。

在東邊黎明的灰濛光線中，我看著那兩個男人和船隻。他們持續搜索、呼叫著，燈光掃視河面，繼續划船。

我想我看到有個人站在岸邊，有件雨衣在他的膝蓋邊拍動。但他沒有動，也沒有大叫，或是朝燈光揮手。他只是看著河流，我們熟悉的生活已經被吞沒。

那個人是布萊尼？

我把手握成杯狀，靠在嘴邊朝他大喊。我的聲音在晨霧中傳遞出去，不斷迴盪。

有位搜救員在其中一艘船上看向我。

當我瞇眼再次看向河岸，就幾乎看不到那個穿雨衣的男人了。他轉過身去，走向樹林，直到晨光帶來的影子完全遮住他。

也許他從來就不在那裡。

我走近幾步，再次大喊，並且仔細聆聽。

我的聲音迴盪，然後消失。

「瑞兒！」終於有人回應，聲音卻不是從下游傳來。那不是布萊尼的聲音。

一艘平底小船關掉馬達，停靠在沙洲上，在珍妮號完全停下來之前，賽拉斯就跳了出來。他趕緊把繩子拉起，朝我跑來，然後一把將我擁入懷裡。我緊抱著他哭泣。

「你們沒事！你們沒事！」他在我的髮絲裡吐氣，用力抱緊我，相框和昆妮的十字架深深壓在我的皮膚上。「齊德、我還有雅尼，看到阿卡迪亞號不見時，都快嚇死了。」

「布萊尼昨晚把繩子割斷，我醒來的時候，船已經在河上了。」我啜泣著把剩下的故事講完——布萊尼在屋頂上胡言亂語、差點撞到駁船、撞上了漂流物、失火、最後掉進水裡、看見昆妮，然後回過神來，爬上阿卡迪亞號，而河流正在吞沒它。「有幾個男人在漂流物堆鬆脫前，把我們從上面救了起來。」我說，結束我們的悲慘故事。我的身體在寒冷中發抖。「他們去找布萊尼了。」我沒告訴賽拉斯的是，我想我看見他了，而他並沒有來找我們，反而是轉身離開。

假如我沒告訴任何人，這就永遠都不是真的。這永遠不會是阿卡迪亞王國結束的方式。

賽拉斯接著稍微把我拉開，將我全身上下打量一遍。「但你們沒事。你們兩個毫髮無傷，感謝聖人！齊德和雅尼很快就會把齊德的船往下游開，我們也會找到布萊尼，你們大家都跟我們待在一起。我們會去溫暖的地方，那裡容易釣到魚，而且……」

他口沫橫飛說著齊德和布萊尼會從河岸收集木板和碎片，替我們打造一艘新船，一艘全新的阿卡迪亞號，我們又可以重新開始，從現在起會永遠一起旅行。

我的心想要在這些畫面上塗抹顏色，卻做不到。齊德的船太小，容納不下我們所有人，而布萊尼也走了。齊德年紀太大，無法繼續在河上航行生活，他年紀太大，無法撫養芬恩，她還只是個小娃娃而已。

芬恩緊抱我的腿，瑟縮在毯子底下，拉著我的洋裝。「我想要媽咪。」她抽噎著說。她的手指幾乎碰到昆妮照片的邊邊，但我曉得這不是她的意思。

清晨的光線照在賽拉斯身上，我直盯著他看，我的心揪緊得痛了。我真希望我們年紀能大一些，我真希望我們年紀夠大。我愛賽拉斯。我知道我愛他。

但我也愛芬恩。芬恩是我心頭的第一位。她是我僅剩的家人。

隨著清早太陽的光芒照在河上，在我們下方的河岸邊，搜尋布萊尼的行動已經進入尾聲。很快地，男人們就會發現沒有希望找到另一個生還者，然後會回頭來找我跟芬恩。

「賽拉斯，你得把我們帶離這裡，你現在就要帶我們走。」我從他身旁走開，往平底小船移動，拖著芬恩一起走。

「但是……布萊尼……」賽拉斯說。

「我們得走了，要趕在男人們過來這裡之前。要不然他們又會把我們帶去兒童之家。」

賽拉斯懂了，他知道我是對的。他讓我們上船，我們安靜地移動，一直遠到沒有人注意到馬達發動的聲音。我們一直待在棉花倉庫和碼頭、泥島和整個曼非斯對面的那一側，沿著岸邊移動。當我們抵達我們的小回水處時，我告訴賽拉斯，我不要他帶我們去齊德的船上生活，只能去道別一下而已。

我得送芬恩往上游走，希望施維雅夫婦會再次收留她。我們離開不是她的錯，偷東西也不是她的主意，是我的，所發生的一切都跟芬恩無關。

假如我們夠幸運，他們會讓她回去……要是他們還沒有從兒童之家再領養另一個小女生的話。也許，就算他們已經領養了另一個小女生，他們還是會留下芬恩。也許他們會保證多愛她一些，並且保護她不被譚恩小姐傷害。

我不知道在那之後我會有什麼遭遇。施維雅夫婦一定不會要我——我既是騙子、又是小偷，但我也不能讓譚恩小姐再次找到我。也許我可以在附近找到工作，但現在時局艱困；我也不能再回到河上，老齊德沒辦法多養一張嘴。不過那並非我不能留下的真正原因。

真正的原因是我不能離我的妹妹太遠。打從她出生，我們的心就被縫在一起，我不能在一個沒有她在附近的世界裡呼吸。

我把我想要賽拉斯替我們做的事情告訴他，他搖頭。我告訴他的事情越多，他的臉就拉得更長。

「照顧雅尼。」我最後告訴他。「她沒有可以回去的地方。她的家人虐待她，幫她找個好地方，好嗎？她不介意辛勤工作。」

賽拉斯低頭看著流過的河水，不看我。「我會的。」

也許賽拉斯和雅尼會在幾年後結婚，我心想。

我的心又再次揪緊。

我希望我所能過的一切人生，現在都不會成真了。把我帶來這裡的路已經被洪水淹沒，我沒有回頭的路了，那才是真正的原因。當我們找到齊德的船，我說謊告訴他施維雅夫婦一定很高興能把我跟芬恩接回去。「我只需要賽拉斯帶我們到上游。」我不想要老齊德一起來，擔心等到該分開的時候，他不會讓我們走。

他船屋的門敞開著，他的目光穿過門，像是在試圖決定能否把我們大家永遠留下來。

「在施維雅夫婦家裡，芬恩有很多好衣服和玩具，還有蠟筆。我也很快就會開始上學。」我的聲音顫抖著，用力吞口水來穩住聲音。

當齊德的眼睛轉向我，像是他已經直接看穿了我。

芬恩朝他伸出雙手，他把她抱起來，他的頭靠在她頭上。「小不點。」他哽咽，然後把我拉過去，將我們兩人用力抱住。他身上有灰燼、魚、煤油和大河的味道。這些都是我再也熟悉不過的。

「你們需要我的時候，就傳話到河上。」他說。

我點頭，可是當他放開我們的時候，我們兩人都知道這是永遠的道別。河流可是個廣闊的地方。

他的臉上布滿悲傷。他在點頭前抹去淚水，然後緊閉嘴巴，把芬恩放進珍妮號，這樣我們就能離開。

「我應該要一起去，因為你不了解泥沼。」雅尼說。「等我們去到那裡，我不會留下來。我會帶我爸的平底小船過去，把它綁在附近某個地方，你可以告訴他要去哪裡找。我不想要他的東西。」她沒等我回答就走去平底小船，即便她的家人對她做了那些事，她還在擔心他們沒有這艘船要怎麼辦。

當我們再次開船，我沒有哭。水女巫領我們往上游走時很吃力，但最後我們終於到達了泥沼口。在我們轉彎之後，樹木靠攏過來，我往後看了一眼，就讓河流沖刷掉我體內的某個東西。

河水沖走了最後一丁點的瑞兒．佛斯。

瑞兒．佛斯曾是阿卡迪亞王國的公主。國王死了，王國也跟著消失。

瑞兒．佛斯得跟著一起死去。

我現在是梅伊．韋瑟斯了。

25

艾芙芮

「那就是我的故事結尾。」梅伊的藍色眼珠模糊溼潤，在安養院角落裡的一張燈飾檯對面打量著我。「你現在知道了。你高興嗎？還是覺得這只是個負擔？我老是在想你們年輕人不知會有什麼感覺，還以為我永遠都不會知道了。」

「我覺得……都有一點。」即使在拜訪過河邊小屋和瑚琪的農莊之後，我又花了一個星期時間去好好思考，還是難以將這段歷史與我的家族史融合在一起。

一遍又一遍，我想著艾略特說我這是在玩火的警告──過去的事就該留在過去。即便我去了沙凡那河小屋後所得到的驚人發現，也沒有改變他的看法。「艾芙芮，想想那會帶來的影響，有些人看你們家的眼光……再也不會一樣了。」

他所說的「有些人」，我覺得他指的是貝琪。

令人感傷的是，貝琪不是唯一一個。假如這一切全部公諸於世，難以預料未來的政治走向、名聲、史塔弗家族之名，會有怎樣的發展。

時代已經改變，但古老的教條依然適用。假如世人發現史塔弗家族並非如我們自稱的那樣，會帶來的負面影響是……

我甚至無法想像。

這嚇得我不想去思考，可是我也無法忍受奶奶和她的姊姊在最後餘生依舊分隔兩地的事實。我最終的目的就是要確保自己為茱蒂奶奶做了正確的決定。

「有這麼一、兩次，我考慮過要告訴我的孫子們。」梅伊說道。「但是他們日子過得舒服安穩。在我的兒子過世後，他們的母親與另一個有孩子的男人再婚。他們都是很棒的年輕人，在一大群親戚間養育下一代。我妹妹們的家庭也差不多，小雀嫁給一名打造了百貨公司帝國的商人，芬恩嫁給一位亞特蘭大的傑出醫師，她們一共有八個孩子、二十四個孫子，當然還有曾孫，每個人都非常成功、快樂……忙碌。古老的歷史能給予他們什麼他們還沒擁有的東西呢？」

梅伊深深地注視我，看著我站在分隔自己和她的世代間的那條線上搖擺不定。「你會把這個故事告訴你的家人嗎？」她問。

我用力吞下口水，陷入天人交戰。「我會告訴我父親，比起我來，這更是他要做的決定，茱蒂奶奶是他的母親。」我的父親會如何回應這些資訊，或是他要怎麼處理，我完全沒有概念。「有部分的我認為瑚琪是對的。事實仍舊是事實，事實有其價值。」

「瑚琪。」她抱怨道。「我把外婆老家旁那塊地賣給她，好讓她跟巴特能在那裡蓋他們自己的農莊，這卻是我所得到的感謝。過了這麼多年，她居然還是說出了我的祕密。」

「我想她只是覺得這樣對你們兩人最有利，她想要我了解你跟我奶奶之間的關係，她可是把你們倆放在心中。」

梅伊對這個說法嗤之以鼻，當作拍掉一隻在她四周飛來飛去的蒼蠅。「哼！瑚琪就喜歡攪動那一池春水，她老是那個樣子。你知道，她就是我最後跟施維雅夫婦待在一起的原因。到了我們回到他們家的時候，賽拉斯差點就說服我跟他一起到河上過活。他站在岸邊，抓著我的肩膀，親吻我，那是我第一次被男孩親。」她咯咯笑起來，雙頰泛紅，眼睛散發天真無邪的光芒。有那麼一刻，我看見那個站在牛軛湖邊的十二歲女孩。「瑞兒．佛斯，我愛你。」他對我說。「我會在這裡等一個鐘頭。我會等你回來。瑞兒，我會照顧你。我做得到。」

「我曉得他許下了一個他做不到的誓言。就在幾個月前，他還只能搭著火車流浪，想盡辦法生存。假如我有從布萊尼和昆妮身上學到任何教訓，那就是愛情不會把食物端上餐桌，愛情無法保護一家人的安全。」

她對自己的結論點點頭，皺起眉頭。「想要和做到是兩碼子事。我猜，就某方面而言，我曉得賽拉斯跟我在一起是不可能的事。反正不是在我們年紀都還那麼小的時候，然而當我和芬恩一起走上那條小徑時，我卻只想要回頭，跑向那個黑髮男孩，回到河上。要不是因為瑚琪，我可能真的會這麼做，在我能替自己選擇之前，她就替我做出決定了。我原本計畫要偷溜到樹林邊緣，藏在那裡，確定施維雅夫婦會再次接受芬恩。我那時怕得要命，擔心假如他們抓到我，會把我送回兒童之家，或是送去那種關壞女生的感化院，甚至是去坐牢。瑚琪剛好出來替她媽媽挖樹根，她看到我們靠近院子，就跑回去大聲嚷嚷。接下來我知道的，茱瑪、荷伊和施維雅夫婦紛紛衝下山丘，幾隻狗跑在前頭。我無處可跑，只能站在那裡等著最壞的事情發生。」

她停頓了一下，我覺得自己被她留在懸崖邊晃盪。「到底發生了什麼事？」

「我學到你不必在一個家庭出生，才能被那個家庭喜愛。」

「所以他們歡迎你們回去？」

她的嘴角揚起笑容。「是，他們歡迎我們回去。施維雅爸爸、荷伊和其他男人一直在沼澤區尋找我們，連續找了好幾個星期。他們知道我們一定是跟雅尼一起搭平底小船離開了，等到我們回去的時候，他們已經放棄能找到我們的希望。」她輕輕笑了笑。「那天甚至連茱瑪和瑚琪都擁抱我們，看見我們還活著，她們鬆了一口氣。」

「所以在那之後，你跟施維雅夫婦相處愉快？」

「他們得知阿卡迪亞號的真相之後，或者說是我能說得出來的那部分事實，就可以理解我們所做的事。我下定決心，永遠不要告訴他們除了我跟芬恩以外，我們還有其他弟弟和妹妹。我想，在我十二歲的心裡，我沒有保護好卡蜜拉、小雀和蓋比的事實，讓我羞愧萬分，我擔心施維雅夫婦知道的話就會不再愛我。施維雅夫婦是好人——有耐心又慈祥。他們教我找到音樂。」

「音樂？」

她把手伸過桌子。「是，音樂，親愛的。你瞧，成長的過程中，我跟施維雅爸爸學到一件事，那就是生命不同於電影，每一個場景都有它自己的音樂，那段音樂乃是為了該場景而創造，兩者以我們不了解的方式交織在一起。不論我們多麼喜愛過去的旋律，或是想像著未來的曲子，我們一定都要在今日的音樂中跳舞，否則我們將永遠格格不入，在不適合當下的東西裡跌跌撞撞。我放開了河流之歌，找到了屬於那間大房子的音樂，我找到了展開新生活的空間，一個照顧我的新母親，一個耐心教導我不只音樂、還有如何信任的新父親。他一直都是那麼的好，噢，一切都跟阿卡迪亞號不同，但卻是很好的生活。我們備受疼愛珍惜，得到保護。」

一聲嘆息使她抬起肩膀，然後又放下。「現在看看我，你會覺得我永遠都不懂這個祕密。年老的音樂……不是用來跳舞。如此……寂寞，你已成為每個人的負擔。」

我想起我的奶奶、她空蕩蕩的房子、在安養院裡的房間、讓她大多數日子都認不出我是誰的失智，我雙眼泛淚。當老年的音樂是為你心愛的人演奏，樂聲卻難以入耳。我在想，當我的奶奶與梅伊終於再度相聚，她是否認得出梅伊？梅伊會不會同意跟我一起去？我至今還沒問她。川特在大廳等著，他從愛迪斯托開車過來，我們討論過各種可能性之後，決定最好由我先單獨跟梅伊談談。

「你有再見到賽拉斯嗎？」這個問題突然冒出來，起先看似很隨機，之後才發現我問起這件事，是因為我在想著川特……還有梅伊的初戀故事。很奇怪的是，我最近一直想著這件事。川特的微笑、傻氣的笑話、他的親近，甚至是他在電話上的說話聲，都會在我心裡泛起漣漪。我的家族史的發展或是我對此所做的決定，對他來說其實一點都不要緊，這個事實以我尚未準備好的方式觸動我。我不知道要怎麼把它分類或是放進我的生命裡。

但是我知道我無法視而不見。

梅伊的面容看穿我。彷彿她在不停挖掘，跟隨礦脈一路直達我的靈魂。「我真希望有，但有些願望不會成真。施維雅爸爸帶我們全家搬到奧古斯塔，以保護我們不受喬琪亞・譚恩的威脅，我們的家人在那裡相當知名，我想他是認為譚恩不敢跨越州界去惹他。賽拉斯跟老齊德不會知道要去哪裡找我們，我從來都不知道他們後來的遭遇。最後一次看到賽拉斯，是在我的新母親緊緊擁抱我的時候，我從她亂糟糟的頭髮裡看到他，他就站在樹林邊緣，我幾分鐘前才站過的地方，然後他轉過身去，走回河邊。我從此再也沒見過他。」

她緩緩搖頭。「我總是猜想他後來的種種可能。或許我永遠都不知道是最好的。我在不同的生活、不同的世界、不同的名字中逐漸成長。多年之後，我倒是得到雅尼的消息，源自一封突如其來的信，我的母親替我留著，等我大學學期結束返家時看。我以前總是想像或許雅尼會和賽拉斯結婚，但他們沒有，在我離開他們之後，齊德替雅尼在酪農場找了個落腳處，那裡的人雖然要求雅尼努力工作，但是他們待她是公平的，後來在轟炸機工廠找了一份工作，嫁給一名軍人。她寄信給我的時候，他們還住在海外，她很高興能見識到這個世界，她以前從來沒想過她會有這種機會。」即使是現在，這故事仍舊帶來笑容。

「雖然她的人生一開始很辛苦，但後來總算有轉變，她開始過著好日子，這讓我覺得很高興。」考慮到梅伊已經九十歲了，而雅尼大她幾歲，現在不太可能還活著，但我覺得放心，心裡有股暖意。梅伊的故事使得雅尼、賽拉斯和所有河上的人對我來說都很真實。

「是的。」梅伊點頭同意。「就是她讓我決定要幫助那些發現自己被好萊塢的花花公子占便宜的天真年輕女人。我在好萊塢的那些年，遇到好多這樣的女人，我把幫助她們當作我自己的責任——提供她們睡覺的地方，或是可以倚靠的肩膀。這種事經常發生，女孩碰上悲慘的境遇，那時我總是想著雅尼在信上結尾寫給我的話。」

「她寫了什麼？」

「她說我救了她。」梅伊輕擦靠近眼角的閃亮淚水。「但是，當然，這不是真的，應該說我們救了彼此。假如不是雅尼帶我回到河上，假如不是在阿卡迪亞號上發生那樣的事，我永遠都無法放開布萊尼、昆妮和河流，我會一輩子都想去抓住那樣已逝的音樂。雅尼帶我回去，但她其實是帶我向前。我回信的時候這樣寫著。」

「我想這對她來說意義重大。」

「人們出現在我們的生命裡不是意外。」

「沒錯，不是意外。」我再次想到川特。又一次，我察覺到自己的感覺，與家人對我的希望跟人生計畫，那些我自以為是為了自己而定的計畫，正在拔河競逐。

「雅尼跟我這些年來一直保持聯繫。」梅伊繼續說，我試著再次進入她的故事，不去擔心今天接下來會發生什麼事。「她是位非常振奮人心的女性，和先生回國之後成立他們自己的建設公司，她跟他並肩工作，跟著男人們一起做事，堅持不懈。我想著那些以盡可能堅固的標準打造的住家，它們存在的時間絕對會比我們大家還久。」

「絕對是。」

梅伊特地轉身面對我，很親暱地靠近我，彷彿她準備要說出一個祕密。「一個女人的過去，不見得可以預測她的未來。如果她想要的話，可以隨著新音樂起舞。屬於她自己的音樂。如果想要聽見音樂的曲調，就必須停止說話；我的意思是，停止跟自己說話。我們總是試著拿各種事情去說服自己。」

她這一番話的深度令我震懾。難道她察覺到自從我拜訪過河邊小屋、自從我得知奶奶的事之後，我便質疑起自己生命裡的一切？

我不想傷害任何人，但我想找到我自己的音樂，梅伊使我相信這是可能做到的事，這也是促成我今天來拜訪她的真正目的。「我在想，你今天下午願不願意跟我去一個地方？」我最後說。

「我可以問是哪裡嗎？」但她已經壓著椅子將身體騰起，雙手緊抓扶手。

「如果我沒有事先告訴你，你願意去嗎？」

「在這些單調得要命的牆外？」

「是的。」

她站起來，動作出奇敏捷。「那麼，我想我不在乎我們要去哪裡。把我自己全交給你們了，只要不是帶我去參加什麼政治活動的話。我實在很討厭政治。」

我笑了。「這不是政治活動。」

「好極了。」我們一起往大廳走去，梅伊以驚人的速度推著她的助行器。我有點期待她會把它扔到一邊，朝門口拔腿狂奔。

「川特在外面等，他會開車載我們去。」

「那個有藍眼睛的帥哥？」

「對，就是他。」

「噢，那我現在是真的很期待了。」她對著自己身上像是睡衣的棉質襯衫和褲子皺眉。

「可是我穿得很醜，是不是該換件衣服？」

「我覺得你穿這樣就可以了。」

我們走到她房間的時候，她沒有抗議應該還是要換衣服。事實上，她只停下來拿了錢包而已。

我們走到前面入口，川特從椅子上起身，面露微笑，趁梅伊告訴照護員我們下午要帶她出去時，他在梅伊的背後對我豎起大拇指。經過大門時，她把助行器交給我，選擇挽著川特的手臂，我被留在後頭將助行器折疊起來、放進車廂，川特幫助梅伊安穩入座。幸好我對這種事有經驗。

開車途中，梅伊把她的故事告訴川特——鉅細靡遺，不光是我們第一次突襲川特在愛迪斯托房子後面的工作室那部分。川特搖頭再加上悲傷驚呼的反應，不斷透過後照鏡吸引我的注意。很難相信，就在沒多少年前，孤兒跟奴隸沒什麼兩樣。

梅伊很沉浸在故事裡，或是其實為川特神魂顛倒，導致她沒注意到我們要去的地方。一直到我們快接近奧古斯塔，她才彎身往車窗看去，嘆了口氣。「你們帶我回家了。你們應該先告訴我，這樣我就能穿我的布鞋來了。」

川特看了梅伊的拖鞋一眼。「不要緊。你的鄰居有除草。」

「瑚琪確實養出了最可愛的孩子，這實在很難讓人相信，她自己以前真是個無賴。我跟她打成一團的次數，比我跟幾個妹妹打得還要多。」

川特笑了笑。「認識她之後，這點反而不讓我驚訝。」他已經跟瑚琪談過今天這一趟行程。她跟巴特竭盡全力，幫忙讓此事成真。

我們開車經過在農場小巷的瑚琪家，梅伊注意到其中的不同，從樹林到小屋那一整條路，全都被清理乾淨了。我們在靠近大門的新碎石子路上停車。

「這些都是誰做的？」梅伊環顧四周，看著剛除過草的草坪、剛修剪過的庭院，前廊上的椅子就擺在紗門後面。

「我擔心你沒辦法走那麼遠的路過來，」我告訴她，「這似乎是最好的方式。我希望你不介意。」

她只是擦了擦眼，嘴巴緊閉，全身顫抖。

「我想，過了今天，你以後可能會想常來看看。我奶奶跟一間計程車行有長期固定簽約，他們知道來這裡的路。」

「我不確定他們會不會……讓我來。」她能說出口的僅是輕聲細語。「我是說安養院。我不想要他們打電話或是去騷擾我的孫子們。」

「我跟一位朋友談過這件事，他經營一個替年長者倡議的團體，我想我們可以找人幫忙處理你的這些問題。梅伊，你不是照護中心的囚犯，他們只是想要確保你的安全。」我先讓她好好想一想，之後可以再詳談安德魯．摩爾的幾項建議，包括他認為梅伊或許能替政治行動委員會擔任志工，藉以獲得使命感。安德魯是個了不起的人，充滿想法。我想梅伊會喜歡他的。

現在這些景色已經讓她深深著迷，根本什麼事都談不了。她傾身靠近前面的窗戶，流下淚來。「噢……噢，我到家了。我從來沒想到我會再看到我家。」

「瑚琪和她的孫女們一直替你把這裡保持乾淨。」

「但是……我沒辦法付她錢……自從……」淚水打斷她的話。「自從他們把我帶走。」

「她說她不介意。」我伸手打開車門，川特走到車子另一頭。「她真的很愛你，你知道的。」

「她沒這樣說吧？」

「嗯，是沒有，但很明顯。」

梅伊狐疑地哼了一聲，我再一次看到河上吉普賽人的精神。「你讓我擔心瑚琪可能神智不清了。」她對我自鳴得意地笑了笑，讓川特協助她下車。「瑚琪跟我一直都讓彼此保持針鋒相對，現在變得多愁善感而毀了這種默契的話，就太可惜了。」

我站起來，伸展身體，從樹林看出去，望向農舍廢墟。我很難了解這兩個女人多年來錯綜複雜的關係，「如果你想的話，可以親自將這番話告訴瑚琪，她晚點會過來，我請她先給我們一點時間。」

梅伊朝我的方向投來懷疑的眼神，當她走過大門，她的手勾著川特的手肘。「你想要在這裡做什麼？我這次把所有事都告訴你了，這個故事沒什麼好說的了。」

在遠方，我已經可以聽到有另一輛車開進了農場小巷。梅伊還沒有注意到，這大概是最好的情況。我想要讓她先進到小屋安頓好，只是時間點不如我所計畫的發展。就讓我媽提早出現吧，即使她不知道要去哪裡，或抵達時要面對什麼事。

「我邀請了我爸媽過來。」我想不出有什麼方法可以讓他們相信這整件事，不如就直接讓他們看到實情，否則我擔心他們可能會認為我瘋了。

「參議員？」梅伊的臉因為恐懼而撐大，立刻開始拍打她的椅子。

川特想要把梅伊帶進大門，但她緊抓柱子不放，像是小學生要被拖去看醫師打針那樣。

「老天！」她說。「我剛才還問你我需不需要換衣服，我可不能穿這樣見他們。」

我感覺到我的善意彈到房子四周的圍牆上，而那些圍牆不明所以地崩塌了。要我爸媽在這個星期天下午配合我的神祕計畫已經差點難以成真，我告訴他們這是要幫一個朋友的忙，但我媽老早就察覺到可疑之處，所以等她來到這裡，一定會全神警戒，尤其是考慮到這個要求的奇怪之處以及這麼遙遠的地點。

不過事情真的發生了，不管任何相關的一方願不願意，在內心深處，我知道是為了我自己的目的而這樣安排。我很擔心，要是我不能讓這件事像往山下滾的雪球一樣開展，我就會失去勇氣。

「哎呀，快一點！」梅伊往屋子走去，拉得川特失去平衡。「我剩下的衣服都還在衣櫃裡，在那裡可以找點像樣的衣服。」

透過樹林，我可以看見計程車行的白色禮車。「沒時間了。他們已經到路上了。」

梅伊氣得七竅生煙。「瑚琪知道這件事嗎？」

「知道，也算不知道，但這是我的主意。拜託你了，只要相信我就好，我真心認為這樣做最好。」過了今天，我們如果不是變得更親近，就是梅伊再也不會跟我說話。

「我要昏倒了。」梅伊癱軟下來，靠在川特身上，但我不確定這是不是在作秀。川特一手繞著她的腰，準備將她扶起來站好。「要不要我帶你進屋去？」

她因為太震驚而無法抗議，只好跟著他走。

我在大門等著。當禮車停下來，我媽不等歐茲下車替她開車門，直接從她那一側下車，她氣瘋了。「艾芙芮．茱蒂絲．史塔弗，這到底是怎麼一回事？我還在想一定是司機迷路，要不然就是我們被綁架了。」很顯然從她一臉紅潤又有點光亮的臉色來看，她一直醞釀著要發飆，八成是不停向我父親抱怨，還有騷擾可憐的歐茲，他只是因為知道來這裡的路才被找來加入這場行動。「我打了你的手機至少十五次，你為什麼不接電話？」

「可能是因為這裡沒訊號。」我其實不知道這裡的手機通訊狀況，我一整個早上都關機沒開。假如小蜜蜂聯絡不到我、無法取消或改變我們同意好的計畫，她就別無選擇，只能乖乖過來。小蜜蜂永遠不會對許下的承諾躊躇猶疑。

「好了，小姐們。」我爸現在的心情更加隨和，跟我媽不一樣，他可是很喜歡充滿野性的戶外。現在他的腸內出血問題已經用腹腔鏡手術止住，血球計數值比較好了，精神也在恢復中。他現在幾乎是可以全力衝刺，能與針對安養院問題挑毛病的對手角力，開始有系統地平息這些紛爭。對於照護中心負責人利用空殼公司來躲避訴訟支付，他也支持立法來防止這類事情發生。

他饒富興味地看了河流一眼。「星期天開車來這裡一趟很棒，我們好一陣子沒來奧古斯塔了，真希望我有帶釣竿和一些魚鉤來。」他對我微笑，我們在一起的生活的回憶立刻在腦中閃過，從小女孩去參觀他的辦公室、到命運多舛的釣魚之旅，再到校園舞會、交際舞會和畢業典禮……以及最近的簡報、策略會議與公開活動。「小蜜蜂，她不常向我們提出要求。」他流露出縱容我的神情，只對我一個人眨眨眼。「這次不算。」

他的意思是要我放心，不管我今天計畫什麼，他都準備好了，但這只是提醒我得因此失去多少──尤其是我父親的偏愛。我是他最疼愛的小孩，我一直都是他疼愛的寶貝女孩。好幾個星期以來，我一直都在偷偷摸摸挖掘我奶奶隱藏起來、以便保護史塔弗家傳統的資料，他要怎麼承受這項事實？

之後等我告訴他這趟旅程改變了我，會發生什麼事？我不想過我奶奶經歷過的生活，我想真正地做我自己，這是否表示史塔弗家的政治朝代，就要在我爸這一代結束？可能是，也可能不是。可能他會健健康康繼續他的任期，當他完全康復之後，會擺平安養中心的爭議，好事也即將發生，我對此深信不疑。

我會在這裡盡我所能地幫他，但事實是，我還沒準備好參選、投入政界。我的經驗還不夠，也還沒有全心投入，不該只是因為我的身分，就把參議員職位交給我，我想要以傳統的方式來贏得。我想要對議題有所了解──所有的議題，不是只有少數幾項──然後決定我應得的位置。如果這是我的競選，我就會靠自己的實力來努力，而不是身為我父親的小女兒去競選。安德魯．摩爾提到，他的年長者公民權利政治行動委員會需要一個好律師，薪水肯定不會高，但那不是重點。假如我想在混濁的政界試水溫，那裡是任何一個人都能入門的地方，而且我是一位好律師。

我父親會了解嗎？

他還會愛我嗎？

*當然。當然他會愛你。他永遠是以當爸爸為優先。*我知道這個想法是正確的。沒錯，當我把我的計畫告訴我爸媽，他們一定感到失望，沒錯，一定會有部分負面影響，但我們會挺過去的。我們向來如此。

「艾芙芮，我不要讓你奶奶在這裡下車。」小蜜蜂檢查小屋、山丘下的河、長過頭的樹木低垂在前廊的屋頂上。她緊緊抱住自己，上下摩擦著自己的手臂。

「小蜜蜂，」爸爸企圖安撫我媽，對我寬容地微笑。「艾芙芮一定有很好的理由，才會把我們大老遠帶來這裡。」他彎腰靠近，一手攬住小蜜蜂的腰，捏住只有他知道她怕癢的地方。這是他的祕密武器。

她很努力不要露出笑容。「住手。」她看向我這邊的表情不太開心。「艾芙芮，看在老天分上，有必要這樣嗎？為什麼要搞得這麼神祕兮兮、偷偷摸摸？究竟是怎麼搞的，為什麼我們要搭禮車來這裡？而且我們到底為什麼要把你奶奶一起拖來？帶她從木蘭莊園出來，對她來說很困惑，之後要再讓她重回正常作息會很困難。」

「我想要看看她是不是記得某件事，」我說。

小蜜蜂咂嘴。「我很懷疑。」

「其實，是某個人。」

「艾芙芮，她不會認識住在這裡的人。我想最好是——」

「媽媽，跟我進去就對了，茱蒂奶奶以前來過這裡，我覺得她可能會看出來。」

「有人要把我弄下車嗎？」我奶奶從車上呼喚。

歐茲看著我們尋求許可，父親點點頭，擔心假如他現在放開小蜜蜂，她八成會衝出去。

我在大門口接手照顧我的奶奶，我們一起走在小徑上。雖然茱蒂奶奶心智退化，但她才七十八歲，行動上還算相當自如，但這讓失智顯得更加不公。

我們走路時，我看著她，每走一步她就笑逐顏開，目光飄來飄去，落在玫瑰花和杜鵑花，河邊的長椅、老舊的圍籬、紫藤花棚、凌霄花，還有一個青銅製讓鳥兒玩耍的水盆上，上頭有兩個小女孩在水裡嬉戲的雕像。

「噢。」她輕聲說。「噢，我好愛這裡，這個地方在這裡有好一陣子了？」

「我想是的。」我回答。

「我懷念這裡。」她輕聲說。「我好懷念這裡。」

我的父母在前廊階梯的最上一階躊躇了，眨眨眼看著我跟奶奶，急切不已。小蜜蜂處於她無法自制的情況，正因如此，不管是什麼事，她都已經覺得厭煩。「艾芙芮．茱蒂絲，你最好開始把這整件事解釋清楚。」

「媽媽！」我厲聲說話，小蜜蜂因而往後退縮了一點。我從來沒有這樣跟我媽說話，三十年來沒有過。「就讓茱蒂奶奶看一看她所記得的事物吧。」

我一手搭在奶奶的肩上，引導她穿過門檻，走進小屋內。她站在那裡一會，眼睛適應光線的改變。

我看著她瀏覽屋內，欣賞照片和掛在老石頭壁爐上方的畫作。

過了一會，她才注意到那裡有人坐著。「噢，噢……梅伊！」她很自然地說出來，彷彿她們昨天才見過面。

「茱蒂。」梅伊試著從沙發上站起來，不過沙發陷下去，她沒辦法施力站起來，於是改成伸長雙臂，本來準備要幫她站起來的川特見狀只好後退。

我的奶奶穿過房間，我讓她自己走這一段路。梅伊的雙眼泛淚，她抬高手臂，手指開開合合，呼喚她的妹妹走向她。常常搞不清楚對象的茱蒂奶奶，如今卻毫不猶豫，彷彿這是世界上最自然的一件事。她在沙發邊彎下腰去，投入梅伊的懷抱，她們顫抖地擁抱年邁的彼此，梅伊把下巴靠在妹妹肩膀上，閉上雙眼。她們緊緊抱著彼此，最後我的奶奶累得癱坐在沙發旁的扶手椅上。她和她的姊姊跨過桌子手牽著手。她們凝視彼此，彷彿房裡沒有別人。

「我以為再也見不到你了。」梅伊坦承。

我的奶奶露出開心笑容，似乎對所有讓她們分隔兩地的障礙渾然不覺。「你曉得我今天一定會過來。在星期四。姊妹日。」她指著窗戶旁的搖椅。「芬恩今天下午在哪裡？」

梅伊舉起她們牽在一起的手，搖了搖。「甜心，芬恩走了。她在睡夢中過世了。」

「芬恩？」我奶奶的肩膀垂下，眼睛變得溼潤，一滴眼淚擠出，落在鼻子旁。「噢……芬恩。」

「現在只剩我們兩個人了。」

「我們有小雀。」

「小雀五年前走了。癌症，記得嗎？」

茱蒂奶奶整個人又更陷下去了些，她擦掉另一滴淚。「老天，我忘記了。我現在記憶力所剩無幾了。」

「不要緊。」梅伊伸長身體，用另一隻手蓋著兩人一起握住的手。「記得我們在愛迪斯托度過的第一週？」她朝壁爐上的畫點頭。「那段時間可真是美好，對吧？我們四個人在一起？芬恩很喜歡那裡。」

「是啊，很棒。」茱蒂奶奶同意。我看不出她是真的記得，還是假裝禮貌，但她對著那幅畫微笑，突然間神智變得清晰。「那天你送我們蜻蜓手鍊，三隻蜻蜓是要紀念那三位我們再也沒見過的兄姊，卡蜜拉、蓋比，還有我的孿生兄弟。在我們慶祝卡蜜拉生日的那天下午，你送了我們手鍊，對不對？卡蜜拉是有縞瑪瑙的蜻蜓。」我的奶奶眼裡閃爍記憶的靈光，姊妹之情溫暖了她的笑容。「我的天啊，但我們以前可真是美女，是不是？」

「對，我們的確是。大家都有媽媽美麗的頭髮，但唯獨你有她的甜美臉孔，假如我不知道畫裡的人是你，我會以為是我們的媽媽跟我們一起站在那裡。」

在我旁邊，我媽悄悄說話。「現在到底發生什麼事？」我感覺她的身體在散發熱氣。她在流汗，小蜜蜂以前從不流汗。

「也許我們該到外面去。」我嘗試把爸媽集合起來，要他們移動到外面走廊上。我爸似乎很不願意離開房間，他忙著盯著照片看，想要搞懂這一切。是不是有部分的他，記得他母親過去無法解釋的行蹤？記得他自己也在那些於愛迪斯托拍攝的照片背景裡？他是不是一直都在懷疑自己的母親，不只有他所知道的那一面？

就在我關上小屋和前廊之間的門，川特對著房間這頭的我點點頭，他的鼓勵使我感到強壯、有能力、有信心，他相信就讓事實作為事實，他和瑚琪在這方面有共識。

「你們最好坐下來聽。」我對我的父母說。

小蜜蜂不情願地坐在搖椅邊上取得平衡，我父親挑了一張兩人座椅，換了一個姿勢，讓我知道他等著要聽的是很嚴肅而且不是愉快的事。他雙腳堅定地踩在地上，身體前傾，手肘放在膝蓋上，雙手指尖互頂。不管是什麼情況，他都已經準備好要分析、做損害控制。

「聽我把來龍去脈告訴你們，」我請求，「在我說完之前，先別問我問題，好嗎？」我沒等他們回答，便深吸一口氣，開始從頭說起。

我爸以往常的肅穆神情聆聽。我媽最後整個人靠坐在搖椅上，手腕撐著額頭。

等我說完之候，一片寂靜，沒人知道該說什麼。顯然就連我父親對這件事一點概念也沒有，不過從他的表情多少看得出來，他母親的有些舉動開始說得通了。

「你是……你是怎麼知道這些全都是真的？也許……也許這個女人……」我媽的聲音漸漸變小，目光朝向小屋窗戶，她想著自己剛才聽到的一番話，思考牆上的照片。「我不懂怎麼可能是這樣。」

我父親在指尖互頂的雙手上吐氣，變白的眉毛糾結在一起，他知道這一切是有可能的，只是他不希望如此。但我把川特跟我對田納西兒童之家協會的了解說給他聽，我看得出大多內容對他或我媽來說都不是新鮮事。毫無疑問地，他們早已聽說過這件醜聞，或許是在那些重現惡名昭彰的喬琪亞兒童之家事件的電視節目上看過。

「我無法……我的母親？」爸爸喃喃地說。「我父親知道嗎？」

「我覺得沒有人知道。茱蒂奶奶和她的姊姊們團圓時，她們都已經是成年人了。梅伊告訴我，她們不希望干預彼此的生活。想到書面紀錄已經被特意竄改，以避免親生家庭找到孩子，四名手足還能團聚重逢真是奇蹟。」

「我的天啊。」他搖搖頭，像是嘗試重新組織思緒，排成可行的順序。「我的母親有孿生兄弟？」

「她出生的時候是雙胞胎。她多年來持續尋找他的下落，但從未查出後來到底發生了什麼事——究竟她的孿生兄弟是死了，還是活下來被人領養。」

我父親雙手托腮，他抬頭看著樹木。「我的老天啊。」

我知道他在想什麼。從知道真相的那天起，我就一直在心裡反覆思考同樣的事，一整個星期，我來回思考是否該把祕密帶進墳裡……，或是不管發生什麼事，都要釋放真相。最後，我做出總結：我父親有權知道自己是誰，而我的奶奶不管還剩多少時間，都應該要跟她的姊姊在一起。

五個河上小吉普賽人慘遭田納西兒童之家協會毒手，他們的故事應該要讓後世知道。然而由於命運的作弄，我爸的母親原本會在河船上長大，和平凡人一起，飽受經濟大恐慌時期的貧窮之苦。

她原本不會是這個階級的人，不會遇見我爺爺，更別說是嫁給他。

我們不會是史塔弗家的人。

我媽重新振作了精神，抬起下巴，把手伸到對面去把我父親的雙手打開，握住其中一手。「這都是陳年往事了，威爾斯，現在為這種事苦惱沒有意義，沒有理由再提起。」然後往我這裡斜看了一眼——當作警告。

我抗拒退縮的衝動。對我來說，已經沒有回頭路可走了。「爸，從現在開始，你要怎麼做是你的選擇。我只要求茱蒂奶奶能有時間和她的姊姊在一起……不管她們還剩多少時間，她們一輩子都躲著這世界，為了我們的利益著想，她們現在應該得到平靜。」

我爸吻了我媽的手指，點點頭，他是在安靜地告訴我們，他會想一想這件事，做出他自己的決定。

小蜜蜂靠近我。「那裡的……那個男人呢？能信任他不會……嗯……使用這些資訊？明年就要進行參議員選舉，卡爾．福特納會更想用私人醜聞來轉移主要議題的注意力。」

她就明年參議員選舉這件事自動望著我父親，而不是我，我鬆了一口氣。我覺得生活正在逐漸恢復從前的平衡，我很高興。到了杜鵑花季，我們家的花園不會舉行有政治利益的婚禮，現在要告訴他們這件事就會簡單多了。我雖然還沒準備好提這個話題，但我會說的。

在這裡，看見梅伊跟我的奶奶在一起，讓我更加確定我的決定。「你不必擔心川特，他不會那樣做的，他是朋友。要不是因為他的爺爺，茱蒂奶奶的姊姊們永遠都找不到她，她也不會曉得自己真正的過去。」

我母親的表情顯示，她不相信那樣做比較好。

我父親的表情則恰恰相反。「我想跟克蘭朵女士談一下。」

小蜜蜂的嘴巴張開了些，然後她閉上嘴，挺直身體，點頭默許。不管我父親選擇什麼道路，她都會走在他身旁。我父母的相處之道向來如此。

「我想梅伊會很高興。我們可以讓你們四個人獨處，這樣她就能把她的故事告訴你們。」但願親耳從梅伊的口中聽到，用她的自己的話說，能讓我父親明瞭，這就是我們的家族史。

「你可以跟我們一起進去。」我媽有點不確定地說。

「我寧可讓你們有一點自己的時間。」其實是我想跟川特單獨在一起。我知道他很想問我爸媽對茱蒂奶奶的消息的反應如何，他一直從小屋窗戶看著我。

當我們站起來，走到對面門口，他顯然鬆了口氣。在屋內，我的奶奶正說起一趟在河上的划船之旅，說得一副彷彿是昨天才發生的事，梅伊顯然曾經買了一艘平底小船，茱蒂奶奶笑著說，船的馬達不會動，她們四人那時就順著沙凡納河漂流而下。

我父親試探性地走到椅子旁，看著他的母親，像是從來沒見過她一樣。就某方面來說，他是沒看過，他所記得的女人是扮演了另一個角色的演員，至少飾演了一部分。自從她的姊妹們找到她的這些年來，在她的茱蒂．史塔弗身體裡面一直有兩個人，一個是參議員的妻子，另一個則是身上流著河上吉普賽人的血液。

在這間小屋裡，在另一個姊妹日，兩人交融化為一人。

川特很高興能跟我一起撤出房子。

「我們走到山丘上去吧。」我提議。「我想拍幾張農舍廢墟的照片……萬一整件事不成功，我們再也不會回來這裡了。」

當我們通過大門，把小屋花園留在身後，川特面露微笑。「我不認為事情會演變成那樣。」

我們走往通到樹林的小徑。我想到瑞兒・佛斯在多年前成為梅伊・韋瑟斯。

她有沒有想像過她會過的生活？

當我們來到開闊的田野，開始爬上山丘，陽光讓我覺得溫暖，這是美麗的一天——暗示季節轉換即將到來，大宅古老遺跡的影子落在青草上，使得矗立的結構再次顯得堅固。當我拿出手機拍照，我的雙手顫抖，但這並不是我想來這裡的原因。我覺得有必要脫離小屋的視線……去到不讓人聽見的地方，是有其他的目的。

我現在找不出話可說……或是勇氣，反而拍了一堆數量多到可笑的照片。最後，我的計謀用盡，只得面對現實。

我嚥了口口水，吞下突如其來的緊張不安感，努力鼓起必要的勇氣。

川特搶先我一步。「你沒戴戒指。」他說出他的觀察，當我轉身面對他，他的眼裡充滿疑問。

我低頭看著我的手，想到自從我接受艾略特求婚、搬回南卡羅來納州，去完成所有旁人對我的期望，但這感覺像是完全不同的生活，屬於不同女人的音樂。「艾略特跟我談過了，他不同意我對茱蒂奶奶和梅伊的決定，他大概永遠都不會同意。不只這樣，我想我們兩個都知道有段時間了，就是我們最好是當朋友而不是當伴侶。我們兩個認識多年，擁有許多美好的回憶，但就是……少了某種東西。我想這就是我們一直逃避訂定日期，或是制定確切計畫的原因吧。婚禮不只是我們的事，跟我們兩家人更有關係，也許就某方面來說，我們一直都明白。」

我看著川特，他研究落在草地上的影子，深鎖眉頭在沉思。

我的心焦急不安，緊張得怦怦跳。幾秒鐘的時間好似太妃糖，黏答答又緩慢移動。*川特有跟我一樣的感覺嗎？要是他沒有相同的感覺呢？*

一方面，他有個小兒子要考慮。

另一方面，我不知道我的生命會往哪個方向前進，和政治行動委員會一起工作給了我時間，去找出我想成為怎樣的人。當事情出錯時，我總是喜歡把它導回正軌，我想那就是我一直去深入挖掘梅伊的故事的原因，也是我在今天下午一起把奶奶和梅伊帶來這裡的原因。一個長久以來的錯誤在今天被導正了，盡可能地在這麼多年之後導正了。

我對此感到滿足，但有關川特的問題卻使之黯淡下來。*我要怎麼把他放進我才剛開始想像的未來？我們彼此的家庭迥然不同。*

當他回看我，他的眼神散發光芒，我第一次發現他的雙眼是深水的藍色，或許我們並不像表面上的那般不同。我們共同擁有豐富的遺產，我們兩人都是河上人家後代。

「這表示我可以牽你的手嗎？」他邊說邊微笑，揚起一邊眉毛，等待著。

「可以。我就是這個意思。」

他翻轉手心向上，我把我的手放進去。

他與我的手指相互緊扣，形成溫暖而堅強的圓。我們一起走上山丘，遠離曾經一度是廢墟的生命。

進入一段嶄新的人生。

26

梅伊・克蘭朵
現今

我們的故事開始於一個悶熱難耐的八月晚上，在一間消毒過的白色房間裡，因為強烈的悲痛，讓某人做出了一個攸關命運的決定。可是我們的故事並沒有在那裡結束，至今也尚未完結。

假如我做得到，我會改變我們生命的歷程嗎？我是否會把歲月年華投入在遊藝船上彈撥曲調，或是當個農人的妻子鬆土翻地，或是等待河上男兒結束工作回家，在溫暖的小火爐旁，安穩地躺在我身旁休息？

我會不會把親生兒子換成一個不同的兒子，或者換成更多孩子，甚至換成一個可以在我晚年安慰我的女兒？我是否會放棄我所深愛並已深埋六呎之下的歷任丈夫、音樂、交響樂、好萊塢的燈光、住在遙遠的地方卻遺傳了我的眼睛的孫子和曾孫們？

我坐在木頭長椅上思考這些事，茱蒂握著我的手，我們兩人一起安靜地度過了另一個姊妹日。在木蘭莊園的花園裡，我們能無時無刻、隨心所欲度過我們的姊妹日，簡單得就像離開我的房間，走到隔壁的大廳，告訴照護員：「我想要帶我親愛的朋友茱蒂出去散步一下，喔，對，當然，我會確保她被安全送回到記憶缺失照護單位。你知道我向來如此。」

偶爾，我妹妹跟我會為我們的計謀開懷大笑。「我們是真正的姊妹，不是朋友。」我提醒她，「但是別告訴別人，這是我們的祕密。」

「我不會說的。」她甜甜地笑著說。「但是姊妹也是朋友，姊妹是特別的朋友。」

我們回憶過去許多在姊妹日做的冒險，她求我分享我所記得的昆妮、布萊尼，以及我們在河上生活的往事。我會告訴她我和卡蜜拉、小雀、芬恩、蓋比、賽拉斯和老齊德相處的歲月點滴，我會提到安靜的回水處和激流、仲夏的蜻蜓芭蕾舞，和冬天得以讓人走在水面上的結冰河流。我們一起在生機盎然的河上旅行，我們把臉轉向，面對陽光，一次次飛回在阿卡迪亞王國的家。

其他日子，我妹妹卻完全不認識我，對她來說，我不過是這間老莊園裡的一位鄰居罷了，但是姊妹之情無需言語，無須仰賴回憶、紀念品或證據。如同心跳在體內深處，如同脈搏觸手可及。

「他們真是甜蜜，可不是嗎？」茱蒂指著一對年輕情侶，他們正在靠近莊園湖的小路上，手牽著手在散步。

我輕拍茱蒂的手臂，「那是你的孫女。她來這裡看你，也帶了她的情人來，他長得很英俊。那傢伙啊，我第一次看到他們在一起的時候，就告訴她要好好把握，別放開他了。兩人的火花我一看就知道了。」

「喔，對，她是我孫女。」茱蒂假裝自己一直都知道，有些日子她確實是還記得，但不是今天。「還有她的情人。」她瞇著眼睛看向花園小徑。「我現在叫不出名字。你知道的，我這笨腦袋瓜。」

「艾芙芮。」

「喔，對……艾芙芮。」

「和川特。」

「我們以前是不是認識一個叫川特·透納的？他真是個可愛的人，我記得他賣了在愛迪斯托那裡的小屋土地。」

「對，他賣掉了。和艾芙芮一起散步的就是他孫子。」

「嗯，看得出來。」茱蒂熱情揮手，艾芙芮揮手回應，然後她跟情人暫時消失在花棚之後，還在那待了一陣子。

茱蒂一手壓在嘴上，咯咯笑了。「噢，老天。」

「的確。」我想起失去的愛以及未竟的愛。「我們佛斯家的人向來熱情洋溢。我想這點永遠都不會改變。」

「我想這永遠不會改變。」茱蒂附和，我們互相擁抱，沉浸在溫馨的姊妹之情，對我們自己的祕密大笑起來。

作者註記

闔上書頁時，你或許在想，這個故事有多少真實性？從某些方面來看，這個問題難以回答。假如你想更深入了解有關偷嬰斂財、孤兒院、領養變革、喬琪亞・譚恩、曼非斯的田納西兒童之家協會的醜聞等真實歷史，薇薇安娜・A・澤利澤爾（Viviana A. Zelizer）《為無價的孩子定價：轉變的孩童社會價值》（*Pricing the Priceless Child: The Changing Social Value of Children*）（一九八五年）、琳達・托李特・奧斯丁（Linda Tollett Austin）《販售嬰兒：田納西兒童之家領養醜聞》（*Babies for Sale: The Tennessee Children's Home Adoption Scandal*）（一九九三年）、凱薩琳・李夫（Catherine Reef）《*Alone in the World: Orphans and Orphanages in America*》（二〇〇五年），以及芭芭拉・畢森茲・雷蒙（Barbara Bisantz Raymond）《偷嬰賊：腐化領養機制的販嬰商人喬琪亞・譚恩的祕密檔案》（*The Baby Thief: The Untold Story of Georgia Tann, the Baby Seller Who Corrupted Adoption*）（二〇〇七年，此書收錄了幾位喬琪亞・譚恩受害者的訪談），上述這幾本書都能提供你精采豐富的資料。針對醜聞爆發之際的觀點，可參閱《致州長戈登・布朗寧，關於田納西兒童之家協會，雪比郡報告》（*Report to Governor Gordon Browning on Shelby County Branch, Tennessee Children's Home Society*）的原版資料（一九五一年），此份報告可經由公共圖書館系統取得。醜聞爆發當時，以及親生家庭在多年後重逢團聚，有大量報章雜誌及電視節目的報導，例如《六十分鐘》（*60 Minutes*）、《未解之謎》（*Unsolved Mysteries*）以及調查探索頻道（Investigation Discovery）的《致命女人》（*Deadly Women*），以上所有資料來源都是我彌足珍貴的研究參考資料。

佛斯家的孩子以及阿卡迪亞號，都是自想像中的塵埃、密西西比的泥濘河水中形塑而成，雖然瑞兒和她的弟弟妹妹只存在這些書頁上，但他們的經歷反映了那些在一九二〇至五〇年代期間，據報遭人從家裡帶走的小孩的故事。

喬琪亞．譚恩與田納西兒童之家協會曼非斯分會的真實故事，是既詭異又悲傷的矛盾。這個組織將許多孩童從淒慘危險的環境中拯救出來，或者接收那些沒人要的孩子，將他們安置在關愛的家庭，這點毫無疑問；無數孩童無緣無故、或是沒經由正當程序，就被人從他們慈愛的雙親懷裡帶走，哀傷欲絕的親生家庭再也沒見過他們一面，這點同樣也毫無疑問地確實發生過。倖存者紀錄證實，手無寸鐵的生母思念她們失蹤的孩子數十年，許多孩子被安置在拘留機構裡，他們遭到忽視、猥褻、虐待，被當作物品一樣對待。

單親媽媽、窮困雙親、有精神問題的女性，以及向社福機構、婦科診所尋求協助的女性，尤其是被鎖定的目標。生母在產後接受鎮靜藥物狀態下，被告知為了保障她們的孩子能拿到醫療診斷書，有必要暫時移交監護權，或者常常只是被告知他們的寶寶已經死了，因此受騙簽下文件。那些被監禁在兒童之家的孩子——也就是那些年紀夠大、還記得之前生活的孩子——根據報導，他們是在住家前廊、走路上學途中，還有在河上船屋被強行拉走。也就是說，假如你很窮，剛好又居住或短暫停留在曼非斯地區，你的小孩就有危險了。

像佛斯家小孩這種金髮孩子，在喬琪亞．譚恩的系統裡格外受歡迎，經常是在醫療機構和公共救助診所裡工作的「探子」鎖定下手的目標。城裡的一般居民就算不知道她的手法，但是對她的工作並非渾然不覺。多年來，市民看著刊有可愛嬰兒及孩童照片的報紙廣告，底下文案寫著「問了就是你的」、「想要一個真正又活生生的聖誕禮物？」，以及「喬治想玩接球，但是他需要一個爸爸」等文字。喬琪亞．譚恩被譽為「現代領養之母」，甚至羅斯福總統的夫人愛蓮諾經常就兒童福祉一事向她請益。

對一般大眾而言，譚恩只是個具有母愛、立意良善的女人，她將自己的一生貢獻在拯救有需要的孩子們。她頌揚著孩子由富裕知名的家庭領養，使得領養的想法變得普及，並消弭認為孤兒是沒人要、天生有損傷的小孩的普遍看法。喬琪亞受到眾人注目的名單中包含政治人物，像是紐約州長赫伯．李曼（Herbert Lehman），好萊塢名流瓊．克勞馥（Joan Crawford）、裘恩．艾利森（June Allyson）及其夫婿迪克．包威爾（Dick Powell）。曾在譚恩的曼非斯孤兒院裡工作的員工，私下談到曾有一次多達七個嬰兒，在黑夜的掩護下被偷天換日，悄悄送至位於加州、紐約和其他各州的「寄養家庭」裡。事實上，這些孩子是被送去獲利更高的外州領養，而譚恩從開價過高的運送費用拿走一大筆錢，中飽私囊。當喬琪亞受訪被問及送養方法時，對於將孩子從無法好好拉拔他們長大的卑微父母身邊帶走，轉而交給「高級種類」的人撫養，她大言不慚地扭曲了這種行為。

從現在的角度來看，實在很難想像喬琪亞．譚恩和她的網路可以如此大規模地操作，而且數十年來都沒有人探察，也很難想像她究竟從哪裡找到那些員工，可以對孩子在組織團體之家和無照的寄宿機構，像是瑞兒和她的弟弟妹妹所待的地方，所受到的非人道待遇視若無睹，但事情就是這樣發生了。美國兒童局（US Children's Bureau）曾經派員至曼非斯調查該城急速上升的嬰兒死亡率。在一九四五年的四個月期間，痢疾擴散，儘管有醫師志願在那裡協助治療，仍然奪走喬琪亞機構裡四十至五十名孩子的性命，喬琪亞卻堅持只有兩名孩子死亡。因為受到壓力，州議會立法通過，強制規定在田納西州的每一所兒童寄宿之家，都必須要領有執照許可，但是新通過的法律規定含有一款條文，明令豁免所有喬琪亞・譚恩仲介機構所雇用的寄宿家庭，並不需獲得執照。

故事裡的墨菲太太以及她的兒童之家均為虛構，瑞兒在那裡的經歷是從倖存者的紀實敘述所得到的靈感。也有眾多因為虐待、忽略、疾病、缺乏醫療照顧的孩子，沒能活下來親口述說自己的故事，他們是因貪婪和獲利機會而建立的非法機構下的沉默受害人。光是在喬琪亞・譚恩管理下失蹤的孩子，據估計高達五百人，其中有上千個孩子因為利益關係在領養程序中消失，他們的姓名、生日、出生紀錄都經過竄改，以避免親生家庭尋獲自己的孩子。

有鑑於這些可怕的數據資料，你可能會以為喬琪亞・譚恩的暴行最終會在消息爆發、警方調查和法律行動中結束。如果《那時候，我們還不是孤兒》純屬虛構，我會希望以描寫正義立即伸張的情節作為結局，令人難過的是，事實並非如此。喬琪亞從事多年的領養生意，直到一九五〇年才落幕，在該年九月的記者會上，州長戈登・布朗寧閃避這些令人心碎的人間悲劇，反而是談論錢的問題——據他指稱，譚恩小姐在任職田納西兒童之家協會期間，非法獲利共達一百萬美金（約相當於今天的一千萬美金）。儘管譚恩的罪行遭到揭發，當時已經無法對她採取法律訴訟，在召開記者會的幾天內，她便因為尿道癌死於自宅床上。一家當地報紙的頭版上，一篇以此為主題的新聞專題報導就刊登在她的訃聞旁。她的兒童之家遭到關閉，當局也指派了調查員介入，但調查員很快就發現，自己的工作受到祕密、有名望的有力人士阻撓，在某些案子中，則是有人想要留下所領養的孩子而不願協助調查。

雖然關閉兒童之家給了悲傷的親生家庭抱持希望的理由，但他們的希望很快就被奪走。即使是她最受質疑的領養案子，居然得到立法議員和政治掮客通過法律予以合法化，並且彌封紀錄。在譚恩過世之際，有二十二名孤兒仍在她照護之下，只有兩人——已經被領養他們的家庭拒絕的兩人——重新回到他們的親生父母身邊，其他上千個親生家庭永遠都無法得知他們孩子的下落。一般大眾的看法是，不論他們的領養情況如何，從窮困到權貴，待在他們現在所處的環境比較好。

有些被領養的孩子、被分開的兄弟姊妹和親生家庭，能夠透過拼湊起來的回憶、從法院檔案裡偷走的文件、私家偵探的協助而找到彼此，但喬琪亞．譚恩的紀錄卻遲至一九九五年才終於能對她的受害人公開。對許多親生父母和被領養的孩子來說，他們一輩子悲嘆著自己的失去，這個改變實在是來得太晚了。對其他人而言，這是延宕多年的家人團聚的開始，也許終於能有機會講述自己的故事。

倘若能從佛斯家的孩子、田納西兒童之家協會的真實故事裡學到重要的一課，那就是嬰兒和孩子，不論他們來自世上哪個角落，都不是商品或物品，也不是喬琪亞．譚恩經常對她院童的形容，是「空白的石板」；他們都是有歷史、有需要、有希望、有自己夢想的人類。

致謝

故事裡的人物有點像真實世界的人們——不論他們一開始從哪裡樸實地出現，他們的旅程都受到家人、朋友、鄰居、同事以及各種相遇之人所形塑。有些鼓勵他們，有些指引他們，有些給予他們無條件的愛，有些教導他們，有些挑戰他們做到最好。他們的故事，如同大多數故事，這個故事的存在要感謝眾多獨一無二、慷慨無私的人。

首先也是最重要的，我要感謝這些年來支持我寫作的家人，即便這代表了在那些深夜、瘋狂的行程安排，以及在廚房裡尋覓不管剩下什麼都可以拿來吃。這一年來特別感謝我的大兒子陷入愛河，終於替家裡新添一名女孩。不只是因為婚禮可以分散注意力，能夠遠離編輯、寫作、重寫、繼續編輯的工作，而且現在總算有人不介意跟我一起搭車去簽書會，能夠在來回的路途上一路聊天。

謝謝我的母親來擔任我的正式助理，而且也是很棒的首位讀者。不是每個人都能那麼幸運，可以有幫手告訴你，你的頭髮或是你的最後一章需要打扮一下。謝謝我親愛的婆婆幫忙處理住址清單，以及深愛我太快長大的兒子們。感謝爺爺確保溫格特家下一代的人知道要怎麼在晚餐桌上講很棒的故事。也謝謝各界的親戚和朋友愛我、幫助我、在我旅行時招待我。你們是最棒的。

我很感激宛如家人的好友們，尤其是艾德．史蒂芬斯（Ed Stevens）在研究過程中的幫助和不時的鼓勵，史蒂夫（Steve）與蘿絲瑪麗．費茲（Rosemary Fitts）夫婦在愛迪斯托島招待我們，我至今尚未發現比愛迪斯托島更適合做研究之旅的地方。也謝謝了不起的夥伴們在初期閱讀和計畫行程上惠我良多：杜恩．戴維斯（Duane Davis）、瑪麗．戴維斯（Mary Davis）、維吉尼亞．洛許（Virginia Rush），最後是我了不起的珊蒂阿姨（Aunt Sandy），她有絕佳的情節構思能力和相同巧妙的幽默感。「魔法時刻文藝」（Magic Time Literary）的凱西．班奈特（Kathie Bennet）和蘇珊．朱倫達（Susan Zurenda），謝謝各位在過去計畫了很棒的新書巡迴宣傳，謝謝你們從這本書一開始的階段就加入，謝謝你們興致高昂地把這本書帶給全世界。

在出版方面，我永遠感激我出色的經紀人伊莉莎白．威德（Elisabeth Weed），鼓勵我寫下本書，然後拿出專業確保找到適合的出版社。謝謝超群絕倫的編輯蘇珊娜．波特（Susannna Porter），敦促我加深佛斯家孩子們的經歷與艾芙芮探索家族隱藏歷史的過程。感謝本書卓越的出版團隊：凱拉．威爾許（Kara Welsh）、金．哈維（Kim Hovey）、珍妮佛．赫許（Jennifer Hershey）、夏特．杉儂（Schott Shannon）、蘇珊．寇柯朗（Susan Corcoran）、梅蘭妮．狄納德（Melanie DeNard）、克莉絲汀．費絲勒（Kristin Fassler）、黛比．埃阿夫（Debbie Aroff）、琴．安德洛奇（Jynn Andereozzi）、托比．厄恩斯特（Toby Ernst）、貝絲．皮爾森（Beth Pearson）與艾蜜莉．哈托（and Emily Hartle）。我無法表達我有多麼感激你們每個人，以及各位如此細心溫柔地在市場上推出這個故事。對於美術、設計、行銷、公關和銷售等團隊，我甚為感激。謝謝各位貢獻出眾的才華，少了你們的表現，故事只會枯坐在書架上，無人發現、無人閱讀。你們將書連接到讀者身上，值此同時，你們也把每個人都連接在一起。假如書可以改變世界，幫忙把書帶到世上來的你們，就是這個改變的媒介。

最後，我感激曾與我一起同行過往的旅程、現在則是共享這次旅行的讀者們。我珍惜各位。我珍惜我們透過故事而相聚的時光。謝謝你們選了這本書。謝謝你們把我過去的作品推薦給你們的朋友、向讀書會建議閱讀我的作品，花時間將鼓勵的隻字片語透過電子郵件、臉書和推特寄給我。我深深感謝所有閱讀過這些故事的各位，也感謝書店非常熱心地販售這些書。如同知名節目主持人羅傑斯先生曾經說過：「請找尋幫手。你永遠都找得到願意伸出援手的人。」

你們所有人，都是我的朋友，都是我的幫手。

對此，我甚懷感激。

【Echo】MO0060

那時候，我們還不是孤兒

Before We Were Yours

作　　者❖麗莎・溫格特（Lisa Wingate）
譯　　者❖沈曉鈺
美術設計❖許晉維
內頁排版❖卡那拉
總 編 輯❖郭寶秀
責任編輯❖許鈺祥
協力編輯❖簡綺淇、鍾佳吟
行銷企劃❖力宏勳、楊毓馨

發 行 人❖凃玉雲
出　　版❖馬可孛羅文化
10483臺北市中山區民生東路二段141號5樓
電話：(886)2-25007696
發　　行❖英屬蓋曼群島商家庭傳媒股份有限公司城邦分公司
10483臺北市中山區民生東路二段141號11樓
客服服務專線：(886)2-25007718；25007719
24小時傳真專線：(886)2-25001990；25001991
服務時間：週一至週五9:00～12:00；13:00～17:00
劃撥帳號：19863813　戶名：書虫股份有限公司
讀者服務信箱：service@readingclub.com.tw
香港發行所❖城邦（香港）出版集團有限公司
香港灣仔駱克道193號東超商業中心1樓
電話：(852)25086231　傳真：(852)25789337
E-mail：hkcite@biznetvigator.com
馬新發行所❖城邦（馬新）出版集團
Cite (M) Sdn. Bhd.(458372U)
41, Jalan Radin Anum, Bandar Baru Seri Petaling,
57000 Kuala Lumpur, Malaysia
電話：(603)90578822　傳真：(603)90576622
E-mail：services@cite.com.my
輸出印刷❖前進彩藝有限公司
初版一刷❖2018年10月
定　　價❖420元

國家圖書館出版品預行編目資料

那時候，我們還不是孤兒／麗莎・溫格特（Lisa Wingate）著；沈曉鈺譯. -- 初版. -- 臺北市：馬可孛羅文化出版：家庭傳媒城邦分公司發行, 2018.10
面；　公分. --（Echo；MO0060）
譯自：Before we were yours
ISBN 978-957-8759-31-2（平裝）

874.57　　107014872

ISBN：978-957-8759-31-2（平裝）

城邦讀書花園
www.cite.com.tw